UNE **ULTIME** **THÉRAPIE** POUR **SAUVER** LEUR **ENFANT**

ISAAC MAMPUYA SAMBA

authorHOUSE®

AuthorHouse™ UK
1663 Liberty Drive
Bloomington, IN 47403 USA
www.authorhouse.co.uk
Phone: 0800.197.4150

Published by AuthorHouse 08/03/2016

ISBN: 978-1-5246-6157-1 (sc)
ISBN: 978-1-5246-6156-4 (e)

1ᵉʳᵉ Édition : Deuxième Trimestre 2016
Dépôt légal : 2ⁿᵈ Trimestre 2016

Print information available on the last page.

Isaac MAMPUYA Samba,

dans:

"Brush - Engraving » : Is Ma Sa.
Editions IsMaSa, London-Paris-Los Angeles.

"UNE ULTIME THÉRAPIE POUR SAUVER LEUR ENFANT ".

4. " Une Ultime Thérapie Pour Sauver Leur Enfant ".

Précédé de :

2. " Dépression Nerveuse ou Chagrin d ' Amour ".

Et de :

3. -" Tourments de " JULIO, De Descendance Poitevine " ".

"Une Ultime Thérapie Pour Sauver Leur Enfant ".

DÉDICACE

À ceux qui élèvent par exemple très, très mal (du point de vue de l'éducation reçue dans le toit familial), leurs enfants.

PRINCIPE.

῀" L ' Imaginaire " : d'abord;
puis " le Réel [1] " : ensuite. ".

NOTE

Si toutefois, certaines personnes s'estimeraient quand-même malgré elles (" malgré tout "), être plus ou moins [ou même : être systématiquement] lésées, à la lecture de ce petit roman à caractère rétrospectif; ou plutôt : à la lecture de ces petits romans à caractères rétrospectifs;

c'est parce que leurs histoires ne seraient pas suffisamment dénaturées (selon elles);

c'est parce que leurs histoires ne seraient pas vraiment transformées (selon elles);

c'est parce que leurs histoires ne seraient pas vraiment transposées (selon elles);

ou que : parce que leurs noms; ou même : parce que leurs mauvais souvenirs vécus jadis, ressembleraient encore considérablement ; …/…

Ici encore dans le volume 4, intitulé : "Une Ultime Thérapie Pour Sauver Leur Enfant"., nous espérons qu'avec " le Samba-Style " ou " le Style-Samba ", nous allons essayer de tout faire, en vue de nous entendre.

L'on y verra par exemple entre-autres :

Des conséquences d'une enfant trop, trop gâtée depuis son enfance.

Le manque de maîtrise d'instincts primitifs " d'une Célimène ".

"Une bonne Ariane hystérique " de la pire espèce qui puisse exister, et possédant en elle, un sang " vampirien "; un sang " vampirique " qui lui montait aux nerfs; qui lui montait à la gorge; et qui lui faisait par conséquent, faire des pires bêtises !

"Une Artémis " toujours à la recherche effrénée " d'une basse marche " de qualité.

"Une Antigone " qui se souviendrait entre-autres; et cela, pendant très, très longtemps, avec " son croquant " qu'elle ne tarderait point à faire fuir :

Comment " l'on faisait par exemple, se gonfler le gland "; et que " l'on savait le faire " !

Comment " l'on faisait par exemple, se carminer les grandes lèvres "; et que " l'on savait le faire " !

Les conséquences pour " une Ève ", du fait que " son gonze " avait pris ses jambes à son cou.

Vont par exemple, pertinemment étonner ici, les lecteurs et captiver par voie de conséquence, leur attention, des questionnements suivants :

Bref : Est-ce que le père de Paula BERC aussi par exemple, ne trouvait même pas de boulot en rapport avec ses multiples titres universitaires; et que malheureusement hélas, il ne pouvait qu'accepter malgré lui, de se contenter de n'être qu'un Agent de sécurité ?

Bref : Est-ce que le père de Dorety AMANN aussi par exemple, n'était qu'une victime d'un quiproquo culturel ?

Bref : Est-ce que la mère de Marilyn HANEY aussi, en vue de " cimenter " par exemple " davantage " leur lien " hyménéal ", elle simulait également, vis-à-vis de " son anthropoïde "; c'est-à-dire : vis-à-vis du père de Marilyn HANEY justement, " des incessantes multiples vraies-fausses " scènes de ménages ?

Bref : Est-ce que la maman de Cathy PEGGY aussi, en vue de " cimenter " par exemple " davantage " leur lien " nuptial ", elle simulait également, vis-à-vis de " son gazier "; c'est-à-dire : vis-à-vis du papa de Cathy PEGGY justement, " des incessantes multiples fausses-vraies " scènes de ménages ?

Bref : .../... ?

Bref : Est-ce que la mère de Todd TEXLER aussi, en vue de " cimenter " par exemple " davantage " leur lien " matrimonial ", elle simulait également, vis-à-vis de " son bimane "; c'est-à-dire : vis-à-vis du père de Todd TEXLER justement, " des diverses scènes de ménages "; mais que malheureusement hélas !, lui-même le père de Todd TEXLER en question, ne sachant en réalité, rien du tout, du tout, de " toutes ces théâtralités " " à la mode " " blondinienne " par exemple, il ne pouvait que prendre " ces scènes de ménage " au tout premier degré, et par voie de conséquence, il s'était sauvé pour lui ?

Bref : Est-ce que le père de Milène VELASCO également, avait été la victime du métissage de jugeotes; ou plutôt : de cultures ?

Bref : Est-ce que le père de Jay CAREEN pareillement, avait été le bouc émissaire du choc de cultures ?

Bref : .../... voilà, voilà, voilà !

Bien entendu, qu'à la fin de ce volume 4, notre " étrange Style-Samba " s'en ira. Mais rassurez-vous, que ça ne sera pas pour longtemps;

pas pour longtemps car " le Samba-Style " sera quasi immédiatement de retour, au volume 5; lequel va suivre.

En désordre, des personnages évoqués dans ce quatrième petit volume.

Principaux personnages :

Julio FERNANDEZ;

Maryvonne KEVILER;

Lucilian KEVILER (le fils de MARYVONNE et de JULIO);

Évelyne MULER, laquelle deviendrait pendant un temps donné : Madame Évelyne MULER, ép. FERNANDEZ;

Christian GENEVRAY (un des amis de JULIO).

Des sœurs de JULIO :

Ghislaine FERNANDEZ;

Châtelaine Yoannes FERNANDEZ;

Solange FERNANDEZ.

Des parents de MARYVONNE :

Madame Maryse FOUQUET, ép. KEVILER.

Monsieur Moïses KEVILER (ou : Monze KEMVILA);

Des autres personnes proches de celui-ci :

Madame Henriette Mafuta KEMVILA, ép. NSENGA, une des sœurs de MOÏSES;

Giraud ZEFRINO; lequel réussirait " la sale besogne " que lui confierait le père de MARYVONNE, afin de récupérer JULIO;

Poulain DERECK, un " compagnero "-complice de GIRAUD;

Thierry GLORIAN, le plus ancien et le plus fidèle des ouvriers-bouchers de Moïses KEVILER.

Des amis de MARYVONNE :

Liliane QUESNEL, ép. Roger BOUSSARD;
Monsieur Alejandro DE VERDUN (un Maître-assistant en Histoire Moderne et Contemporaine, à l'Université de Paris-Sorbonne);
Madame Louisette GRIFFON, ép. DE VERDUN (la femme d'ALEJANDRO).

Des gens qui s'étaient rapprochés de plus près, de LUCILIAN ou de ses grands-parents :

Corinne KIMBERLIN (la Maîtresse de la dernière classe de la Maternelle où LUCILIAN fréquentait);
Mademoiselle Jeanne CABROL, la baby-sitter que MARYSE avait embauchée pour l'intérêt de LUCILIAN;
Madame Ménie JOUBERT, la Maîtresse du C. P. B. de "l'École JOFFRE".
Monsieur Augustin LAMARTINE, un psychologue pour enfants; ou plutôt : un psychothérapeute d'enfants, dans le Centre Benoît MARCONI, pour enfants, à Rueil-Malmaison;
Madame Paloma ORNELLA, une psychologue pour enfants; ou plutôt : une psychothérapeute d'enfants, dans le même Centre Benoît MARCONI;
Madame Léonie COLBERT, une psychologue pour enfants; ou plutôt : une psychothérapeute d'enfants, toujours dans le même Centre Benoît MARCONI.

Des enfants qui suivaient une thérapie ensemble avec Lucilian KEVILER, dans le Centre Benoît MARCONI :

Magdalena MATT;
Régina BLAIN;
Betty MANNERS;
Laurie ZUKER;

Janet SANTINI;

Bennett WEAVER;

Jakob BERGER;

Stephan LORENTZ;

Delfino STESCHER;

Jonathan HENKS;

Dave RABWIN;

Steeve SHIBAN;

Adeline KAPLAIN;

Damien HOWE.

Des personnages secondaires :

Gary ULRICH et Aziz DE ROBIAN : des Sans Domiciles Fixes habitant pendant une époque, dans le Centre de Relais Social Atlantis [122].

Des mômes des âges d'enfants qui suivaient la thérapie dans le Centre MARCONI; lesquels l'on observait des comportements, par le truchement des différentes cassettes-vidéos :

Paula BERC;

Dorety AMANN;

Marilyn HANEY;

Cathy PEGGY;

Austin STEWART;

Todd TEXLER;

Milène VELASKO;

Jay CAREEN;

Sébastian MARION;

Anaïs ARMIN;

Jacquelyn DORIS;

Andreas NELLY.

Autres personnages secondaires :

Gilles CARPENTIER, un autre ouvrier de MOÏSES;
Monsieur Yves MULER, le papa d'ÉVELYNE;
Madame Simone DURAND, ép. MULER, la maman d'ÉVELYNE;
Laval BRICE et Loïc MORIN : des collègues fidèles du travail de Yves MULER.

Annick TYSSANDIER, " un subversif " employé par le papa de MARYVONNE, en vue " d'effectuer " " une sale besogne ";
Patrick FERNANDEZ, le petit-frère de LUCILIAN;
Yolande FERNANDEZ, la petite sœur de LUCILIAN et de PATRICK.

Claude ROLAND, le Chef du Personnel de l'Entreprise de Gardiennage " la SÉCUDARGAUD ";
Régis HARISSON, le Président-Directeur de " la SÉCUDARGAUD ".

Des gardiens de " la SÉCUDARGAUD ", affectés dans un site se trouvant vers Saint-Quentin-En-Yvelines :

Bertolotti FOPPIANI;
Lionel REYNALD.

Personnes à peine évoquées pour ce quatrième volume :

Roger BOUSSARD, le mari de LILIANE;
Éliane BOUSSARD, une des deux filles de LILIANE;
Nicole BOUSSARD, une autre des deux filles de LILIANE.

Des personnes qui avaient vainement essayé de récupérer [Et comment ! Et pour en faire quoi !], par des voies déplorables, JULIO :

Elvira AUBRY;

Vincent GILBERTO;

Henrique LEFEBVRE;

Alfred PEURON;

Marc THIÉBAUT.

Des autres amis de JULIO :

Nelson RUDNIK;

Roz LORENZO;

Éric BATTLES;

Jeffrey MAXWELL;

Arthur RAVER.

Les autres personnes à peine évoquées pour ce quatrième volume :

John-Christopher WINDSOR;

Giordano COROLIAN;

Norberto MAURY;

Kevin DE SOUSA;

Alexander NAVARRE;

Olivier GAUTHIER;

Lucia GAUTHIER;

Lucien CHAPERON;

Cléopâtre MOULLER, ancien ouvrier de MOÏSES;

Agathe LEROUX;

Mvila KEMVILA, le papa de MOÏSES;

Adolphine NSEKE (ou Mama ADOLO), la maman de MOÏSES;

Patrick FERNANDEZ, le défunt père de JULIO;

Yolande ROUSSEL, la maman de JULIO.

PRÉAMBULE

Et ainsi la poudre d'escampette que Julio FERNANDEZ penserait à prendre et même, qu'il prendrait effectivement, s'avérerait être désormais, un véritable désastre, " Un Véritable Chagrin d'Amour ". Ce chagrin précipiterait Maryvonne KEVILER, dans une vraie dépression nerveuse; laquelle dépression irait tout doucement et très sûrement, " bousiller " cette enfant unique. Les parents de celle-ci (avec une partie de leur importante fortune), n'hésiteraient guère, à utiliser par exemple carrément, des méthodes peu orthodoxes; des méthodes contraires à la loi et à la morale; bref, des méthodes machiavéliques; afin de faire revenir JULIO dans les bras de leur fille unique; en vue de lui sauver la vie; et par la même occasion, garantir par voie de conséquence, l'héritage de leur fortune, en toute tranquillité, après leur mort. Pourquoi les parents de MARYVONNE tenaient absolument à cette garantie ? C'est tout simplement, parce que, dans leurs esprits : " Si celle-ci; c'est-à-dire : leur fille unique MARYVONNE venait par exemple, comme par hasard, à mourir de sa dépression nerveuse; dans ce cas-là, son fils LUCILIAN aussi, risquerait éventuellement, de tomber dans une quelconque dépression nerveuse, en pensant tout naturellement à sa mère; et, il pourrait bel et bien éventuellement, trépasser également. Dans ce cas-là, leurs efforts seraient par exemple, d'une manière ou d'une autre, tout simplement " dilapidés ", après leur mort. ".

C'était pour cela, qu'ils; c'est-à-dire : " les parents fortunés " de Mademoiselle Maryvonne KEVILER, tenaient, à garantir absolument, la succession en toute quiétude. Par conséquent, selon " leur manière de faire les choses " : " Utiliser " des méthodes ", même si " ces méthodes en question ", ne sont que : " machiavéliques ", en vue de sauver leur " progéniture unique ", tout en faisant du mal, voire très mal, à " quelqu'une " d'autre au passage : serait vraiment-là, " une ultime thérapie confidentielle ", pour cette " souffrance affective indirecte "; pour cette " souffrance afflictive indirecte " [si l'on pouvait l'appeler ainsi] "; " laquelle souffrance " se répercuterait dorénavant chez Monsieur et Madame KEVILER, les parents de MARYVONNE.

Bref, pour ceux-ci, ils utiliseraient des méthodes visant et réussissant à transférer la dépression nerveuse de leur fille, à une autre personne, au passage. Laquelle personne ne s'en remettrait guère de cette nouvelle situation et elle en mourrait tout simplement. Mais, pour les parents de la fille unique : " Il n'y a pas à tortiller, car c'était-là, une ultime thérapie en vue de sauver notre enfant, et garantir l'héritage de notre fortune avec toute la quiétude possible ". Est-ce que cela serait aussi accepté par " l'Autre Justice "; ou pour mieux l'exprimer : Cela serait aussi accepté par " la Justice Providentielle " ?

Nous l'avions trop, trop gâtée depuis son enfance ! Et pire encore, nous n'avions jamais voulu par exemple oser contredire ses très, très médiocres caprices; quand elle grandissait ! Et voici maintenant le travail !

CHAPITRE : PREMIER

"C'est-à-dire eh !, eh, eh ! Moi JULIO je m'en vais te le dire ce " c'est-à-dire eh !, eh, eh !-là " ! C'est-à-dire que c'était exactement de cette manière-là justement, que tu avais fait la honte, nombre de jours, certes ici chez nous-mêmes; mais malheureusement hélas !, en présence de mon ami CHRISTIAN; en présence de nombre d'autres personnes aussi et entre-autres surtout en présence de ta propre maman et sans même parler du fait que, c'était quasiment à tout moment, en présence de LUCILIAN également ! ". Avait par voie de conséquence, répondu JULIO, à MARYVONNE, à la fin du Volume N° 3, intitulé : " Tourments de " JULIO, De Descendance Poitevine " ".

Et ce faisant, MARYVONNE enchaînerait à l'attention de JULIO : " Pourrais-je te poser quand-même une question JULIO ? ".

JULIO : " Vas-y !, et je t'écoute ! ".

MARYVONNE : " L'on réside quand-même après tout, chez nous-mêmes ici à Montrouge, ou l'on habite plutôt chez ton ami CHRISTIAN ou même encore chez ce nombre d'autres personnes dont tu fais allusion et également parmi elles : ma propre mère ? ".

JULIO : " Certes, que l'on est domicilié après tout, chez nous-mêmes ici à Montrouge ! Mais quand …/…. ".

MARYVONNE : " Et alors, l'on a bien droit à un peu d'intimité chez nous-mêmes, oui ou non ? ".

JULIO : " C'est certain que la réponse est : " Oui ! ". Mais quand-même! ".

MARYVONNE : " Humm mm ! " Mais quand-même ! ", me dis-tu encore ! Et pourquoi l'on n'aurait pas bien droit à un peu d'intimité chez nous-mêmes dans l'appartement dont nous avons le droit et le titre des locataires

? Dis-moi un peu JULIO, si ma mère ne sait-elle pas par exemple, que nous faisons quasiment tout le temps, ce dont par erreur, un bon certain jour, nous avons osé faire en face d'elle, entre-autres ? ".

JULIO : " C'est-à-dire eh !, eh, eh ! ".

MARYVONNE : " Je constate que tu ne peux pas me contredire sur ce point-là très, très précisément ! ".

JULIO : " Peut-être bien que non; mais …/…. ".

MARYVONNE : " Et d'ailleurs après tout, ce n'est en aucun cas, le problème de ma mère ! ".

JULIO : " Ce n'est en aucun cas, le problème de ta mère; ni celui de nombre d'autres personnes et dont parmi elles, Christian GENEVRAY par exemple quoi ! ".

MARYVONNE : " Et pourquoi m'évoques-tu le cas de ce nombre d'autres personnes-là ? Et pourquoi me cites-tu notamment ce nom de Christian GENEVRAY ? ".

JULIO : " C'est tout simplement parce que c'était aussi avec le même procédé très, très exactement, que tu avais aussi utilisé nombre de jours, en présence de tous ces gens-là; lesquels et pourtant, n'avaient comme tout tort, le fait de venir de bonne foi, nous rendre des visites de courtoisie; et les mettant ainsi, très, très mal à l'aise ! Et ces gens-là justement, croyaient que c'était une manière délibérée montée par nous deux, en vue de leur faire comprendre comme quoi, qu'ils étaient " des persona non grata " chez nous ! Humm mm ! Entre-autres, Christian GENEVRAY, une " persona non grata " chez nous ! Lui qui, et pourtant, il m'avait très, très considérablement tiré de la galère dans laquelle je m'étais très, très fortement empêtrée ici dans la Région parisienne, pendant plusieurs mois ! Enfin soit ! ".

MARYVONNE : " Et alors ? Crois-tu réellement JULIO, que si pour ma propre maman, je ne l'avais guère épargnée; et que par contre, je l'aurais épargné lui, pour le fait qu'il s'appelle Christian GENEVRAY et aussi, pour le fait qu'il t'avait très, très considérablement tiré de la galère dans laquelle tu t'étais très, très fortement empêtrée ici dans la Région parisienne, pendant plusieurs mois ? Ça ah !, en tout cas, pas du tout, du tout ! En tout cas ça ah !, c'est : ne pas du tout, du tout connaître les caractères et les tempéraments de moi "ta prostituée MARYVONNE" ! ".

JULIO : " Résultat de course : CHRISTIAN tout comme ces autres personnes dont nous avons ainsi rendu très, très mal à l'aise chez nous; ils avaient interprété nos faits, nos gestes et nos paroles intimes (; j'allais plutôt dire : ils avaient interprété " ces actes bestiaux " de notre part), comme étant par exemple : " Une espèce de connivence délibérée de la part de nous deux ", et dirigée contre eux, afin de leur faire comprendre une fois pour toutes ; et cela, d'une manière à peine voilée : comme quoi, que leurs présences au sein de notre appartement, nous gênaient énormément finalement; et que, par voie de conséquence, ils n'étaient plus du tout, du tout, les bienvenus chez nous à Montrouge ! ".

MARYVONNE : " Ton ami Christian GENEVRAY et tous ces autres gens-là qui s'étaient sentis très, très mal à l'aise chez nous, par suite de nos actes intimes indiscrets; ils peuvent tous interpréter " ces actes " que tu qualifies de " bestiaux " JULIO, comme étant par exemple [comme tu me le laisses entendre] : " Une espèce de connivence délibérée de la part de nous deux ", et dirigée contre eux, afin de leur faire comprendre une fois pour toutes ; et cela, d'une manière à peine voilée : comme quoi, que nous ne voulons plus d'eux chez nous ! Ils peuvent interpréter ces actes comme ils les veulent ! Mais très franchement JULIO ! C'est vraiment le dernier de mes soucis ! ".

JULIO : " J'avais et même jusqu'à présent, j'ai beau leur expliquer; j'ai beau expliquer à ces gens dont nous avons ainsi rendu très, très mal à l'aise chez nous, comme quoi, que ce n'était pas du tout, du tout, ce qu'ils croient; j'ai beau leur expliquer que ce n'est pas une connivence; mais malheureusement hélas !, pour leur quasi-majorité dont entre-autres pour Christian GENEVRAY; ils ne m'écoutent même pas et ils préfèrent ne plus du tout, du tout, revenir chez nous; puisque, selon eux, c'est bien ça, notre but recherché en leur rendant ainsi très, très mal à l'aise chez nous ! ".

MARYVONNE : " Je m'en fous éperdument moi MARYVONNE, qu'ils se décident finalement dans leur quasi majorité, de ne plus revenir chez nous ! ".

JULIO : " Pardon ? ".

MARYVONNE : " C'est tant mieux comme ça ah !, qu'ils restent chez eux ! Et ainsi, il n'y aurait plus de risques qu'ils se retrouvent encore une fois de plus, devant des scènes de la même nature ! " Des scènes de la même nature "; c'est-à-dire : comme pour des animaux en chaleur en plein rut ! " Des scènes de la même nature "; c'est-à-dire en d'autres termes; " des termes du Petit Larousse " : Comme en : " État physiologique des mammifères, qui les pousse à rechercher " la pointe. " ! ". Et ainsi, l'on rechercherait celle-ci, sans être dérangés par des visiteurs ! ".

JULIO : " En tout cas, il n'y a pas de doute : ton " aventurier " londonien; ton " aventurier " WINDSOR avait absolument raison de se sauver pour les États-Unis; et il avait raison de te larguer; puisque très franchement, tu exagères quand-même vraiment après tout MARYVONNE ! ".

MARYVONNE : " Ce " pédé "-là, n'avait qu'à se sauver (excuse-moi des termes qui suivent : " Je m'en tape éperdument ! "; ou afin de mieux l'exprimer :), j'en ai rien " à foutre " ! Je n'en ai vraiment rien à cirer ! ".

JULIO : " Ce que tu ne sais pas .../.... ".

MARYVONNE : " Oui ih !, ih, ih ! Ce que je ne sais pas ? ".

JULIO : " Ce que si cette allure continue; si ça continue; très bientôt, moi JULIO aussi, je vais pouvoir me sauver quand-même finalement; puisque, je n'en peux plus ! Je n'en peux plus d'être ainsi considéré comme étant par exemple, un même citron que l'on n'arrête plus décidément de presser, en vue d'obtenir toujours et encore toujours des jus ! D'où le fait que, très bientôt, moi également je vais pouvoir me sauver quand-même finalement ! À ce moment-là, tu aurais à me regretter et à espérer que je retourne chez toi, dans cet appartement-ici à Montrouge ! Mais seulement voilà, cela serait beaucoup trop tard ! ".

MARYVONNE : " Tu as dis quoi ? Il n'y a pas longtemps seulement, tu me laissais entendre le contraire ! ".

JULIO : " Je te disais quoi ? ".

MARYVONNE : " Tu me disais toi-même que tu ne m'avais jamais laissé entendre que tu finirais absolument par me larguer un bon certain jour; [même] si je ne fais rien de reprochable ! ".

JULIO : " C'est exact ! ".

MARYVONNE : " Mais voici maintenant même que tu oublies déjà tes propres propos et que par conséquent, tu te contredis ! ".

JULIO : " Excuse-moi, si je me contredis ainsi ! Et d'ailleurs, je ne crois même pas que je me contredis ! En outre si je comprends bien, je t'avais parlé en ces termes suivants; c'est-à-dire : comme tu me les répètes toi-même MARYVONNE que : " Je ne t'avais jamais laissé entendre que je finirais absolument par te larguer un bon certain jour; [même] si tu ne fais rien de reprochable ! ".

C'est exact ! Mais seulement voilà, là très franchement, il y a quand-même des comportements à se faire reprocher, non ! Puisque n'importe comment, là tu aurais commis des actes reprochables; car en face des gens qui viennent nous rendre visite chez nous et de bonne foi quand-même hein ! Enfin soit ! ".

MARYVONNE : " D'ailleurs, si je regarde très bien JULIO ! Tu n'as plus du tout en toi " quelque chose d'un vrai mâle "; et cela m'énerve énormément, lorsque, en dépit de tous les efforts que tu dépolies pour selon toi, me …/…. ".

JULIO : " D'accord ! Lâche seulement le mot et ne te gênes point ! Dis seulement le terme : " Impuissance " et ne te gênes surtout guère pour cela ! ".

MARYVONNE : " En dépit de tes efforts que tu dépolies pour selon toi, me …/…. ".

JULIO : " " Selon moi " ! ".

MARYVONNE : " Oui ih !, selon toi ! Selon toi : " me satisfaire aussi le mieux possible " ! Mais seulement voilà, l'on dirait très franchement, que tu as décidément des souffles au cœur ; et par conséquent, tu t'essouffles considérablement ; et tu n'arrives à rien à rien ! Et que quant-à moi MARYVONNE, " Je ne ressens bien évidemment : absolument plus rien du tout. " ! Déduction : il n'y a plus de doute : " Ta mécanique ne marche plus ! ". " L'Impuissance (en vue de pouvoir nous exprimer de la sorte [et surtout afin de pouvoir seulement lâcher le terme, comme tu viens toi-même de me l'exprimer tout à l'heure]) t'envahit en quelque sorte effectivement; et cela : très jeune; trop jeune même ! ". ".

JULIO : " Ça y est ! Tu as enfin lâché le mot : " Moi JULIO impuissant ! ". ".

MARYVONNE : " Oh oui ih !, ih, ih ! Oh oui ih !, ih, ih ! Oh oui ih !, ih, ih ! Et alors ? ".

JULIO : " Et alors ? Humm mm ! Alors-là, tu exagères vraiment ! Tu exagères vraiment pour la simple raison qu'à ma connaissance : pour moi le premier concerné " à ce problème mécanique "; je m'estime que ce n'est pas la vérité ! N'est-ce pas vrai que ce n'est pas la vérité non ? ".

MARYVONNE : " " N'est-ce pas vrai que ce n'est pas la vérité non ? ", me demandes-tu ? Enfin soit ! Mais avant, tu m'avais dit quoi à propos de WINDSOR ?; et réponds-moi très honnêtement ! ".

JULIO : " Très honnêtement ! D'accord ! J'avais dit que cet homme avait raison de te fuir et de s'en aller pour lui, pour les États-Unis; et que, par conséquent, moi JULIO aussi, je finirais inéluctablement un bon certain jour, par faire de même : me sauver ! Je finirais inéluctablement par faire mes valises et m'en aller ! M'en aller pas forcément à l'étranger; mais en tout cas, m'en aller me planquer là où, tu ne pourrais guère me retrouver ! ".

MARYVONNE : " En tout cas, moi également, j'avais raison quand je ne voulais pas avant, te raconter ma double aventure que j'avais eu à connaître, avant de te rencontrer ! Voici maintenant la preuve : " WINDSOR avait raison de me fuir. ", me dis-tu ! Moralité de cette affaire ? En te mettant au courant de cette double aventure que j'avais eue avant de te connaître, j'avais bien tort ! La preuve ! ".

JULIO : " Tu avais peut-être bien tort de me raconter cette double aventure ! Mais néanmoins, il faudrait le reconnaître quand-même que tu exagères réellement; et par conséquent, moi j'ai raison aussi, de râler non ! Tu ne penses pas que j'ai raison ? ".

MARYVONNE : " Non ohn !, je ne pense pas que tu aies aussi raison ! ".

JULIO : " C'est pour cela que, même si nous avons des visiteurs dans l'appartement; lorsque " ton sang vampirien te monte aux nerfs et à la gorge "; quand tu penses " à l'extase sublime " ! Alors tu n'hésites point de me traîner immédiatement dans la chambre, par une manière ou par une autre; et que je le consente ou non et, même en leurs présences; afin de pouvoir selon tes propres termes : " .../... Te transporter dans cet autre monde de l'épectase sublime .../.... ". "Lequel monde" apaiserait (selon toi :

imparablement) "tes très, très fortes crises d'angoisse récurrentes", pour "l'espace de quelques temps donnés" ! Hein ? ".

MARYVONNE : " Et alors ? ".

JULIO : " Tu ne sais pas que "la véritable guérison" au sujet justement de "tes très, très fortes crises d'angoisse récurrentes et incurables en question" ; c'est auprès des psychanalystes que tu devrais la chercher et la trouver ? Tu ne sais pas que tu ne pourrais en aucun cas, avoir "la réelle guérison définitive", par "l'auto-psychanalyse"? Tu ne sais pas que c'est une vraie humiliation ça ah !, de procéder de la manière dont toi MARYVONNE, tu procèdes ? Et à ce sujet de la vraie humiliation justement, les gens qui nous connaissent, en remarquant " cette folie " de notre part (en vérité, c'est de ta part exclusivement; mais cependant, pour eux ces gens, c'est de notre part à nous deux délibérément !); ils n'arrêtaient plus jamais (; ils n'arrêtent plus jamais; et ils n'arrêteraient plus jamais pendant encore assez longtemps) de nous faire des interminables ragots de commérages, partout où ils passaient (; partout où ils passent et partout où ils passeraient encore et encore) ! Et toi tu penses que c'est bien ça ah ? ".

MARYVONNE : " Mais pour l'amour de Dieu ! Quand est-ce que tu vas arrêter un peu de me parler : " des autres personnes "; " de ta mère "; " des autres personnes "; " de Christian GENEVRAY "; " des autres "; " de ma mère à moi également "; " des autres "; et cætera et cetera… ! Je m'en " tape " vachement des autres personnes moi ! Pour moi MARYVONNE finalement, je ne connais plus que toi JULIO et bien évidemment notre fils LUCILIAN, tous seuls ! ".

JULIO : " Tu reconnais quand-même très sincèrement, qu'à maintes reprises et cela, devant des gens très aimables; lesquels venaient; ou plutôt : lesquels viennent gentiment, nous rendre visite chez nous dans notre appart; que tu avais; ou plutôt : que tu as la folle manie de commencer à me défringuer ? ".

MARYVONNE : " Oui ih ! Je le reconnais ! Et alors ? Je m'en contrefiche moi ah ! Alors-là, je m'en branle vraiment des autres gens ! Alors-là, c'est vraiment tant pis pour eux ! " Des gens très aimables " n'ont qu'à rester tranquillement chez eux; puis crois-moi JULIO, qu'ils ne seraient guère du tout, du tout scandalisés par des actes "des poufiasses" telles que moi MARYVONNE ! ".

JULIO : " Si toi tu t'en fiches des autres gens; si toi tu t'en barbouilles même de ta propre maman par exemple ! Il faudrait le savoir quant-à ce qui me concerne moi JULIO; je ne m'en balance pas ! Je ne m'en contrefous pas par exemple, de la manière dont mon ami Christian GENEVRAY était " scandalisé "; et de la façon dont il était reparti tout de suite chez lui, l'autre jour ! Vraiment, il faut absolument parvenir à te maîtriser lorsque " ce moment de .../... ", t'arrive ! ".

MARYVONNE : " Il faut absolument que je parvienne à me maîtriser ! Il faut absolument que je parvienne à me maîtriser! C'est parce que, c'est peut-être de ma propre faute que moi MARYVONNE, je souffre des très, très fortes crises d'angoisse récurrentes; lesquelles je parviens à arrêter nettes, pour un temps donné tout au moins en tout cas, de cette manière-là ? Il faut absolument que je parvienne à me maîtriser, parce que c'est par exemple : c'est Christian GENEVRAY qui vient nous rendre visite, veux-tu peut-être ajouter ! Non ? Humm mm ! Parce que c'est par exemple : c'est Christian GENEVRAY ! Quand ces très, très fortes crises d'angoisse récurrentes et incurables en question m'arrivent; et que même au devant de ma propre maman, je ne parviens absolument pas à me maîtriser; lorsque "celles-ci" exigent ce qu'elles exigent; c'est-à-dire : ce que toi "mon Monsieur JULIO" tu connais très, très bien d'ailleurs; car, tu l'appelles : " ce moment de .../... " ! Quand " ce moment ", comme tu me le dis, m'arrive ! Alors, je ne trouve pas : Comment pourrais-je très franchement parvenir à me maîtriser effectivement ? Alors hein !, au devant de Christian GENEVRAY ou encore au devant de ma propre maman ou même encore au devant des autres personnes hein ! .../.... ".

JULIO : " Tu n'arrives même pas à te maîtriser au devant de ta propre maman ! Parlons-en encore une fois de plus justement ! Ce jour-là, même en sa présence; et même en présence de LUCILIAN ! ".

MARYVONNE : " Et alors ? ".

JULIO : " Elle qui était venue chez nous, en vue de prendre un peu pour un bon moment, comme elle le faisait assez souvent jusque-là (et comme elle continue encore malgré elle de le faire encore jusqu'à présent; même si c'est dorénavant, c'est à un rythme beaucoup moins fréquent qu'avant), son petit fils LUCILIAN; et l'amener chez eux à Rueil-Malmaison ! ".

MARYVONNE : " Et alors ? ".

JULIO : " Tu pourrais incontestablement me dire par exemple que : LUCILIAN n'est qu'un tout petit enfant pour l'instant; et que par voie de conséquence, il n'avait pas très exactement pu appréhender tous nos faits, tous nos gestes et toutes nos paroles intimes ! Et même ! Là encore, ce n'est guère trop sûr et trop certain; qu'il ne comprenne pas très exactement tous nos faits, tous nos gestes et toutes nos paroles en question; même si nous, l'on s'exprimait à très basse voix ! Pourquoi ? C'est tout simplement parce que, notre fiston LUCILIAN s'avère être très, très intelligent et que par conséquent, il n'est point dupe à ce point-là ! Mais pour ta maman ! Alors-là ! La preuve : cette note écrite par elle en Bic rouge, qu'elle nous avait laissée sur notre table ! ".

"Ohoum ! Et pourtant tu pourrais quand-même arriver,
si réellement si, tu te décidais, à bien dominer; à bien
maîtriser " tes instincts primitifs "; …/… ! ".

La réponse de MARYVONNE fut : " C'est vrai en plus que : LUCILIAN n'est qu'un tout petit enfant pour l'instant ! ".

Julio FERNANDEZ : " Mais quant-à ta mère elle; tu ne savais pas qu'elle était toute triste, suite à un tel caractère aussi bestial de ta part ? La preuve : La lettre qu'elle nous avait laissée !

Ne t'avait-elle pas elle-même reprochée en seule en seule, un tel comportement de ta part justement ?

Ne t'avait-elle pas elle-même reprochée en tête en tête, ce comportement si bestial et si honteux ? ".

Mademoiselle Maryvonne KEVILER : " Si ! " Si " ! " Si ", si ih ! Et alors ? ".

Julio FERNANDEZ : " Heureusement que j'avais quand-même couru (en t'amenant avec moi) dans la chambre, pour " te satisfaire "; sinon tu allais me " machiner " [excuse-moi le terme], complètement, le froc; et cela en leurs présences; (c'est-à-dire en présence de ta mère) ; et bien sûr : en présence de LUCILIAN également. ".

MARYVONNE : " Et alors ? ".

JULIO : " Quelle abjection ! ".

MARYVONNE : " Et alors ? ".

JULIO : " Je finirais incontestablement par me sauver un bon certain jour, moi de même; car j'ai tellement " trop supporté " "des dégradations" de ce genre; alors à présent, je crois que je n'arriverais plus du tout à continuer éternellement de les supporter ! ".

MARYVONNE : " Pardon ? ".

JULIO : " Toi tu me dis que tu supportes trop l'humiliation due à mon comportement " philosophique " ! Alors moi aussi, j'ai bel et bien le droit de dire que je supporte trop l'indignité, due à ton comportement " fou et hystérique de la pire espèce qui puisse exister ", non ? N'est-ce pas vrai ? ".

MARYVONNE : " Et après ? ".

JULIO : " Et après ! ".

MARYVONNE : " Oui ih !, et après ? ".

JULIO : " Ohoum ! Et pourtant tu pourrais quand-même arriver, si réellement si, tu te décidais, à bien dominer; à bien maîtriser " tes instincts primitifs "; plutôt que de " les faire ainsi éclater aux yeux et aux sus de nombre de gens " et me faisant faire ainsi de facto, à moi également l'infamie de cette façon-là ! Non ? Ça, c'est en fait, un véritable manque de respect que l'on affiche à l'égard des yeux de ces gens qui viennent nous rendre visite, et cela, de très bon cœur ! ".

MARYVONNE : " Mais je te le redis encore une fois de plus JULIO : Pour l'amour de Dieu, quand est-ce que tu vas arrêter de me parler de ces visiteurs qui viennent nous rendre visite, et cela soi-disant, de très bon cœur ? Hein ? ".

JULIO : " Des visiteurs, entre-autres, ta propre maman bien sûr ! ".

MARYVONNE : " Je m'en tamponne ! Ma propre maman ne sait-elle pas qu'elle avait mis au monde, " une fille aux caractères et comportements fous et hystériques de la pire espèce qui puisse exister " ? ".

JULIO : " Je ne crois pas qu'elle le sache réellement ! ".

MARYVONNE : " Penses-tu ! Elle doit tout à fait naturellement le découvrir déjà, depuis très longtemps ! En outre, je dois te poser la question suivante JULIO : Est-ce que c'était moi MARYVONNE toute seule qui avais souhaité posséder " ce fléau incurable ", si toutefois, l'on pourrait l'appeler ainsi; c'est-à-dire : "ces très, très fortes crises d'angoisse récurrentes et incurables"; lesquelles engendrent systématiquement, cet ardent désir charnel que je possède en moi ? ".

JULIO : " Oui ih, mais eh !, eh, eh ! Ou plutôt, j'allais dire : Non ohn !, mais eh !, eh, eh …/… ! ".

MARYVONNE : " Non ohn !, mais eh !, eh, eh ! Mais quoi ? Je te fais l'ignominie ! Ou plutôt, en vue de pouvoir l'exprimer selon ton propre vocabulaire : Tu supportes trop le scandale engendré par mon comportement " fou et hystérique de la pire espèce qui puisse exister " ? Et pour ta " marraine bien aimée ", envers qui, tu t'étais toujours et encore toujours montré très gentil; et en plus, avec tous les zèles possibles ! Non seulement que tu t'étais montré très tolérant et tolérable vis-à-vis d'elle ! Non seulement qu'à …/…. ».

JULIO : " Je ne crois pas : qu'être très tolérant et tolérable vis-à-vis d'une personne, puisse être un acte répréhensible que je sache moi ah ! ".

MARYVONNE : " …/… Non seulement qu'à son égard, tu t'étais montré très aimable et en réalité, non aimé toi-même par cette même marraine à toi en question ! Non seulement qu'à …/…. ".

JULIO : " Je ne crois pas non plus : qu'être très aimable envers une marraine (même si en réalité, cela n'est en fait pas réciproque), que cet acte puisse être également répréhensible vraiment, que je sache moi ah ! ".

MARYVONNE : " Non seulement qu'à son profit, tu t'étais montré " donateur " [et en disant ceci, je fais allusion au piano] et " très bon Samaritain ", dans le vrai sens de la Bible par exemple; alors qu'à vrai dire, toi-même, tu ne touches, en vue de m'exprimer de la sorte, quasiment rien du tout en guise de salaire !

Tu t'étais montré " donateur " à son égard; alors qu'en vérité, toi-même tu souffres considérablement !

Tu t'étais montré " très bon Samaritain " envers elle; alors que dans ta vie, tu ne peux que " te faire des sacrés sacrifices "; et dont malheureusement …/…. ".

JULIO : " Je ne pense pas non plus, qu'être " donateur " et " très bon Samaritain ", dans le vrai sens de la Bible par exemple, envers sa marraine, puisse être comme tel, un acte répréhensible; tout comme je ne pense pas non plus que : toucher quasiment rien du tout en guise de salaire; ou souffrir considérablement; ou encore se faire des sacrés sacrifices; je ne pense pas que tous ceux-là également, puissent vraiment être des actes répréhensibles que je sache moi ! ".

MARYVONNE : " Et dont malheureusement hélas !, cette " aimable marraine " à toi, n'arrête guère du tout, du tout, de jouer désormais, l'on dirait, un certain jeu " louche "; voire " très louche "; et voir-même " très, très louche ", vis-à-vis de toi; lequel jeu que tu n'arrives même pas à piger les règles justement ! En plus, cette marraine à toi-là, se donne et elle continue de se donner " un grand plaisir " consistant à se comporter " assez bizarrement " à ton égard; et voir-même à mon égard, puisque je suis "ta mocheté" ! Et ça ah !, ce n'est pas la …/… ? ".

JULIO : " Enfin, l'essentiel en est que moi JULIO, je m'étais comporté correctement vis-à-vis d'elle et qu'à ce titre, je n'ai même pas de reproches à pouvoir me faire, tant soit peu ! ".

MARYVONNE : " …/… Et ça ah !, ce n'est pas la noircissure ça ah ? Et je ne te parle même pas du fait, que cette marraine à toi-là, tout en ayant son époux, le religieux Norberto MAURY; mais elle avait en catimini; pour ne pas dire frauduleusement, eu ses deux filles avec deux autres hommes : Kevin DE SOUSA et Alexander NAVARRE, des hommes assez riches. Ce n'est pas l'opprobre ça ah ?

Les deux amants qu'elle avait jadis successivement eus à tour de rôle ! Ce n'est pas le ridicule ça ah ?

Les deux amants dont elle ne s'était même point gênée tant soit peu, de donner leurs noms à ses filles ! Ce n'est pas la ternissure ça ah ! Alors, si ça, ce n'est pas la turpitude; je ne sais plus quoi dire moi MARYVONNE ! Tu ne me parles plus de : " Oui ih !, mais eh !, eh, eh ! "; ou plutôt de : …/… ? ".

JULIO : " Ou plutôt de : " Non ohn !, mais eh !, eh, eh ! " ? Peut-être bien que si ! Ou peut-être bien que non ! Mais l'essentiel en est que du point de vue de mon comportement, moi JULIO, j'avais été correct; voire très correct et voir-même très, très correct vis-à-vis d'elle; vis-à-vis de cette marraine à moi-là, comme tu n'arrêtes pas de me l'exprimer ! Et comme ça, je n'ai pas de remontrances à me faire, faire; et comme ça, je n'ai rien à me reprocher consciencieusement ! ".

MARYVONNE : " Tu ne me parles plus de : " Oui ih !, mais eh !, eh, eh ! "; ou plutôt de : " Non ohn !, mais eh !, eh, eh ! " …/…. ".

JULIO : " D'accord ! Mais …/…. ".

MARYVONNE : " Mais quoi alors hein finalement ? Mais quoi ? Je te fais la vilenie ? Et ta sœur Ghislaine FERNANDEZ laquelle faisait jadis " la vitrine " et voir-même avant " la vitrine "; elle faisait " le trottoir "; et elle les faisait à Poitiers et ensuite, à Bruxelles ! Ce n'est pas la bassesse ça ah ? ".

JULIO : " Si, si, si ! C'est vraiment le déshonneur ça ah ! Et je dirais même que : c'est nettement bien pire que le déshonneur ! ".

MARYVONNE : " C'est sûr que mon comportement; j'allais dire plutôt : Le discrédit suscité par mon simple comportement fou et hystérique de la pire espèce qui puisse exister, s'avère être de loin; voire de très loin et voir-même de très, très loin minime, que cette pire vergogne-là suscitée par ta petite sœur GHISLAINE ! ".

JULIO : " Il n'y a pas photo, comme l'on dit ! Bien sûr qu'il n'y a pas de doute en cela ! Mais je te demande seulement MARYVONNE, de ne pas tout mélanger ! ".

MARYVONNE : " En tout cas, quand je réfléchis très bien moi-même; je pense que j'avais très bien fait, de " virer " plus ou moins ouvertement " cette ponette ", ce vendredi soir-là ! Franchement, je me souviendrais toujours et encore toujours, de ce vendredi soir-là en question ! ".

JULIO : " Tu t'en souviendrais toujours et encore toujours de ce vendredi soir-là ! C'est surtout du fait qu'elle (ma petite sœur GHISLAINE) t'avait révélé le fait que toi également, t'es comme elle : C'est-à-dire, que tu possèdes toi aussi, un sang " vampirien " dans ton corps; lequel te rend, comme à elle d'ailleurs, " folle et hystérique de la pire espèce qui puisse exister " ! Et qui plus est, avec surtout "des très, très fortes crises d'angoisse récurrentes", en vue de pouvoir couronner le tout ! Lesquelles crises justement, lorsqu'elles t'arrivent; elles "augmentent précipitamment" "ton appétit cochon", de la manière démesurée et en outre : de la façon impatiente; "déraisonnée" et déraisonnable ! " De la façon impatiente; "déraisonnée" et déraisonnable "; c'est-à-parce que, même s'il y a des visiteurs chez nous ! Et ben toi MARYVONNE, tu t'en contrebalances d'eux catégoriquement; et tu m'entraînes en leur présence, dans "ton ludisme" préféré : "l'entrecuisse" ! ".

MARYVONNE : " Ne me dis pas ça; car je vais me fâcher ! ".

JULIO : " Bon ! MARYVONNE c'est bel et bien toi qui me parles de ma sœur à moi non ohn ! C'est bel et bien toi MARYVONNE qui mélanges tout non ohn ! Si tu veux, tu ne me parles plus de ma sœur GHISLAINE; puis, tu n'aurais plus à te fâcher ! En bref, ne mélangeons pas tout ! ".

MARYVONNE : " Penses-tu ! " Ce [cette] même louis-là " à toi; " cette même GHISLAINE-là " à toi ne s'était même pas gênée un seul petit instant ensuite, afin de " piquer " le mari de sa propre grande sœur CHÂTELAINE;

en plus, laquelle sœur qui (avec le concours de son époux OLIVIER) l'avait fait sortir de cet engrenage du trottoir ou de vitrine ! Ce n'est pas une grande honte ça ah ? ".

JULIO : " Écoute MARYVONNE ! Ne mélangeons pas tout ! ".

MARYVONNE : " Je te fais la honte; je te fais la honte; je te fais la honte ! J'espère que tu n'as pas oublié que : …/…. ".

JULIO : " Ne mélangeons pas tout ! ".

MARYVONNE : " J'espère que tu n'as pas oublié que : ce n'est pas moi MARYVONNE (qui me trouve être CHÂTELAINE [" cette autre limande-là " à toi; et qui, avant même de …/…] …/….). ".

JULIO : " Je t'en supplie, ne mélangeons pas tout ! ".

MARYVONNE : " …/… Avant même de partir accoucher sa jolie petite fille [Lucia GAUTHIER]; et qui …/…. ".

JULIO : " Je t'en supplie de ne pas continuer dans cette voie-là. ".

MARYVONNE : " …/… Et qui faisant confiance à sa petite sœur GHISLAINE; qui se trouvait à ce moment-là, chez eux; et par conséquent …/…. ".

JULIO : " S'il te plait, ne continue pas dans cette …/…. ".

MARYVONNE : " …/… Et par conséquent qui l'aidait dans quasiment tous ses travaux de ménage dans leur appartement; parce que …/…. ".

JULIO : " …/… Pas dans cette direction-là; puisque …/…. ".

MARYVONNE : " …/… Parce que, elle, ayant encore une toute petite fillette à la main; et ne pouvant pas …/…. ".

JULIO : " Pas dans cette direction-là; puisque je vais vraiment …/…. ".

MARYVONNE : " …/… Et ne pouvant pas tout faire; la petite sœur qui, et pourtant avait accepté soi-disant de …/…. ".

JULIO : " …/… Puisque je vais vraiment me mettre en …/…. ".

MARYVONNE : " …/… Soi-disant de l'aider; couchant le plus souvent [sournoisement bien sûr] avec son mari …/…. ".

JULIO : " Puisque je vais vraiment me mettre en colère; voire très en colère et voir-même …/…. ".

MARYVONNE : " …/… [Sournoisement bien sûr] avec son mari Olivier GAUTHIER, avait purement et simplement, fini par le lui …/…. ".

JULIO : " .../... Et voir-même très, très en colère. C'est pour cela, afin de ne pas en arriver-là; ne .../.... ".

MARYVONNE : " .../... Avait purement et simplement, fini par le lui piquer carrément; et par conséquent, par se marier avec lui ? J'allais poser comme .../.... ".

JULIO : " .../... Ne mélangeons pas tout MARYVONNE ! ".

"…/… Toi tu es " une personne increvable en ces choses-là " [Tu vois ce que je veux dire ?]; et même cinq à six hommes très …/… ! …/…. ".

Mais malheureusement hélas !, Julio FERNANDEZ parlait dans le vide. La preuve : Maryvonne KEVILER continuerait allègrement de " lui crachait aux oreilles " : " Ce n'est pas moi qui, ayant par exemple : été injustement victime comme cela; comme pour prendre [ma] revanche, j'avais volontairement oublié ma cible; parce que, j'étais moi également à mon tour, partie " piquer " Monsieur Lucien CHAPERON, le ma. …/…. ".

Julio FERNANDEZ : " Oh la, la, la ah ! Tu es en train de me " lessiver " quoi ah ! Tu es en train de lessiver toute ma famille quoi ah ! ".

Maryvonne KEVILER : " …/… Partie piquer Monsieur Lucien CHAPERON, le mari de [ma] petite sœur Solange FERNANDEZ [ma] dernière sœur ! Et cela, dans les mêmes circonstances que l'on avait " piqué " le [mien], par une autre de (" mes poules "), entraînant ainsi indirectement : le suicide de cette dernière sœur à [moi]; c'est-à-dire : à toi JULIO ! ".

JULIO : " Assez MARYVONNE ! ".

MARYVONNE : " Ce n'est pas moi " la garce " Châtelaine YOANNES FERNANDEZ qui, sans pour autant [me] gêner, [je] finissais par [me] marier avec ce Lucien CHAPERON et [je] continuais tout tranquillement, à avoir deux autres bébés avec cet ancien [si l'on pourrait utiliser le terme ancien], mari de [ma] sœur SOLANGE; d'où, …/…. ".-

JULIO : " Vas-y ! fais-moi cette grande lessive; et comme ça, tu n'aurais plus rien à dire (je l'espère bien), par la suite. ".

MARYVONNE : " D'où, ayant en tout trois gosses (un garçon et deux filles; dont la première [LUCIA] est issue d'Olivier GAUTHIER, un père différent, devenu le mari de [ma] petite sœur GHISLAINE) ? ".

JULIO : " Assez ! Tu me disais que tu avais tort de m'avoir raconté ta double aventure connue, avant que je puisse te rencontrer. ".

MARYVONNE : " En effet ! ".

JULIO : " Et ben ! Franchement, je commence à croire maintenant que moi également, j'avais vraiment tort de t'avoir raconté toutes les histoires de notre famille, au fur et à mesure qu'elles se déroulaient. Je commence à comprendre seulement maintenant que GHISLAINE avait réellement raison de me préciser ; ou plutôt : de me rappeler que les linges sales se lavent en famille; et que par voie de conséquence, il [était] inutile de les raconter aux gens extérieurs de notre famille justement. ".

MARYVONNE : " Écoute-donc moi bien : les linges sales n'existent pas dans ma famille à moi MARYVONNE. Non ! Non, non ! Ce n'était pas moi MARYVONNE; laquelle s'avérait indubitablement être impliquée dans toutes ces histoires des mœurs-là et surtout : de la honte ! Ce n'était pas moi MARYVONNE, pour la simple raison que : dans notre famille, nous avons le sens du respect des maris d'autrui. ".

JULIO : " Je dis : " Arrêtons cette discussion ! "; puisque, là, tu as beaucoup trop débordé MARYVONNE ! ".

MARYVONNE : " Je ne m'arrête pas ! Crois-tu que c'est toi tout seul qui es susceptible et surtout irascible ? ".

JULIO : " Je dis : ça suffit ! ".

MARYVONNE : " Quand tu entends parler de tes sœurs; quand tu entends parler de toutes leurs histoires de la honte; tu deviens susceptible et même : impulsif ! Et tu me laisses entendre : " .../... Assez .../.... "; et tu n'hésites même pas, à parler de la honte; lorsqu'il s'agit de moi ! Et pour ta sœur GHISLAINE, qu'est-ce que tu en dis ? Hein ? Là aussi, tu ne dis pas par exemple : " Oui ih !, mais eh !, eh, eh ! "; ou plutôt : " Non ohn !, mais eh !, eh, eh ! " ? ".

JULIO : " Ça suffit ! ".

MARYVONNE : " .../... " Oui ih !, mais eh !, eh, eh ! "; ou plutôt : " Non ohn !, mais eh !, eh, eh ! " ?

Et pour " ton autre pipeuse " ! Châtelaine YOANNES FERNANDEZ .../.... ".

JULIO : " Assez ! ".

MARYVONNE : " .../... " Oui ih !, mais eh, eh, eh ! "; ou plutôt : " Non ohn !, mais eh, eh, eh ! " ? ".

JULIO : " Je dis : Assez ! ".

MARYVONNE : " Mais moi MARYVONNE qui ne suis pas " une putain ", je dis : .../... " Oui ih !, mais eh ! Eh, eh ! "; ou plutôt : " Non ohn !, mais eh !, eh, eh ! " ? Alors, mais quoi ? ".

JULIO : " Assez ! ".

MARYVONNE : " .../... " Oui ih !, mais eh !, eh, eh ! "; ou plutôt : " Non ohn !, mais eh !, eh, eh ! " ? ".

JULIO : " Je dis : Assez ! ".

MARYVONNE : " Mais moi MARYVONNE je dis : " Et pour " ta gaupe " CHÂTELAINE ? Là aussi, tu ne dis pas : " .../... " " Oui ih !, mais eh !, eh, eh ! "; ou plutôt : " Non ohn !, mais eh !, eh, eh ! " ? Mais quoi alors ? Hein ? ".

JULIO : " Maintenant calmons-nous ! J'allais tout simplement te dire MARYVONNE, que tu devrais aussi penser à moi ! ".

MARYVONNE : " Penser à toi JULIO ! À quel sujet ? ".

JULIO : " Au sujet de " l'usure " ! Voilà- tout ! ".

MARYVONNE : " Je ne te " pige " pas ! ".

JULIO, s'exprimant calmement; doucement et surtout gentiment à " sa Vénus MARYVONNE " : " Tu " m'esquintes " moi également, voilà tout ! " Je ne te parle même pas, du fait, qu'à chaque fois par exemple, quand, toi MARYVONNE, tu n'as pas encore atteint ton orgasme; lequel met trop, trop, trop et trop de temps à venir; et que pendant ce temps-là justement, moi JULIO, je suis complètement crevé; mais que par ailleurs toi de ton côté, tu ne veux même pas entendre parler " fatigue " de ma part ! Tu veux seulement à chaque fois que moi je t'accompagne jusqu'au bout de tes orgasmes, à des moments où et pourtant, moi je suis complètement épuisé; et que je n'en peux vraiment pas du tout, du tout ! Quelle force phénoménale que toi MARYVONNE, tu possèdes ! Toi tu es " une personne increvable en ces choses-là " [Tu vois ce que je veux dire ?]; et même cinq à six hommes très costauds; très vigoureux à la fois et aussi en très bonne santé physique et morale [" cinq à six hommes "; c'est-à-dire : à tour de rôle et consécutivement]; ils ne sauront malheureusement hélas !, jamais, jamais et jamais satisfaire à tes " fulgurants appétits physiques " ! Et surtout moi tout seul ! Et en plus, je le reconnais moi-même que je ne suis guère réellement costaud ou vigoureux; et en outre, je n'ai point une santé morale, en forme, depuis très, très longtemps déjà maintenant ! Alors hein ! C'est pour cela que …/…. ».

MARYVONNE : " Il faut me parler ainsi ! C'est-à-dire : calmement; doucement et surtout gentiment ! Alors, c'est pour cela que ? ".

JULIO : " C'est pour cela que je t'explique que pour moi JULIO, à force " de trop puiser dans ma réserve de vitalité, en vue de pouvoir m'exprimer de la sorte "; je suis finalement …/…. ".

MARYVONNE : " Oui ih !, il faut me parler ainsi ! Il faut s'adresser à moi calmement ! Il faut me parler doucement et surtout gentiment ! Alors, tu es finalement ? ".

JULIO : " C'est pour cela que je t'explique que pour moi JULIO, à force " de trop puiser dans ma réserve de vitalité "; je suis finalement devenu " naze "; et par conséquent, je n'en peux plus; voilà tout ! Je jette l'éponge ! Je déclare forfait ! ".

MARYVONNE : " Tu es devenu " naze " ? ".

JULIO : " Oui ih ! ".

MARYVONNE : " Tu n'en peux plus ? ".

JULIO : " Oui ih, ih ! ".

MARYVONNE : " Voilà tout ? ".

JULIO : " Oui ih !, ih, ih ! ".

MARYVONNE : " Tu jettes l'éponge ? ".

JULIO : " Tout à fait ! ".

MARYVONNE : " Et tu déclares forfait ? ".

JULIO : " Absolument ! ".

MARYVONNE : " Absolument ? ".

JULIO : " Mais cela ne signifie cependant pas du tout, du tout que je suis devenu impuissant hein ! Je voudrais seulement avoir un repos plus ou moins long en cette matière-là [Tu vois ce que je veux dire ?], en vue de mieux rebondir comme à l'époque d'antan ! ".

MARYVONNE : " Seulement avoir un repos plus ou moins long en cette matière-là ("Et si je vois ce que tu veux dire ?" [Me demandes-tu ?] [Mais bien sûr que je vois ce que tu veux dire; puisque je ne suis pas idiote !]), en vue de mieux rebondir comme à l'époque d'antan ? ".

JULIO : " Oui ih !, en vue de mieux rebondir comme à l'époque d'antan; puisque, je ne suis plus du tout, du tout " cette espèce d'infatigable bête de somme que tu as connue autrefois " MARYVONNE tu sais ! Et je préfère te l'exprimer moi-même si toutefois tu ne fais pas semblant de ne pas le remarquer toi toute seule déjà ! ".

MARYVONNE : " Et tu exprimes tous ceux-ci à mes oreilles ? ".

JULIO : " Mais eh ! Et alors toi, " tu me craches " à mes oreilles, tous les méfaits de mes sœurs ? ".

MARYVONNE : " Mais là, ce ne sont-là que des vérités hein ! ".

JULIO : " Mais très franchement ! Mais pour moi également, ce ne sont-là que des vérités hein ! Je suis fatigué ! Je n'ai plus la force physique d'antan; ni même morale d'ailleurs ! ".

MARYVONNE : " Tu es quand-même terrible toi JULIO ! Tout à l'heure, " tu rêvais pour ton avenir "; et cela ne me plaisait guère du tout, du tout ! Pourquoi ? C'est parce que, moi MARYVONNE, j'aime des gens qui voient la réalité en face; et, je n'aime pas de rêvasseurs ! ".

JULIO : " Tout à l'heure, " je rêvais pour mon avenir " ! Et maintenant alors je fais quoi ? ".

MARYVONNE : " Maintenant, tu ne " chimérises " plus; mais néanmoins, tu .../.... ".

JULIO : " Mais néanmoins ? ".

MARYVONNE : " Mais néanmoins, tu me confirmes toi-même en personne, " cette espèce de [ton] impuissance mécanique "; laquelle tu avais et pourtant contestée " mordicus ", il n'y a même pas assez longtemps de cela ! Au moins, tu devrais quand-même penser (toi JULIO également), à moi MARYVONNE (" hystérique de la pire espèce qui puisse exister ") que je suis non ! Pourquoi ne consulterais-tu pas un toubib ? ".

JULIO : " MARYVONNE ? Est-ce que, c'est ton sang vampirique ? Est-ce que, c'est ton sang " vampirien " qui te remonte comme il en est souvent les cas, jusqu'aux nerfs et jusqu'à la gorge et qui te pousse encore une fois de plus, de me reparler avec insistance; qui te pousse de me confirmer avec insistance; qui te pousse de me confirmer même et toujours avec insistance, " cette espèce d'impuissance mécanique, comme tu me le dis "; et par conséquent, de me dire d'aller consulter un toubib ? Est-ce que, c'est ce sang " vampirien " ou quoi ? ".

MARYVONNE : " Ne me parle pas de " ce sang vampirique " ! Ne me parle pas de " ce sang vampirien " comme ça; comme si c'était par exemple ta sœur GHISLAINE, " l'entôleuse ", qui m'en parlait ! Ne me parle pas de ce sang; puisque je vais me fâcher ! ".

JULIO : " Je te le parle : " Le sang vampirien " ! ".

MARYVONNE : " Je vais me fâcher ! ".

JULIO : " " Le sang vampirique " ! ".

MARYVONNE : " Je vais réellement me fâcher JULIO ! Je vais réellement me fâcher et à ce moment-là, " ce soi-disant mon sang vampirien " me remonterait effectivement jusqu'aux nerfs et jusqu'à la gorge et il me ferait " cracher encore une fois de plus, des pires insanités "; lesquelles tu n'aurais guère d'autre alternative que celle de les écouter très, très attentivement; et lesquelles enfin, te feraient toi également très, très sérieusement fâcher à ton tour ! Mais seulement voilà, là, ça ne serait point de ma faute ! Tu l'aurais toi-même voulu ! T'es prévenu ! " À bon entendeur, salut ! ", dit-on ! ".

JULIO : " " Le sang vampirien " ! ".

MARYVONNE : " Encore une fois : Là, ça ne serait point de ma faute ! ".

JULIO : " " Le sang vampirique " ! ".

MARYVONNE : " Tu l'aurais toi-même voulu ! ".

JULIO : " " Le sang vampirien " ! ".

MARYVONNE : " T'es prévenu ! ".

JULIO : " " Le sang vampirique " ! ".

MARYVONNE : " À bon entendeur, salut ! ".

JULIO : " " Le sang vampirien " ! ".

MARYVONNE : " Alors-là JULIO, ce n'est plus du tout, du tout, de ma faute ! Tu l'aurais toi-même voulu ! Bon ohn !, tu l'aurais voulu toi-même; et par voie de conséquence, " le sang vampirien " va me faire parler maintenant. Et ça va me " faire cracher " comme je te les avais informées en avance : des pires insanités ! Ce faisant, pour ce qui est de ton " espèce d'impuissance mécanique "; laquelle ne cadre plus avec " des exigences sexuelles d'une femme hystérique de la pire espèce qui puisse exister que je suis "; j'insiste sur le fait, qu'il faudrait absolument aller consulter un médecin ! ".

JULIO : " MARYVONNE ! Tu me fais beaucoup de peines ! En outre, je crois que ce n'est même pas la peine d'aller consulter un toubib ! À mon avis, …/…. ".

MARYVONNE : " Oui ih ! À ton avis ? ".

JULIO : " À mon avis, beaucoup de repos; beaucoup de jours de repos en ce qui concerne " ce domaine-là " (qui te procure; ou plutôt qui te dope [; en ceux qui concernent ces choses-là; lesquelles te procurent; ou plutôt : lesquelles te "dopent"] des neurotransmetteurs sécrétés par " l'hypophyse "), me guériraient encore mieux, que d'aller consommer " des tonnes " de médicaments prescrits par un médecin ! ".

MARYVONNE : " Ce n'est pas vrai ! Il faudrait aller chez un grand spécialiste en la matière ! J'en connais un, moi ! C'est un très bon toubib ! C'est un ami; voir c'est un grand ami de mon père et il avait par conséquent soigné ce dernier, lorsqu'il était pendant un moment de sa vie, confronté à des problèmes de mêmes genres. ".

JULIO : " Non ohn !, je ne veux pas aller consulter un spécialiste en la matière ! ".

MARYVONNE : " Est-ce que tu penses à moi au moins ? ".

JULIO : " Mais en vue de répondre à ta question : Oui effectivement ! Oui, je pense justement à toi ! C'est pour cela, que je voudrais qu'on y aille mollo, mollo ! C'est pour cela, que je voudrais que l'on y aille tout doucement; c'est-à-dire, en " faisant, si et seulement si, je pourrais m'exprimer de la sorte : des économies sur le minimum de masculinité qui me reste encore "; sinon, dans …/…. ".

MARYVONNE : " Sinon, dans ? ".

JULIO : " …/… Sinon, dans quelques temps seulement, il ne m'en resterait plus rien du tout, du tout ! À ce moment-là, je serais réellement complètement " naze " ! Ceci dit, à ce moment-là justement, l'on envisagerait la vraie consultation médicale auprès d'un toubib spécialiste en la matière ! ".

MARYVONNE : " Mais si ih ! Il t'en resterait toujours : " de la pêche " ! ".

JULIO : " En outre, tout à l'heure, je ne " fantasiais " point; mais par contre, je disais la vérité; en te laissant entendre qu'un jour, je m'en sortirais quand-même; car Dieu m'aiderait ! J'y crois fermement puisque, je suis " croyant " ! Je ne " fantasme " donc pas ! ".

MARYVONNE : " Tu " gambergeailles " et il y en a des millions de gens dans le monde, afin de ne même pas dire des milliards; qui pendant ce temps ici précisément; ils sont comme toi JULIO et par voie de conséquence, ils sont en train de " gamberger " ! Mais seulement voilà, ce qu'ils ignorent, ce qu'ils attendront très probablement longtemps; voire très longtemps et voir-même très, très longtemps encore ! ".

JULIO : " Tu me blesses le cœur ! Maintenant tu vas bien m'écouter MARYVONNE ! Je ne " rêvasse " point; mais par contre, " je plonge dans mes pensées " ! ".

MARYVONNE : " Justement, ce n'est pas bon, de plonger comme cela, dans ses pensées ! ".

JULIO : " Je ne " baye pas aux corneilles " MARYVONNE; mais néanmoins, " j'entre dans mes idées " ! ".

MARYVONNE : " Mais ce n'est point normal non plus, d'entrer comme cela, dans ses idées ! ".

JULIO : " Je ne " berlure " point MARYVONNE; mais cependant, j'essaie " de pénétrer dans des concepts cachés " ! ".

MARYVONNE : " Justement, ce n'est guère malin, d'essayer de pénétrer comme cela, dans des concepts cachés ! ".

JULIO : " Je ne " suis pas dans les nuages " ; mais " je m'introduis dans le monde de l'imagination et de l'imaginaire "; afin d'oublier ne fût-ce qu'un petit laps de temps : Qui je suis moi JULIO au juste ? Puisqu'en vérité finalement, je suis quelqu'un qui " traîne " la pire des poisses avec lui; et cela, partout où il se déambule ! ".

MARYVONNE : " Mais c'est cela aussi " la rêvasserie ", tu sais ! ".

JULIO : " Je le fais, en vue d'essayer d'oublier que je ne suis [comme toi-même MARYVONNE tu le sais d'ailleurs] : " qu'un fils d'horizontale ";"qu'un pôv type"; je ne suis " qu'un misérable "; je ne suis " qu'un roturier "; je ne suis " qu'un minable "; lequel, depuis sa naissance, il n'a pas encore eu " une vrai baraka ", afin d'échapper réellement à la mouise et à toutes ses répercussions ! ".

MARYVONNE : " Et tu crois très franchement pouvoir t'y échapper comme cela ? ".

JULIO : " Et pourquoi pas ? N'est-ce pas, qu'il est nettement de loin préférable, de " plonger " par exemple, ne fût-ce que quelques petits instants, dans " ses phantasmes " ([avec : ph : c'est-à-dire : " dans ses onirismes " ; et donc non : " dans ses fantasmes " ; ou " ses fantasmagories " " comme qui dirait : avec une connotation effusionniste " ! Oh !, tu me laisserais sans doute entendre que : " C'est du pareil, au pareil ! ". Car je sais bien que : c'est de toi MARYVONNE toute crachée ! Mais peu importe, comme tu les désignerais probablement !]. Oh !, remarque MARYVONNE que, tu es parfaitement libre de les désigner comme bon te semble hein !). D'où je le répète encore : N'est-ce pas, qu'il est nettement de loin préférable, de " plonger " par exemple, ne fût-ce que quelques petits instants, dans " ses phantasmes " ! Plutôt que ! ".

MARYVONNE : " Oui ih ! Plutôt que ? ".

JULIO : " Plutôt que de se laisser aller dans le calvaire (le calvaire ou le chemin [si tu veux]) de la drogue par exemple; ou encore moins dans celui de " l'alcool ", soi-disant, en vue d'essayer d'oublier des multiples soucis que l'on a en soi ! Non ohn ? Ne trouves tu pas que j'ai raison ? Hein !, MARYVONNE ? ".

"Vous savez vous-même : Comment elle est " insupportable " réellement ? Enfin, d'ailleurs un jour, vous-même, vous avez dû .../..... ".

Sur cette question, la discussion, pour ne pas dire la dispute, s'était arrêtée. JULIO F. était sorti afin d'essayer d'oublier tous ceux-là. Un autre soir; un soir d'un jour ouvrable, il partirait à Rueil-Malmaison, où habitaient ses beaux-parents. Il tenait à parler à sa belle-mère, Madame Maryse FOUQUET, épouse KEVILER, au sujet de sa fille MARYVONNE. Là-bas, JULIO F. sonnerait à la porte. Son beau-père, Monsieur Moïses KEVILER; lequel malheureusement hélas !, pour celui-là, il était sorti. Néanmoins, sa belle-mère Madame Maryse FOUQUET, épouse KEVILER; laquelle était quant-à elle, là-bas, présente à la maison à Rueil-Malmaison, elle lui avait ouvert celle-là [c'est-à-dire la porte]. Julio FERNANDEZ dirait à cette dernière : " Bonjour ! "; et elle lui ferait entrer dans leur maison.

Julio FERNANDEZ : " Bonjour belle-mère ! ".

Madame Maryse FOUQUET, épouse KEVILER : " Bonjour mon gendre ! Entrez ! Ne restez pas devant la porte comme ça ah ! ".

JULIO était entré dans la maison et il prenait une place, afin de s'asseoir tout en disant : " Merci de m'avoir accueilli, alors qu'en réalité, je viens chez vous à l'improviste ! ".

MARYSE : " C'est la moindre des choses à faire, hein ! N'est-ce pas que vous êtes notre gendre, non ohn ? Ou plutôt, notre futur gendre non ? Alors hein !, il est tout à fait normal qu'on vous accueille, même lorsque vous venez nous rendre visite à l'improviste ! ".

JULIO : " Merci ! ".

MARYSE : " Mais qu'est-ce qu'il y a encore avec MARYVONNE ? Mais qu'est-ce qu'elle a encore fait ? ".

JULIO : " Mais comment savez-vous chère belle-mère, que je suis venu vous parler de MARYVONNE ? ".

MARYSE : " Je suis une femme " psychologue " moi MARYSE ! Le savez-vous ? J'avais beaucoup étudié dans mes cursus, les comportements des enfants et même ceux des adultes ! Ce n'est même pas la peine que je vous dise que : Ce n'est pas de vos habitudes, de venir tout seul, nous rendre visite à l'improviste ici à Rueil-Malmaison, le soir d'un jour ouvrable ! ".

JULIO : " Oui ih !, c'est vrai ! ".

MARYSE : " Et plus encore ! ".

JULIO : " Et plus encore ? ".

MARYSE : " Et plus encore, cela se dessine très explicitement surtout sur votre visage comme quoi, que vous-êtes tellement attristé ! Et que par conséquent, cette tristesse, je m'en doute très bien, qu'elle ne peut qu'être que, la répercussion; ou plutôt : une des répercussions des très, très médiocres caractères de notre fille; laquelle s'avère être votre conjointe ! ".

JULIO : " C'est vrai ! Vous avez raison ! ".

MARYSE : " Alors, qu'est-ce qu'elle a encore fait ? ".

JULIO dirait à MARYSE : " Vous n'êtes guère Madame Maryse FOUQUET, épouse KEVILER, sans le savoir que cela fait déjà cinq ans; voire plus que cinq ans, que nous vivons " maritalement " avec votre fille MARYVONNE ? ".

MARYSE : " Je le sais bien oui ih !, ih, ih ! ".

JULIO : " Mais vous n'êtes guère sans le savoir également, que cela fait cinq ans déjà ou plus, qu'elle est de plus en plus " insupportable "; et cela ne fait qu'ajourner tout à fait logiquement, la date de notre mariage à la Mairie ? ".

MARYSE : " Parlez; et je vous écoute ! ".

JULIO : " Vous savez vous-même : Comment elle est " insupportable " réellement ? Enfin, d'ailleurs un jour, vous-même, vous avez dû assister à une triste scène, afin de pouvoir comprendre : Comment l'on était rapidement parti dans la chambre ! ".

MARYSE : " C'est vrai, et ce n'était pas drôle du tout, de pouvoir oser le faire en ma présence; encore moins, en présence des autres personnes, quelles qu'elles soient d'ailleurs ! C'était pour cela, que moi, je m'étais sauvée avec le petit LUCILIAN; lequel j'étais en fait venue récupérer pour un bon petit moment ! L'on s'était sauvé ni tambour, ni trompette, comme l'on dit; et en prenant quand-même soin de vous laisser une petite missive certes, écrite en Bic rouge (Et pour cause !), sur votre table ! ".

JULIO : " Tout à fait ! Mais malheureusement hélas !, que ce n'est pas seulement vis-à-vis de vous toute seule, qu'elle s'autorise " unilatéralement ", à agir de la sorte; c'est-à-dire : à avoir "un comportement bestial" ! Elle se comporte de cette manière-là, également à l'égard de quasiment tous nos peu d'amis qui nous restent encore malgré tout, fidèles; même si, cela n'empêche, qu'ils n'arrêtent plus décidément, de considérablement, nous commérer ! Alors ça ah !, les ragots de commérages ! Enfin soit ! ".

MARYSE : " C'est vrai que ce n'est pas du tout, du tout drôle, de posséder en soi : " un tel comportement bestial unilatéral ", entraînant par la suite, des divers ragots de commères ! ".

JULIO : " Tenez par exemple ! Elle avait aussi entre-autres, agi de la même façon, vis-à-vis de mon grand ami Christian GENEVRAY; un ami auquel je tenais énormément à garder absolument ma très, très bonne entente avec lui; lequel ami qui, n'eût été pas lui, moi Julio FERNANDEZ " De Descendance Poitevine et d'Arrière-Descendance Espagnole ", je n'allais …/…. ".

"Je pense très sincèrement que MARYVONNE a reçu une très, très mauvaise éducation ([Notez bien la nuance : je parle de « l'éducation » que l'on …/….]). ".

Madame Maryse FOUQUET, épouse KEVILER, parlant à voix basse : " C'est bien d'être fier de ses origines ! ". Et Julio FERNANDEZ n'écoutant quasiment rien du tout, demandait : " Pardons ! Je vous demande pardons ! ". Et Madame Maryse FOUQUET, épouse KEVILER répétait à une voix très, très audible cette fois-ici, aux oreilles de son gendre Julio FERNANDEZ : " Ah !, " Pardons ! ", (me demandes - " tu " ! [Me demandez-vous] !). ".

JULIO : " Je vous demande pardons ! ".

" Je vous demande pardons ! ", [me dites-vous !]. Je disais seulement que : c'était bien d'être fier de ses origines ! ". Et JULIO disait enfin : " Merci ! ". Et cela étant, il poursuivrait : " Lequel ami Christian GENEVRAY qui, n'eût été pas lui, moi Julio FERNANDEZ " De Descendance Poitevine et d'Arrière-Descendance Espagnole ", je n'allais …/…. ". ".

MARYSE : " C'est vraiment bien d'être fier de ses origines ! ".

JULIO : " Je n'allais certainement pas pu me rencontrer avec votre fille ! Pourquoi ? C'est parce que, j'allais tout simplement repartir pour moi, à Poitiers ! Cet ami m'avait hébergé chez lui; lorsque je me retrouvais : dans " une merde " ici; " une merde quasi-indescriptible ", ici, dans la Région parisienne; quand j'étais venu dans le cadre de la poursuite de mes études. ".

MARYSE : " Et elle MARYVONNE, elle ne connaissait pas cette histoire ? ".

JULIO : " Si, si ! Elle la connaissait très bien ! Et elle la connaît même très bien; voire très, très bien; puisque je la lui en avais parlée; et même je la lui en avais répétée à maintes reprises ! Qui plus est, nombre de fois, elle était venue nous rendre visite à Nanterre; quand j'habitais dans le home de cet ami en question ! ".

MARYSE : " Humm mm ! Quel type de comportement " incorrigible " que possède notre fille MARYVONNE ! Très franchement, je n'arrive plus du tout à comprendre finalement ! ".

JULIO : " Je la lui en avais parlée; et même, je la lui répète plusieurs fois et quasiment tous les temps; afin qu'elle n'ose guère tant soit peu, oublier ce CHRISTIAN ! Mais seulement voilà, quant-à elle, elle préférait par dessus tout, n'en faire qu'à sa tête ! ".

MARYSE : " Mon Dieu ! ".

JULIO : " Ce faisant, par suite " d'un tel comportement bestial justement, de votre fille MARYVONNE ", en guise de résultat de course, cet ami Christian GENEVRAY (comme d'ailleurs la plupart de nos amis), avait depuis bien longtemps déjà, été contraint de déserter notre appartement, afin de ne plus être encore éventuellement scandalisé un autre jour, par " le voyeurisme visuel " certes ; mais également : " auditif " ! ".

MARYSE : " C'est vrai que c'est triste de se séparer comme cela, avec un tel ami ! ".

JULIO : " Ce n'est pas tout ! Puisque, si ce n'était peut-être par exemple que : cet ami Christian GENEVRAY, reconnaissait comme quoi (; cet ami Christian GENEVRAY, comme d'ailleurs toutes les autres personnes qui avaient été scandalisées par des scènes de même genre hein !, [des scènes du " genre intime "; ou en vue de pouvoir les exprimer autrement : des scènes engendrées par la manifestation dynamique dans la vie psychique de la pulsion sexuelle de votre fille MARYVONNE] chez nous hein !) que : pour cette séparation-là avec lui (ou avec " elles " " ces autres personnes ici en question "); s'ils reconnaissaient tous, que c'était MARYVONNE toute seule qui était la fautive, dans ce cas-là, je ne me formaliserais même pas trop ! ".

MARYSE : " Mais c'était quoi en plus ? ".

JULIO : " Mais c'était le fait, que cet ami (cet ami Christian GENEVRAY, comme d'ailleurs toujours et cela va sans dire, toutes les autres personnes qui avaient été scandalisées par des scènes de même genre [" genre charnel "] chez nous hein !); ils avaient tout simplement interprété tous nos faits; tous nos gestes; toutes nos paroles; bref, " tous nos actes pygocoles ", comme étant des actes orchestrés et commis délibérément par moi-même

JULIO et par elle MARYVONNE bien entendu; et destinés contre eux, en vue de leur faire déserter une fois pour toutes, notre appart ; et cela, d'une manière : " l'on ne peut plus dévoilée " ! ".

MARYSE : " Il faudrait se mettre à la place de toutes ces personnes scandalisées-là hein ! Et devant des telles circonstances scandaleuses; l'on n'agirait incontestablement que de la même manière hein ! Quoique, ce n'est qu'en partie vrai, ce que je viens d'exprimer à présent ! Pourquoi ? C'est parce qu'en fait, moi MARYSE également, je fais partie des gens qui avaient été ainsi scandalisés chez vous ! Mais, au moins moi, je sais comme quoi, que c'est bel et bien MARYVONNE, notre fille toute seule qui s'avère être la fautive avant tout ! Ceci étant, il faudrait aussi que votre ami Christian GENEVRAY entre-autres, fasse comme moi; et que par conséquent, qu'il comprenne, que c'est bel et bien MARYVONNE, notre fille toute seule qui s'avère être la fautive avant tout; et que, par voie de conséquence, pas vous mon [; ou plutôt notre] gendre JULIO ! ".

JULIO : " En outre, ce que je n'ai jamais eu le courage de dévoiler à MARYVONNE, ce que .../.... ".

MARYSE : " Oui ih !, ih, ih ! Ce que ? ".

JULIO : " Ce que c'était cet ami-là; c'est-à-dire : Christian GENEVRAY qui m'avait conseillé et persuadé d'accepter " les persistantes sollicitations d'une vie conjugale commune, à peine déguisées de votre fille MARYVONNE, adressées à mon égard "; lorsque, je lui mettais tous les temps au courant de l'évolution de cette relation qui se pointait déjà à l'horizon entre moi et votre fille justement ! En d'autres mots, c'était grâce à lui CHRISTIAN, que moi et votre fille nous avons formé un couple ! ".

MARYSE : " Mais pourquoi vous n'aviez guère expliqué à notre fille ce que vous venez de m'expliquer-là à présent ? C'est parce que, c'est capital de le faire, afin qu'elle puisse chercher ce CHRISTIAN en question; et qu'elle lui fasse par voie de conséquence, des excuses ! ".

JULIO : " Je n'ose même pas ! Pourquoi ? C'est tout simplement parce que, telle que je la connais elle MARYVONNE; cela, va se retourner immédiatement contre moi ! Puisqu'elle va me dire incontestablement que : Dès le départ, je ne l'ai jamais aimée; la preuve : ce que je viens de lui avouer moi-même ! ".

MARYSE : " C'est vrai ! Je crois que vous n'avez pas tort sur ce point de vue-là ! ".

JULIO : " Belle-mère ! Il ne faudrait surtout pas lui dire ce que je viens de vous dévoiler-là à présent hein ! ".

MARYSE : " Comptez sur moi ! Il faut considérer comme si : Je n'ai rien entendu à ce sujet !

L'on a déjà assez de problèmes comme ça par suite des ses très, très médiocres comportements, alors hein !

L'on a déjà assez de problèmes à essayer de régler et l'on n'y arrive pas encore; et que je me permette encore d'en rajouter d'autres ! Ah !, non merci ! Je ne suis pas folle ! ".

JULIO : " Merci ! ".

MARYSE : " Dans ce cas-là, en vue d'essayer de récupérer votre ami CHRISTIAN ! Il faudrait tout simplement lui expliquer que MARYVONNE m'avait également fait ce coup-là, moi MARYSE sa propre maman; et dans le cas où vous ne l'aviez point détruite, lui montrer la missive en stylo rouge que je vous avais laissée chez vous ! En outre, lui dire qu'il peut venir avec toi ici à Rueil-Malmaison; ou même dans mon magasin à Paris; et je n'hésiterais pas du tout, de témoigner en votre faveur; même si cela est quand-même honteux après tout, pour la dignité de ma propre fille ! ".

JULIO : " Vous parlez ! Dites-vous que, c'est déjà tenté ! Je lui avais expliqué les mêmes choses, comme vous venez de me les conseiller, comme par hasard et comme si je les savais déjà en avance, que vous-même, vous alliez me conseiller d'agir ou de procéder de la sorte ! ".

MARYSE : " Et alors ? ".

JULIO : " Et alors, il avait fait semblant de m'écouter ! ".

MARYSE : " Mais ? ".

JULIO : " Mais, j'avais une nette impression comme quoi, que ce n'était là, " qu'une simple manière de me répondre par : "un non recevoir", assez diplomatique", afin de ne guère me vexer " ! J'avais une nette impression que ce n'était là, " qu'une simple apparence de gentillesse, de pouvoir m'écouter, ni plus, ni moins "; et c'est tout ! ".

MARYSE : " Mais, il vient toujours vous voir à Montrouge, non ? ".

JULIO : " Justement non ! " Non ", parce qu'il a finalement déserté Montrouge définitivement ! ".

MARYSE, à JULIO : " Mais vous au moins, vous continuez d'aller lui rendre des visites; des fréquentes visites, là où il habite chez lui dans son appartement non ? ".

JULIO, à MARYSE : " Justement, c'est-là où le bât blesse ! Pourquoi ? C'est parce que …/… ! ".

Elle aussi, elle m'aime ! Nous-nous aimons bien mutuellement ! La preuve : elle ne voudrait surtout point du tout, du tout, que je fasse mes valises ! Elle ne le voudrait point; car ce fait la rendrait malade; ce fait la rendrait soucieuse; ce fait la rendrait dépressive.

"Mais vous au moins, vous continuez d'aller lui rendre des visites; des fréquentes visites, là où il habite chez lui dans son appartement non ? ", disait MARYSE, à JULIO.

JULIO, à MARYSE : " Justement, c'est-là où le bât blesse ! Pourquoi ? C'est parce que, j'ai essayé malgré moi, de le faire à plusieurs reprises; mais seulement voilà, à chaque fois, dès-même qu'il remarquait que c'était moi qui sonnais devant sa porte; il me répondait systématiquement au travers de cette même porte en question, comme quoi, que je n'étais plus du tout, du tout le bienvenu chez lui dans son appartement; et que de ce fait, il ne pouvait même pas me faire entrer à l'intérieur de ce dernier lieu ! Ce faisant, je n'avais guère une autre alternative, que celle d'être finalement contraint, de faire comme lui; et que par conséquent, que je déserte moi JULIO également, là où lui cet ami Christian GENEVRAY il habitait justement et cela, définitivement ! ".

MARYSE : " Il continue de vous téléphoner au moins ? ".

JULIO : " Non plus ! ".

MARYSE : " Mais vous au moins, vous continuez de lui téléphoner quand-même, non ? L'histoire de pouvoir garder d'abord le contact; et après, l'on pourrait enfin avoir la facilité de pouvoir aplanir le différend ! ".

JULIO : " Oui bien sûr que je continue; ou afin de pouvoir l'exprimer beaucoup plus correctement : je continuais de lui téléphoner ! Mais plus …/…. ".

MARYSE : " Mais plus maintenant ? ".

JULIO : " Non ! Plus maintenant en effet ! ".

MARYSE : " Mais pourquoi ? ".

JULIO : " C'est tout simplement parce que, quand il entendait seulement ma voix; il me raccrochait au …/.… ".

MARYSE : " Il vous raccrochait au nez ? ".

JULIO : " Tout à fait ! ".

MARYSE : " Ah !, c'est vraiment dommage qu'une telle amitié puisse se terminer ainsi ! Et tout ça, c'est à cause de notre fille ! ".

JULIO : " En plus, je tiens à préciser que j'ai parlé dès le début de cette présente conversation entre nous deux, de : " nos peu d'amis qui nous restent encore malgré tout, fidèles "; c'est parce que, déjà ma famille ne vient plus jamais chez nous, pour la simple raison que votre fille unique Maryvonne KEVILER n'aime pas du tout, du tout, la sentir ! Et que par ailleurs, la plupart de nos amis nous avaient déjà désertés (Et pour cause ! Par suite " du comportement bestial " de votre fille justement !). ".

MARYSE : " Et pourtant je lui avais déjà prodigué des conseils à maintes reprises ! Humm mm ! Enfin, je lui en parlerai encore une fois de plus ! ".

JULIO : " Ma propre famille à moi JULIO, se demandait déjà; elle se demande encore jusqu'à présent et elle n'arrêterait sûrement pas de se demander encore et encore toujours : Comment n'arrive-je pas encore, à me séparer avec " une telle femme hystérique de la pire espèce qui puisse exister " et laquelle possède en plus, un sang vampirique; un sang " vampirien "; lequel lui monte par moments, jusqu'aux nerfs et jusqu'à la gorge et lequel : non seulement lui fait faire entre-autres, la preuve; ou plutôt : des preuves d'un comportement bestial; mais également lequel lui fait cracher aux oreilles de moi son conjoint et aux oreilles des autres personnes, des pires insanités ! Oui ih !, j'avoue que ce sont-là, des termes utilisés certes finalement, par certaines personnes de ma famille, afin de pouvoir désigner votre très, très jolie fille MARYVONNE; mais seulement voilà, j'avoue également le fait qu'il y a beaucoup de part de vérités dans ceux dont je viens de vous laisser entendre au sujet de votre fille justement ! ".

Madame Maryse FOUQUET, épouse Moïses KEVILER [, parlant doucement; puisque, certes, c'étaient tellement accablants tous ceux dont on venait de lui laisser entendre; mais seulement voilà, c'étaient aussi tellement : non sans fondement] : " Qu'est-ce que vous voulez ! " Ces certaines personnes de votre famille qui utilisent finalement des tels termes, en vue de pouvoir désigner notre fille "; n'ont que (et c'est vraiment très triste et très malheureux de pouvoir ainsi l'avouer solennellement, par moi-même la maman de la fille en question); mais hélas !, qu'est-ce que vous voulez ! " Ces certaines personnes de votre famille " n'ont après tout malgré ça, que raison ! " Elles " n'ont après tout, que " mille fois raison "; j'allais plutôt dire ! ".

JULIO : " Pardon ? ".

Et MARYSE, parlant un peu plus fort : " Je disais que " ces certaines personnes de votre famille " n'avaient après tout, que mille fois raison; et que j'avouais très solennellement moi la maman de MARYVONNE comme quoi; qu'elles n'avaient indubitablement que : mille fois raison ! ".

JULIO : " Ah bon ohn ! Vous avouez très solennellement que ceux dont disent " certaines personnes de ma familles " ne sont que véridiques ; c'est-à-dire : que ceux dont vous venez vous-même de confirmer, ne sont que réalités ? ".

MARYSE : " Tout à fait ! ".

JULIO : " Vous savez hein ! Vous êtes vraiment sincère hein !, afin de reconnaître comme quoi, que " ces certaines personnes de ma famille ", n'avaient; ou plutôt : elles n'ont (puisqu'elles le pensent toujours, jusqu'en ces jours) pas tort ! Avec votre nistonne MARYVONNE, l'on est carrément livré à une langouste insatiable, en ceux qui concerne ses appétits sexuels. Cette langoustine te dévore en te soumettant impérativement aux désirs de son avidité libidineuse. Et là, tu sens que tu n'en peux plus ! Alors vraiment, tu n'en peux plus du tout, du tout ! Mais que, paradoxalement, tu ne te sauves pas du tout, du tout ! L'on dirait tout simplement que, tu adores, ce genre spécifique de souffrance ! Mais seulement voilà : Pas du tout, du tout ! Quelles magies contradictoires ! Les magies phéromonales, bien sûr ! Vous le savez hein !, Madame MOÏSES ! ".

MARYSE : " Oh !, oui ih ! ".

JULIO : " Ma propre famille me demandait; et elle me demande encore toujours : Le pourquoi du fait que je ne faisais [; ou que je ne fais] pas mes valises [(déjà) depuis longtemps] ? Et par conséquent, laisser à votre fille, son grand appartement qu'elle avait d'ailleurs trouvé elle-même avant de pouvoir me rencontrer, grâce à ses propres influences; et que comme l'on n'est pas encore marié; cela ne porte bien évidemment que son propre nom ! ".

MARYSE : " Quelles tristes nouvelles ! ".

JULIO : " Moi de mon côté, j'avais toujours hésité de faire mes valises, croyant que le comportement de votre fille " allait se bonifier finalement un bon certain jour, avec le temps " ! Mais hélas ! Vous parlez ! Cela ne fait que s'empirer ! ".

MARYSE : " Mais vraiment ! Comment ne pourrait-elle pas comprendre quelque chose cette MARYVONNE, elle aussi ? ".

JULIO : " Je me le demande moi également ! ".

MARYSE : " Elle est vraiment bornée hein cette fille ! ".

JULIO : " J'avoue que quelquefois, elle arrive à me comprendre; mais qu'en vérité, ce que je crois piger finalement, ce que, ce n'est-là, qu'une certaine astuce; ce que, ce n'est-là, qu'un certain subterfuge, afin que je ne fasse guère mes valises ! ".

MARYSE : " Enfin ! ".

JULIO : " Alors ma belle-mère ! J'aime beaucoup votre fille ! Elle aussi, elle m'aime ! Nous-nous aimons bien mutuellement ! La preuve : elle ne voudrait surtout point du tout, du tout, que je fasse mes valises ! Elle ne le voudrait point; car ce fait la rendrait malade; ce fait la rendrait soucieuse; ce fait la rendrait dépressive. En plus, nous avons déjà un fils (LUCILIAN); et c'est même moi JULIO qui refuse (contrairement aux souhaits si pressants de MARYVONNE) que l'on ait encore d'autres gosses, avant que l'on puisse rendre éventuellement notre union conjugale, légitime à la Mairie, en dépit (comme je l'ai dit tout à l'heure), de ses multiples désirs, d'avoir d'autres mômes ! ".

MARYSE : " Oui, MARYVONNE m'en a toujours parlé ! Elle m'a toujours fait ce compte rendu ! ".

JULIO : " Or, avant que l'on puisse rendre notre union conjugale, légitime à la Mairie; il faudrait absolument, qu'elle commence d'abord, par améliorer ses habitudes ! ".

MARYSE : " Je vais essayer de lui en parler encore une fois de plus et je ne sais même pas : Qu'est-ce que cela donnerait comme étant résultat ! ".

JULIO : " Comme moi Julio FERNANDEZ, je tiens à elle considérablement; et que, elle également, elle tient à moi énormément ! Alors, vous en tant que sa maman ! Essayez de lui en parler encore une fois de plus ! Essayez de devenir l'intermédiaire, en vue de l'obliger à se comporter convenablement; ou afin de mieux le dire : essayez de devenir l'intermédiaire, afin de la contraindre à pouvoir se comporter comme toutes les femmes " dignes de ce nom de femmes " se comportent tout simplement, vis-à-vis de leurs conjoints et vis-à-vis de leurs visiteurs ! ".

MARYSE : " Entendu ! Message bien reçu ! ".

JULIO : " Moi de mon côté, je n'attendrais plus assez longtemps, afin de pouvoir constater des résultats escomptés ! ".

MARYSE : " C'est entendu ! Je serai l'intermédiaire et je ferai la commission ! Je ferai tous les nécessaires en vue d'arriver aux résultats escomptés ! Je ferai tous les nécessaires afin que MARYVONNE et vous notre gendre JULIO, vous arriviez à des compromis ! ".

JULIO : " S'il y a des améliorations du point de vue de son comportement; je vous affirme que tout irait pour le mieux; et que par conséquent, nous deux; c'est-à-dire : moi JULIO et elle MARYVONNE et sans oublier bien entendu, notre enfant LUCILIAN; nous vivrions heureux ! Mais par contre, s'il n'y a pas de changement; je ne me cache pas qu'un bon certain jour par exemple, après son travail; elle ne me retrouverait plus dans son appart ! Il n'y aurait plutôt seulement, qu'une lettre; qu'une très longue lettre; qu'une très, très longue lettre, comme prévue à cet effet, sur sa table à manger. Laquelle lettre lui expliquerait en long et en large; en hauteur et en profondeur; et enfin, en diagonale et en médiane; et cela, très, très explicitement, toute la situation. Bref, elle viendrait trouver seulement, une longue lettre; une très longue lettre; une très, très longue lettre sur sa table à manger ! ".

MARYSE : " J'espère que cette fois-ci, compte tenu de cette espèce d'ultimatum que tu lui formules par mon truchement; j'espère qu'elle va réellement m'écouter; et que par voie de conséquence, il y aura des améliorations dans ses manières de pouvoir se comporter avec les autres personnes ! ".

JULIO : " S'il n'y en a pas ! Elle viendra [comme je l'ai dit tantôt], trouver une très, très longue lettre, sur sa table à manger; laquelle lui expliquerait tout; puisque, moi je n'aurais même plus à gaspiller mon souffle, afin de vouloir lui parler encore ! Et pendant le temps qu'elle …/…. ".

MARYSE : " Je vais le lui dire, il n'y a pas de problème ! ".

JULIO : " …/… Et pendant le temps qu'elle serait en train de lire cette très, très longue lettre que je vais lui laisser sur sa table à manger; quant-à moi JULIO et mes valises, l'on serait déjà là, où elle ne pourrait plus jamais nous retrouver ! Ça serait pour ainsi dire : ni vu; et ni connu ! Et même dans le cas par exemple où après maintes recherches effectuées par elle-même ou par des tierces personnes; après maintes recherches effectuées par des personnes intermédiaires …/…. ".

MARYSE : " Je vais quand-même lui en parler ! Mais très honnêtement, je vais tenter quand-même de lui en parler ! Pourquoi je fais la présente nuance ? C'est en réalité, parce que, je ne sais même pas : Qu'est-ce que cela pourrait au juste, fournir en guise de résultat de course ! Je m'exprime de la sorte; c'est puisque finalement, je connais très bien les très, très mauvais caractères de MARYVONNE ! ".

JULIO : " …/… Ça serait dans ce cas-là : ni vu; et ni connu ! Et même dans le cas par exemple où après maintes recherches effectuées par elle-même ou par des tierces personnes; après maintes recherches effectuées par des personnes intermédiaires, envoyées par elle Mademoiselle Maryvonne KEVILER; laquelle éventuellement, elle les lancerait à mes trousses; et que, de ce fait, l'on pourrait nous retrouver. J'allais plutôt dire : Même dans le cas où elle pourrait finalement me retrouver; car, ce n'est pas la peine de " personnifier " mes affaires; mais, vu que notre union conjugale n'est pas encore officielle au nom de la Loi; alors, il n'y aurait même pas à m'inquiéter pour un quelconque jugement de divorce à subir de la part des juges matrimoniaux; puisqu'en réalité, il n'y avait jamais eu auparavant de : mariage entre nous deux; afin qu'ensuite, il y ait un jugement de divorce ! À ce moment-là, croyez-moi …/…. ".

MARYSE : " Je me le disais bien ! Oui ih !, ih, ih ! À ce moment-là ? ".

JULIO : " …/… À ce moment-là, croyez-moi, ma belle-mère, avec tous les respects que je vous dois; mais seulement voilà, tout serait définitivement fini, entre moi JULIO et votre fille MARYVONNE ! Cette décision serait : constante, immuable et irréversible ! Sur ceux, je retourne chez nous à Montrouge; j'ai sommeil et je m'en vais roupiller ! ".

MARYSE : " Merci beaucoup pour le fait d'avoir porter à ma connaissance, ces plaintes. Croyez-moi mon cher gendre, que je vais encore essayer de lui en parler ! Si je dis que : Je vais encore essayer de lui en parler ! C'est parce qu'en réalité, même avant que vous puissiez venir faire vos plaintes au sujet de MARYVONNE, auprès de moi sa maman; moi-même en tant qu'une mère justement qui, en vérité, ne souhaite que " le bonheur de ([sa] fille " [surtout en tant qu'enfant unique]) et de son petit-fils LUCILIAN; je lui avais déjà prodigué des conseils plusieurs fois; lesquels conseils devraient en principe, déjà produire des résultats concrets depuis belle lurette ! Mais compte tenu du fait que vous êtes à présent ici; afin de vous plaindre; ce qu'il n'y a pas de compromis ; ce qu'il n'y a pas de bons résultats en question ! Enfin soit ! Mais je vais encore essayer une fois de plus, de lui prodiguer des conseils ! ".

JULIO : " Je m'en doutais très bien que vous lui aviez déjà prodigué des bons conseils; mais qu'elle n'écoute pas et qu'elle n'en fait qu'à sa tête ! ".

MARYSE : " Oui, plusieurs fois mêmes ! Je lui avais plusieurs fois prodigué des bons conseils, afin qu'elle puisse s'améliorer et par conséquent, en vue qu'elle puisse pouvoir bien vous garder; puisque finalement et très sincèrement, à part vous Monsieur Julio FERNANDEZ; je ne sais pas si elle pourrait encore avoir une certaine chance, de pouvoir dénicher un homme tel que vous; un homme qui la supporterait pendant jusqu'à cinq longues années, ou même plus, à l'instar de la manière dont vous, vous l'avez déjà fait ! ".

JULIO : " Vous êtes vraiment sincère, en vue de le reconnaître comme ça, vous savez hein ! ".

MARYSE : " Merci ! Afin de revenir à MARYVONNE, je crois que je suis dans cette obligation de vous avouer une chose ! Je suis dans cette obligation de le faire; sinon si je ne le fais pas, ma conscience ne serait jamais tranquille ! ".

JULIO : " Quelle chose ? ".

MARYSE : " Je pense très sincèrement que MARYVONNE a reçu une très, très mauvaise éducation ([Notez bien la nuance : je parle de " l'éducation " que l'on reçoit chez ses parents; et non du tout, du tout, de " l'instruction " que l'on reçoit sur des bancs scolaires ou universitaires par exemple !]), de notre part (; de notre part, " nous "; c'est-à-dire : de la part de moi MARYSE et de la part de lui MOÏSES) qui sommes ses parents ! Vu qu'elle est notre unique enfant; alors, nous l'avions élevée comme étant par exemple une princesse ! Nous l'avions trop, trop gâtée depuis son enfance ! Et pire encore, nous n'avions jamais voulu par exemple oser contredire ses très, très médiocres caprices; quand elle grandissait ! Et voici maintenant le travail ! Voici à présent les résultats de course : elle est devenue insupportable ! ".

JULIO : " Je ne vous le fais pas dire chère belle-mère ! ".

MARYSE : " Enfin, je vais quand-même essayer encore une fois de plus, de lui prodiguer d'autres conseils; et je suis bien dans cette ultime obligation de le lui faire; c'est parce que, mises à part ses très, très fortes crises d'angoisse dont elle souffre ; lesquelles la rendent nymphomane torride, c'étaient nous ses parents qui l'avions très, très mal élevée du point de vue de son éducation reçue dans le toit familial ! Je vais essayer encore une fois de plus, de lui prodiguer des conseils; et j'espère seulement que cette fois ' ci; ça serait la bonne; et par conséquent, elle va m'écouter ! ".

JULIO, à MARYSE : " Essayez ! Car, mais qui-donc ?".

MARYSE, à JULIO : " Pardon ? ".

JULIO, à MARYSE : "Essayez encore une fois de plus, de lui prodiguer des conseils; et moi JULIO également, j'espère seulement que cette fois ' ci; ça serait la bonne; et par conséquent, elle va vous écouter ! Et que de surcroît, elle se conduirait à merveille vis-à-vis de moi ! Car effectivement : Mais qui-donc ?

Mais qui-donc pourrait " forcer " " plus fort " que " fort " ?

Mais qui-donc pourrait-il réellement " forcer " " plus fort " que " la force elle-même " ?

Hein ?

À savoir que, quand MARYVONNE est bien satisfaite. Là, bien évidemment un étonnant léger --- (avait certes, assez souvent l'habitude [et à plusieurs reprises], de se dire JULIO ; et cela : à lui-même, bien entendu ; mais ce jour-là, il le laisserait carrément entendre à MARYSE, la maman de MARYVONNE : ---).

Là, bien évidemment après un étonnant léger alanguissement, elle [vous] exhibe en guise de preuve de sa satisfaction : une luxurieuse opérette ; afin de ne guère dire : qu'elle [vous] chante en même temps une libidineuse sérénade.

Très franchement, j'aurais tant souhaité que ces réalités-ici affichées par elle (ma pouliche), soient irréelles. Mais hélas !, malheureusement, elles sont réelles.

Et quant-à elle (mon Ève en question), elle me laisse [moi son Adam], dans un état physique de désolation totale.

Un état, " l'on dirait " : incontestablement dû à l'effondrement total de mon énergie vitale ; pour ne guère dire : dû à l'épuisement total de mon essence-même. Et c'est ça la trêve pour moi, son zigoto Julio FERNANDEZ justement.

Une trêve qui débuterait à coup sûr à chaque fois, par un court état de torpeur étonnante ; ou plutôt : par un bref engourdissement inhabituel ; pour ne pas dire : par un passager état léthargique étourdissant ; dont nous deux (c'est-à-dire : concubin et concubine), nous ferions à chaque fois preuve, dans des telles circonstances tant réitérés à maintes reprises, par nous deux bien sûr.

Et c'est toujours, comme toujours avec elle (ma fatma) d'ailleurs, cette éphémère léthargie se manifeste avec : non seulement ses yeux rayonnant de vivacité ; mais également avec des très, très beaux silencieux sourires, plusieurs fois exprimés.

Mais qui-donc pourrait toujours et encore toujours faire rayonner de vivacité, les yeux de cette congaye appelée MARYVONNE ; laquelle est votre fille unique ? Et en guise de compensation, se retrouver inexorablement dans un état physique de désolation totale ?

Mais qui-donc pourrait toujours et encore toujours faire manifester des très, très beaux silencieux sourires, plusieurs fois exprimés, à cette Vénus nommée MARYVONNE ; laquelle est votre fille unique ? Et en en guise de contrepartie, se retrouver imparablement dans un état, " l'on dirait " : incontestablement dû à l'effondrement total de son énergie vitale ?

Il faudrait avouer qu'au début de notre relation " hyménéale ", lorsque MARYVONNE me laissait entendre qu'elle soignait " ses très, très fortes crises d'angoisse récurrentes et incurables dont elle souffre depuis son enfance ", par " l'auto-psychanalyse " ; laquelle se manifesterait inexorablement par " un appétit-physique " " très, très vorace ". Très franchement, je croyais savoir : À quoi je m'y attendais ? En réalité, je me trompais bigrement. C'est parce qu'en fait, je n'en savais rien du tout, du tout " d'une telle voracité, d'appétit-physique ".

Bref : " Très, très fortes crises d'angoisse " ; entraînant " l'auto-psychanalyse " ; se manifestant inexorablement par " un appétit-physique " " très, très vorace" ; entraînant " la léthargie " et " tous les restes qui la précèdent ; et même tous les restes qui la succèdent " ; entraînant " trêve " ; entraînant automatiquement : " d'autres très, très fortes crises d'angoisse ".

Et c'est un cycle rotatif ou rotatoire ; ou même : un mouvement translatif ou translatoire (c'est selon) ; une cadence sans fin, quoi.

La preuve : Aujourd'hui, je me pose des questions :

Mais qui-donc ?

Mais qui-donc pourrait " forcer " " plus fort " que " fort " ?

Hein ? Mais qui-donc pourrait-il réellement " forcer " " plus fort " que " la force elle-même " ?

Hein ?

Assurément quelqu'un d'autre et plus jamais JULIO ! (Avait continué de raconter celui-ci, à MARYSE, ce jour-là). ".

Et sur ceux, Julio FERNANDEZ " De Descendance Poitevine Et D'Arrière-Descendance Espagnole " dirait; ou plutôt : il redirait à sa belle-mère Madame Maryse FOUQUET, épouse Moïses KEVILER : " J'ai tellement trop sommeil chère belle-mère; et par conséquent, il va falloir que j'aille roupiller maintenant ! Pour cela, il va avant tout falloir, que je retourne pour moi, chez nous à Montrouge ! Alors sur ceux, je vous dis : Je retourne pour moi, chez nous ! Au revoir et à la prochaine occasion ! ".

"Ma fille ! C'est et pourtant facile que tu changes tes caractères, si tu y mets réellement du tien ! Mais, si tu ne fais aucun effort, et que tu continues de …/….".

Le plus rapidement possible, Mademoiselle MARYVONNE recevrait "une nouvelle remontée des bretelles", de la part de sa maman MARYSE, après bien évidemment "son nouveau chef-d'œuvre" "bestial". Madame Maryse FOUQUET, épouse KEVILER l'avait appelé; pour ne pas dire : " convoqué "; " convoquer ", sa fille ! " Convoquer sa fille " où ? La " convoquer " chez eux ! " Chez eux " où ? " Chez eux " à Rueil-Malmaison; et elle lui avait fait encore une fois de plus, des très sérieuses remontrances. MARYSE disait à MARYVONNE, sa fille : " Et oui ih !, ma fille ! La Négritude ! Le Métissage des Cultures ! La Complémentarité des Valeurs ! Pour ne pas dire : Le Métissage des races ! L'Enrichissement des cultures ! Tu lui as déjà expliqué tous ça et tout ça et tout ça et tout ça et tout ça ? Tu avais déjà parlé explicitement à lui ton conjoint JULIO, " des mœurs et coutumes " de " la Blondinie " ? ".

MARYVONNE, à MARYSE, sa mère : " Même pas ! ".

MARYSE, à MARYVONNE, sa fille : " Même pas ? ".

MARYVONNE, à MARYSE : " Exact ! ".

MARYSE, à MARYVONNE : " Alors-là ! Alors-là !, tu vas t'en mordre les doigts ! En tout cas, c'est ton affaire; et par voie de conséquence, oublions cela ! ".

MARYVONNE, à MARYSE : " Oui ih !, maman ! " En tout cas, c'est mon affaire; et par voie de conséquence, oublions cela ! ", comme tu me le dis ! ".

MARYSE : " Mais vraiment hein ! Tu ne pourrais guère empêcher un peu, ton égo, de toujours et encore toujours, prendre le dessus, à chaque discussion ! C'est donc pour cela, que des banales discussions que tu fais avec JULIO, tournent à des aigres disputes ! Bon ohn ! Tout à fait ! Oublions cela ! Considère seulement comme si je n'ai rien dit, à ce sujet ! ".

MARYVONNE : " C'est entendu : Je considère seulement comme si tu n'as rien dit, à ce sujet, effectivement ! ".

MARYSE : " Considère seulement comme si tu n'as rien entendu, à ce sujet, effectivement ! ".

MARYVONNE : " C'est entendu : Je considère seulement comme si je n'ai rien entendu, à ce sujet, effectivement ! ".

MARYSE : " Puisque, il en est ainsi ma fille ! Changes tes caractères, vis-à-vis de lui JULIO ! C'est et pourtant facile que tu changes tes caractères, si tu y mets réellement du tien ! Mais, si tu ne fais aucun effort, et que tu continues de " narguer " le peu d'amis qui vous restent encore; et surtout les très rares membres de la famille de ton " conjoint "; de " ton conjoint JULIO "; Julio FERNANDEZ ! " Un bon certain jour ", dès ton retour du travail, tu ne te retrouverais qu'à …/…. ".

Madame Maryse FOUQUET, épouse KEVILER n'avait pas encore fini de prononcer sa phrase; et elle avait été coupée (de la parole), par sa fille Maryvonne KEVILER; laquelle lui disait : " Ah !, tu dis aussi : " Surtout les très rares membres de sa famille "; …/…. ".

C'était vraiment : "Une houleuse conversation entre mère et fille". Et à présent, "cette houleuse conversation entre mère et fille" allait se poursuivre de plus belle.

"…/… " Une bonne femme hystérique

de la pire espèce qui puisse exister,

et possédant en elle, un sang vampirique,

un sang " vampirien"

qui lui monte aux nerfs, qui lui monte à la gorge

et qui lui fait par conséquent

faire des pires bêtises " ! ".

M adame Maryse FOUQUET, épouse KEVILER n'avait pas encore fini de prononcer sa phrase; et elle avait été coupée (de la parole), par sa fille Maryvonne KEVILER; laquelle lui disait donc : "Ah !, tu dis aussi : " Surtout les très rares membres de sa famille "; …/…. ".

Maryse FOUQUET : " Si toutefois s'ils en restent encore : ceux qui continuent de vous rendre visite; ce qui m'étonnerait énormément ! ".

Maryvonne KEVILER : ""Les très rares membres de sa famille" ! "…/… De sa famille" ! Tu ne sais pas que ce sont surtout eux qui nous avaient pourris : la vie ? Tu sais au moins comment certains d'entre - eux, me qualifient finalement ? "Une bonne femme hystérique de la pire espèce" ? "Une bonne femme hystérique de la pire espèce qui puisse exister et possédant en elle, un sang vampirique; un sang "vampirien"; lequel lui monte aux nerfs; lequel lui monte à la gorge; et lequel lui fait par conséquent, faire, faire, des pires bêtises; et lequel lui fait sortir de sa bouche, des pires insanités ?" ".

MARYSE : " Ah bon ! ".

MARYVONNE : " Tous ces termes-là, c'est en vue de qualifier une femme ! Et cette femme-là, c'est qui ? Et cette femme-là, c'est bien moi ! Moi MARYVONNE ! Alors, comment estimer les membres d'une telle famille ? Comment aimer une telle famille ? Une telle famille qui nous avait pourri : la vie ; et laquelle continue de nous la pourrir ? ".

MARYSE : " Comment ça ah !, "une telle famille qui vous avait pourri la vie et laquelle continue de vous la pourrir !" ? ".

MARYVONNE : " Avec "tous ses interminables problèmes", sa mère YOLANDE par exemple, elle n'arrête pas de faire écrire et de faire envoyer, des lettres à JULIO dans lesquelles, elle n'arrête guère du tout, du tout, de lui demander qu'il lui vienne en aide continuellement; elle n'arrête point de lui quémander des sous; et comme ça, lui-même, il ne lui reste même plus par exemple, des possibilités, afin de s'occuper de lui-même justement ! ".

MARYSE : " Mais il ne faudrait pas trop te formaliser pour cela ! Ce sont des choses qui sont fréquentes dans beaucoup de famille ! ".

MARYVONNE : " Oui mais sauf que pour lui JULIO, il ne lui reste même pas un peu " de francouillards ", en vue de pouvoir payer ne fût-ce que par exemple, son habillement ! ".

MARYSE : " Ce n'est pas trop grave ! Toi tu pourrais toujours par exemple, avec une petite partie " de tes rondelles " ; lesquelles sont très bien loties déjà (selon toi-même), lui payer "des fringues", au lieu de râler comme ça ah ! ".

MARYVONNE : " Mais seulement voilà, le problème en est justement que, compte tenu du fait qu'il avait dû subir des terribles "entourloupettes" de la part de sa marraine laquelle s'avère; ou plutôt : laquelle s'avérait et pourtant être la bien aimée par lui JULIO et par toutes les siennes ; et laquelle surtout, elle voulait elle-même aider celui-là considérablement; par conséquent .../.... ".

MARYSE : " Par conséquent ? ".

MARYVONNE : " Par conséquent, ce dernier n'accepte même [plus] que moi MARYVONNE (qui en fait selon lui JULIO finalement, je ne suis "qu'un être féminin"; lequel n'est pas de sa famille directe; en d'autres mots : moi MARYVONNE, je suis tout simplement, comme étant sa marraine); et par voie de conséquence, .../... ".

MARYSE : " Et par voie de conséquence ? ".

MARYVONNE : " Et par voie de conséquence, j'allais ajouter : JULIO n'accepte même plus que moi MARYVONNE, je lui paie [et pourtant de très bon cœur hein !] des vêtements et des chaussures ! ".

MARYSE : " Résultat de course ? ".

MARYVONNE : " " Résultat de course, son habillement ressemble plus, à "un roturier"; à "un misérable"; à "un minable"; en vue de ne point dire par exemple, à "un clodo" ! ".

MARYSE : " Quelle poisse ! ".

MARYVONNE : " En effet comme tu le dis maman : Quelle mouscaille! ".

MARYSE : " Et oui ih ! ".

MARYVONNE : " À ce sujet de la déveine justement maman, .../... ".

MARYSE : " Oui ih !, ih, ih ! ".

MARYVONNE : " Maman, tu te rappelles du prénom de "CLÉOPÂTRA" ? ".

MARYSE faisant d'abord semblant de l'ignorer, elle répondrait : " Du prénom de "CLÉOPÂTRE" ? ".

MARYVONNE : " Mais non ohn ! "CLÉOPÂTRE" ! "CLÉOPÂTRA" ! "Cléopâtre MOULLER" ? ".

MARYSE, cette fois-ici, répondant honnêtement : " Oh oui ih ! Monsieur Cléopâtre MOULLER ! Oh oui ih ! L'ancien ouvrier-boucher de ton père; lequel ouvrier (lui, comme tous ses autres collègues bouchers d'ailleurs hein), toi MARYVONNE, tu n'arrêtais guère de traiter de : " fils de Louis-quinze "; lequel ouvrier n'était resté dans l'Établissement "Moïses KEVILER", qu'un seul jour; et lequel boucher .../.... ".

MARYVONNE : " Tout à fait ! Lequel ouvrier (c'est entendu : lui, comme tous ses autres collègues bouchers d'ailleurs hein), moi MARYVONNE, je n'arrêtais point de traiter de : " fils de pavute "; lequel ouvrier n'était effectivement resté dans la boucherie, que "quasiment qu'un seul jour" ! ".

MARYSE : " Exact ! "Quasiment qu'un seul jour" ! Et lequel ouvrier n'était resté dans l'Établissement "Moïses KEVILER", que quasiment, un seul jour; et lequel boucher n'avait même pas voulu toucher sa paie de presque toute une journée passée au travail ? ".

MARYVONNE : " Tout à fait ! ".

MARYSE : " Et pourquoi me parles-tu de lui cet ancien ouvrier-boucher de ton père, en ce jour-ici ? Pourquoi ? Pourquoi, alors qu'il est parti depuis des lustres déjà ; et que, jusque-là, tu ne m'avais plus jamais parlé de lui auparavant ? ".

MARYVONNE : " Tu t'en souviens maman, puisque, comme par hasard, tu étais-là présente également dans la boucherie, de tous ceux que ce Monsieur m'avait laissé entendre ? ".

MARYSE : " Encore très vaguement ! ".

MARYVONNE : " Tu devrais et pourtant, très bien t'en souvenir ! Tu devrais et pourtant, pourquoi ? C'est pour la simple raison que ce n'était même pas la peine que papa t'en parle par exemple; puisque, comme par hasard, toi maman également, tu étais présente dans l'établissement ! Pourquoi tu y étais présente ? C'est parce que tu y étais de passage, comme il t'en arrivait souvent; et même, comme tu le fais incontestablement jusqu'à présent d'ailleurs : aller dans l'établissement de ton "gonze" "Monze" ! Mais seulement ce jour-là, toi qui ne devrais être-là que de passage, mais en réalité, tu y avais passé toute la journée ! ".

MARYSE : " D'accord ! Oui, je m'en souviens très bien et je me rappelle même que, suite à "ta sacrée dispute" avec ce Monsieur Cléopâtre MOULLER, que tu n'avais plus jamais voulu aller y travailler, afin de ne plus, à avoir un autre incident de ce genre, avec les autres ouvriers-bouchers de ton père ! ".

MARYVONNE : " C'est bien cela oui ih ! Ça se voit comme quoi, que tu te rappelles encore très bien de cette triste histoire ! ".

MARYSE : " Tout à fait ! Et alors ? ".

MARYVONNE : " Et alors, ce Monsieur Cléopâtre MOULLER, je me demande toujours (et je dois l'avouer très solennellement, qu'effectivement, c'est seulement maintenant même que je te le fais part, si ma mémoire ne me trahit point), s'il n'avait par exemple guère raison, de tous ceux qu'il avait "prédits qui allaient m'arriver plus tard; ou même bien plus tard" ? Il me les avait prédits, dès-même cette époque-là déjà ! Pourquoi je me pose cette question ici ? C'est parce qu'en réalité, tous ceux (et alors vraiment tous ceux qu'il avait prévus pour moi dès cette époque-là déjà); tous ceux-ci très, très curieusement, se réalisent; ou plutôt : ils commencent tout simplement à se réaliser ! Tous ceux-ci se réalisent et ils continuent toujours et encore toujours, de se réaliser ! ".

MARYSE : " Pardon ? ".

MARYVONNE : " Enfin ! Non, j'allais seulement dire que tous les problèmes que moi MARYVONNE j'ai avec JULIO; c'est à cause de sa mère qui nous empoisonne la vie ! ".

MARYSE : " Mais non ohn ! Il ne faut pas accuser sa mère ! ".

MARYVONNE : " Alors, tous ces problèmes, c'est à cause de qui, d'après toi ? Hein ? ".

MARYSE : " Mais ce n'est pas à cause d'elle que je sache, non ohn ? ".

MARYVONNE : " Si ih ! Si, si ih ! Si, si, si ih ! C'est à cause de sa mère; laquelle n'arrête guère de faire répercuter toutes ses insolubles difficultés, à son fils JULIO ! C'est également à cause de ses sœurs, " ces pains frais-là ", qui .../.... ".

MARYSE : " Ne dis pas ça ah ! Ne dis pas comme ça MARYVONNE; puisque, dit-on : "Les murs aussi ont des oreilles" ! C'est-à-dire que si jamais par exemple, ceux dont tu prononces arrivaient par une manière ou une autre, jusqu'à leurs oreilles ! Si jamais par hasard, "cette insulte-là" parvenait à atteindre par une façon ou une autre, les oreilles de sœurs de ton conjoint JULIO ! Ça ne serait justement peut-être pas bien, en ce qui concerne l'évolution de tes problèmes avec celui-ci en question ! Ça ne serait peut-être pas bien pour ces problèmes; lesquels semblent apparemment, déjà assez bien corsés comme ça, afin que par la suite, l'on en vienne à les compliquer encore davantage ! ".

MARYVONNE : " Mais si ! Je dois le dire ! Ce ne sont que " des pipeuses " maman ! Ce ne sont que " des marchandes d'amour "; " lesquelles n'arrêtent point de se livrer : " aux insidieux et aux impitoyables combats " sœurs-fernandez-idylliques " " " des fesses ". "; autrement exprimé : " lesquelles gourmandines " n'arrêtent guère de se livrer insidieusement et impitoyablement, " aux combats de fesses "; ou en vue de pouvoir le dire encore beaucoup plus explicitement : " lesquelles dégrafées " n'arrêtent guère de se "piquer" des maris entre-elles (les sœurs issues et pourtant, des mêmes parents) ! D'ailleurs, moi je ne crains pas ce proverbe : "Les murs ont des oreilles.", à ce propos ! Pourquoi ? C'est tout simplement parce que, j'ai eu déjà une fois l'occasion de "cracher" aux oreilles d'une d'entre-elles; j'ai eu l'occasion de "faire écouter" aux oreilles d'une " de ces chandelles-là en question " et notamment GHISLAINE, mes quatre vérités, au sujet de leurs mœurs assez légères ! ".

MARYSE : " Enfin, il faudrait quand-même avoir un tout petit peu de "diplomatie", en vue de parvenir à arranger tes problèmes avec celui que tu aimes beaucoup finalement ! ".

MARYVONNE : " Ce sont elles, les sœurs de JULIO qui préfèrent laisser toute la charge de leur maman, à ce dernier; et lesquelles sœurs par conséquent, elles ne facilitent guère la vie de celui-là ! Bref, celui-là justement, n'a jamais le temps de s'occuper de moi sa conjointe MARYVONNE et sans oublier, de notre fils LUCILIAN, ne fût-ce qu'affectivement, comme il le faudrait véritablement; ou afin de l'exprimer autrement : comme nous sommes en droit légitime de nous en attendre réellement ! Et tout ceci, c'est à cause de tous les autres membres de sa famille qui n'aident pas [leur] mère ! Et voilà que maintenant, toi ma propre maman …/…. ".

MARYSE : " Oui ih !, ih, ih ! Et voilà que maintenant, moi ta propre maman ? ".

MARYVONNE : " Et voilà que maintenant, toi ma propre maman, tu ne te gênes même pas, afin de me parler des membres de la famille de Julio FERNANDEZ ? ".

MARYSE : " Mais, je ne fais que te donner des conseils en vue d'essayer de sauver comme l'on peut bien entendu, ton ménage; lequel s'avère justement être en péril ! ".

MARYVONNE : " En tout cas, que quelqu'un ou quelqu'une d'autre (; à qui, je n'ai jamais parlé de la manière dont cette famille de Julio FERNANDEZ [; trouble la quiétude de ce dernier par ses divers multiples agissements; et que moi MARYVONNE, en tant que " son beau sexe ", je subis inéluctablement des très sérieuses répercussions]) ose (parce qu'il [; ou parce qu'elle ne le sait pas]) me parler comme tu l'as fait; et là, je pourrais comprendre; et enfin, je pourrais lui expliquer : Le pourquoi du fait que je déteste cette famille de Julio FERNANDEZ ! ".

MARYSE : " Oui ih !, mais que moi également, …/…. ".

MARYVONNE : " Oui, mais que toi également ma propre mère, tu oses prendre partie contre moi dans cette affaire dont tu es et pourtant très bien informée ! Alors-là, je ne comprends plus rien du tout, du tout; et par conséquent, je le regrette infiniment ! ".

MARYSE : " Mais je ne prends pas du tout, du tout partie contre toi dans cette affaire justement ! Écoute-moi au moins finir ma phrase et ensuite, tu pourrais parler ! ".

MARYVONNE : " Humm mm ! Finir ta phrase ! Non ! Tu me dégoutes considérablement ! ".

MARYSE : " Si tu ne veux pas m'écouter; alors ça ne fait rien ! Et moi aussi pour ma part, je ne parlerais plus; et par voie de conséquence, je ne pourrais que te dire : Ce n'était pas la peine que je te fasse venir chez nous; et cela, le plus rapidement possible ! ".

MARYVONNE : " Va-y ! Parle alors et je t'écoute ! ".

MARYSE : " Sache-le mon enfant unique que, je t'aime beaucoup; et par conséquent, je ne souhaite que ton bonheur ! Je n'ai pas un autre enfant que toi et tu le sais très bien ! ".

MARYVONNE : " Je le sais très bien ! Alors, vas-y directement, sans perdre encore du temps ! ".

MARYSE : " Je ne souhaite que ton bonheur ! Ton père et moi-même, nous ne souhaitons que ton bonheur ! C'est pour cela, que j'ose (comme tu me le dis), te parler de ceux dont je te parle à présent ! ".

MARYVONNE : " Mais parle ! ".

MARYSE : " En définitif, ce ne sont que des bons conseils; des très bons conseils; des très, très bons conseils, émanant d'une mère; et adressés à sa fille chérie …/…. ".

MARYVONNE : " Je te dis : Parle vite et arrête-tes baratins; car ceux-ci m'énervent énormément ! Ceux-ci m'énervent considérablement, d'autant plus que je n'avais jamais demandé que je sache moi, d'être née toute seule ! Bien au contraire, cela m'aurait tant arrangée, d'avoir aussi des frères et sœurs ! ".

MARYSE : " Ce ne sont que des bons conseils …/…. ".

MARYVONNE : " Parle vite ! ".

MARYSE : " Ce ne sont que des très bons conseils …/…. ".

MARYVONNE : " Je te dis : Parle vite; et je ne vais pas …/… ".

MARYSE : " Ce ne sont que des très, très bons conseils …/…. ".

MARYVONNE : " Je te dis : Parle vite; et je ne vais pas patienter très longtemps ! ".

MARYSE : " J'allais te dire tout simplement que : Si tu ne fais aucun effort; si tu continues "d'esquinter" ton "futur époux"; et même quelquefois, quand vous avez des visiteurs ! ".

MARYVONNE : " Oui ih !, ih, ih ! Et même quelquefois, quand nous avons des visiteurs; oui ih ! ".

MARYSE : " Si tu ne fais aucun effort et que tu continues de détester les membres familiaux de ton "mec" [excuse-moi ce terme !]. ".

MARYVONNE : " "Les membres familiaux de mon "mec" ! Mais oh !, oh !, oh !, maman ! " Mon mec " ! Mais toi aussi, tu ne vas pas t'y mettre, non ! Mais toi aussi, tu ne dois pas l'appeler ainsi, non ! D'abord en vue de commencer maman, JULIO n'est pas mon "mec" ! C'est " mon Adam " ! "Ses membres familiaux" ! Tu parles ! Bon ohn, parlons-en alors ! Parlons de "ses membres familiaux" ! Ne le sais-tu pas maman, que moi ta fille MARYVONNE pour eux, je ne possède même pas de race ? Moi pour eux, je n'ai même pas de place : ni chez des Noirs et encore moins chez des Blancs ? Pourquoi ? Je m'en vais répondre à cette présente question moi-même ! C'est parce que moi pour "ces membres familiaux" de Julio FERNANDEZ, je ne suis : ni noire; ni blanche; mais plutôt : "mi-noire" ("à moitié-noire" [Et pour cause !]); et "mi-blanche" ("à moitié-blanche" [Et pour cause !]). Moi MARYVONNE, aux yeux de beaucoup de gens, je ne suis (afin d'employer les mêmes termes des très nombreuses personnes, dont entre-autres, les personnes appartenant dans "la famille de JULIO" [dont une certaine Agathe LEROUX et une certaine Ghislaine FERNANDEZ; les mêmes termes exprimés par elles, probablement "assez péjorativement" je pense]); je ne suis "qu'un café au lait" ! Et je le sais bien que "les membres de la famille de mon zigoto" ne parlent que de ma couleur de peau; ou du moins : entre-autres; lorsqu'ils ne se retrouvent que, entre - eux ! Je sais que ceux que je suis en train de te dire maman; sont véridiques ! Pourquoi ? C'est parce qu'un bon certain jour, j'avais très explicitement surpris une conversation ! J'avais entendu "ces propos racistes", sortir de la bouche de Madame Agathe LEROUX, la marraine de JULIO. Cette personne ici, ne savait même pas comme quoi, que moi j'étais en train de l'écouter derrière la porte. Elle causait avec son filleul ; et ceux deux personnes ne s'imaginaient même pas, que j'étais là; lorsque, soudainement, AGATHE parlait de moi, très explicitement, du fait que : Moi MARYVONNE, je n'étais "ni noire" et "ni blanche"; et que par voie de conséquence, j'étais plutôt : .../.... Mais compte tenu du fait, que lui " mon moineau JULIO justement ", il s'était très, très fortement opposé en écoutant des tels propos racistes sortir de la bouche de sa marraine (alors qu'et pourtant, il ne savait même pas que je les écoutais; il me défendait très, très fortement, à mon absence, si l'on pourrait le considérer de la sorte) ! Bref, mais compte tenu du fait, que lui " mon oiseau JULIO en question ", il m'avait (en écoutant les propos de sa marraine), très, très fortement défendue et soutenue, face à des tels termes, sans même pour autant qu'il sache que j'étais là; et que j'étais très, très fière de lui, de m'avoir ainsi défendue et soutenue; alors, moi MARYVONNE la concernée justement, j'avais tout simplement, et cela, délibérément, fait semblant " d'être quelqu'une qui n'avait rien vu et rien entendu du tout, du tout " ! Et toi ma propre maman, tu te permets de me parler "des membres familiaux" de JULIO, en prenant leur partie ? Va-t-on comprendre un tel agissement de la part de ma propre maman ? Va-t-on comprendre "le pourquoi" ? (J'allais plutôt te demander) : .../... "Le pourquoi d'un tel agissement de la part de ma propre maman ? ". ".

MARYSE : " Excuse-moi ! ".

MARYVONNE : " Et tu disais aussi [je cite] : "Si tu ne fais aucun effort et que tu continues de détester les membres familiaux de ton "mec" [excuse-moi ce terme !]. ". ".

MARYSE : " Je t'ai dit et je le répète encore une fois de plus : "Excuse-moi !". ".

MARYVONNE : " Les membres familiaux de mon "mec" ! Ce n'est pas mon "mec" hein ! C'est " mon homme d'honneur " hein ! Et l'on va se marier ! Si tu n'arrives pas à prononcer par exemple les termes : "ton futur mari" ! Alors, dans ce cas-là, tu dis tout simplement : "ton homme de mérite"; et c'est tout ! ".

MARYSE : " D'accord, .../... de "ton gonze JULIO"; pardonne-moi donc ! ".

MARYVONNE : " Je te pardonne; et par conséquent, il ne faudrait plus répéter ce terme si péjoratif ! ".

MARYSE : " J'allais simplement te dire ma fille, qu'un bon certain jour, au retour de ton travail, tu ne te retrouverais seulement qu'avec une lettre; une longue lettre; une très longue lettre; une très, très longue lettre ; laquelle lettre déposée sur ta table à manger, t'expliquerait en long et en large; en hauteur et en profondeur; et enfin, en diagonale et en médiane; et cela, très, très explicitement, toute la situation; puisque lui JULIO, il ne voudrait même plus gaspiller son souffle, à s'époumoner avec toi, pour te l'expliquer; car cela ne servirait comme toujours, à rien, rien, rien et rien du tout, du tout. ".

MARYVONNE : " Mais comment le sais-tu ? ".

MARYSE : " À ce moment-là ma chère fille, même moi Maryse FOUQUET, épouse Moïses KEVILER, ta mère, je ne pourrais rien faire du tout, du tout; et tout entre vous deux, serait par voie de conséquence, fini à tout jamais ! ".

MARYVONNE : " Mais qu'est-ce que tu en sais maman ? ".

MARYSE : " .../... Remarque que, Julio FERNANDEZ est tellement modeste; qu'à tel point, qu'il ne m'a même pas parlé du fait que, comme il fait trois vacations de 12 heures chacune, par semaine, dans son travail de gardiennage; c'est-à-dire : trois longues nuits de 12 heures par semaine; et que, c'est bel et bien lui malheureusement hélas !, qui fait quasiment tous les travaux de ménage chez vous !

Je me demande ! ".

MARYVONNE : " Oui ih ! Tu te demandes ? ".

MARYSE : " Et oui ih !, ma fille ! Je me demande : Mises à part bien évidemment, " vos coups de sexes ", comment lui Julio FERNANDEZ ne pourrait par exemple même pas en effet, songer, à vouloir seulement se sauver de votre foyer conjugal, un bon certain jour; " un tel foyer conjugal en question ", où les rôles étaient désormais depuis des très, très belles lurettes déjà : inversés; et que de ce fait, c'est justement à lui JULIO l'homme, qu'incombe la tâche, " de porter toujours et encore toujours décidément " : " les tabliers " ou " les blouses enveloppantes "; et que, pour toi MARYVONNE, la femme quant-à toi, " tu portes toujours et encore toujours dorénavant " : " les cravates " ? ».

MARYVONNE : " Bon, d'accord ! Tu m'as dit entre-autres maman [je cite] : " .../... Remarque que, Julio FERNANDEZ est tellement modeste; qu'à tel point, qu'il ne m'a même pas parlé du fait que, comme, .../....". ".

MARYSE : Oui !, tout à fait ! Mais je l'ai dit ! Alors, je le répète encore : Remarque que, Julio FERNANDEZ est tellement modeste; qu'à tel point, qu'il ne m'a même pas parlé du fait que, comme il fait trois vacations de 12 heures chacune, par semaine, dans son travail de gardiennage; c'est-à-dire : trois longues nuits de 12 heures par semaine; et que, c'est bel et bien lui malheureusement hélas !, qui fait quasiment tous les travaux de ménage chez vous ! Et que .../.... ".

MARYVONNE : " Tu as dit : " .../... Remarque que, Julio FERNANDEZ est tellement modeste, à tel point, qu'il ne m'a même pas parlé du fait que, comme .../...." ? ".

MARYSE : " .../... Et que c'est également bel et bien lui, qui amène le petit LUCILIAN à "l'école Maternelle" ! Et même, quand celui-ci était encore beaucoup plus petit; c'était toujours bel et bien lui tout seul qui l'amenait à la crèche; et que c'était bien évidemment bel et bien lui tout seul qui partait le récupérer le soir ! ".

MARYVONNE : " Et il t'avait parlé de tous ceux-ci lui-même ? ".

MARYSE : " Il ne m'avait même pas parlé du fait que, cela n'était pas facile pour lui; et que cela n'est toujours pas facile, même jusqu'à présent pour lui ! Puisqu'il faudrait s'occuper : et de l'enfant; et des travaux de ménage de votre foyer; et [certes jadis], des travaux de recherches pour sa thèse de doctorat; et [aujourd'hui] de ses multiples démarches; lesquelles malheureusement hélas !, n'aboutissent pas encore, en vue de "dénicher" un travail adéquat pour lui; et en plus, s'occuper de son travail actuel d'Agent de Sécurité; lequel lui procure un .../.... ".

MARYVONNE : " Il ne t'avait même pas parlé [me dis-tu], de tous ceux-ci ? ".

MARYSE : " Non ! ".

MARYVONNE : " Et comment sais-tu exactement, tous ceux-ci justement alors ? ".

MARYSE : " Il ne m'avait [te disais-je] même pas parlé de son travail; lequel lui procure actuellement, un salaire de mouise, après tant de peines;

après tant d'humiliations; après tant de haines non fondées et dirigées contre lui; après tant de provocations; après tant d'intrigues; et après tant de conspirations orchestrées par ses chefs, en vue de le faire "virer" de tel ou tel autre poste (; de tel ou tel autre poste ; dont tel ou tel autre chef voudrait par exemple, bel et bien pouvoir octroyer à quelqu'un d'autre; lequel le convoite; et que ce quelqu'un d'autre en question, se retrouve comme par hasard, être une connaissance ou un ami de tel ou de tel autre chef aussi). JULIO ne m'a même pas parlé de toutes ces souffrances-là; lesquelles ses chefs hiérarchiques lui font endurer, même s'il n'a et pourtant, rien fait de mal du tout, du tout ! Et enfin, " ton honnête homme " ne m'a même pas parlé de beaucoup de mal qu'il éprouve, afin d'essayer de secourir comme il le pourrait vraiment, sa maman si démunie; laquelle est actuellement, tellement dans une merde quasi totale pour ainsi dire ! ".

MARYVONNE : " Il ne t'avait même pas parlé de tous ceux-là, comme tu me les dis toi-même maman ! Alors, comment sais-tu tous ceux-là; et ceux-là justement, avec dans leurs moindres petits détails ? ".

MARYSE : " Ma propre observation; ma propre constatation; et ma propre intuition, ma fille : j'ai beaucoup étudié la psychologie ! Par voie de conséquence …/…. ".

MARYVONNE : " Si j'ai bien compris; tu m'as …/…. ".

MARYSE : "Par voie de conséquence, " un tel gentleman " comme celui-là; " tel gentilhomme " comme ce Julio FERNANDEZ-là que l'on voudrait par exemple, "faire virer" [lui comme d'ailleurs certains de ses collègues de travail], non pas en fait, parce qu'il avait commis une quelconque faute professionnelle, sinon, dans ce cas-là, on ne l'aurait guère loupé ! Mais qu'en vérité, parce qu'il commence à devenir trop ancien dans sa société; et qu'il commence à provoquer un manque-à-gagner auprès de son employeur; lequel se voit obligé de lui payer une certaine prime d'ancienneté. "Un noble homme" comme celui-là qui en dépit de toutes les poisses qu'il n'arrête point de connaître, t'accorde quand-même tout son amour, et toute sa fidélité, même s'il est misérable, "un fils d'Adam" comme celui-là; s'il se sauve, mon enfant unique; tu serais fichue à tout jamais; parce que tu n'en aurais plus un autre; lequel puisse supporter tes caprices;

comme lui JULIO, il l'a toujours fait depuis cinq bonnes années ou même plus déjà, avec toi ah ! ".

MARYVONNE : " Si j'ai bien compris, tu m'as bien laissé entendre que "JULIO ne t'avait même pas parlé de …/…."; c'est-à-dire que tu avais bel et bien causé avec lui, très, très récemment, à propos de moi ? ".

MARYSE : " Oui bien sûr ! Mais c'était lui-même en personne, qui s'était déplacé un bon certain soir, en début de cette même semaine; et il était venu ici à Rueil-Malmaison, afin de me parler de tout ton comportement qui laisse à désirer; et qui ne fait d'ailleurs que s'empirer; et par conséquent, me dire ce qu'il ferait éventuellement, si cela ne change pas. ".

MARYVONNE : " Ah oui ih ! Je comprends maintenant ! C'est de la conjuration ça ah ! C'est de la conspiration ça ah ! C'est du commérage ça ah ! Ce sont des ragots de commère ça ah ! ".

MARYSE : " Mais non ohn ! ".

MARYVONNE : " Mais si ih ! ".

MARYSE : " Mais non ohn ! ".

MARYVONNE : " Mais si ih ! ".

MARYSE : " Mais non ohn ! ".

MARYVONNE : " Mais si ih ! ".

MARYSE : " Mais non ohn ! ".

MARYVONNE : " Mais si ih ! ".

MARYSE : " Mais non ohn ! C'est d'ailleurs pour cela que je t'avais appelée, et cela, le plus rapidement possible, afin que tu arrives à faire un ultime effort, en vue de changer tes caractères ! ".

MARYVONNE : " Ah !, c'est-à-dire pour toi maman, c'est cela que tu appelles "le plus rapidement possible" ! Vous faites "une réunion à comité bien, bien, bien restreint"; vous faites "une réunion à deux", contre moi, un bon certain soir du début de cette semaine; et toi ma propre mère, tu ne me tiens au courant qu'un bon certain soir de la fin de cette semaine en question ! Ah !, je comprends maintenant ! ".

MARYSE : " Mais réfléchis très bien; et tu comprendras que je ne pouvais guère procéder autrement ! Je ne pouvais guère procéder autrement car toi, tu finis tardivement ton travail, les jours ouvrables; et que samedi, lorsque toi tu ne travailles pas; moi je continue de travailler; et c'est même ce jour-là de la semaine, où mes affaires marchent les mieux possibles ! ".

MARYVONNE : " Mais comment avais-tu quand-même pu trouver un temps, un bon certain soir du début de cette semaine, en vue de recevoir JULIO ici ? ".

MARYSE : " C'est comme je te l'ai déjà dit : c'était lui-même JULIO qui était venu me voir. Je pourrais même te dire que j'étais vraiment crevée, après une bien rude journée passée au travail ! Mais seulement voilà, et comme tu le sais d'ailleurs très bien que, je ne pouvais point, ne guère le recevoir, dans le cas où je suis présente à la maison et que je ne suis même pas malade; et même dans cette dernière circonstance, il faudrait que je sois très, très sérieusement malade, à un tel point, de ne même plus être en mesure de pouvoir recevoir qui que ce soit ! En bref, je ne pouvais guère, ne point recevoir JULIO, si je suis présente à la maison, quelle que soit le degré de ma fatigue; puisque, cela serait éventuellement très, très mal interprété par lui ! Il pourrait même probablement penser que c'est bel et bien moi ta maman qui te pousse à te comporter mal à son égard ! Et incontestablement, cela ne pourrait que faire envenimer tout simplement la situation ! ".

MARYVONNE : " Ce n'est pas vrai ! Dis-moi seulement et n'aie-donc pas peur pour cela, qu'en dépit du fait que tu es ma propre mère; mais tu l'aimes en fait toi aussi, dans le vrai sens intime ! Mais, ce n'est pas vrai eh ! Tu l'aimes toi-aussi, et cela, dans le vrai sens "intime" du terme ! Dis-moi seulement que toi également tu as "une envie effrénée, d'aller au plumard" avec JULIO, "le pistolet" de ta propre fille ! Et ton "gonze" "Monze" alors hein ? ".

MARYSE : " Mais tu deviens malade ! Tu deviens folle ! C'est vrai que MARYVONNE, tu es "réellement une fille hystérique de la pire espèce qui puisse exister" ! Tu es vraiment une fille hystérique; et de ce fait, il va falloir, que l'on te fasse soigner et cela, le plus rapidement possible ! Il va réellement falloir, que l'on te fasse soigner; puisque, c'est vraiment très, très grave, ceux dont tu me fais entendre à mes oreilles décidément ! ".

MARYVONNE : " Mais tu l'aimes dans le vrai sens intime du terme, oui ou non ? Tu as "réellement une envie effrénée d'aller au foutoir" avec "le futur mari" de ta propre fille, oui ou non ? Et ton "gonze" "Monze" ? ".

MARYSE : "Avec des tels propos que tu mes tiens, je n'ai même plus la force de pouvoir continuer encore de te parler ! Pourquoi ? C'est parce que, là, tu me dégoûtes très franchement ! Je n'ai plus du tout envie de parler avec toi; car tu vas très loin ! Tu vas très loin et ainsi, tu vas me faire gerber ! Tu vas réellement me faire vomir ! Je n'ai plus du tout envie de parler avec toi; puisque comme je te l'ai dit; ou plutôt comme je te l'ai rappelé : tu es effectivement " une fille folle hystérique de la pire espèce qui puisse exister; et possédant en toi, un sang "vampirique"; lequel te monte par moment; ou plutôt par moments; car c'est très, très souvent que ça t'arrive; lequel sang vampirique te monte par moments jusqu'aux nerfs et jusqu'à la gorge; et par conséquent, ce sang justement te fait dire bien évidemment des bêtises de cette nature que tu viens de me dire tantôt par exemple ! ". En tout cas, des gens qui te tiennent des tels propos, ils ont totalement raison de le faire; car voici-même à présent : la redoutable preuve que tu viens de me fournir toi-même ! ".

MARYVONNE : "Ah !, toi également tu n'arrêtes plus de me dire ça ah : "…/… hystérique de la pire espèce …/…" ? Ah toi aussi tu me parles de "sang vampirique" ? ".

MARYSE : " Et pourquoi pas ? Et pourquoi pas, d'autant plus, que celle-là; c'est-à-dire : l'histoire "de cette fille folle hystérique de la pire espèce qui puisse exister que tu es", semble être une réalité. Ou en vue de pouvoir exprimer les choses beaucoup plus correctement : Je dirais plutôt : Et pourquoi pas, d'autant plus, que celles-là; c'est-à-dire : l'histoire de ce fameux sang (; plus bien entendu : l'histoire de conséquences d'un tel sang également), semblent une réalité; et voici même à présent la preuve irréfragable et irréfutable : Tu ne te gênes même pas du tout, du tout, afin de me laisser entendre à moi ta maman, comme quoi, que je cherche à coucher avec " ton poulain " ! Mais t'es vraiment "folle alliée" eh !, toi MARYVONNE, tu sais eh ! ".

Et MARYVONNE, à ce propos, laisserait entendre à MARYSE, sa maman : " Dis plutôt que "cette histoire du sang " vampirique " qui coule dans mes veines" est d'autant plus véridique, surtout par le fait que Moïses KEVILER n'est pas du tout, du tout mon père biologique; et qu'il n'est par voie de conséquence pour moi, qu'un père d'adoption ! Dis plutôt que "cette histoire du sang vampirique qui coule dans mes veines" est d'autant plus authentique, surtout par le fait que c'est un vampire qui avait couché avec toi; et que malheureusement hélas !, un bébé féminin, vampire bien sûr, est né de cette sacrée union ! Dis plutôt que "cette histoire du sang d'un vampire qui coule dans mes veines" est d'autant plus réelle, surtout par le fait que c'est vraiment "un vampire" qui est effectivement mon géniteur ! Et par conséquent, ce n'est surtout pas du tout, du tout, ton "gonze" "Monze" qui est mon géniteur ! C'est un géniteur dont toi maman toute seule, tu connais l'ultrasecret ! Un ultrasecret dont personne d'autre (que toi-même maman, et même pas moi, "le fruit de cette sacrée union justement", j'ai le droit de le savoir); un tel ultrasecret dont personne d'autre que toi-même maman, n'as le droit de le savoir ! ".

MARYSE : " Je ne veux plus du tout te causer; puisque, là vraiment tu es allée très, très loin ! Je ne veux plus te causer; mais auparavant, je vais quand-même te résumer quelques conseils, pour ton propre intérêt ! Et si tu es sage, tu m'écouterais et tu les respecterais ! Sinon, tu les laisserais tomber; et ce ne serait pas moi, qui en pâtirais à la longue ! Voici le résumé de ces quelques conseils en question :

"Un type " comme ce JULIO; lequel : non seulement il déploie de nombreuses démarches en vue de trouver un travail adéquat; un travail répondant aux qualités de ses multiples diplômes; et qu'il a la persistante " scoumoune "; et par conséquent : il ne le trouve même pas; ou du moins, pas encore; mais qu'en outre, le précaire travail de gardiennage qu'il effectue et lequel lui procure un salaire de misère; l'on cherche par tous les moyens, à le lui retirer; l'on cherche à lui retirer ce salaire de mouise en question, par tous les moyens; c'est-à-dire : que l'on cherche à "le virer lui-même en personne, de leur Entreprise de gardiennage". Et ainsi, il n'aurait plus à toucher son salaire ! On cherche à lui retirer par tous les moyens son salaire, pour la simple raison [mais une raison certes voilée], qu'il commence à devenir trop ancien dans "leur boîte"; et par conséquent, il commence à faire perdre " de la picaille " à son patron [la prime d'ancienneté-oblige !];

"un archétype " comme ce JULIO-là, avec plein de soucis dans sa tête; mais néanmoins, il refuse absolument de profiter de " tes picaillons "; et il préfère "se démerder" tout seul comme il le pourrait bien évidemment !

"Un paradigme " comme ce JULIO-là; lequel ne montre devant toi, que la preuve de l'amour et de la fidélité;

"cet parangon-là ", il ne faudrait jamais, jamais et jamais le laisser t'échapper !

"Cet original-là ", il ne faudrait jamais, jamais et jamais le laisser filer !

Ce JULIO-là, si tu le laisses comme par hasard, t'échapper !

Ce JULIO-là, si tu le laisses comme par hasard, filer !

Tu serais foutue à tout jamais, pendant tout le reste de ta vie !

Bref, il ne faudrait absolument pas le laisser te quitter ! Sinon, tu serais paumée à tout jamais, ma fille !"À bon entendeur, salut !", dit-on !

Je crois que sur ceux, je n'ai plus rien à t'ajouter; et merci beaucoup d'être venue. …/… !

Bref, il faudrait seulement retenir que : Même si tu souffres des très, très fortes crises d'angoisse récurrentes et incurables ; lesquelles te rendent hystérique et qui plus est : nymphomane-torride ; mais que tu pourrais aussi assez souvent, empêcher un peu, " ton moi-intérieur ", de toujours et encore toujours, prendre le dessus, à chacune de ces crises d'angoisse-là, justement ; et également : à chacune de tes discussions ! Et ainsi par exemple : des simples discussions que tu ferais avec JULIO, ne tourneraient point à des aigres tintamarres !

MARYVONNE !

Si tu ne m'écoutes pas aujourd'hui; demain, ça serait trop tard !

Alors vraiment : ça serait trop, trop tard !

Et par voie de conséquence, " ton paroissien Julio FERNANDEZ ", tant aimé par toi et pourtant, s'en irait pour lui !

Il prendrait " la fuite " !

Et à ce moment-là, il ne faudrait guère te poser à toi-même par exemple, la question :

"Qu'est-ce qui s'est passé ? ".

Ça ne serait pas la peine, que tu te poses une telle question; puisque, tu saurais bel et bien, que ça serait " la fuite " qui viendrait donc de se passer !

Mais il faudrait plutôt te poser les questions :

"Mais pourquoi " cette poudre d'escampette " s'est-elle passée ? "; et :

"Qu'est-ce que je vais faire, à présent ? ".

Car, en comparaison de la toute première question, les deux dernières interrogations s'avéreraient être les plus difficiles pour toi MARYVONNE, à pouvoir y à répondre, et surtout la troisième !

Tu te poserais cette troisième question-ici, pendant très, très longtemps, en espérant y trouver ainsi, une réponse ou des réponses ; lesquelles tes fourniraient des idées; ou sinon : des visibilités, pour ton avenir.

Mais hélas !, tu ne les trouverais même pas, ces réponses !

La troisième question serait tellement très, très difficile à répondre; à tel point que " ta propre conscience " …/… !

Quand j'analyse assez méticuleusement, ton comportement, vis-à-vis de lui " ton noble homme Julio FERNANDEZ " :

je n'arrête plus jamais de réfléchir !

Je n'arrête plus jamais de raisonner !

Je n'arrête plus jamais de penser !

Je n'arrête donc plus jamais de me poser la question : Mais combien de temps encore ?

Incessamment, tu n'as fait, que faire vivre à lui JULIO, des moments très, très tristes ! ".

MARYVONNE : " Mais maman ! Ce ne sont que des scènes de ménages, comme il en existe dans tous les foyers ! Même si pour nous, ces scènes sont beaucoup plus folkloriques ! Mais ce ne sont que des scènes de ménages; et de ce fait, elles donnent du piment dans notre foyer, justement ! ".

MARYSE : " Si lui-même JULIO le concerné justement, ne sait guère, que ce n'est que du folklore, comme tu l'exprimes si bien ! Alors, combien de temps encore penses-tu, que tu vas les lui faire vivre, ces scènes de ménages-là, donnant du piment dans votre foyer ? Hein ? Pour lui JULIO en question, une chose est sûre et certaine : qu'Incessamment, tu n'arrêtes guère de lui pourrir la vie ainsi ! ".

MARYVONNE : " Mais ce ne sont que des scènes de ménages maman ! ".

MARYSE : " Mais combien de temps encore penses-tu vraiment, que tu vas les lui faire connaître ? Incessamment, tu n'arrêtes point de le rendre très, très triste ! ".

MARYVONNE : " Ce ne sont que des scènes de la vie quotidienne ! Et ce sont celles-là qui rythment notre vie conjugale !

C'est de l'hyménée maman ! C'est de l'hyménée ! À savoir qu'un hyménée, pour une Blondinienne, a toujours et encore toujours besoin de prendre des contrecoups ; ou carrément, des coups ; des coups forcés bien évidemment, en vue de pouvoir bien évoluer au sein de son couple. Or une telle vision traditionaliste blondinienne des choses justement qui, pour des Blondiniennes s'avère être extrêmement contagieuse ; alors, ça ne serait guère moi MARYVONNE qui dirais le contraire, à une telle vision traditionaliste blondinienne des choses en question ; et qui plus est, ça ne serait guère moi la Blondinienne MARYVONNE qui ne l'appliquerais point à l'encontre de mon bien-aimé JULIO, certes, non-Blondinien ; même si cette théâtralité ne s'effectue pour l'instant hélas !, malheureusement, qu'à son insu. ".

MARYSE : " Mais combien de temps encore vont continuer de durer : tout ça; ajouté à tout ça; ajouté encore, à tout ça; ajouté encore et encore, à tout ça; et ajouté encore et encore et encore, à tout ça ah ! ne s'effectuant pour l'instant hélas !, malheureusement, qu'à l'insu de ton bien-aimé JULIO, certes, non-Blondinien ! Hein ? Quelle atmosphère ! ".

MARYVONNE : " Seulement voilà, c'est cette atmosphère-là justement qui nous rythme la vie ! Et l'on y peut rien ! ".

MARYSE : " Mais si ih ! Tu peux changer ça !

Est-ce que, as-tu réellement une volonté, pour changer ça justement ?

As-tu réellement une franche volonté, pour stopper cette hémorragie ?

As-tu réellement une volonté du caractère, pour changer ton comportement caractériel ?

As-tu réellement une sincère volonté, pour changer ton comportement qui présente des troubles du caractère ?

As-tu réellement une honnête volonté, pour sauver ton foyer qui n'arrête guère de battre de l'aile ?

Et qui ne devient que des lambeaux; lesquels filent droit, dans le mur ?

Moi je pense que si ih !

"Seulement voilà, c'est cette atmosphère-là justement qui nous rythme la vie ! Et l'on y peut rien ! ". Me dis-donc-tu !

Mais, c'est [unilatérale], comme étant atmosphère-là en question !

Tu peux changer ça, puisque, c'est [unilatérale] comme étant atmosphère !

"C'est [unilatérale] comme étant atmosphère "; puisque : apparemment, lui JULIO, n'est point informé, afin de jouer le jeu avec toi ; et qui plus est : de bien le jouer, " ce jeu d'amour hyménéal " !

Ou sinon, il est informé certes ; mais que cependant : il n'en veut pas ; et par voie de conséquence, il se sent très, très malheureux !

Mais combien de temps encore, tu vas continuer de rendre celui-ci, ainsi très, très malheureux ? ".

MARYVONNE : "Mais oh !, oh !, maman ! Des temps en temps dans mon couple, moi la Blondinienne MARYVONNE, je mérite bel et bien moi-même, de sangloter un peu ; et cela, en faisant aussi un peu, par une manière ou une autre, mal au moral de mon fils d'Adam ; et qui plus est : aux yeux des divers pingouins, non ! Et si pour cela, je verse quelques larmes, c'est mal ? Mais oh !, oh, maman ! Ça se voit que tu ne connais vraiment rien à rien, à l'amour hein ! Mais enfin, tu n'es pas une Blondinienne !

Bon ! Tu me disais tantôt : " La troisième question serait tellement très, très difficile à répondre; à tel point que " ta propre conscience " …/… ! ". Alors ma question est : À tel point que " ma propre conscience " ? ".

MARYSE : "Oui ! La troisième question serait tellement très, très difficile à répondre; à tel point que " ta propre conscience " aurait inéluctablement, à en pâtir. Pourquoi ? C'est tout simplement, parce qu'elle aurait à avoir, à se battre; et cela, pendant très, très longtemps, contre " ton propre soi-même ". Et crois-moi, que ça serait " une rude bataille "; " une rude bataille "; dont nul ne pourrait savoir en avance, l'issue !

Dans la vie, l'on dit souvent que : " Tel père ! Tel fils ! ". Et cela va sans dire que l'on dit également : " Telle mère ! Telle fille ! ". Mais seulement voilà, toi MARYVONNE, tu n'es pas du tout, du tout, comme moi MARYSE, ta mère ! Tu es même " mon contraire " ! Oui ih !, je dis bien : " mon contraire " ! Car :

Contrairement à toi :

Moi MARYSE ta mère, je suis zen dans ma tête !

Moi, je suis zen dans mon corps !

Et c'est quoi le secret ?

C'est mon comportement !

Un comportement approuvé par tous, bien évidemment !

Et quant-à toi MARYVONNE :

Toi, tu es mal dans ta tête !

Toi, tu es mal dans ton corps !

Et c'est quoi l'élément perturbateur ?

C'est ton comportement !

Un comportement désapprouvé par tous, bien évidemment !

Et le dénominateur commun entre nous deux, c'est le comportement !

Pour moi la maman, il est approuvé de tous !

Et pour toi la fille, il est désapprouvé de tous !

Bref, c'étaient là : des ultimes conseils, qu'une mère prodigue à sa fille pour le bonheur de celle-ci justement, que je te prodiguais-là ! Il faudrait absolument les écouter ! Sinon, après ça serait trop, trop tard; et tu serais perdue à tout jamais; alors vraiment-là : tu serais cuite à tout jamais ! Et ça serait bel et bien trop, trop tard pour toi MARYVONNE, d'essayer de tenter quoi que ce soit, en vue d'aller le chercher, et afin de le récupérer !

Et là, tu te retrouverais par exemple décidément, par la suite, quand tu ne travaillerais pas; quelquefois; et cela, sans pour autant te gêner tant soit peu; tu vas par exemple effectuer des dessins; des tags et autres signatures, avec des bombages ou avec d'autres produits de peintures, sur des surfaces extérieures ou non, des murs d'immeubles !

Des dessins; des tags ou autres signatures, racontant certains récits de mœurs et coutumes; ou plutôt : certaines anecdotes de la vie quotidienne, des populations habitant des localités : de " Guigo "; de " Guillodo " et des collectivités et localités environnantes de ces deux localités-là en question et même : dans toute la " Blondinie " ; et dans les environnements circonvoisins de celle-ci ; et même jusqu'au-delà des montagnes les plus lointaines.

Bref, tu te retrouverais à dessiner; à taguer; à dessiner; à taguer; à dessiner; à taguer sur certains immeubles de votre rue, des dessins et tags; lesquels selon toi-même MARYVONNE, ils posséderaient des interprétations significatives, tout au moins, dans ta culture paternelle. Et raconter ça partout, par des tags divers ! La schizophrénie quoi ! …/… !; ""

Maryvonne : " Dis seulement que je vais par exemple taguer des insolites histoires de la « Blondinie ». En taguant par exemple : ".! ""

"" À savoir, en guise de rappel, que : le papa de Monze KEMVILA [; c'est-à-dire : Mvila KEMVILA] était originaire du village " Guigo " (" Guigo ", dans la contrée de Nsoundi, sur la rive droite du grand fleuve Congo); et la maman de Monze KEMVILA [; c'est-à-dire : Adolphine NSEKE, appelée communément : Mama ADOLO] quant-à elle, elle était originaire du village " Guillodo " (" Guillodo ", une localité voisine de " Guigo " [et cela va sans dire, qu'il s'agit toujours bel et bien ici, de la région de Nsoundi, dans la rive droite du grand fleuve Congo, que l'on évoque]). ""

"" Mvila KEMVILA et Adolphine NSEKE avaient fait leur exode, en direction de la capitale du Congo-Belge à l'époque; c'est-à-dire : en direction de Léopoldville; où leurs enfants [et entre-autres : Monze KEMVILA] avaient vu le jour. ""

"" Et Mvila KEMVILA et Adolphine NSEKE apprendraient à leurs enfants, plusieurs récits de mœurs et coutumes; ou plutôt : plusieurs anecdotes de la vie quotidienne, des populations habitant des localités : de " Guigo "; de " Guillodo " et des collectivités et localités environnantes de ces deux localités-là en question et même : dans toute la " Blondinie " ; et dans les environnements circonvoisins de celle-ci ; et même jusqu'au-delà des montagnes les plus lointaines.

Et d'ailleurs, grâce à leurs parents Mvila KEMVILA et Adolphine NSEKE, leurs enfants se rendraient même; et cela, à plusieurs reprises dans les villages d'origines de leurs parents justement. Et eux également, quand ils auraient leurs propres progénitures à eux; ils feraient de même, comme leurs parents le faisaient souvent avec eux; et ainsi, la survie de leurs mœurs et coutumes devrait inéluctablement : être assurée, quelques en soient des circonstances. " "

" Et toujours dans la foulée, et par le truchement de Mvila KEMVILA et aussi par l'intermédiaire d'Adolphine NSEKE (appelée communément : Mama ADOLO); c'est-à-dire : grâce aux parents de Monze KEMVILA (devenu par la suite : Moïses KEVILER); et aussi, toujours aussi par le truchement de ce dernier lui-même; c'est-à-dire : le paternel de Mademoiselle Maryvonne KEVILER, cette dernière justement, elle ne saurait-elle point, par exemple : qu'en s'amusant, c'était pour ces gens habitant des localités : de " Guigo "; de " Guillodo " et des collectivités et localités environnantes de ces deux localités-là en question et même : dans toute la " Blondinie " ; et dans les environnements circonvoisins de celle-ci ; et même jusqu'au-delà des montagnes les plus lointaines, entre-autres : que c'était en vue d'oublier ne fût-ce qu'un instant ?

L'instant juste de ces festivités et cérémonies ?

Comme quoi : qu'on était que des simples passagers sur ce monde ?

Autrement dit : c'était pour eux : un moyen de pouvoir manifester en quelque sorte, le triomphe de la vie, sur la mort ? " "

" Et toujours dans la foulée, et par le truchement de Madame Henriette Mafuta KEMVILA, ép. NSENGA, une des sœurs de MOÏSES; Maryvonne KEVILER ne saurait-elle guère par exemple, que : "les magies" ou plutôt : "les parades" de la danse (à chaque fois : masculin avec féminin, formant un couple), chez ces peuples : de la " Blondinie " ; chez ces peuples habitant dans des territoires circonvoisins de la " Blondinie " ; et même chez ces peuples habitant jusqu'au-delà des montagnes les plus lointaines : possèdent tous, la réputation "pygocole" ? " "

¨« Puisque, des ballets orchestiques-lubriques ou des danses "orchestiques"-sexy y sont aussi célébrés; et y sont surtout : célèbres ? »"

¨« Lesquels ballets ou danses "font s'emballer" "systématiquement, leurs libidos" ? »"

¨« Et que, là, comme chez des animaux, pour ainsi dire : toutes ces chorégraphies engendreraient l'on dirait : toute une succession de réactions "sulfureuses" ? »"

¨« Lesquelles boosteraient davantage à leur tour, leurs appétits biologiques éléphantesques ? »"

¨« Et bien évidemment, lesquelles par voie de conséquence, font tomber inexorablement toutes les barrières morales ou presque : toutes, qu'autre chose ? »"

¨« Et bien évidemment, lesquelles par voie de conséquence, font tomber inexorablement toutes les barrières sociales ou presque : toutes, qu'autre chose ? »"

¨« Et toujours dans la foulée, Mademoiselle Maryvonne KEVILER, ne saurait-elle point, par exemple : que ce triomphe de la vie sur la mort, n'était en fait, que morale ? Puisque : tout le monde est appelé à mourir un bon certain jour ? Puisque, nulle personne ne pourrait vivre éternellement ? »"

¨« Et toujours dans la foulée, Mademoiselle Maryvonne KEVILER, ne saurait-elle point, par exemple que : cette manière de vouloir voir le triomphe de la vie sur la mort, qu'avaient ces gens des " Guillodo "; " Guigo "; et environnements circonvoisins, justement, entre-autres, ce n'était-là : qu'un combat certes énergique ? Mais surtout moral ? Et par conséquent : non violent ? »"

¨« Et toujours dans la foulée, Mademoiselle Maryvonne KEVILER, ne saurait-elle point, par exemple que : dans toutes les festivités et cérémonies, l'on raisonnait de la même façon ? Et que de surcroît, compte tenu du fait que l'on recommençait toujours et encore toujours ces festivités et cérémonies; c'était par voie de conséquence : un retour sans fin ? »"

Maryse : " A ce moment – là, tu seras troublée ! Et crois – moi, que tu seras réellement troublée ; quand ce jour t'arrivera ; et que conséquemment, il faudrait par exemple, que l'on s'y attèle tous, en vue d'essayer de te trouver une solution en guise de réparation ! Laquelle réparation, crois – moi Maryvonne, ne serait pas (; alors vraiment : pas du tout, du tout facile à opérer !).

Et pendant que toi Maryvonne de ton côté, tu seras réellement troublée ; conséquemment, ton fils Lucilian de son côté, il sera également troublé ; et que pour lui aussi, il faudrait absolument s'y atteler tous, en vue d'essayer de lui trouver une solution en guise de réparation ! Laquelle réparation, crois – moi encore Maryvonne, ne serait pas (; alors vraiment : pas du tout, du tout facile à entreprendre !).

A ce moment – là ma fille Maryvonne, tu seras troublée ! Et conséquemment, sans pour autant te gêner tant soit peu; tu vas par exemple effectuer des dessins; des tags et autres signatures et surtout, tu vas réciter: " des récits – poétiques – fleuves ", avec des bombages ou avec d'autres produits de peintures, sur des surfaces extérieures ou non, des murs d'immeubles !

Tous ces graffitis ; tous ces tags et autres signatures ; " tous ces récits – poétiques – fleuves " ou " toutes ces épopées – fleuves " ; bref : toute ta folie se transformera tout simplement en merveille ou en virtuose d'écoutes pour des multiples badauds ou mieux encore : toute ta schizophrénie se transformera tout naturellement en prodige ou en chef – d'œuvre littéraire pour des multitudes lecteurs dans le monde. Et ainsi ma fille Maryvonne, tu seras incontestablement, mondialement connue et par la même occasion : les villages de Guigo et de Guillodo et même toute la contrée de " la Blondinie " avec, quoi !

En bref, et surtout, avec tous " ces delirium tremens ", sortis donc déraisonnement de ta bouche ma fille Maryvonne, tu vas devenir la schizophrène la plus impressionnante et la plus fameuse du monde ; tu vas donc devenir " une folle célèbre ", mondialement connue. Et, et, et, et, et sans oublier " ton héros Julio Fernandez " avec. " Avec " bien entendu aussi, tout ça, et tout ça, et tout ça, et tout ça, et tout ça dont il y contribue considérablement. ».

"" .../... Tu te mettrais à graver des dessins et tags ; mais lesquels dessins et tags en question, malheureusement hélas !, les autres personnes ne parviendraient même pas du tout, du tout, à interpréter tant soit peu justement. ""

"" Et tu te retrouverais en outre par exemple décidément, par la suite; toujours, quand tu ne travaillerais pas; quelquefois; et cela, sans pour autant te gêner tant soit peu à raconter des histoires te concernant, " aux diverses flanelles ", en vue de te soulager la conscience; mais seulement voilà, ta conscience en question ne serait même pas soulagée ! ""

"" Tu raconterais par exemple à " ces gobe-mouches " qui seraient de plus en plus nombreux à vouloir t'écouter : " L'on ne s'était jusque-là, pas encore marié certes ! Mais alors ! Où se trouve le problème ? Puisque l'on ne s'était pas encore marié jusque-là ! L'on n'avait guère le droit de .../... ? " .../... ! ""

"" Bref, c'étaient donc-là : des ultimes conseils, qu'une mère prodigue à sa fille pour le bonheur de celle-ci justement, que je te prodiguais-là ! ""

"" Il faudrait absolument les écouter ! ""

Maryvonne : " Oui ih ! Je vais pouvoir taguer : tout ça et tout ça et tout ça et tout ça et tout ça et tout ça et tout ça ! –Pourquoi – donc pas ! Puisque, ce sont tellement des insolites réalités blondiniennes ! ".

Maryse : " Oui ih ! En parlant justement de :
"Tout ça et tout ça et tout ça et tout ça et tout ça et tout ça et tout ça ! ".
Quand ce jour – là t'arrivera !
Tu te dirais par exemple à toi – même dorénavant :
Dire que ma maman Maryse m'avait dit :
"Tout ça et tout ça et tout ça et tout ça et tout ça et tout ça et tout ça ! ".

Mais que moi Maryvonne (tête de mule que je suis), je ne voulais pas (; alors vraiment : je ne voulais pas du tout, du tout, l'écouter tant soit – peu ! ».

˝« Et sur ceux : " À bon entendeur ! Salut ! ", dit-on ! ˝ " ».

Et sur ceux également, Mademoiselle Maryvonne KEVILER était toute triste apparemment; elle sortait de la maison de ses parents; elle entrait dans sa voiture Mercedes; et elle retournait chez elle à Montrouge; ou en vue de l'exprimer beaucoup plus correctement : elle retournerait chez eux à Montrouge (c'est parce que, depuis déjà un peu plus de cinq bonne années, elle y habitait dorénavant "maritalement" avec Julio FERNANDEZ dit : "De Descendance Poitevine Et d'Arrière-Descendance Espagnole"; et aussi, puisqu'il ne fallait pas oublier que ce couple avait déjà, un enfant, nommé Lucilian KEVILER); d'où le fait que : " .../... Ou en vue de l'exprimer beaucoup plus correctement : elle retournerait chez eux à Montrouge. ".

"Un " belutage " de qualité [j'allais dire].

Lorsque je suis avec toi, j'ai parfois

envie de ne pas te sentir

du tout; et par conséquent :

j'ai envie de chercher

par exemple, à défaut de mieux,

une " banane ", pour ne pas penser à

un " vibro-masseur " [par exemple],

qui ferait encore mieux " l'affaire ", car ... ".

Elle, c'est-à-dire MARYVONNE, avait quant-même finalement, essayé de déployer un grand effort, suite à ces multiples conseils; ou pour mieux le dire : suite à ces ultimes conseils de sa mère, Madame Maryse FOUQUET, épouse KEVILER. Elle se dirait finalement dans le fond d'elle-même : " En tout cas, il faudrait que je le reconnaisse, (comme me l'a dit maman, à ses ultimes conseils qu'elle vient de me prodiguer à cette dernière occasion) : que mon " anthropoïde " JULIO, souffre énormément; et cela, tant : Moralement, que Physiquement. " Moralement ", c'est par suite de tous les multiples problèmes qu'il a, et qu'il est loin, voire très loin, de trouver la moindre petite solution. " Physiquement ", c'est par suite de ses nombreux efforts épuisants, voire très épuisants, qu'il déploie, en vue d'essayer de trouver un travail décent, un travail adéquat aux qualités de ses multiples diplômes universitaires qu'il possède; et qu'il a malheureusement hélas !, depuis bon nombre d'années déjà, " la pestouille " de ne pas voir aboutir ses efforts.

Physiquement, d'autant plus que comme, lorsqu'il travaille; il ne dort pas du tout la nuit bien évidemment : en outre, des chefs de sa "boîte de gardiennage" viennent plus de deux fois, par semaine, à des heures évidemment différentes et variées, le contrôler les nuits qu'il travaille, en vue d'essayer de le surprendre, en train de roupiller par exemple, pour enfin en finir, une fois pour toutes, avec " cet hominien " qui commence à devenir trop ancien dans leur Entreprise; et par ce fait, il commence "à faire perdre des bénéfices à son patron" par suite de la prime d'ancienneté mensuelle qu'on lui paye; pour enfin "le virer impitoyablement", par une clause de la convention collective de gardiennage; laquelle stipule, que l'on se trouve en cas d'une faute professionnelle grave, pour un gardien de nuit, qui est surpris en train de dormir à son poste de travail. """

"" [MARYVONNE continuait de se dire dans le fond d'elle-même :] Mais fort-heureusement pour lui Julio FERNANDEZ, vu qu'il ne dort pas du tout les nuits au travail; cela fait tout simplement "avorter les desseins machiavéliques" de son patron, sur lui. Mais seulement voilà, JULIO est désormais; et il reste décidément, perturbé. Perturbé, puisque, même lorsqu'il ne travaille pas; il n'arrive toujours pas à dormir les nuits; ou s'il y parvient, c'est en tout cas, non sans trop, trop de peine. Or justement, pendant les journées, où finalement, il parvient bien évidemment plus ou moins assez facilement à récupérer ses nombreuses heures de sommeils ainsi cumulées et qu'il n'avait pas pu avoir [Et pour cause !] quand il effectuait ses vacations ou quand il était en repos et qu'il passait ses nuits chez nous; moi MARYVONNE, j'ai la mauvaise habitude de lui laisser par exemple, à lui tout seul quasi exclusivement, s'occuper de tous les travaux de ménage de notre appartement; et en plus, je lui laisse entre-autres, tout seul aussi, s'occuper du petit LUCILIAN et de tous ceux qui sont relatifs à lui; à savoir : laver celui-ci; laver ses vêtements; les repasser (de toutes les manières, lui JULIO, il fait la lessive et le repassage de nous tous; c'est-à-dire : de nous trois; c'est-à-dire : de lui-même; de moi et sans oublier de notre fils); l'amener à la Maternelle; aller le récupérer et cætera et cetera …. Bref en effet, moi MARYVONNE : je porte la cravate ; et par voie de conséquence, lui JULIO, il porte le tablier ménager, quoi ! Ce que moi MARYVONNE j'oublie justement; ou ce que je fais semblant d'oublier; ce que lui JULIO doit également s'occuper de ses multiples démarches; même si pour le moment, celles-là n'aboutissent pas encore certes; en vue de s'en sortir dans la vie. """

"" Moi MARYVONNE, il est temps pour moi aujourd'hui que je prenne conscience, comme vient de me l'exprimer sans complaisance, ma propre maman à ce propos ! Moi MARYVONNE, il est vraiment grand temps pour moi aujourd'hui que je prenne réellement conscience, comme vient de me le dire sans la moindre petite complaisance, ma propre maman, comme quoi, que " ce bimane-là ", qui certes, pour le moment possède énormément " des cerises "; comme quoi, que ce JULIO-là, en dépit de toutes celles-ci ! Il me témoigne quand-même son grand amour et sa grande fidélité; ce JULIO-là, en tout cas maman a réellement raison à ce sujet :

Ce JULIO-là, si je le laisse comme par hasard, m'échapper; si je le laisse comme par hasard, filer; je serais perdue à tout jamais, pendant tout le reste de ma vie ! ".

Comme on le constate : MARYVONNE avait pris conscience de la gravité de cette situation. Elle faisait "mine" de comprendre et d'améliorer son comportement. Mais seulement voilà, combien de temps cela durerait-il ? En tout cas malheureusement hélas !, pas pour longtemps. C'était seulement pendant deux semaines et demie finalement; puis " le démon du midi " reprenait " ses bonnes vieilles habitudes ". Autrement exprimé : puis, Maryvonne KEVILER avait complètement oublié les ultimes conseils de sa maman.

("Le sang vampirique" ?

Non ohn ?

En tout cas, l'on ne savait pas répondre très exactement à cette question ! Mais tout ce que l'on savait répondre avec sans aucune moindre hésitation; ce que deux semaines et demie seulement après s'être fait remontées les bretelles par sa maman; mais tout ce que l'on savait répondre avec sans aucune moindre hésitation; ce que deux semaines et demie seulement après l'ultime remontrance de sa maman dirigée à son égard; Mademoiselle Maryvonne KEVILER reprenait de plus belle, ses très, très médiocres caractères de toujours.

[Ah !, ce n'est pas du tout, du tout facile, de pouvoir changer des caractères dont on est habitué depuis très, très longtemps hein !]).

JULIO dirait et répéterait à maintes reprises, à l'attention de certaines personnes qui voudraient bien l'entendre : " Ce qui est pire avec " ce trottin nommée MARYVONNE " : Ce que, lorsque, des temps en autres, elle [vous] réclame par exemple, [son droit] " des belutages ", quelquefois, pendant plus d'une fois, dans une même nuit ! Alors-là, c'est le feu ardent de l'enfer !

Et plus, elle " la baronne [MARYVONNE] " " s'excite " et " traîne " " en longueur ", " en gémissant de concupiscence "; car, courant pendant quelques minutes supplémentaires encore, derrière " l'épectase sublime " qui " s'annoncerait éminemment à l'horizon "; laquelle extase la transporterait toujours et encore toujours (selon elle à chaque fois; et cela, environ pendant seulement une vingtaine de secondes), en dehors du monde sensible; mais dont la vingtaine de secondes en question s'avérerait à chaque " bête à deux dos ", (toujours selon elle) : être très, très largement suffisante, pour son bien être moral et surtout physiologique, pour la journée qui va suivre le lendemain.

Plus aussi, à [vous] " son guignol [Julio] ", elle [vous] contraint psychologiquement, de déployez davantage [vos] " coups de lombes ". Hum mm ! Déployez davantage [vos] " coups de rognons ", au moment où justement, [vous] n'en pouvez plus, rien, rien, rien et rien faire du tout, du tout, physiquement parlant.

Et là, [vous] " larmoyez " " simultanément ", " des véritables douleurs ", pendant tout ce temps-là (à savoir : tout le temps supplémentaire à courir encore, derrière " une extase sublime " qui " s'annoncerait éminemment à l'horizon " ; + pendant " cette vingtaine de secondes d'épectase sublime ", tant recherchée par elle, " cette rosière ", nommée MARYVONNE.

Et là, [vous] " le moineau ", pendant " tout ce temps-là en question "; lequel " tout ce temps en question justement " se transformerait inéluctablement pour [vous], à " des éternités " " de larmes " apparemment, [vous] chialez, chialez, chialez et chialez, pour de vrai; et non pour de faux !

Et là, quand [vous] venez de [vous] rappelez, qu'en vue d'aller au terme " du premier " " charmant doux ", [vous] étiez complètement naze ! Alors-là, pour " le deuxième " " charmant péché " qu'elle [vous] solliciterait, [vous] auriez carrément l'impression d'avoir l'envie, de déclarer forfait illico.

Mais seulement voilà, par " une espèce d'orgueil insensé " de [votre] part; ou plutôt : par " une espèce de complaisance avide de sens " de [votre] part, [vous] accepteriez " l'effrénée sollicitation ".

Et là très franchement, dans le fond de [votre] cœur, [vous] allez prier le Dieu Tout Puissant Créateur de la Terre et de l'Univers, afin qu'Il [vous] assiste; ou plutôt : pour qu'Il vous accorde des forces supplémentaires nécessaires, en vue d'y parvenir effectivement. Car il en découlerait de [votre] honneur, à [vous], " son homme d'honneur ".

Et là, vous allez [vous] rendre compte que [vous] avez commis une flagrante erreur, en acceptant de poursuivre malgré [vous], avec " un autre charmant mignon ". C'est " une erreur flagrante "; voire : c'est " une faute flagrante "; puisque [votre] volonté accepterait certes, " la poursuite " de " ce charmant joli " ! Mais malheureusement hélas !, [votre] corps ne le suivrait point ! Alors vraiment : il ne le suivrait pas du tout, du tout !

Et là, ça serait de [votre] part : " un forfait pratique ", que [vous] seriez contraint de déclarer, malgré [vous] !

Illustration : en acceptant par la complaisance, de poursuivre " le charmant plaisir ", [vous] allez effectivement vivre le feu ardent de l'enfer !

C'est parce que : là, [votre] " comtesse " en question [vous] arracherait simultanément [vos] cheveux, sans réellement [vous] les arracher pour autant; si tant est : " tant soit peu " ! Ou plutôt : même si elle [vous] le fait tant soit peu quand-même ! Et que rien que pour " ce peu-là ", ça [vous] fait très, très mal.

Seulement voilà, " cet arrachage de cheveux " traînerait en longueur. Et plus, elle " la lesbombe [MARYVONNE] " " fait traîner cet arrachage de cheveux en longueur " !

Plus aussi, à [vous] " son oiseau [Julio] ", elle [vous] contraint psychologiquement, de déployez davantage [vos] " efforts ", au moment où justement, [vous] n'en pouvez plus, rien, rien, rien et rien faire du tout, du tout, physiquement parlant.

Et là de nouveau, [vous] " larmoyez " " simultanément ", " des véritables douleurs ", pendant tout ce temps-là !

Et là encore, [vous] chialez, chialez, chialez et chialez, pour de vrai; et non pour de faux !

Et la nuit prochaine, un autre scénario : elle [vous] " tripe " (excusez-nous " de ce sens de verbe, fabriqué " par nous) [" vos "] " tripes ", sans réellement [vous] les " triper " pour autant.

Seulement voilà, " ce tripage (excusez-nous encore une fois de plus, de " cet autre terme fabriqué " par nous) de [" vos "] " tripes ", traînerait en longueur. Et plus, elle " la marquise [MARYVONNE] " fait traîner " ce tripage de [" vos "] " tripes ", en longueur " !

Plus aussi, à [vous] " son zèbre [Julio] ", elle [vous] contraint psychologiquement, de déployez davantage [vos] " efforts ", au moment où justement, [vous] n'en pouvez plus, rien, rien, rien et rien faire du tout, du tout, physiquement parlant.

Et là de nouveau, [vous] " larmoyez " " simultanément ", " des véritables supplices ", pendant tout ce temps-là !

Et là encore, [vous] chialez, chialez, chialez et chialez, pour de vrai; et non pour de faux !

Et la nuit prochaine, encore un autre scénar : elle [vous] " aspire " tout [" votre "] " tonus ".

Seulement voilà, " cette aspiration de tout [" votre "] " tonus ", traînerait en longueur. Et plus, elle " la Vénus [MARYVONNE] " fait traîner " cette aspiration de [" votre "] " tonus ", en longueur " !

Plus aussi, à [vous] " son poulain [Julio] ", elle [vous] contraint psychologiquement, de déployez davantage [vos] " efforts ", au moment où justement, [vous] n'en pouvez plus, rien, rien, rien et rien faire du tout, du tout, physiquement parlant.

Et là de nouveau, [vous] " versez des larmes " " simultanément ", " des véritables tortures ", pendant tout ce temps-là !

Et là encore, [vous] sanglotez, sanglotez, sanglotez et sanglotez, pour de vrai; et non pour de faux !

Et la nuit prochaine, encore un autre show : elle [vous] " pique " toute [" votre "] " vitalité ".

Seulement voilà, " ce cambriolage " vous extirpant ainsi : toute [" votre "] " vitalité ", traînerait en longueur.

Et plus, elle " la Judith [MARYVONNE] " fait traîner " ce cambriolage vous extirpant toute [" votre "] " vitalité ", en longueur " !

Plus aussi, à [vous] " son anthropoïde [Julio] ", elle [vous] contraint psychologiquement, de déployez davantage [vos] " efforts ", au moment où justement, [vous] n'en pouvez plus, rien, rien, rien et rien faire du tout, du tout, physiquement parlant.

Et là de nouveau, [vous] " chignez " " simultanément ", " des véritables calvaires ", pendant tout ce temps-là !

Et là encore, [vous] " pinchez ", " pinchez ", " pinchez" et " pinchez ", pour de vrai; et non pour de faux !

Et la nuit prochaine, encore un autre numéro : elle [vous] " subtilise " toute [" votre "] " énergie ".

Seulement voilà, " ce détournement de toute [" votre "] " énergie ", traînerait en longueur. Et plus, elle " la tétonnière [MARYVONNE] " fait traîner " ce détournement de toute [" votre "] " énergie ", en longueur " !

Plus aussi, à [vous] " son bimane [Julio] ", elle [vous] contraint psychologiquement, de déployez davantage [vos] " efforts ", au moment où justement, [vous] n'en pouvez plus, rien, rien, rien et rien faire du tout, du tout, physiquement parlant.

Et là de nouveau, [vous] " braillez " " simultanément ", " des véritables martyrs ", pendant tout ce temps-là !

Et là encore, [vous] pleurnichez, pleurnichez, pleurnichez et pleurnichez, pour de vrai; et non pour de faux !

Et la nuit prochaine, encore une autre séquence : elle [vous] " pompe " toute [" votre "] " force ".

Seulement voilà, " ce pompage de toute [" votre "] " force ", traînerait en longueur. Et plus, elle " la Jeanne d'Arc [MARYVONNE] " fait traîner " ce pompage de toute [" votre "] " force ", en longueur " !

Plus aussi, à [vous] " son zigoto [Julio] ", elle [vous] contraint psychologiquement, de déployez davantage [vos] " efforts ", au moment où justement, [vous] n'en pouvez plus, rien, rien, rien et rien faire du tout, du tout, physiquement parlant.

Et là de nouveau, [vous] " répandez des larmes " " simultanément ", " des véritables persécutions ", pendant tout ce temps-là !

Et là encore, [vous] hurlez, hurlez, hurlez et hurlez, pour de vrai; et non pour de faux !

Et la nuit prochaine, encore une autre scène : elle [vous] " extrait " tout [" votre "] " flegme ".

Seulement voilà, " cette extraction de tout [" votre "] " flegme ", traînerait en longueur. Et plus, elle" la Dalila [MARYVONNE] " fait traîner " cette extraction de tout [" votre "] " flegme ", en longueur " !

Plus aussi, à [vous] " son hominien [Julio] ", elle [vous] contraint psychologiquement, de déployez davantage [vos] " efforts ", au moment où justement, [vous] n'en pouvez plus, rien, rien, rien et rien faire du tout, du tout, physiquement parlant.

Et là de nouveau, [vous] " vipez " " simultanément ", " des véritables carcans ", pendant tout ce temps-là !

Et là encore, [vous] vagissez, vagissez, vagissez et vagissez, pour de vrai; et non pour de faux !

Et la nuit prochaine, encore " des autres planches " : elle [vous] " laisse " rien qu'avec " une énorme fatigue ".

Seulement voilà, " cet état d'énorme fatigue auquel elle [vous] laisserait ", traînerait en longueur. Et plus, elle " la Rebecca [MARYVONNE] " fait traîner " cet état d'énorme fatigue auquel elle [vous] laisserait ", en longueur " !

Plus aussi, à [vous] " son luron [Julio] ", elle [vous] contraindrait psychologiquement, de déployez davantage [vos] " efforts ", au moment où justement, [vous] n'en pouvez plus, rien, rien, rien et rien faire du tout, du tout, physiquement parlant.

Et là de nouveau, [vous] " zervez " " simultanément ", " des véritables exécutions ", pendant tout ce temps-là !

Et là encore, [vous] criaillez, criaillez, criaillez et criaillez, pour de vrai; et non pour de faux !

Et ainsi de suite pour chaque nuit.

Bref, avec MARYVONNE, chaque nuit : est égale à " un ou plus d'un spectacle " " corporel(s) ".

Bref, bref : avec MARYVONNE, chaque nuit : est égale à " des feux de la rampe ".

C'est vraiment quelque chose !

Bref, interminablement avec cette MARYVONNE, et à chaque nuit : c'est " un scénar " ; ou même : plus " d'un scénario ", " tonifiant " pour elle, " la fille d'Ève " ; mais que, malheureusement hélas !, paradoxalement : " assujettissant ", pour [vous] " le fils d'Adam " qui " se réforme " !

Bref, interminablement avec cette MARYVONNE, et à chaque nuit : c'est " une démonstration " ; ou même : plus " d'une argumentation " : " reconstituante pour elle ", " Ève " ; mais que, malheureusement hélas !, paradoxalement : " éprouvante ", pour [vous] " Adam " qui " s'innove " !

Bref, interminablement avec cette MARYVONNE, et à chaque nuit : c'est " une déduction " ; ou même : plus " d'une induction " " [ragaillardissant] " pour elle, " la Célimène " ; mais que, malheureusement hélas !, paradoxalement lamentable, pour [vous] " le gaillard " qui " se remanie " !

Bref, interminablement avec cette MARYVONNE, et à chaque nuit : c'est " une justification " ; ou même : plus " d'une manifestation ", " revigorante " pour elle, " la Salomé " ; mais que, malheureusement hélas !, paradoxalement : " angoissante ", pour [vous] " le paroissien " qui " se transmue " !

Bref, interminablement avec cette MARYVONNE, et à chaque nuit : c'est " une affirmation " ; ou même : plus " d'une confirmation ", " stimulante " pour elle, " l'Agnès " ; mais que, malheureusement hélas !, paradoxalement " douloureuse ", pour [vous] " le zigue " qui " se transfigure " !

Bref, interminablement avec cette MARYVONNE, et à chaque nuit : c'est " une expression " ; ou même : plus " d'une conviction " " [requinquant] " pour elle, " la Junon " ; mais que, malheureusement hélas !, paradoxalement : " torturante ", pour [vous] " le zigoto " qui " se révolutionne " !

Bref, interminablement avec cette MARYVONNE, et à chaque nuit : c'est " une preuve " ; ou même : plus " d'une expérience " " qui la fait rajeunir " elle, " la beauté " ; mais, laquelle : " le fait vieillir " lui, " l'homme de mérite ", malheureusement hélas !, paradoxalement, qui " se métamorphose " !

Bref, interminablement avec cette MARYVONNE, et à chaque nuit : c'est " un critérium " ; ou même : plus " d'un critère " " qui la fait renaître avec force " elle, " la mégère " " pour ainsi dire ", lui faisant ainsi pour chaque journée qui va suivre, retrouver sa juvénilité; mais " lequel gage " ; ou même

: lequel " plus d'un témoignage " " le fait mourir ", lui : " l'homme d'honneur ", " peu à peu ", " pour nous exprimer de la sorte ", malheureusement hélas !, paradoxalement, qui se renouvelle ; et le faisant contrairement à " sa Rebecca ", vieillir assez rapidement, en lui faisant bien entendu : saper toute sa jouvence matin, après matin !

Vampire ?

"Moi JULIO, je ne l'affirmerais peut-être pas du tout, du tout. Mais quand-même ! ". Se dirait " le Poitevin ", à lui-même; et cela : à plusieurs reprises.

Hum mm ! Et ainsi de suite pour chaque nuit. Chaque nuit qui se transforme ainsi en " une éternité " ! Ou plutôt : Chaque nuit qui se transforme ainsi en " des éternités " ! Étonnant, non !

Autrement exprimé : Et là, pendant " une éternité ", ça ne seraient que des larmes que l'on verserait !

Et là, pendant " des éternités ", ça ne seraient que des larmes !

Des vraies larmes et des véritables larmes !

Des larmes de peine, contre des larmes de joie !

Étonnant effectivement !

Une éternité !

Des éternités !

Une éternité voluptueuse pour elle, " la bergère " !

Une éternité pénitentiaire pour [vous] " l'honnête homme " !

Elle pleure de lasciveté pendant quelques secondes !

Paradoxalement et simultanément, [vous] pleurez également !

Quelle synchronisation !

Seulement attention : [vous] " le noble homme ", pendant ces quelques secondes-là, [vous] pleurez des souffrances; des souffrances atroces ! Vous lancez des pleurs de souffrances; lesquels pleurs se confondent hélas !, avec les pleurs de joie " du beau sexe " ! Et qui plus est : ces atroces souffrances lancées justement par [vous] " le noble ", se retrouvent ainsi : non pas étouffées par les pleurs de joie de " la poupée " ! Mais bien au contraire : elles se retrouvent ainsi interprétées par elle " la pépée " en question, comme étant des pleurs de lasciveté également ! Quel quiproquo ! Ça ah !, il faudrait honnêtement le vivre, pour le piger !

Et là, une seule seconde des tels pleurs de souffrances atroces pour [vous] " le galant ", se transformerait, l'on dirait, en une éternité d'atroces souffrances !

Et là, deux petites secondes par exemple, des tels pleurs de souffrances atroces pour [vous] " le lascar ", se transformeraient, l'on dirait, en des éternités d'atroces souffrances !

Des pleurs !

Des pleurs et des pleurs !

Des tous azimuts !

Ou plutôt : des pleurs " double azimuts " !

Elle, elle [vous] lance des pleurs de joie !

[Vous], [vous] lui lancez des pleurs des soupirs !

Des soupirs, comme si par exemple, l'on vous faisait une quelconque intervention chirurgicale; et celle-ci : sans anesthésie !

Confusion, non !

Stupéfaction !

C'est aussi cela, une démonstration de force, de la part, d'elle, " la fatma MARYVONNE " !

C'est aussi cela, une démonstration de manque de force, de la part, de [vous], " le type [JULIO] " !

Et là, [vous], " l'archétype [JULIO] ", vous allez effectivement, souffrir atrocement, comme si par exemple, [votre] heure de la mort sonnait tout simplement !

Vous allez souffrir, comme si l'on [vous] " plumait " " des plumes ", sans réellement, [vous] les plumer pour autant ! Si tant est : " tant soit peu " ! Ou plutôt : même si elle [vous] le fait tant soit peu quand-même ! Et que rien que pour " ce peu-là ", ça [vous] fait très, très mal.

Quoi faire au juste, devant " des sollicitations " " de belles-joies " " effrénées " de " cette nénette " nommée MARYVONNE ?

Laissez tomber ?

Ne pas les prendre en considération ?

Si [vous] ne les prenez pas en considération, [vous] êtes qui, en ses yeux ?

Par ailleurs, si par la complaisance, [vous] les prenez certes en considération ! Mais que par contre, [vous] n'êtes même pas à la hauteur, pour y parvenir vraiment ! [Vous] êtes qui, en ses yeux ?

Si [vous] ne les prenez pas en considération, elle [vous] dirait quoi ?

[Vous] n'êtes pas un vrai mâle ? C'est ce qu'elle [vous] dirait ?

Et ainsi, l'on aurait illico droit, à " une sotte d'humeur ", pour toute la journée qui va par exemple suivre le lendemain ?

En effet, oui ! Et " quelle sotte d'humeur " !

"Une vraie virulente sotte d'humeur " !

Ça ah !, il faudrait sincèrement vivre maritalement, avec " cette craquette ", nommée MARYVONNE, afin de la comprendre !

Mais sans blague !

Très franchement !

"Les serre-croupières " avec " cette oiselle ", c'est comme si l'on [vous] " tripait " [" vos "] " tripes " !

"Les basses justices " avec " cette ponette ", c'est comme si, avec " des aiguilles d'acupunctures ", l'on [vous] piquait avec acharnement, " la couenne " de [vos] " bourses " !

"Les foutaisons " avec " cette bachelette ", c'est comme si l'on [vous] arrachait; ou que l'on [vous] " cramait " tout simplement " la cuticule " " de vos animelles " !

Bref, à mon avis [l'avis de " moi le pistolet JULIO "] : Avec " cette héritière ", jamais " pierrot " pourrait par exemple, venter " la quintessence de la romance " !

Jamais " piaf " pourrait par exemple, venter " la quintessence de la romance "; puisque, vous allez régulièrement et continuellement souffrir avec elle, comme si l'on [vous] arrachait par exemple, " l'épiderme " " de vos arrière-trains " !

Ou en vue de pouvoir mieux l'exprimer : comme si par exemple, " dans un régime dictatorial ", " l'on [vous] torturait assez sévèrement et assez impitoyablement " !

Bref, accepter de faire " des troussées " avec " cette poupée " nommée MARYVONNE, c'est un tout petit peu, comme étant par exemple : avec " des aiguilles d'acupunctures ", l'on [vous] piquait avec acharnement, " la couenne " de [vos] " bourses " !

Seulement voilà, plus [vous] avez une nette impression comme si l'on [vous] piquait avec acharnement, " la couenne " de [vos] " bourses " ! Plus aussi elle, [votre] " personne, appelée MARYVONNE ", " elle prend son pied " !

Et en ce qui la concerne elle, " cette prise de pied ", elle la laisserait ", traîner en longueur. Et plus, elle " l'égérie [MARYVONNE] " fait traîner " cette prise de pied ", en longueur " !

Plus aussi, à [vous] " son croquant [Julio] ", elle [vous] contraint psychologiquement, de déployez davantage [vos] " efforts ", au moment où justement, [vous] n'en pouvez plus, rien, rien, rien et rien faire du tout, du tout, physiquement parlant.

Et là de nouveau, [vous] " allez braire " (; et là de nouveau : [vous] " brayez ") " simultanément ", " des véritables élancements ", pendant tout ce temps-là !

Et là encore, [vous] [vous] apitoyez, [vous] [vous] apitoyez, [vous] [vous] apitoyez, et [vous] [vous] apitoyez,, pour de vrai; et non pour de faux !

Bref, accepter de faire " des basses marches " avec " cette yéyette " appelée MARYVONNE, c'est un tout petit peu, comme étant par exemple : si [vous] [vouliez] systématiquement [vous] suicider par " hara-kiri " (cette mode de suicide japonaise); et que, [vous] veniez de louper de justesse ce suicide en question; et que par la suite, [vous] souffriez tout à fait logiquement, des séquelles de cet acte que [vous] veniez de [vous] infliger !

Autrement exprimé : Bref, accepter de faire " des plaisirs de Vénus " avec " cette mignonne " nommée MARYVONNE, c'est un tout petit peu, comme étant par exemple : si [vous] vouliez [vous] suicider carrément, " en [vous] ouvrant " [vous]-même [votre] " propre abdomen ", sans pour autant réussir et pourtant effectivement : " ce hara-kiri en justement "; et que [vous] souffriez tout à fait naturellement après, " de martyr ", par suite de cette profonde blessure que [vous]-[vous] êtes ainsi infligée [vous]-même, dans [votre] ventre !

Bref, et là, [vous] allez " regretter " comme si par exemple, quand [vous] tirez sur le curseur qui bordent les deux rubans qui servent de la fermeture ou de l'ouverture à glissière de [votre] " jeans "; et qu'en tirant justement sur ce curseur, " le croupon " de [votre] " biniou " " s'était " : progressivement et surtout atrocement, engrené à travers des dents de cette dite fermeture en question.

Seulement voilà, plus [vous] avez une nette impression comme si : " En tirant justement sur ce curseur, " le croupon " de [votre] " biniou " " s'était " : progressivement et surtout atrocement, engrené à travers des dents de cette dite fermeture en question " !

Plus aussi elle, [votre] " tétonnière MARYVONNE ", " elle prend des immenses blandices " !

Et en ce qui la concerne elle, " cet immense délice ", elle le laisserait ", traîner en longueur. Et plus, elle " la greluche [MARYVONNE] " fait traîner " ces immenses assouvissements ", en longueur " !

Plus aussi, à [vous] " son brave [Julio] ", elle [vous] contraint psychologiquement, de déployez davantage [vos] " efforts ", au moment où justement, [vous] n'en pouvez plus, rien, rien, rien et rien faire du tout, du tout, physiquement parlant.

Et plus également, [vous] " le gazier ", [vous] continuez d'avoir sur [vous] : une nette impression comme si : " Vous continuez (en dépit de toutes les atroces punitions dont [vous] endurez, de tirer justement sur ce curseur; et que par voie de conséquence, " le croupon " de [votre] " biniou " " continue davantage de s'être " : progressivement et surtout atrocement, engrené à travers des dents de cette dite fermeture justement " !

Et là de nouveau, [vous] [vous] déplorez, [vous] [vous] déplorez, [vous] [vous] déplorez, [vous] [vous] déplorez, et [vous] [vous] déplorez, " simultanément ", " des véritables piloris ", pendant tout ce temps-là !

Et là encore, [vous] [vous] lamentez, [vous] [vous] lamentez, [vous] [vous] lamentez, [vous] [vous] lamentez et [vous] [vous] lamentez, pour de vrai; et non pour de faux !

Et là, [vous] allez très franchement " miter " et " [vous] plaindre " assez considérablement sur [votre] sort.

Hum mm !

"Pleurnicher " et [vous] " apitoyer " " assez considérablement sur [votre] sort ", lorsque, en réalité, " l'épicarpe " de [votre] " bigoudi " " n'est qu'ajusté

" " assez naturellement ", à travers " les dermes " " de nymphes " de [votre partenaire féminin], pour théoriquement, " le compte " de " l'ivresse orgasmique " de " deux partenaires " !

Seulement voilà, là, ([vous] " le concubin "), [vous] chignez pour de vrai; alors vraiment [vous] sanglotez " des réelles atroces souffrances " !

Et plus, elle " la punaise " " s'excite " " en longueur ", " en gémissant des béatitudes "; car, courant pendant quelques minutes supplémentaires encore, derrière " une épectase sublime " qui " s'annoncerait éminemment à l'horizon "; plus aussi, [vous] " son piaf ", [vous] " [mourez] " " simultanément ", " (des telles réelles atroces petites morts [; des telles réelles atroces petites morts considérées dans le sens pour ainsi dire : propre]) ", pendant tout ce temps-là; lequel temps justement se transformerait apparemment pour [vous], à " un siècle " ! Quelle " conjonction " ! " Une conjonction " sensée et pourtant être " un moment d'intense joie " pour " Adam " et " Ève " !

Seulement voilà, ici, " ce moment d'intense joie " n'est " l'on dirait exclusivement ressenti " que par le partenaire féminin; lequel s'avère être Maryvonne KEVILER ! Et pour ([vous] Julio FERNANDEZ, le partenaire masculin), " l'on dirait, et sans blague ", que pendant tout ce moment-là conjointement et surtout paradoxalement; et cela, sans anesthésie générale; et ni même locale, l'on [vous] " réséquait " la peau du prépuce et sans oublier, celle de la muqueuse et que par la suite, l'on [vous] " suturait " " " des tranches " " au catgut ".; comme on le fait, lors de la résection du prépuce, telle que recommandée, en cas de phimosis; ou même telle que la circoncision rituelle l'exige pour certaines religions ou sinon, pour certains peuples.

Hum mm ! Comme si l'on [vous] faisait une circoncision sans anesthésie ! Et cela, pendant quelques petites secondes; ou plutôt : pendant des minutes entières, lesquelles secondes ou des minutes se transformeraient pour [vous] le partenaire masculin de MARYVONNE, en une éternité; ou plutôt : en des éternités interminables ! Mais blague à part : [vous] vagissez d'atroces douleurs !

Mais très franchement !

Et avec ça, [vous] " le M'Sieur "; et cela, pendant quelques petites secondes; ou plutôt : pendant des minutes entières; " lesquelles petites secondes; ou lesquelles minutes entières, adéquatement ", se transformeraient très, très curieusement, en une éternité; ou plutôt : en des éternités interminables; et là, [vous] " piaillez "; [vous] " piaillez ", non pas des délectations ; mais plutôt : pour " des réelles atroces souffrances " !

"Quel brouillamini " !

Ça ah !, il faudrait vraiment les vivre avec " cette quille ", nommée MARYVONNE, pour véritablement sentir et comprendre " des telles réelles atroces petites morts (considérées dans le sens pour ainsi dire : propre) en question " !

Et rien qu'en pensant à toutes celles-ci, [vous] avez très, très envie, de déclarer illico forfait, aux effrénées sollicitations de " cette bacelle " appelée justement MARYVONNE !

"Déclarer forfait ", et subir de facto : des conséquences qui vont avec ! Et ça ah !, c'est encore une autre histoire !

Autrement exprimé : et là, ça serait " une défaite cuisante " pour [vous], " le quidam ".

Et là, ([vous] " le zouave "), [vous] aurez honte.

Seulement voilà, avec " cette gazelle " nommée MARYVONNE, [Monsieur, " son hère "] enchaînerait honte, après honte; et il se sentirait tout petit, petit, petit, petit, face à un être dit faible.

[" M'Sieur "] enchaînerait ainsi, honte, après honte; et il se sentirait complètement " diminué ", face à un être dit faible.

Au fait, qui avait appelé " la personne possédant le sexe féminin ", comme étant " l'être faible " ?

Est-ce que, " celui-ci " est réellement faible ?

Pas si sûr ! La preuve, avec " cette drôlière " nommée MARYVONNE !

Bref, c'est comme qui dirait : " ce bourrin "; ou plutôt : " ce chameau " [vous] " sucre " [votre] " sucre "; ou plutôt : " Qu'elle (" la pisseuse " en question) [vous] " plume " [vos] " plumes " ; et il s'avère par voie de conséquence, inutile que l'on [vous] rappelle : Comment ça fait mal ! ".

Bref, avoir " des passe – quilles " avec " cette drôlière " justement, [vous] " son lascar ", [vous] auriez effectivement une nette impression, comme quoi, comme, " si l'on dirait " :

Qu'on [vous] " cisaillait " " vos amourettes " sans pour autant [vous] " les cisailler " vraiment;

qu'on [vous] " cramait " " vos rognons blancs " sans pour autant [vous] " les cramer " réellement;

qu'on [vous] " bouillonnait " " votre triperie " sans pour autant [vous] les bouillonner " véritablement;

qu'on [vous] " explosait " " votre morceau du boucher " sans pour autant [vous] " les exploser " vraiment.

Très franchement, si l'on pouvait effectivement être des témoins oculaires et observer MARYVONNE et JULIO dans " leurs assauts physiques ", " l'on aurait inexorablement eu l'impression, comme quoi " : " d'assister en guise de paradigme ", à " des séquences du cinéma X "; " à des séquences mélodramatiques par exemple ", " jouées par un couple conjugal "; et dont " la fille d'Ève " " jouerait toujours et encore toujours uniquement ", " des joyeuses partitions "; et que dans l'entre-temps, " le fils d'Adam " quant-à lui, il n'aurait guère d'autre alternative, que celle de jouer toujours et encore toujours exclusivement, " des rôles de martyr ".

En tout cas, pratiquer " le cuissage " avec cette dernière, ce n'est peut-être guère : " un peu, faire de la comparaison comme si deux mantes religieuses (de l'espèce dont la femelle dévorait le mâle après leur appariement) " se faisaient " " leur conjonction " " ! Mais …/… ! Mais quand-même ! Étonnant hein !

En bref, avec MARYVONNE, ce n'est peut-être pas : " un peu la comparaison avec " le batifolage mante religieuse " "; mais par contre, l'on aurait très, très envie de dire que ça lui ressemblerait considérablement !

Et oui ih ! Quelles histoires " de tringlages " " poussées à l'extrême " ! …/…. ".

CHAPITRE : II

Et oui ih !, effectivement ! Et avec toujours ces histoires " de tringlettes " " poussées justement à l'extrême ", malheureusement hélas !, un bon certain jour; c'est-à-dire : comme l'on pouvait effectivement s'en douter d'ailleurs bien sûr, Mademoiselle Maryvonne KEVILER reviendrait dans leur appartement; et elle ne trouverait plus les affaires de " son zouave Julio FERNANDEZ " [valises; sacoches; vêtements; chaussures; livres; et cætera et cetera ....]. Et il n'y aurait plutôt seulement, qu'une lettre; qu'une très longue lettre; qu'une très, très longue lettre, comme prévue à cet effet, sur sa table à manger. Laquelle lettre lui expliquerait effectivement : en long et en large; en hauteur et en profondeur; et enfin, en diagonale et en médiane; et cela, très, très explicitement, toute la situation. Qu'est-ce qui s'était exactement passé, à la veuille ? Ou plutôt : La nuit dernière ? Afin que JULIO se décide finalement, à écrire ainsi, comme il l'avait prévu, si le comportement de " son saucisson MARYVONNE " ne changeait pas, cette très, très longue lettre en question ?

Un certain bon soir, Julio FERNANDEZ était en repos, après, non pas comme il lui en était souvent l'habitude (après avoir travaillé trois vacations de nuits d'affilée); mais plutôt, après cinq d'affilée; et il ne travaillait pas ce soir-là. Ce faisant, d'avance, il parlerait et pourtant très gentiment et presque, en plaisantant, à " sa Dalila MARYVONNE " : " Certes que, ce soir ma très chère MARYVONNE, je ne travaille pas, après les fatigues de cinq nuits "blanches" de suite; et je dors chez nous dans l'appart. Puisque généralement, nous ne faisons que trois vacations à la semaine et pas forcément d'affilée. Mais seulement voilà, cette fois ' ci, c'était un peu spécial; parce que c'était un certain arrangement entre-nous, agents de surveillance au poste; à cause d'un collègue qui avait des impératifs empêchements. Et après, j'ai .../.... ".

MARYVONNE : " Et après ? ".

JULIO : " Et après, j'ai passé une rude journée; à savoir : s'occuper des tâches domestiques de notre ménage; la Maternelle pour le fiston; mes démarches personnelles, afin d'essayer de trouver un travail en fonction de mes diplômes; et cætera .... Et par conséquent, par pitié, .../.... ".

MARYVONNE : " Et par conséquent, par pitié ? ".

JULIO : " Et par conséquent, par pitié, je tiens déjà à te signaler d'avance, que je crois qu'afin d'éviter un éventuel surmenage; lequel me menacerait incontestablement (; j'ai cette nette envie), je voudrais essayer de rester calme toute cette nuit ici; en vue de tenter quand-même de roupiller; quoique certes, je suis déjà perturbé depuis plusieurs années déjà; et que je n'arrive plus jamais à dormir comme il le faudrait vraiment, les nuits ! Mais je vais quand-même essayer de rester calme; car le surmenage me guette à l'horizon ! ".

MARYVONNE : " En d'autres termes ? ".

JULIO : " En d'autres mots, je ne vais pas de dérangements quelconques, exceptionnellement cette nuit. ".

Puis, comme un jeu et comme il était souvent d'habitude pour leurs interminables querelles; cela avait dégénéré et la dispute commençait de plus belle. Mais seulement voilà et malheureusement hélas !, MARYVONNE allait pour la première fois et pour la dernière fois aussi; et l'on comprendra par la suite de la lecture : Pourquoi la dernière fois aussi ? D'où, MARYVONNE allait pour la première fois et pour la dernière fois aussi, partir loin; très loin; très, très loin, dans ses méchants propos. Elle allait dépasser les limites de la tolérance; et cela surtout, avec " une tonitruante force de la parole ". Elle n'allait pas pouvoir contrôler ses termes prononcés. Elle dirait à " son croquant " : " Des dérangements quelconques; des dérangements quelconques; des dérangements quelconques ! Et si tu étais un peu plus .../... ? ".

JULIO : " Oui ih ! Des dérangements quelconques, oui, ih ! ".

MARYVONNE : " …/… Plus explicite que ça ah ? Et si tu étais un peu plus explicite que ça ah ? Et d'ailleurs, c'est inutile ! C'est inutile; puisque tu n'es pas du tout, tout seul, à avoir passé une rude journée.".

JULIO : " Toi aussi ? Une rude journée ? ".

MARYVONNE : " Et pourquoi pas ? ".

JULIO : " C'est vrai que t'es aussi un être vivant en chair et en os ! Excuse-moi ! Que je suis vraiment "con", afin de pouvoir poser une telle question ! ".

MARYVONNE : " Oui, moi aussi, j'avais passé une rude journée; une très rude journée-même, dans mon travail. Mais seulement voilà, sais-tu : Qu'est-ce que j'avais reçu en prime ? ".

JULIO : " Non, je ne le sais pas; mais tu vas me le dire toi-même ! ".

MARYVONNE : " Mais bien sûr que je vais te le dire moi-même : des blâmes ! ".

JULIO : " Ah non ohn ! ".

MARYVONNE : " Si, si !, des blâmes ! ".

JULIO : " Ah bon ! ".

MARYVONNE : " Oui, ih !, j'avais reçu en prime de ma très rude journée passée au travail, des blâmes de mon supérieur ! Et pas n'importe quels blâmes ! Là, c'étaient mêmes, " des impitoyables et [carillonnant] blâmes " hein ! Mon chef direct me blâmait comme l'on blâme par exemple, un enfant qui vient de commettre des très graves bêtises ! J'avais fondu en larmes ! J'avais sangloté comme une enfant ! Et toutes les autres personnes qui nous observaient, elles avaient même eu pitié de moi ! Mais seulement voilà, elles ne pouvaient rien faire ! J'avais systématiquement, piqué mes très, très fortes crises d'angoisse ! Et comme d'habitude dans des pareils cas, j'avais absolument besoin de ton concours à toi " mon gentilhomme JULIO ", afin d'essayer de faire calmer ces crises et par conséquent, en vue de me sentir mieux !

Mais seulement voilà, vu le fait que je me retrouvais encore au travail ! J'étais contrainte de garder encore avec moi, ces très, très fortes crises d'angoisse, jusqu'à mon retour à la maison : où, auprès de toi, j'aurais ce dont j'ai tant besoin, dans des pareils cas : la plénitude ! Et justement quand le soir chez nous-ici dans notre chambre à coucher, j'essaie d'oublier cette grande tristesse, en programmant, comme à l'accoutumée, de trouver ou de retrouver un peu de réconforts, auprès de toi JULIO " mon coco " ; et quant-à toi, tu me repousses déjà par anticipation ! Hum mm ! Toi " mon propre diable ", tu me repousses ! Ce que tu ne sais pas, ce que, même si cette fois-ici, je ne fonds pas en larmes apparemment; et " qu'apparemment justement ", je me maîtrise, afin de ne pas sangloter; et " qu'apparemment justement en outre ", je m'énerve contre toi, de la manière assez retentissante; mais dans le fond de moi-même pratiquement, je fonds en larmes ! Et à présent, c'est qui me fait intérieurement pleurer ? C'est toi " mon propre gentleman JULIO ", bien évidemment ! ".

JULIO : " Mais comment ça ah ! Expliques-toi un peu plus clairement : " Comment c'est moi " ton propre Monsieur JULIO ", bien évidemment qui, à présent, te fais intérieurement pleurer ! " ? ".

MARYVONNE : " Enfin, l'important en ce qui nous concerne ici JULIO, n'est même pas à ces impitoyables blâmes-là, que moi j'avais reçus ! L'important pour notre discussion n'est vraiment même pas sur ces blâmes que j'avais subis !

L'important en ce qui nous concerne ici JULIO, n'est même pas le fait de : " Mais comment ça ah ! Expliques-toi un peu plus clairement : " Comment c'est moi " ton propre bonhomme JULIO ", bien évidemment qui, à présent, te fais intérieurement pleurer ! " ? " ? ".

JULIO : " C'est-à-dire ? ".

MARYVONNE : " Enfin, c'est inutile ! C'est vraiment inutile ! ".

JULIO : " Pourquoi c'est vraiment inutile ? ".

MARYVONNE : " C'est vraiment inutile ! D'ailleurs à ce propos, si j'examine très, très bien la situation; je ressens finalement, une espèce de gêne, au moment où j'ai "des cafés du pauvre" avec toi JULIO ! C'est maintenant le cas de l'exprimer ! ".

JULIO " En vue de reprendre tes propres paroles : J'avais même oublié qu'à : l'opposé de moi " le Descendant Poitevin ", " qui aime bien ", " me rendre beaucoup plus civilisé ";

j'avais même oublié qu'à : l'inverse de moi " l'Arrière-Descendant Espagnol ", " qui aime bien ", " me rendre beaucoup plus compréhensif ";

bref, j'avais même oublié que : contrairement à moi JULIO, " qui aime bien ", " m'humaniser ";

que toi " la Descendante Parisienne ", par contre, " tu es championne " de " la bestialité ";

que toi " l'Arrière-Descendante Kinoise ", par ailleurs, " tu brilles " par " l'ensemble des caractères bestiaux; des caractères qui sont donc propre à l'animal;

bref, j'avais même oublié que : paradoxalement à moi JULIO, que toi MAYVONNE " tu excelles " par " ton animalité ";

pour ne guère laisser sortir le verbe " animaliser ";

d'où :

"Que contrairement à moi JULIO, " qui aime bien ", " m'humaniser ";

toi MAYVONNE par contre, " tu aimes bien ", " t'animaliser " ! Ah !, je le sors quand-même, ce verbe en question ! ".

(Et oui ih ! Et Ainsi, MARYVONNE s'était allègrement comportée effectivement de " cette manière-là " (; c'est-à-dire : " en excellant " par " son animalité " ; par " sa bestialité "), vis-à-vis de " son drôle JULIO " ; et cela : pendant des minutes entières; lesquelles deviendraient ensuite, des heures entières; des heures à leur tour deviendraient, des jours; des jours à leur tour, des semaines; des semaines, des mois; et des mois, des années. Mais combien de temps encore justement, lui JULIO supporterait " cette bestialité-là en question " ?).

Hum mm ! " C'est vraiment inutile ! D'ailleurs à ce propos, si tu examines très, très bien la situation; tu ressens finalement, une espèce de gêne, au moment où tu as "des cafés du pauvre" avec moi JULIO ! C'est maintenant le cas de l'exprimer ! ". Me laisses-tu entendre ?

Mais pourquoi ? ".

MARYVONNE : " C'est parce que pour moi MARYVONNE, ce que je remarque ! ".

JULIO : " Oui ih ! C'est parce que pour toi MARYVONNE, ce que tu remarques ! ".

MARYVONNE : " C'est parce que pour moi MARYVONNE, ce que je remarque au sujet de "ta masculinité", et après avoir effectué depuis un bon moment déjà et en douce, plusieurs constatations, tout jeune que tu puisses paraître encore; mais tu n'arrêtes plus de perdre progressivement, "cette gaillardise-là justement"; et par conséquent, tu ne possèdes plus désormais "la force d'un vrai mâle digne de ce nom, comme celle dont tu possédais jadis, à l'époque où je t'avais connu ! ".

Cela étant, lorsqu'ils se disputaient; et Dieu sait le nombre de fois s'engueulaient-ils dans une seule semaine par exemple; et que quand Julio FERNANDEZ n'arrêtait plus de lui dire : " .../... Blague à part, il ne reste plus que des jours à compter et moi je vais pouvoir me sauver ! ". Et que, elle, Mademoiselle Maryvonne KEVILER également, elle n'arrêtait plus de lui répondre : " .../... C'est du bluff ! Et d'ailleurs, si je regarde très bien; tu n'as plus du tout, du tout, rien d'un vrai mâle digne de ce nom; et .../... ". Et que JULIO aussi, il n'arrêtait plus de poursuivre : " À ce moment-là, tu auras à me regretter et à espérer que je retourne chez toi, dans ton appart; dans ton grand appartement; mais seulement voilà, cela serait trop tard ! ". Mais seulement voilà, cette fois-là, MARYVONNE allait pousser "le bouchon", loin; très loin; très, très loin; et surtout, elle allait pousser le ton de ses expressions, très, très loin. Ce faisant, elle répondrait; et elle n'arrêterait plus jamais de répondre avec arrogance et désinvolture, à JULIO : " D'ailleurs, si je regarde très bien; tu n'as plus du tout, du tout, rien d'un vrai mâle digne de ce nom; et cela m'énerve considérablement; quand en dépit de tous tes efforts que tu déploies, afin de, selon toi, me satisfaire le mieux possible; et que moi de mon côté, je ne ressens absolument rien du tout, du tout ! ".

JULIO : " En d'autres termes ? ".

MARYVONNE : " En d'autres termes, tu n'arrives plus du tout, du tout, à me satisfaire ! Tu n'arrives plus du tout, du tout, "à me faire procurer par exemple : la petite mort [dans le sens figuré]" ! Toi de ton côté, tu jouis toujours, très, très largement assez précocement; c'est-à-dire : avant même que moi MARYVONNE, j'obtienne par exemple, ne fût-ce que le 1 % de ma volupté ! Or, "une élégante femme trilingue" telle que moi; elle mérite "dans sa vie du couple", " avoir " " des aubades de nuits ", comme d'ailleurs, " des aubades du jour ", " dignes de ces noms "; une "élégante femme trilingue de direction telle que moi, .../... ".

JULIO : " "Ton sang vampirien"; "ton sang vampirique" te remonte à présent encore, jusqu'"à la gorge" et même jusqu'"aux nerfs"; et par conséquent, tu ne sais même plus : Qu'est-ce que tu laisses sortir de ta bouche ou quoi ? ".

MARYVONNE : "Puisque tu me parles du "sang vampirien"; "du sang vampirique" ! Justement "ce dernier sang en question me remonte à présent effectivement, jusqu'à la gorge et même jusqu'aux nerfs"; comme tu me l'exprimes. Et par voie de conséquence, je ne sais en effet, plus du tout, du tout : Qu'est-ce que je laisse sortir de ma bouche ! Je ne sais vraiment plus : Qu'est-ce que je laisse sortir de mes lèvres ! "''

"" (Et ici, " le jeu des radicales injures typiques blondiniens " qui dans Maryvonne Keviler, n'était jusque-là, que conservé pendant des très, très nombreuses années ; et cela : très, très méticuleusement certes, mais que seulement théoriquement, allait à présent pouvoir se mettre pour la toute première fois, en pratique dans son troisième foyer : c'est-à-dire : avec Julio Fernandez, comme étant son partenaire. Démonstration : "''

"" (Et ici effectivement, Maryvonne KEVILER se rappellerait des radicales injures que sa tante Henriette Mafuta KEMVILA lui parlait un bon certain jour, quand elle était encore repartie leur rendre une visite familiale : " .../... Lui cracher dans ses oreilles carrément ceux qui suivent [et ce sont des radicales injures] : "''

"" Moi " ta prostituée MARYVONNE ", je mérite dans ma vie du couple, "des basses justices" de qualité, j'allais plutôt dire ! Lorsque je suis avec toi mon gabarit " X ", j'ai parfois envie, de ne même plus avoir "des basses marches" avec toi ! J'ai parfois envie, de ne même plus avoir des "des basses danses" avec toi; parce que, moi j'aime mieux ! Or, ça se trouve justement que, je ne retrouve plus ce mieux chez toi ! Et par conséquent, je préfère et même de très loin, chercher par exemple, à défaut de mieux, une "banane", afin de ne pas penser par exemple à un appareil électrique ou à piles, "genre une espèce de vibro-masseur; mais sauf, que ce n'est pas un vibro-masseur"; c'est un appareil ayant "une queue gonflable et exerçant le rôle d'un vrai " macaron " quoi ; sauf que, c'est " un macaroni " artificiel, celui-ci ou celle-là justement qui feraient encore mieux "l'affaire";

car finalement " toi mon canon " " X ", tu n'es devenu pratiquement pour ainsi dire, "qu'un macchabée debout"; finalement, tu n'es devenu pratiquement "qu'une momie debout" ! ".) [Et tous ceux-ci entre-autres, c'étaient ceux que la tante paternelle de MARYVONNE " initiait " à cette dernière; et cette dernière justement, s'en était souvenus; et par voie de conséquence, elle s'apprêterait-là, à pouvoir les mettre en pratique. Induction] : ""

"" D'où MARYVONNE dirait à JULIO : ""

"" Cela étant, tu vas maintenant m'écouter JULIO ! Tu vas à présent écouter toutes les insanités " d'une bonne femelle folle hystérique de la pire espèce qui puisse exister "; et pour cela, ouvre très, très bien tes oreilles : Une élégante femme trilingue comme moi MARYVONNE, je mérite; et d'ailleurs je le méritais depuis toujours; depuis très, très longtemps, "tomber", chez " un gaillard " également élégant; et qui a tout dans sa vie; " un bonhomme " qui possède tous ceux qu'il faut, afin de pouvoir réellement être heureux dans sa vie en question. " Un zèbre " qui a tout réussi; " un bougre " riche; " un luron " ultra-riche; dont la nature avait bien pensé à lui, en lui offrant tout; et quand je dis tout; c'est vraiment tout; c'est-à-dire : sans oublier par exemple "la vitalité" et "la virilité"; faisant par conséquent de lui, "cette espèce de bête de somme"; que je veux toujours être " jalousement, possesseur ". ""

"" Or, ça se trouve que toi JULIO, tu n'es rien d'autre qu'un misérable. ""

"" Or, ça se trouve que toi JULIO, tu n'es rien d'autre qu'un malheureux comme moi MARYVONNE je déteste"; lequel "misérable et malheureux" est très, très loin de posséder tous ceux dont je viens à présent d'évoquer justement. Et que par voie de conséquence, tu ne pourrais que me donner beaucoup de soucis, dans ma vie, et beaucoup de peines et cela va sans dire; surtout que ton avenir s'avère être impitoyablement "manqué"; "raté"; et en vue de mieux l'exprimer : surtout que ton avenir s'avère être impitoyablement "loupé". Une "élégante comtesse" trilingue de direction telle que moi MARYVONNE : je mérite avoir dans ma vie du couple, " des congrès " de …/…. ".

JULIO : " De toutes les manières, il n'y a point du tout, du tout, de rapport avec d'une part, ta beauté et de l'autre part, tes brillantes qualités professionnelles; ou en vue de pouvoir l'exprimer beaucoup plus correctement, je dirais plutôt : " De toutes les manières, il ne devrait en principe, ne guère du tout, du tout, avoir de rapport avec d'une part : ta beauté; et de l'autre part : tes brillantes qualités professionnelles " ! Mais enfin, soit ! ".

MARYVONNE : "…/… Mérite avoir dans sa vie du couple, "des basses justices" de qualité, j'allais dire ! Lorsque je suis avec toi JULIO, j'ai parfois envie, de ne même plus avoir "des basses marches" avec toi ! J'ai parfois envie, de ne même plus avoir des "des basses danses" avec toi; c'est parce que, moi j'aime mieux ! Or, ça se trouve justement que, je ne retrouve plus ce mieux chez toi ! Et par conséquent, je préfère et même de très loin, chercher par exemple, à défaut de mieux, une "banane", afin de ne pas penser par exemple à un appareil électrique ou à piles, "genre une espèce de vibro-masseur; mais sauf, que ce n'est pas un vibro-masseur"; c'est un appareil ayant "une queue gonflable et exerçant le rôle "d'un vrai jean-nu-tête quoi"; sauf que, c'est "une jambe du milieu artificielle", celle-là; celle-là justement qui ferait encore mieux "l'affaire"; car finalement toi JULIO, tu n'es devenu pratiquement pour ainsi dire, "qu'un macchabée debout"; finalement, tu n'es devenu pratiquement "qu'un sujet d'anatomie debout" ! ".

JULIO : " Qui ? Moi ? ".

MARYVONNE : " Tout à fait ! ".

JULIO : " Moi "une dépouille mortelle debout" ? ".

MARYVONNE : " Affirmatif ! ".

JULIO : " Ah !, "ton sang vampirique" te remonte tellement jusqu'aux nerfs et jusqu'à la gorge; à tel point que tu ne sais même plus du tout, du tout, tous ceux que tu fais sortir de tes lèvres; et par conséquent, tu ne mesures même pas du tout, du tout aussi, à quel degré; ou plutôt : à quel point, tu peux réellement blesser quelqu'un ! Vraiment ! "Dépouille debout" ! Tu ne mesures effectivement pas du tout, du tout, à quel point tu peux très franchement faire mal à quelqu'un ! Même si l'on ne sait plus très bien ceux que l'on fait sortir de ses lèvres ! Mais quand-même ! ".

MARYVONNE : " Si, si ih ! Je sais très bien ceux que je fais sortir de mes lèvres. Alors, je persiste et je signe : Toi JULIO, tu n'es devenu finalement "qu'une relique debout" ! Tu n'es devenu finalement "que des restes debout" !

Tu n'es devenu " qu'une épave " dont moi MARYVONNE, je ne peux que me souvenir, des très, très bons souvenirs d'autrefois !

Tu n'es plus du tout, du tout, en mesure de m'offrir les 100 % de satisfaction voluptueuse, lesquels je recherche avant tout !

D'où, dans ce cas là, même si tu te sauvais par exemple aujourd'hui; je crois, sans vraiment trop me tromper, que je ne me formaliserais pas trop; en vue de ne guère dire que : je ne me formaliserais même pas du tout, du tout ! ".

JULIO : " Tu me brises le cœur ! Tu me blesses le cœur ! Je manque même finalement, le souffle, afin de pouvoir continuer cette "discussion"; en vue de ne point dire : cette "dispute" ! ".

MARYVONNE : " Si ! Si, si ih ! T'en as encore le souffle; et continue de discuter, si et seulement si, tu es un "vrai mâle digne de ce nom" ! ".

Cela étant, avant de pouvoir finalement conclure, J. FERNANDEZ dirait à " sa baronne MARYVONNE " : " Dès lors que nous-nous trouvons ensemble; dès lors que nous-nous retrouvons ensemble; et dès lors que la moindre petite occasion te la permet à toi MARYVONNE; c'est à coup sûr quasiment, une aubaine pour toi d'engager une dispute ! Ce qui fait en sorte que, nous-nous disputons aussi quasiment tous les temps et également quasiment tous les jours ! Mais seulement voilà, nous-nous disputons quasiment tous les temps et tous les jours certes; et l'on est finalement habitué à cette vie ! Mais néanmoins en nous disputant, …/… ".

MARYVONNE : " Ce n'est pas du tout, du tout, de ma faute si l'on se dispute quasiment à tout moment et également quasiment tous les jours hein ! ".

JULIO : " Ce n'est pas ce que je voulais dire ! Ce n'est pas que je voulais te dire que : c'était de ta faute ou pas ! Ça ne fait …/…. ".

MARYVONNE : Qu'est-ce que tu voulais me dire ? ".

JULIO : " Ça ne fait rien d'ailleurs ! Ça ne fait rien, c'est toujours ma faute à moi JULIO exclusivement ! Mais néanmoins en nous disputant, chacun [et chacune d'ailleurs hein !] s'efforce toujours de son côté; ou plutôt : s'efforçait toujours de son côté, à peser quand-même plus ou moins bien, ses mots et surtout le ton de ses expressions. Alors aujourd'hui, ma chère MARYVONNE, tu m'as pour ainsi dire, littéralement "assommé" ! ".

MARYVONNE : " Toi aussi mon cher JULIO, tu m'as pour ainsi dire, littéralement "assommée" ! ".

JULIO : " Tu m'as pour ainsi dire, littéralement "désarçonné", avec ta langue de "vipère"; avec ta langue "rapide et sans contrôle", en refusant très délibérément de la contrôler ! ".

MARYVONNE : " Toi également, tu m'as pour ainsi dire, littéralement "désarçonnée", avec ta langue de "vipère"; avec ta langue "rapide et sans contrôle", en refusant très délibérément de la contrôler ! ".

JULIO : " Or, ne dit-on pas qu': " Avant de parler, il faut bien savoir tourner sa langue sept fois." ? ".

MARYVONNE : " C'est plutôt vis-à-vis de toi, qu'il faudrait que l'on utilise ce sage dicton ! ".

JULIO : " Franchement, je manque de souffle, en vue de pouvoir encore continuer ce présent tintamarre qui est allé si loin ! Et par voie de conséquence, je te .../... ".

MARYVONNE : "Moi si ih ! Moi j'ai encore le souffle et par voie de conséquence, je voudrais bel et bien poursuivre ce grand bruit discordant justement ! ".

JULIO : " .../... Et par voie de conséquence, je te dis seulement : "Merci !"; et je conclus par des phrases suivantes : " Dormons et bonne nuit ! " Ou plutôt : " Dormons et bon sommeil ! ". Car, c'est amplement suffisant pour aujourd'hui. En tout cas ma chère MARYVONNE, cette fois-ici, tu as vraiment "poussé le bouchon" très loin [Et avec quel ton éclatant, dans tes expressions !]. Tu m'as ainsi effectivement, littéralement "désarçonné" pour ton présent bruit tumultueux et assourdissant. ! ".

MARYVONNE : " Si, si ih ! Je sais très bien ceux que je fais sortir de mes lèvres; et par conséquent, j'ai très envie de poursuivre ce vacarme, moi MARYVONNE. Alors pour cela, je persiste et je signe : Toi JULIO, tu n'es devenu finalement "qu'un macchabée debout" ! Tu n'es devenu finalement "qu'un cadavre debout" ! D'où, dans ce cas là, même si tu te sauvais par exemple aujourd'hui; je crois, sans vraiment trop me tromper, que je ne me formaliserais pas trop; en vue de ne guère dire que : " Je ne me formaliserais même pas du tout, du tout ! ". ".

JULIO : "Vraiment hein ! En tout cas, tu m'as effectivement littéralement "assommé" avec ta langue de "vipère"; avec ta langue "rapide et sans contrôle" ! Alors hein !, c'est très amplement suffisant pour aujourd'hui. Dormons. Je te souhaite quand-même : "une très bonne nuit; ou plutôt : un très bon sommeil" ! ".

(Il faudrait souligner, " qu'en matière de bistoquette ", que : quand Mademoiselle Maryvonne KEVILER arrive réellement au stade de " la plénitude satisfaction voluptueuse ", elle pousse des cris. Elle crie fort; très fort; très, très fort [et peu importe que par exemple, des voisins du palier ou d'autres curieux : écoutent ces cris-là ou non ! Et d'ailleurs à ce sujet, à chaque fois pendant les journées, que elle, MARYVONNE; ou même que lui, JULIO se rencontraient avec ces voisins du palier ou ces autres curieux, en question, dans les ascenseurs ou ailleurs; comme pour leur dire : " Bonjour ! "; ou " Bonsoir ! ", ces voisins du palier ou ces autres curieux en question justement, ils poussaient des gémissements aigus. Ce geste gênait à chaque fois, considérablement JULIO; cela le mettait à chaque fois, véritablement, très, très mal à l'aise ! Mais en tout cas, ce n'était très franchement, pas; alors vraiment : pas du tout, du tout, le cas pour MARYVONNE. Celle-ci s'en foutait éperdument; et l'on dirait même, qu'elle en était très, très fière].

Et quand Mademoiselle Maryvonne KEVILER arrive réellement à " ce point orgasmique-là ", elle attrape illico fort; très fort; très, très fort, " son diable " [; c'est-à-dire : moi Julio FERNANDEZ], surtout si par exemple : l'on était " en position emboîtée, assise face à face "; ou même : si l'on était " en position dite : des missionnaires "; et là, c'est le bouquet ! Dans ce cas-là, Mademoiselle Maryvonne KEVILER, serre plus fort, " son guignol " [; c'est-à-dire : moi Julio FERNANDEZ] comme qui dirait, elle voudrait même carrément l'étouffer.

Toujours " en matière de belutage ", et quand elle atteint " son extase sublime ", qui plus est, elle lui mordille la poitrine, à maintes reprises, à la hauteur des mamelons masculins de " son cheval " [; c'est-à-dire : " De moi Julio FERNANDEZ] bien évidemment ! ".

Elle lui mordille la poitrine, en poussant des gémissements; comme qui dirait : C'est sûrement Dracula qui attraperait ainsi sa victime; et qu'il lui " vampiriserait " tout son sang.

C'est vrai, qu'une fois parvenue à ce stade-là de la satisfaction voluptueuse, MARYVONNE ne faisait que mordiller JULIO certes; et surtout, elle ne le mordait pas du tout, du tout. Mais seulement voilà, n'empêche point pour autant, que ses très, très jolies incisives lui laissaient à chaque occasion de le faire, des morsures [pas méchantes certes], mais cependant, assez visibles quand-même, sur " son poitrail ".

Et c'est ça justement, le point que, elle MARYVONNE appelle : " Atteindre les 100 % de sa plénitude de la satisfaction voluptueuse ".

Et avec ça, " elle se ressource " !

Et avec ça, " elle n'esquinte pas moins, son partenaire ".

Et " faire atteindre " justement MARYVONNE, " à ce point-là, de l'extase sublime ", ça ah !, effectivement, lui Julio FERNANDEZ, n'était plus du tout, du tout, en mesure, de le lui offrir; et cela, depuis belle lurette déjà. Selon elle MARYVONNE : " Sur les 100 %, JULIO ne lui offrirait dorénavant, qu'à peine, un modique 1 % ! ".

En effet, JULIO n'était vraiment devenu en quelque sorte, que comme étant : " une épave " dont MARYVONNE n'avait plus, qu'à se souvenir, des très, très bons souvenirs d'autrefois.).

˝… Il s'agit de laquelle

femme " folle et hystérique"

qui n'accepte pas du tout entendre les termes

"problèmes mécaniques"

ou pour mieux l'exprimer,

le mot " impuissant ", chez son " coco ",

ou pour parler de son " drôle ". … ˝.

Maryvonne parlait encore un tout petit peu; mais malheureusement hélas !, Julio FERNANDEZ, étant : complètement " désarçonné " par les toutes dernières insultes de celle-là, il était dorénavant, dans l'incapacité notoire de pouvoir parler encore. Et puisque " le poulain " ne parlait plus, alors, " la pouliche " également l'avait bouclée [elle avait " bouclé " sa bouche]. Et ils dormaient ainsi, dans ce climat de haine. Le lendemain, la " grenouille " partait dans son travail, comme à l'accoutumée. " Le gars " n'aurait même pas le courage d'amener leur fils LUCILIAN, à la Maternelle. Ce faisant, immédiatement après le départ très matinal de " sa demoiselle MARYVONNE ", à son travail ce jour-là, exceptionnellement (peut-être l'histoire d'aller oublier un peu toutes les bêtises qu'elle avait prononcées à l'encontre de " son zouave JULIO " à la veille [Et avec surtout : Quel ton hurlant !]), JULIO avait pris un taxi; et il avait amené leur fils LUCILIAN à Rueil-Malmaison, chez ses grands-parents " maternels ". Il avait trouvé Monsieur et Madame Moïses KEVILER; mais seulement voilà, il n'avait pas voulu leur fournir trop d'explications, en vue de justifier son acte. Mais néanmoins, Madame Maryse FOUQUET, épouse KEVILER; laquelle avait déjà informé son mari, de tout le compte-rendu de l'entretien qu'elle avait eu quelques jours seulement auparavant, avec leur "gendre" JULIO; elle commençait bel et bien de s'en douter, de la vraie raison de cet acte de ce dernier.

Écoutons-donc MARYSE, posant ne fût-ce que pour la forme : une seule question, à leur gendre JULIO :

MARYSE : " Des compromis avec MARYVONNE, à la veuille ? Ou plutôt : La nuit dernière ? ".

JULIO : " Non ! Bien au contraire, des compromissions avec MARYVONNE, à la veuille ! Ou plutôt : La nuit dernière ! ".

Et par la suite, JULIO en question reviendrait à Montrouge, récupérer toutes ses affaires. Mais au préalable, il écrirait comme il l'avait prévue bien avant, une très, très longue lettre; laquelle il laisserait sur la table à manger de MARYVONNE. Il mettrait les doubles de clefs de l'appartement, sous le grand pot de fleurs; lequel se trouvait légèrement à droite de la porte principale d'entrée "de cet appart"; et il expliquerait cela, dans la très, très longue lettre qu'il laisserait à la disposition de MARYVONNE.

Julio FERNANDEZ se dirait pour cela à lui-même : " Maintenant que j'ai largué " cette Rebecca-là ", dans son grand appart " Trois pièces de Montrouge " (; et cela, " la mort dans l'âme " bien évidemment ; mais je n'avais guère d'autre alternative de toutes les manières : ---) je me sens libre et à l'aise, à la fois ! ".

Le soir venu, quand cette dernière retournerait dans leur appartement; elle qui, avait amené chez eux, sa collègue de travail, Madame Liliane QUESNEL, épouse Roger BOUSSARD; laquelle s'avérait aussi être une de ses fidèles amies; en vue de lui remettre un dossier très important, concernant leur Entreprise; elle n'aurait en effet trouvé, qu'une très, très longue lettre déposée sur la table à manger.

Et là, Maryvonne KEVILER prononcerait des " déliriums tremens "; et puis d'autres; puis d'autres; puis d'autres; puis d'autres; et puis d'autres interminables délires toujours plus longs; toujours plus éloquents et toujours plus significatifs encore. Et ces divagations, aux yeux de tous ceux qui l'écouteraient (à l'instar de sa collègue de travail Madame Liliane QUESNEL, ép. BROUSSARD; à l'instar de sa propre maman Maryse FOUQUET; à l'instar de son propre fils Lucilian KEVILER; et puis d'autres; puis d'autres; puis d'autres; puis d'autres; et puis encore, d'autres individus qui les écoutaient; et ensuite, qui invitaient à leur tour, d'autres; puis d'autres encore, pour les écouter; puis d'autres encore qui à leur tour, invitaient d'autres encore et encore et ainsi de suite, en vue de [venir] écouter " ces surexcitations " qui " surexcitaient " " l'ouïe "; ou plutôt : " les ouïes "; ou afin de mieux l'exprimer : afin de [venir] entendre " ces agitations " qui " agitaient " " les oreilles de nigauds "; à la manière comme qui dirait : " les piments exciteraient les papilles de gourmets ". D'où : et pour " ces autres et puis d'autres et d'autres personnes encore exactement ", ces " déliriums tremens " prononcés par " Une Métisse De Descendance Parisienne Et D'Arrière-Descendance Kinoise " : " Ce sont tout simplement des plus terrifiantes hallucinations qui puissent exister dans le monde; et que, eux, ils ont hélas !, à avoir à écouter sortir de la bouche de cette " pauvre " MARYVONNE en question; laquelle MARYVONNE en question justement, tout en prononçant ses frénésies que l'on entendait très, très explicitement, elle était en plus, aliénée.

Et ce soir-là avec sa collègue LILIANE [et comme toujours également : avec des regards de certains curieux de leur palier ; ou même, ceux des autres étages de leur immeuble], MARYVONNE se montrerait donc aliénée ; ou plutôt : désespérée. Une aliénation; ou plutôt : un désespoir qu'elle exprimerait également très, très explicitement, mais que l'on ne pourrait guère encore jusque-là, écouter [Et pour cause ! Ce n'était encore jusque-là aussi : qu'un sentiment]; un sentiment d'aliénation ; un sentiment de désespoir ; que l'on n'entendrait certes guère; mais que l'on sentirait par contre : très, très parfaitement. Et ces terrifiantes excitations " hautes en couleurs "; ou plutôt : " abondantes " en " croustillantes folies d'amour ", méritent précisément le détour. Déduction) : -- ".

D'où, le soir venu, quand MARYVONNE retournerait dans leur appartement; elle n'aurait trouvé qu'une très, très longue lettre déposée sur la table à manger; laquelle lui laisserait entendre ceux-ci : " " " .../... Bonjour .../.... Il ne faudrait pas chercher LUCILIAN. Il se trouve chez ses grands-parents maternels à Rueil-Malmaison. .../.... ""

"" Quant-au "rêveur de Julio FERNANDEZ que je suis", [comme toi-même MARYVONNE tu le sais; et tu me le dis et même tu ne cesses de me le répéter d'ailleurs]. ""

"" Quant-au " fils de pipeuse "; ""

"" quant-au " fils de catiche "; ""

"" quant-au " fils de gigolette "; ""

˝« quant-au " fils de chandelle " ; que moi Julio FERNADEZ, je suis.
…/…. »˝˝

MARYVONNE parlant soudain tristement : " "Pauvre MARYVONNE" ! ".

Madame Liliane QUESNEL, épouse Roger BOUSSARD : " Ça ne va pas ? ".

Mademoiselle Maryvonne KEVILER : " Ça va ah ! Ça va même très bien ! Je dirais même que ça va très, très bien d'ailleurs ! ".

Liliane QUESNEL : " Ah !, ça me rassure ! J'ai eu peur pour toi tout à l'heure, puisque tu laissais toi-même sortir soudain de ta bouche et celles-là, tristement, des paroles suivantes [je les cite] : " "Pauvre MARYVONNE" ! ". Alors, parce que selon toi-même : " Ça va ah ! Ça va même très bien ! Je dirais même que ça va très, très bien d'ailleurs ! ". C'est parfait alors ! ".

Maryvonne KEVILER : " " " " " C'est parfait alors ! ", me dis-tu, toi ma chère collègue et amie LILIANE ? C'est parfait alors, de me faire lire des propos suivants ; même si certes à l'origine, ces propos ne venaient guère de lui ; et qu'en réalité, il ne faisait-là, que reprendre des mêmes propos provenant de moi, et adressés à son égard avec bien évidemment, assez de désinvoltures ; assez d'arrogances et assez de mépris ! Mais quand-même, aller jusqu'à les reprendre mot par mot ; et me les retourner ; comme qui soulignerait ; et cela, très, très bien en évidence le fait comme quoi : que je suis une femme qui incontestablement, ne respecte point " son parangon " ! Alors-là ! »˝˝

˝« …/… Quant-au "pôv type" de Julio FERNANDEZ que je suis". »˝˝

˝« Quant-au " fils de marcheuse " ; »˝˝

˝« quant-au " fils d'amazone " ; »˝˝

˝« quant-au " fils de marchand d'amour " ; »˝˝

˝« quant-au " fils d'entôleuse " ; »˝˝

˝« quant-au " fils d'arpenteuse " ; que moi Julio FERNADEZ, je suis. »˝˝

˝« Quant-au " misérable " de Julio FERNANDEZ que je suis. »˝˝

˝« Quant-au " roturier " de Julio FERNANDEZ que je suis. »˝˝

˝« Quant-au " minable " de Julio FERNANDEZ que je suis" ; »˝˝

˝« lequel, depuis sa naissance, il n'a pas encore eu " une vraie baraka ", afin d'échapper réellement à la misère et à toutes ses répercussions. »˝˝

"« (" C'est parfait alors ! ", me dis-tu, toi ma chère collègue et amie LILIANE ? " ! Mais oh !, oh !, oh ! C'est parfait alors, que Julio FERNANDEZ me fasse lire; ou plutôt : qu'il me rappelle; ou même : qu'il me fasse rappeler des propos ainsi; comme quoi que, ça; [c'est-à-dire ces propos en question; comme quoi que, ça] venaient effectivement de moi MARYVONNE ?). »"

"« Quant-au "macchabée debout". »"

"« Quant-au "cadavre debout". »"

"« Quant-au misérable. »"

"« Quant-au malheureux; »"

"« lequel "misérable et malheureux comme moi" est très, très loin de posséder tous ceux dont que tu t'attends à ce que " ton canon " possède justement. »"

"« (" C'est parfait alors ! ", me dis-tu, toi ma chère collègue et amie LILIANE ? " C'est parfait alors, que Julio FERNANDEZ me fasse lire; ou plutôt : qu'il me rappelle; ou même : qu'il me fasse rappeler des propos ainsi; comme quoi que, ça; [c'est-à-dire : ces propos en question; comme quoi que, ça] venaient effectivement de moi MARYVONNE ?). »"

"« Et c'est vraiment triste de l'écrire cette présente très, très longue lettre; mais cependant, je l'écris quand-même; et je te demande de la lire très, très attentivement; et surtout, de la comprendre aussi très, très bien. Je m'en vais te dire une chose. »"

"« " Une élégante Jeanne d'Arc, trilingue " comme toi; " une élégante Judith trilingue " qui aurait toujours et encore toujours, du travail dans ton domaine de Secrétariat et de Comptabilité de Direction, en Domaine d'Import-export; " une élégante Iphigénie trilingue " comme toi et surtout compte tenu de tes capacités intellectuelles et de ton expérience; »"

"« tu mérites effectivement avoir dans ta vie du couple, " des charmants jolis " dignes de ce nom"; »"

"« tu mérites effectivement avoir " des charmants mignons "; tu mérites effectivement avoir " des charmants petits péchés " avec "un vrai mâle digne de ce nom". »"

"« Tu ne mérites vraiment pas gâcher ta vie avec "un Quant-au rêveur de Julio FERNANDEZ que " sh'ui " [que " je suis"], [comme toi-même

MARYVONNE tu le sais; et que, tu me le dis; et même que, tu ne cessais de me le répéter d'ailleurs tout le temps que l'on vivait ensemble]. '''

'« Tu ne mérites vraiment pas du tout de gâcher ta vie avec "un Quant-au pôv type" de Julio FERNANDEZ que [" sh'ui "] effectivement; lequel type justement n'hésite même pas, par exemple, à récupérer des très "vieilles fringues" déposées au devant d'un des bureaux de la Croix-Rouge Française, à Paris; lorsque ce bureau est fermé le soir ; et que les gens qui comptaient remettre ces habits-là, à l'intérieur des locaux de ce bureau en question, ils ne tenaient plus à les ramener chez eux; et ils les déposaient dehors, espérant que le lendemain, les agents de cette Croix-Rouge, allaient les prendre et les ranger, dans leurs lieux de stockage. '''

'« Tu ne mérites vraiment pas du tout de gâcher ta vie avec " un Quant-au misérable " de Julio FERNANDEZ que [" sh'ui "] effectivement; lequel type justement n'hésite même pas, par exemple, à récupérer des très "vieilles fringues", afin de les envoyer à certains de ses membres familiaux se trouvant dans le Poitou-Charentes; lesquels membres qui étaient et d'ailleurs, qui les sont encore toujours jusqu'en ces jours, dans des véritables besoins. .../.... " « ».

Maryvonne KEVILER étant devenue soudainement flegmatique à cause de cette très, très longue lettre, sa collègue de travail Liliane QUESNEL, épouse BOUSSARD lui avait demandé : " De quoi s'agit-il MARYVONNE, pour que tu deviennes soudainement ainsi flegmatique ? ".

MARYVONNE répondait : " " " "De qui .../... ?"; et non "De quoi .../... ?". Il faudrait plutôt poser ta question comme suit : " De qui s'agit-il MARYVONNE .../... ? ". Et moi à qui l'on poserait cette question, je répondrais qu'il s'agit : " " " " D'une "moukère folle et hystérique de la pire espèce qui puisse réellement exister", engendrée non pas par Monsieur Moïses KEVILER, "le Kinois"; mais plutôt par "un vampire"; car sa maman Maryse FOUQUET avait été infidèle, en couchant avec ce dernier, faisant comme résultat de cette illégitime union : "cette mousmé folle et hystérique de la pire espèce en question"; " cette floume " dont il s'agit ici; laquelle possède et cela va sans dire, "un sang vampirien"; "un sang vampirique"; lequel coule tranquillement dans ses veines. '''

"« Et quand " ce dondon en question, nommé MARYVONNE " se retrouve ensemble avec " son gazier " chez eux dans leur appartement; et lorsque par moment, "ce sang vampirien" lui remonte jusqu'aux nerfs et jusqu'à la gorge; il lui donne par exemple une envie effrénée de faire quasiment à tout moment que c'est faisable; ou à tout moment que le minimum de circonstances le permet "un passe-quille"; ou plutôt : "des pinages"; encore que, pas n'importe "quels picotins" hein ! »"

"« Que " des qualités " ! »"

"« Que " des qualités supérieures ", bien entendu ! »"

"« Et ceux-là; c'est-à-dire : " ces carambolages-ici ", " des qualités supérieures ", même s'il y a des visiteurs chez eux dans leur appart que voici ici à Montrouge; où l'on se retrouve toutes les deux collègues de travail en ce moment-ici. »"

"« Il s'agit " d'une nymphe " habituée à se mettre en spectacle : des scènes conjugales ! »"

"« Il s'agit " d'une gouillasse " qui cultive ses goûts et ses rêves; lesquels sont infiniment inspirés par des sujets " l'on dirait " : " exclusivement beaucoup plus érotiques " ! »"

"« Il s'agit " d'une fillasse " " l'on dirait " qui, en vue de se sentir; ou plutôt : afin de se retrouver dans une atmosphère bien apaisée avec " son pierrot JULIO ", elle aime : »"

"" Que les préliminaires soient prolongés ! »"

"" Que les montes soient bonnes; voire : qu'elles soient de qualité; de qualité supérieure ! »"

"" Et que les remontes se multiplient incessamment ; et qu'elles soient de plus en plus superlatives ! »"

"« Il s'agit : " d'une menine ", l'on dirait : " fréquemment en chaleur "; laquelle, afin de continuer de défendre vigoureusement; et cela, en y ajoutant sa touche personnelle et magique, les unes de " ses traditions hautes et bigarrées ",

"« Il s'agit donc ma chère LILIANE : " d'un tas, nommé : MARYVONNE " ; " un tas " ; l'on dirait : " fréquemment en chaleur "; " lequel tas ", afin de continuer de défendre vigoureusement; et cela, en y ajoutant sa touche personnelle et magique, les unes de " ses traditions hautes et bigarrées ",

[il] s'embrasse; mais [qu'il] s'empoigne surtout par dessus tout, avec " son bougre JULIO ", [qu'il] aime également : surtout par dessus tout ! """

"" Il s'agit " d'une bacelle " qui cause, en partie ! """

"« En partie de jambettes ! """

"""" De gambilles en l'air ! """

"« Il s'agit d'une " drôline " qui mange, en charmant ! """

"""" En charmant mignon ! """

"« Il s'agit d'une " mescine " qui boit, en charmant ! """

"""" En charmant doux ! """

"« Il s'agit " d'une pucelle " qui chante, en charmant ! """

"""" En charmant péché ! """

"« Il s'agit d'une " mectonne " qui marche, en charmant ! """

"""" En charmant plaisir ! """

"« Il s'agit " d'une minette " qui pète même, en charmant ! """

"""" En charmant joli ! """

"« Il s'agit " d'une quille " qui aime que " des flanelles " : épient; inspectent même; observent même, toutes leurs scènes de ménage; et qu'ils les notent même ! """

"« Il s'agit " d'une gigue " qui n'est en fait, qu'une créative instinctive; qu'une créative primaire; qu'une créative sans émotion; autrement dit : qu'une bête quoi ! """

"« Il s'agit " d'une perlasse " qui exige de la part de " son échantillon JULIO ", en matière " des soulas " bien sûr, un travail de virtuose; lequel le rendrait ainsi : " insurpassable " et " insurpassé " des autres hommes ! """

"« Il s'agit " d'une péteuse " qui ne recherche avant tout et par dessus tout, l'on dirait, que des fantastiques " plaisirs de Vénus " ! """

"« Il s'agit " d'une greluche " qui : à cause des incessantes et récurrentes très, très fortes crises incurables (surtout), d'angoisse ; dont elle souffre sévèrement ; elle a fini par découvrir elle-même : à chaque fois que " ces très, très fortes crises en question " se déclenchent en elle : Comment justement, les apaiser ne fût-ce que temporairement. """

"""" Et comment justement ? """

"" En affichant en elle justement : un comportement compulsionnel assez prononcé ; lequel la rend par voie de conséquence : constamment mal à l'aise ! ""

"" Et lequel constamment aussi, elle se démerde coûte que coûte (; et cela en sa manière bien évidemment) : en vue de résorber rapidement : les causes justement de ce comportement compulsionnel assez prononcé en question ; c'est-à-dire : en vue de résorber le plus rapidement : ces incessantes et récurrentes très, très fortes crises incurables d'angoisse ; et afin de se sentir mieux moralement d'abord ; puis immédiatement après : physiquement, également. ""

"" " Ce veau ", nommé MARYVONNE ne se ressource qu'avec cette très curieuse et très étonnante méthode ; laquelle très curieuse et très étonnante méthode malheureusement hélas !, justement, elle épuise en même temps très, très considérablement, " son excellencier JULIO " ! ""

"" Il s'agit " d'une pétasse " qui n'avait pas su faire attention, afin de ne guère, faire rompre l'équilibre de son foyer conjugal; lequel équilibre et pourtant, qui menaçait déjà de se rompre ! ""

"" Il s'agit " d'une bécasse " qui se demande aujourd'hui : Comment récréer à présent que " son image JULIO " s'est sauvé, cet équilibre dans le foyer ? ""

"" Il s'agit " d'une oie blanche " l'on dirait qui se livrerait ainsi frénétiquement, à des rites de fécondités ! ""

"" Il s'agit " d'une héritière " l'on dirait qui se livrerait ainsi fréquemment, à des cérémonies traditionnelles ! ""

"" Des cérémonies traditionnelles destinées à établir; ou plutôt : à rétablir des équilibres ! ""

"" Des fragiles équilibres ! ""

"" Des fragiles équilibres entre des humains et le monde qui les entoure ! ""

"" Des fragiles équilibres entre les cultures et la nature ! ""

"" Il s'agit " d'une gavalie " dont l'on dirait, sa connaissance de toutes ces choses citées ci-hautes, inspirerait chez " son zigue JULIO " : non seulement amour et respect; mais également et même surtout : crainte et dégoût ! ""

˝« Il s'agit " d'une religieuse " qui a toujours et encore toujours, été quasi-complètement inspirée; et même quasi-entièrement captivée par " les mœurs et coutumes " " blondiniennes "; " cette Blondinie justement " qui n'a qu'un seul mot d'ordre : défendre vigoureusement sa tradition culturelle ! »˝

˝« Il s'agit " d'une servante " qui, en se comportant de la sorte jusqu'en ce jour-ici; c'est-à-dire : en utilisant dans son foyer " hyménéal ", la tactique des empoignades; l'on pourrait jusqu'en ce jour-ici donc, affirmer qu'il y avait de l'équilibre ! »˝

˝« Oui ih !, il y avait de l'équilibre; c'est parce que : il n'y avait jamais eu : ni vainqueur et ni vaincu entre " Adam " et " Ève " ! »˝

˝«« Il y avait toujours et encore toujours eu ainsi : un juste maintien de l'équilibre nuptial; un juste maintien de l'harmonie du couple ! »»˝

˝« Et à présent, lui " l'honnête homme ", il s'est senti apparemment perdre la partie; et de surcroît, il s'est sauvé ! »˝

˝« Mais ce n'est qu'une partie de la bataille qu'il a perdu et non la bataille elle-même ! Et il faudrait même préciser : que c'est lui " l'homme d'honneur JULIO " qui croît perdre cette partie de la bataille ! »˝

˝« Mais en réalité, au sujet de la manière dont ces empoignades matrimoniales-là sont orchestrées, il n'y a à vrai dire, jamais eu : ni vainqueur et ni vaincu entre " fils d'Adam " et " fille d'Ève " ! »˝

˝«« Il y a toujours et encore toujours eu ainsi : un juste maintien de l'équilibre marital; un juste maintien de l'harmonie du couple ! »»˝

˝« Personne " du concubin " ou de " la concubine ", ne peut : ni gagner et ni perdre, une partie de la bataille " hyménéale " en question ! »˝

˝« Et encore moins : personne " du paroissien " ou " de la paroissienne ", ne peut : ni gagner et ni perdre, la bataille elle-même ! »˝

˝« En se sauvant ainsi, lui " mon croquant JULIO ", il vient en effet de perdre une partie et même la bataille que personne ne perd ! »˝

˝«« La bataille que personne ne gagne non plus ! »»˝

˝« En se sauvant ainsi, moi " le saucisson MARYVONNE ", également, je n'ai guère une autre alternative, que celle de perdre aussi cette même partie; voire : cette même bataille dont et pourtant : personne ne perd; et dont également : personne ne gagne non plus ! »˝

"" Mais comment continuerais-je moi MARYVONNE toute seule, de garantir la tactique des empoignades ? ""

"" Mais comment continuerais-je moi MARYVONNE toute seule, de garantir l'équilibre du couple; au moment-même où, ce couple en question, n'existe même plus ? ""

"" Mais comment continuerais-je moi MARYVONNE toute seule, de garantir cette harmonie du couple; au moment-même où, ce couple en question, n'existe même plus ? ""

"" Mais comment continuerais-je moi MARYVONNE toute seule, de garantir tous ceux-là ? ""

"" Hein ? ""

"" Est-ce que : c'est possible ? ""

"" Mais c'est impossible, ça ah ! Non ? ""

"« Ma chère collègue LILIANE, il s'agit " d'une gerce " qui voudrait bel et bien enrayer de son esprit, tous ces souvenirs fugaces ci-hauts; mais que, ils sont tout simplement, beaucoup plus forts qu'elle; et que par voie de conséquence, elle ne parvient guère ! "»

"« Il s'agit de laquelle " congaye folle et hystérique" qui n'accepte pas du tout entendre parler par exemple, des termes "ennuis ou problèmes mécaniques"; ou en vue de mieux l'exprimer : " laquelle congaï " n'accepte pas du tout entendre parler; alors vraiment : pas du tout, du tout entendre parler, des mots " ennuis mécaniques " ; ou afin de pouvoir l'exprimer avec d'autres termes : "impuissance sexuelles", au sujet de " son gentleman " ; ou quand on parle de " son gentilhomme ". "»

"« Il s'agit de laquelle "fumelle folle et hystérique" qui possède "ce sang vampirique"; lequel en outre, rend son comportement assez médiocre; lequel en outre, lui fait faire tant d'autres bêtises; à tel point que " son homme d'honneur " quel qu'il puisse être; il ne pourrait guère continuer d'accepter encore pendant très longtemps, un tel comportement assez médiocre justement; et par conséquent, " cet homme de mérite-là ", ne pourrait que faire ses valises et se sauver pour lui, là où "la fatma folle et hystérique en question", ne pourrait jamais le retrouver et c'est vraiment le cas de le dire ! .../.... "« ".

LILIANE B. : " Mais MARYVONNE ! Tu es en train de divaguer-là ! Et comme par hasard aussi, des nigauds de votre immeuble sont venus assez nombreux devant la porte, afin de t'écouter extravaguer ! Tu es en train d'extravaguer-là d'un seul coup; et cela, depuis un bon moment déjà ! Je ne comprends plus rien du tout là ! Je t'ai laissée longtemps; voire très longtemps parler; croyant que tu allais t'arrêter ! Mais seulement voilà, bien au contraire, tu continuais et voire, tu continues même encore davantage, de parler toi toute seule ! C'est pour cela, excuse-moi du fait, que j'étais dans; ou plutôt : je me voyais du coup, être dans cette ultime obligation d'intervenir, afin tout simplement de te contraindre d'arrêter illico, " de devenir gaga " ! Qu'est-ce qui ne va plus tout d'un seul coup comme ça ah MARYVONNE ? Je t'appelle un médecin ? ".

" En bref, le tout pour moi MARYVONNE avait commencé par " la façon de " me démerder coûte que coûte (; et cela en ma manière bien entendu ") : " en vue de résorber rapidement " : " des incessantes et récurrentes très, très fortes crises incurables, d'angoisse ; dont je souffre sévèrement, depuis des lustres " (suscitant en moi, l'énergie du désespoir, de pouvoir mettre définitivement un terme, à ces crises). Il fallait absolument que j'en mette un terme ; afin de me sentir mieux " moralement " d'abord ; puis immédiatement après : " physiquement ", également. ". ""

" Et là, j'avais imaginé à une méthode (; apparemment radicale ; mais cependant : " radicale seulement pour le temps d'une trêve à durée variable " : " " l'auto-psychanalyse pensée : être allurale ", [comme étant : " démarche psychothérapique : pesée être allurée " ; ou plutôt : comme étant : " une technique psychanalytique : soupesée être exquise et surtout incomparable " "], une méthode donc ---) utilisée par " moi, l'Artémis " nommée MARYVONNE. ""

" Et avec cette méthode-ici justement, lui " le pauvre " Julio FERNANDEZ, un " Descendant Poitevin et Arrière-Descendant Espagnol " ; lequel ne savait rien avant de pouvoir me rencontrer ; et en me rencontrant, il allait découvrir " les travers " (" les travers " dus par " cette méthode en question " [; " les travers "] d'une : " Mademoiselle Maryvonne KEVILER, une " Descendante Parisienne et Arrière-Descendante Kinoise " ; laquelle en réalité, joue avec les contrastes : l'horreur et la beauté; " une beauté incroyable "; [métisse-oblige, quoi !] " une beauté incroyable certes "; mais surtout " façonnée " sur " un personnage mitigé "; voire sur : " un personnage terrifiant " ! ". Et avec " ce côté terrifiant justement " ! " Le pauvre JULIO " a eu tout simplement peur hein ! Que veux-tu que je te dise d'autre, ma chère LILIANE ! Seulement voilà : les grandes " foleurs " ou les grandes " foliesses " surveillent de près : les grands bellissimes ou les grandes joliesses ! C'est plus fort que moi MARYVONNE ; et je n'y peux rien ! ""

    "" Et tu me dirais très certainement ma chère amie LILIANE : que [" sh ' ui "] " presqu'à l'extrémité de l'apocalypse " ; pour prononcer tous ceux dont je me mets du coup, à prononcer. Ou sinon peut-être : [" sh ' ui "] " à son commencement " ; " au commencement de l'apocalypse " ! Ou encore en vue de l'exprimer beaucoup plus exactement : Et tu me dirais certainement ma chère LILIANE : que [" sh ' ui "] en train de susciter " des visions apocalyptiques " pour rien, rien et rien du tout ; alors qu'il n'en est même pas la nécessité ! Peut-être bien que tu aurais parfaitement raison, dans ce cas-là ! Mais comme je viens de l'exprimer : C'est plus fort que moi MARYVONNE ; et je n'y peux rien ! Puisque : MARYVONNE est souvent (et on le sait), d'un tempérament : d'une grande furie ; et je dirais même quelquefois (et le plus souvent d'ailleurs) : d'une très grande fureur ! Et la plus part de temps, comme qui dirait : en vue d'enjoliver le tout : l'obsession s'en mêle souvent ! Et dans une telle circonstance, maintes fois répétée, il y a inévitablement de ma part : des hallucinations ; des obstinations ; des bêtises ; des vertigos ; des folasses ; des aliénations mentales ; et j'en passe et des meilleurs ; bref : des schizophrénies, quoi ! Et quel " fils d'Adam " pourrait pour ainsi dire, supporter " jusqu'à ce qu'il en soit séparé par la mort " : " une telle fille d'Ève ", possédant " une telle panoplie de tempéraments d'esprit " ! ""

    "" Le tout pour moi MARYVONNE se poursuivaient par le fait de " mes randonnées culturelles ". Et de cette manière, moi MARYVONNE, je me retrouve ainsi incessamment dans les directions : Paris-Kinshasa ; Kinshasa-" Guigo " ; " Guigo "-" Guillodo " ; " Guillodo "-Kinshasa ; Kinshasa-Paris. Bref, et pourquoi pas dans toutes les directions, quoi ! ""

Et avec " ces randonnées culturelles en question ", " la fatma nommée MARYVONNE " que [" sh ' ui "], y découvrirait par voie de conséquence, une tradition. " Une tradition pour elle ", " cette fatma nommée MARYVONNE justement " : " Qu'elle se pratique à Sept mille kilomètres de Paris ; ou : à seulement Sept kilomètres de distance ; ou même : à Sept millimètres (pour ainsi dire : zéro) ; c'est exactement la même chose pour elle ! " La même chose en fait " ; car : elle est incroyablement émerveillée par des mœurs très typées ; ce sont des coutumes très formelles. Périodiquement par exemple, l'on organise des festivités dont des gens en raffolent. Et des danseurs, des chanteurs, des batteurs de tams-tams rythment le tout. Avec ces danseurs, chanteurs, batteurs de tams-tams, l'on rythme : des rythmes identitaires certes ; mais aussi, l'on met en chorégraphie, des vertus sociales. L'on raconte et l'on met en scènes, des choses toutes bébêtes de la vie quotidienne " blondinienne " que j'y découvrirais donc dans " ces randonnées culturelles ". Et avec ces choses toutes bébêtes justement, l'on ne pourrait en aucun cas confirmer par exemple, que : cette culture permet " le volage-libertinage des ados " ; afin qu'ils puissent se choisir et se former, pour plus tard " après mille réflexions ", des couples qui vont se mettre ainsi, en ménage. L'on ne pourrait en aucun cas confirmer, non plus : que cette culture est contre " ce volage-libertinage des ados ". ". """

"" Ce " le volage-libertinage des ados " est très, très formellement abhorrée ! """

"" Ce " le volage-libertinage des ados " est très, très formidablement adorée ! """

"" " Ces mœurs et coutumes ", ce sont en tout cas, des expériences magnifiques, luxuriantes, nourries, raffinées, actives et tenaces ; qui plus est : continuellement réitérées ou reconfirmées, en y ajoutant, l'ingéniosité ou la touche personnelle de chacune ou chacun. " " ". """

"" Il ne faut pas croire ma chère LILIANE, que ceux que je te raconte présentement, s'avère être des histoires sans têtes ni queues. Je dis ceci, puisque, des gens issus des traditions, se positionnant à des années lumières, aux traditions auxquelles je fais allusion ici, (des gens tels que toi, ma chère LILIANE, quoi), m'appelaient : " la femme vampirique " ; et ma tradition : " la tradition hystérique ". """

Pour MARYVONNE, c'était effectivement "de la déprime".

Avant de "déprimer", MARYVONNE "salopait".

Après avoir "s'être perdue", MARYVONNE "coulait".

Entre "les états de déprime", MARYVONNE "se noyait".

Autrement écrit :

Avant "d'afficher ses troubles d'esprit", MARYVONNE "affichait ses troubles mentaux".

Après "avoir affiché ses troubles cérébraux", MARYVONNE "affichait encore des troubles psychiatriques".

Entre "les états de troubles psychiques", MARYVONNE "affichait encore davantage des troubles psychologiques".

Maryvonne KEVILER continuerait avec ses insupportables "tintinnabulements". Et de cette façon, elle laisserait par exemple entendre à toutes celles et à tous ceux qui voudraient bel et bien "disposer" avec elle :

"» " Le tout avait en vérité débuté par le fait que moi-même "cette arrogante métisse" appelée Maryvonne KEVILER qui croyais avoir très, très bien appliqué des conseils de ma tante Henriette Mafuta KEMVILA ("une moukère pour ainsi dire : aux manières certes, vulgaires"); des conseils qui disaient entre-autres que : ""

"» " .../... À ce propos justement, je tiens déjà à te mettre en garde ma nièce, que ce sont des insultes à double tranchant; ou plutôt : c'est une arme à double tranchant ! C'est-à-dire : il faudrait absolument que " ton galant " soit également issu lui aussi des mœurs et coutumes "blondiniennes" ! ""

"" Sinon lui également, il faudrait au préalable l'initier dans cette mise en scène ! Il faudrait absolument " l'initialiser " dans "cette théâtralité" ! ""

"" C'est parce que s'il n'est guère préparé à recevoir des telles injures monstrueuses en pleine figure ! ""

"" Alors-là, il va être à bout de souffle ! ""

"" Et il ne pourrait avoir aucune autre alternative, que celle de se sauver et te laisser te trouver " un autre numéro " préparé quant-à lui, à recevoir des telles fâcheuses insultes, en pleine figure ! ""

"« Mais que, malheureusement hélas!, "cette arrogante métisse" avait jugé nécessaire, de ne guère lui passer cette info-là. .../... » « ». ».

"» « Qui plus est : une MARYVONNE, qui en matière de "plaisirs de dieux", chercherait incessamment que " son noble homme JULIO " (ou un autre hein !, peu importe), batte à chaque fois, "son record" "vénérien" ou "physique", lui octroyant ainsi (c'est-à-dire : faisant octroyer ainsi, à elle [" sa pétasse MARYVONNE "]), "le plus" "de spasmes" "possibles". ""

"« Mais quel " moineau " pourrait-il le faire ? ""

"« Mais quel " oiseau " pourrait-il véritablement "battre le record à chaque coup" ? ""

"« D'autant plus que "le tout dernier record" que l'on [aurait] "avec mille peines" battu [n'était] déjà plus ? ""

"« Et que de facto, il faudrait absolument, battre encore un nouveau record "en la matière" ? ""

"« "Lequel record" qui, n'importe comment pour la prochaine fois [ne compterait] déjà plus ? ""

"« Mais "physiquement" pour lui JULIO, " le numéro justement " très honnêtement ! Hein ? ""

"« Et oui ih !, effectivement l'harmonie ou plutôt : l'harmonisation et "la synchronie" ou plutôt : la synchronisation s'avéreraient très franchement, être infaisables ou irréalisables, entre : ""

"" D'une part : [cette] Maryvonne KEVILER : ""

"" qui se revigorerait admirablement; ""

"" qui se requinquerait étonnamment; ""

"" qui se ressourcerait remarquablement et énergiquement même; ""

"« dans "leurs diverses basses danses". ""

"" Et de l'autre part : [ce] Julio FERNANDEZ qui, paradoxalement quant-à lui : ""

"" il s'épuiserait désespérément; ""

"" il [se] crèverait inconséquemment; ""

"" il se tuerait tristement et inconsidérément même, à petit feu. ""

"« Bref, en matière "des plaisirs de Vénus", " satisfaire à qui mieux, mieux, [cette] Maryvonne KEVILER ", ça serait finalement à tout compte fait : »"

"« "un véritable cauchemar" pour [ce] " cheval Julio FERNANDEZ ". »"

"« Mais cependant paradoxalement, pour (cette MARYVONNE-là elle-même, quant-à elle) : "C'est tout simplement : un véritable rêve". »"

"" Un rêve qui me fait même, en même temps entre-autres; c'est-à-dire : en pleine action, chanter l'opéra, sans la moindre petite hésitation. ""

"" Mais une telle MARYVONNE très franchement ! ""

"« C'est "une tarderie-vampire" ? »"

"« Mais quel " miroir " pourrait-il accepter de continuer de vivre avec "une telle tarderie-vampire" ? »"

"" Et par voie de conséquence, [Julio FERNANDEZ en question] s'était effectivement sauvé ! " " ... " « » ". ".

Maryvonne KEVILER continuerait de péter le plomb; et elle dirait encore par exemple :

"» « Chez les "blondiniens", chacun reconnaît sa position au sein de la communauté. »"

"« Et ainsi, le patriarche n'a même à rappeler aux gens, leurs places. Ce chef ici tient beaucoup à ce que des jeunes n'oublient guère entre-autres, le respect des anciens. Chez tous les "blondiniens", l'on retrouve un point commun : des initiations; pour ne pas dire : des initialisations (tant masculines que féminines) dans toutes les étapes de leur vie. Et ainsi, l'on ne perd guère ses valeurs traditionnelles. »"

"« Ces patriarches sont également des enchanteurs; lesquels sont capables de communiquer avec des esprits des ancêtres défunts, et même avec des "nzambi à mpungu" [des dieux de fétiche] ! »"

"" Les prêches des missionnaires portugais sont arrivés jusque chez ces peuples, par l'embouchure du grand fleuve Congo certes; seulement voilà, ils n'avaient réussi qu'à les évangéliser en partie seulement. ""

"« Pourquoi "en partie seulement" ? »"

"« C'est tout simplement parce que pratiquement "l'on dirait" que ces hommes de Dieu étaient parvenue à déconcentrer, et même, à troubler ces "blondiniens". »"

"" Mais néanmoins, toutes leurs mœurs et coutumes; bref, toutes leurs vieilles traditions demeurent encore et encore toujours pour autant : vivaces. Leurs initiations, pour ne point dire : leurs initialisations sont encore et encore abondantes et prospères. »"

"« En ce qui concernent des sujets que l'on enseigne dans les initiations féminines, l'on retrouve des contenus à propos "des empoignades"; dans lesquels devraient impérativement s'afficher net : le comportement particulièrement insolite de " la vachasse MARYVONNE ", à l'égard de " son original JULIO ". »"

"« Et quand ces empoignades sont bien appliquées, là, les paris "des nigauds" friands des spectacles gratos (; ou plutôt : des scènes de ménage gratuites [ces paris pouvaient être ---]) ouverts. »"

"« Les nuits, comme les jours, il se passe toujours et encore toujours, quelques spectacles croustillants au sein du couple dont " la poufiasse MARYVONNE " s'avérerait être des bonnes vieilles traditions " blondiniennes " : Et là, "des caves" sont ravies. Elles sont "tétanisées". »"

"« Elles sont "survoltées". »"

"" Seulement voilà, elles se demandent quand-même pour autant : Pourquoi un tel couple qui se déchire et s'entredévore une fois toutes les deux heures (quand conjointe et conjoint se retrouvent bien évidemment côte à côte) et un jour sur deux, ne se disloque-t-il point ? »"

"" Pourquoi est-il aussi sûr de lui, qu'en dépit des toutes leurs altercations, il ne se désagrégerait point ? »"

"« Chez les "blondiniens", l'on respecte scrupuleusement les vieilles bonnes traditions; même si pour autant, des jeunes en contact avec des influences du monde extérieur de la "Blondinie"; ou même si nombre d'enfants, sont issus des couples dont l'un des parents seulement est "Blondiniens"; et que des tels enfants ne se sentent apparemment guère du tout engagés dans des telles mœurs et coutumes; cependant curieusement, ils brûlent de passions, à vouloir connaître des telles cultures. »"

"« Ils se déchaînent de passions; et c'est le cas : D'une métisse de "Descendance Parisienne et d'Arrière-Descendance Kinoise". »"

"« Une mulâtresse farouchement indépendante certes, mais néanmoins, entièrement "l'on dirait", nourrie de culture "blondinienne" : "empoignades"; " voyeurisme " et "leurs acolytes". »"

"« Les initiations féminines chez des "blondiniens" n'ont qu'une règle : tout faire en vue de mieux cimenter l'entente matrimoniale. »"

"« Et chez des peuples habitant dans des villages tels que :"Guigo"; "Guillodo" et des localités circonvoisines ; chez ces peuples : de la " Blondinie " ; chez ces peuples habitant dans des territoires circonvoisins de la " Blondinie " ; et même chez ces peuples habitant jusqu'au-delà des montagnes les plus lointaines : l'on constate qu'ils répondent mieux à ce genre de culture. »"

"« Pour des "blondiniens", les centres urbains où se retrouvent le melting-pot de cultures, ne sont que : »"

"" non seulement, des véritables camps de concentration des boulots; ""

"" mais surtout des véritables cauchemars culturels. ""

"« Et de ce fait, l'on pourrait exprimer sans la moindre petite hésitation par exemple que : Les "blondiniens" doivent, partout où ils se retrouvent; et cela : même dans des grandes villes, se battre afin de sauvegarder les coutumes ancestrales; pour que "la mort" n'envahisse point celles-ci. Ici, ils ne devraient pas avoir honte d'afficher clairement leurs différences didactiques. »"

"« Chez des "blondiniens", l'on ne devrait en principe, pas se désassembler. Bien au contraire, l'on ne devrait que "s'assembler" ou "se rassembler". Et justement, une fois "s'assemblés" ou "se rassemblés" entre - eux ! Là encore, ils ne devraient surtout sortir de leurs clapets que : "des causeries blondiniennes" ! C'est afin d'exorciser "les causeries citadines". » « » "

LILIANE à MARYVONNE : "Mais arrête MARYVONNE, " de devenir gaga " ! Qu'est-ce qui ne va plus tout d'un seul coup comme ça ah MARYVONNE ? Je t'appelle un médecin ? ".

MARYVONNE, à LILIANE : " Hein ? Hein ? Hein ? ".

LILIANE : " Ah !, tu vois ! Bon ohn !, je t'appelle un médecin ! ".

MARYVONNE : " Laisse-moi un peu ma chère amie LILIANE ! ".

LILIANE : Alors, je t'appelle un médecin ? Hein ? ".

MARYVONNE : " Non, ce n'est pas la peine ! Ce n'est pas la peine; parce qu'en fait, je vais très bien ! ".

LILIANE : " Mais pourquoi tout d'un seul coup, toi qui avais "du punch"; tu deviens soudainement flegmatique et tu te mets à déraisonner pendant très longtemps, avant que je te coupe la parole ? ".

MARYVONNE : " Ce sont des nouvelles de cette très, très longue lettre; lesquelles nouvelles justement me rendent ainsi flegmatique; et elles me font surtout perdre mon esprit, de cette manière dont tu es toi même témoin ! ".

LILIANE : " Je m'en doutais ! ".

˝" Tu ne mérites vraiment pas du tout gâcher ta vie, avec " un Quant-au roturier " de Julio FERNANDEZ que [" sh'ui "]; lequel n'a plus rien de cette "bête de somme" que tu aimais jadis en moi; [et à moi justement d'ajouter]; et dont à cause de tes excès, je n'ai plus rien du tout d'un vrai mâle, comme tu pourrais l'imaginer. ˝"

˝" Tu ne mérites vraiment pas du tout de gâcher ta vie avec " un Quant-au minable " de Julio FERNANDEZ que [" sh'ui "] "; lequel, depuis sa naissance, il n'a pas encore eu " une vraie veine ", afin d'échapper réellement à la mouise et à toutes ses répercussions; lequel en plus, est trop strict; trop sévère (; mais hélas !, je suis comme cela; et je n'y peux rien hein ! D'ailleurs à ce sujet justement, face à certaines situations de la vie, il vaut de très, très loin mieux, de faire preuve de sévérité par exemple; plutôt que de l'effacement de la personne.). " " ". " .../... ˝"

MARYVONNE : " Mon Dieu ! ".

LILIANE : " C'est à propos des nouvelles de ton "mec" ? ".

MARYVONNE : " Mais toi aussi ! Toi aussi t'es comme ma maman et tu l'appelles "mon mec" ? Je n'aime pas du tout cette expression moi ah ! Même si paradoxalement, moi-même MARYVONNE également, je

l'appelle : "mon mec". Mais enfin, soit ! Je réponds quand-même : Oui ih
!, ce sont des nouvelles de lui ! Ce sont des nouvelles de "mon mec" ! ""

"« Une élégante " grognasse " trilingue comme toi, tu ne mérites pas du
tout de gâcher ta vie avec un : quant-au " fils de cavette "; ""

"« avec un quant-au "macchabée debout" de Julio FERNANDEZ que ["
sh'ui "], [comme toi-même MARYVONNE tu le sais; et tu me le dis et même
tu ne cesses de me le répéter d'ailleurs]. ""

"« Quant-au "macchabée debout" de Julio FERNANDEZ comme moi";
lequel est très, très loin de posséder tous ceux dont que tu t'attends à ce
que " ton cheval " possède justement; dont sa mère qui l'avait mis au monde;
et connaissant finalement des très sérieuses difficultés; et en plus, il n'arrête
plus désormais de connaître le chômage et ses effets; ""

"« elle n'arrête pas "de lui crier au secours"; elle n'arrête plus du tout de
lui envoyer des lettres comme quoi, que [je] lui envoie toujours, toujours et
encore toujours, une petite partie du peu de numéraires que je possède;
ou que je pourrais toucher ! Sinon, c'est "de la catastrophe" qui arriverait !
Et dont moi Julio FERNANDEZ, ayant "un gros cœur", j'essaie toujours de
subvenir, à ces demandes de secours, comme je le peux ! ""

"" Ou comme je le pourrais bien évidemment, à tel point que je m'oublie
effectivement moi-même ! Et je me promène par exemple quasiment
depuis très longtemps déjà, avec trop peu de vêtements, sous-vêtements,
chaussures (et dont plusieurs sont même usés, effilochés; mais dont je
porte quand-même [pour un Docteur Ès-Lettres, comme moi !]); et cætera
et cetera …; sans pour autant, avoir la moindre ternissure : c'est dur la vie
hein ! ""

MARYVONNE : " Je ne m'y attendais pas très franchement ! Ma maman
m'y avait avertie; mais je croyais que c'était du bluff ! ".

"« Une élégante " langouste " trilingue comme toi, ne mérite vraiment
pas du tout de gâcher sa vie, avec "un Quant-au misérable type que ["
sh'ui "] "; lequel ne [fait] que tout le temps (avec toute " la scoumoune " qu'il
n'arrête pas de traîner avec lui depuis très longtemps), échouer dans ses
tentatives de trouver un travail adéquat; c'est-à-dire : en fonction de ses
multiples diplômes; "un Quant-au malheureux type de Julio FERNANDEZ
tel que moi"; ""

"" lequel est très, très loin de posséder tous ceux dont que tu t'attends à ce que " ton gonze " possède justement; lequel malheureux type [avait] même une fois, gaspillé ainsi d'avance à crédit de cinq à six ans, le peu de ressources; qu'il possédait ; et en plus : celles dont il était "sensé" d'avoir, dans les cinq ou six ans à venir, avec toutes les peines du monde; et sans oublier, les humiliations encourues; en vue d'investir, pour la sortie de son premier roman : """

"" "Pleurs et chaudes larmes venus de l'abime"; et dont en réalité, cela n'était "qu'une triste affaire"; de la part de la maison d'Éditions "COMMITTI"; et dont "ce Quant-au rêveur de Julio FERNANDEZ que [" sh'ui "] ", (comme toi-même MARYVONNE tu le sais; et tu me le dis et même tu ne cesses de me le répéter d'ailleurs); lequel [avait] même donné tout " son francouillard " """.

"" C'est vrai que si ("ce Quant-au pôv type" de Julio FERNANDEZ que [" sh'ui "] en question") t'avait écoutée; un tel fiasco ne serait pas arrivé ! """

"" Mais compte tenu des très mauvais souvenirs qu'il avait eu à connaître finalement de la part de sa marraine et pourtant "bien aimée par lui"; " ce Quant-au misérable " de Julio FERNANDEZ que [" sh'ui "] justement; il n'avait pas voulu de ton aide; et il ne te demande qu'à le comprendre. """

"" Ce Quant-au roturier " de Julio FERNANDEZ en question que [" sh'ui "]; lequel avait donné : """

"" son livre ; """

"" " ses picaillons " ; """

"" et ses droits à la fois ; """

"" mais qu'hélas !, malheureusement, en échange, il n'avait "soutiré" qu'aucun "kopeck", en guise des dividendes ou produits. """

LILIANE : " Cette lettre s'avère être réellement triste hein ! Cela se voit par cette "tristesse-même", que toi-même MARYVONNE, tu éprouves en la lisant ! ".

MARYVONNE : " En tout cas, ce n'est pas drôle du tout ! C'est vrai, qu'il faudrait le comprendre quand-même lui JULIO oh ! Mais très franchement ! ".

"" Une élégante " beauté " trilingue telle que toi MARYVONNE, tu ne mérites vraiment pas du tout de gâcher ta vie, en vivant "maritalement", avec

" un Quant-au minable " de Julio FERNANDEZ que [" sh'ui "]; lequel, depuis sa naissance, il n'a pas encore eu " une vraie baraka ", afin d'échapper réellement à la misère et à toutes ses répercussions. """

"« Ce "borné" que [" sh'ui "]; et lequel n'arrête guère de (se) battre des heures et des heures entières, vivant parfois "cloisonné"; afin de pouvoir "écrire" des "romans"; et afin de pouvoir s'en sortir de (mes) difficultés; mais que malheureusement hélas !, refusant "certaines facilités dans la vie" (sa) réussite demeurait; et continue de demeurer plus qu'anecdotique. Finalement, ("ce Quant-au macchabée debout" justement,) pense se rendre compte lui-même qu'il n'est "qu'un condamné à la très longue mouise. " " ".

LILIANE : " Sans indiscrétion de ma part et sans vraiment vouloir lire ta très, très longue lettre; mais je perçois-là, "Une élégante demoiselle trilingue", apparaître plusieurs fois ! Mais pourquoi ? ".

MARYVONNE : " Attends un peu ! Et je souhaiterais que toi ma chère collègue et amie LILIANE, tu lises également cette très, très longue lettre en question, après moi; et comme cela, tu la comprendrais toi-même; et par voie de conséquence, moi MARYVONNE, je n'aurais plus, à te la résumer ! ".

"« Non ! Non ohn !, " une élégante comtesse trilingue comme toi ", tu mérites; et d'ailleurs tu le méritais depuis toujours; depuis très, très longtemps, "tomber", chez " un galant " également élégant; et qui plus est, possède tout dans sa vie; " un noble " qui possède tous ceux qu'il faut, afin de pouvoir réellement être heureux dans sa vie. """

"« " Un croquant " qui a tout réussi; " un anthropoïde " riche; " un bimane " ultra-riche; dont la nature avait bien pensé à lui, en lui offrant tout; et quand je dis tout; c'est vraiment tout; c'est-à-dire : sans oublier par exemple "la vitalité" et "la virilité" ; ou en vue de mieux l'exprimer : "la masculinité"; faisant par conséquent de lui, "cette espèce de bête de somme"; que tu veux toujours être "possesseur". """

MARYVONNE : " Élégante " radasse " trilingue; une élégante ...; je n'ai jamais voulu dire à quelqu'un, que j'étais une élégante " fumelle " trilingue moi ah ! C'était bel et bien lui-même qui avait commencé à mettre de la pression sous mes nerfs hier soir hein ! Comme on le sait ma chère LILIANE : Au boulot, mon chef direct me met quotidiennement de la pression ! Et comme si celle-ci ne me suffisait pas déjà comme étant dose journalière ; et une fois arrivée chez nous le soir, mon propre " hominien " me met également de la pression ! ".

"« Mais tu ne mérites vraiment pas du tout de continuer de vivre "maritalement" avec "un ce Quant-au cadavre debout". "»

"« Et que par voie de conséquence, je ne pourrais que te donner beaucoup de soucis, dans ta vie, et beaucoup de peines et cela va sans dire; surtout que mon avenir s'avère être impitoyablement "manqué"; "raté"; et en vue de mieux l'exprimer : surtout que mon avenir s'avère effectivement, être impitoyablement "loupé", comme tu me l'avais nettement souligné. "»

"« En conclusion de ma très, très longue lettre : L'on n'est pas encore marié ! Alors, il est grand temps pour moi JULIO, de me sauver. "»

"« Je te souhaite : " Bonne baraka ! ", pour ta prochaine aventure; laquelle sera si je ne me trompe pas, la quatrième. "»

MARYVONNE : " " Je te souhaite ! " Humm mm ! " Bonne chance pour ta prochaine aventure ! " ! Ah !, c'est parce que j'avais fait un faux pas, pour avoir lui raconté une double aventure que j'avais connue avec deux hommes avant de pouvoir le rencontrer lui ! ".

"« " Le : Quant-au " " fils de Bourin "; "»

"« " le quant-au " " fils d'entôleuse "; "»

"« que moi Julio FERNADEZ, [" sh'ui "]. "»

"« " Le Quant-au de misérable de Julio FERNANDEZ " que tu n'arrêtes plus désormais d'évoquer"; lequel n'a plus du tout rien d'un "vrai mâle digne de ce nom", est bel et bien parti pour lui. Maintenant, à toi de chercher " un vrai étalon " qu'il te faudrait réellement (; et d'ailleurs à ce sujet, tu as après tout, absolument raison); et lequel étalon ne risquerait jamais de "s'esquinter", avec le temps; comme moi-même Julio FERNANDEZ, qui t'ai laissé cette présente très, très longue lettre sur ta table à manger. "»

"« Signé : Julio FERNANDEZ, "De Descendance Poitevine Et D'Arrière-Descendance Espagnole". "»

"« Montrouge, le 27 Décembre 1982. "»

⁗ P. S. : Je ne retournerai plus jamais chez toi, "élégante lesbombe trilingue". Tu pourrais par conséquent te demander : " Mais où se trouve LUCILIAN ? ". J'avais tout prévu; c'est parce que, ce très, très tôt matin, je l'avais amené chez tes parents, à Rueil-Malmaison ! D'où, il n'était même pas parti à la Maternelle ! Tu pourrais encore poser par conséquent; ou en vue de pouvoir formuler la phrase autrement : Tu pourrais encore par conséquent te demander : " Mais pourquoi [je] garde encore tes doubles de clefs ? ". ⁗

⁗ Ma réponse en est que : " Je ne les garde pas avec moi. Je ne les garde pas; c'est parce qu'il n'y a plus de raison de le faire. J'ai tout prévu. Je les ai laissées sous le grand pot de fleurs; qui se trouve légèrement à droite de la porte principale d'entrée. ⁗

⁗ En outre, je tiens à t'informer qu'il ne faudrait pas croire qu'à partir de ces doubles de clefs, que moi j'en avais fait faire d'autres. Je ne pourrais en aucun cas les faire, faire; puisqu'il n'y a aucun intérêt pour moi JULIO, que je fasse encore surface chez toi. ⁗

⁗ Enfin, afin de clore réellement cette très, très longue lettre, je conclurais seulement par ces mots suivant : Pour que toi MARYVONNE tu sois tombée ainsi, entre les bras "d'un Quant-au malheureux de Julio FERNANDEZ que [" sh'ui "]; lequel est très, très loin de posséder tous ceux dont que tu t'attends à ce que " ton Monsieur " possède justement ! ⁗

⁗ Franchement, il faudrait vraiment que tu sois "une bergère maudite" ! Ou plutôt : Sincèrement, il faudrait que tu sois "une gonzesse punie" par la Providence, par suite des tels ou des tels autres de tes très, très mauvais comportements quelconques ! ⁗

⁗ Il faudrait vraiment que tu sois "une marquise manquée toi aussi" [; manquée par la baraka qui te prive de faire une rencontre sentimentale à ta hauteur] ! ⁗

⁗ Il faudrait vraiment que tu sois "une dame ratée"; "une muse loupée" toi également, pour avoir en toi, une telle "poisse" de tomber dans les bras "d'un Quant-au rêveur de Julio FERNANDEZ que [" sh'ui "] ", [comme toi-même MARYVONNE tu le sais; et tu me le dis et même tu ne cesses de me le répéter d'ailleurs]. ⁗

"« Pour que toi MARYVONNE tu sois tombée ainsi, entre les bras de ("ce Quant-au pôv type" de Julio FERNANDEZ que [" sh'ui "] en question"); il faudrait vraiment que tu sois punie par "le Surnaturel", pour en arriver-là. "»

"« Alors si moi j'étais à ta place, je commencerais par exemple immédiatement, par méditer sur toute mon enfance et sur toute mon adolescence; en vue d'essayer de comprendre tous ceux que j'avais pu commettre de mal, envers les gens "si pauvres"; "si misérables" et "si malheureux"; afin qu'à mon tour, je puisse avoir "ce mauvais sort", de tomber également, entre les bras d'un " des mecs " faisant partie de ce même genre de types-là, que [moi MARYVONNE], je détestais et que je continue jusqu'à présent, de détester justement ! "»

"« Rassure-toi que moi JULIO de mon côté également, je vais dorénavant faire considérablement des méditations, pour savoir : Le pourquoi du fait que je continue toujours et encore toujours, d'avoir en moi, " des nombreuses mélasses ! ". "»

"" L'on n'est pas marié; alors, je me sauve pour moi. ""

"" Merci de ta compréhension. ""

"" Merci. ""

"« D'après Julio FERNANDEZ, "De Descendance Poitevine Et D'Arrière-Descendance Espagnole". "»

"" Montrouge, le 27 Décembre 1982. " " « ». ".

Mademoiselle Maryvonne KEVILER : "" De Descendance Poitevine " ! Ooum ! Et moi MARYVONNE, " De Descendance Parisienne " ! Je crois qu'il faut que je continue; et d'ailleurs à ce sujet justement, je crois que je continuerais toujours et encore toujours; et cela, pendant encore longtemps; voire pendant encore très longtemps; et voir même pendant encore très, très longtemps, à me demander par exemple : Si Monsieur Cléopâtre MOULLER; c'est-à-dire, l'ancien ouvrier-boucher de mon père, n'avait-il pas raison, de me prédire plusieurs années déjà en avance, tous ces cauchemars qui allaient s'abattre plus tard (; c'est-à-dire en fait maintenant), sur moi MARYVONNE ? ».

Liliane QUESNEL, épouse BOUSSARD : " Pardon ? ".

Maryvonne KEVILER : " Non, rien ehn ! Rien ! Non, rien ! ".

Liliane QUESNEL : " Mais " tu radotes " encore une fois de plus, ma très chère …/…! ".

Maryvonne KEVILER : " " " Non, non ! Ou plutôt : Oui ! Oui, oui ! Je ne sais même plus franchement ! Je parlais seulement de " mon diable Julio FERNANDEZ " ! """

"" Je parlais seulement : "d'une …/…"; c'est comme je disais jadis à lui-même Julio FERNANDEZ justement; """

"" Un Julio FERNANDEZ : " De Descendance Poitevine (de par sa terre; ou plutôt de par son sol; ou même en vue de mieux l'exprimer : de par son lieu de naissance); et D'Arrière-Descendance Espagnole (; c'est-à-dire : de par la terre; ou plutôt : de par le sol; ou même afin de l'exprimer beaucoup plus correctement : de par les lieux de naissance de ses parents : le défunt Patrick FERNANDEZ et la veuve Yolande ROUSSEL) " ! """

"" Je parlais seulement : "d'une hautaine hybride" que [" sh'ui "] [que je suis] ! """

"" Je parlais seulement : "d'une provocante mulâtresse" que [" sh'ui "] ! """

"" Je parlais seulement : "d'un café au lait riche pour ainsi dire, en considérant la fortune de mes parents, dont [" sh'ui "] l'héritière naturelle" ! """

"" Je parlais seulement : " d'une élégante méchante oiselle que [" sh'ui "] " ! """

"" Je parlais seulement : "d'une arrogante métisse"; "Une Métisse De Descendance Parisienne (de par sa terre; ou plutôt : de par son sol; ou même en vue de mieux l'exprimer : de par son lieu de naissance); Et D'Arrière-Descendance Kinoise (; c'est-à-dire : de par la terre; ou plutôt : de par le sol; ou même en vue de mieux l'exprimer : de par le lieu de naissance de son père Moïses KEVILER [jadis appelé : Monze KEMVILA]) " ! """

"" Je parlais seulement : " de ce veau-là " que [sh'ui] tourmentée assez souvent par "la dopamine", ce nom usuel de "l'hydroxytyramine", ce précurseur de l'adrénaline ! """

˝« Je parlais seulement : "de ce tas-là" appelé MARYVONNE ; lequel " tas " justement est tourmenté assez souvent par " la sérotonine ", cette substance du groupe des catécholamines; laquelle joue un rôle de médiateur chimique au niveau de certaines synapses du système nerveux central ! ˮ˝

˝« Bref, je parlais seulement "d'une métisse" très, très, très [note-donc ma chère LILIANE : trois fois : "Très"] portée sur "les caroncules myrtiformes". [Vois-tu ma chère LILIANE, ce que je vais dire ?] ».˝

Liliane QUESNEL, épouse BOUSSARD : " Oui bien sûr ! ".

Avant de " perdre les pédales ", MARYVONNE " perdait les pédales ".

Après avoir " perdu les pédales ", MARYVONNE " perdait les pédales ".

Entre " la perte des pédales ", MARYVONNE " perdait les pédales ".

Autrement allégué :

Avant " son aliénation mentale ", MARYVONNE " était aliénée mentale ".

Après " son aliénation mentale ", MARYVONNE " était encore devenue aliénée mentale ".

Entre " les états d'aliénation mentale ", MARYVONNE " devenait encore davantage aliénée mentale ".

Maryvonne KEVILER continuerait de "chimériser" amplement. Et par surcroît, elle laisserait par exemple entendre à toutes celles et à tous ceux qui voudraient bel et bien " camarader " avec elle :

˝« Je parlais seulement " de cette créature féminine " " de rêve pour nombre d'hommes "; " cette créature féminine " appelée : " Mademoiselle Maryvonne KEVILER "; laquelle paradoxalement, s'avère être : " moins ouverte décidément à ceux-là et surtout : moins complaisante " ! Ou en vue de mieux l'exprimer : " une créature féminine " qui se reconnaissait elle-même en réalité, être " farouche " aux hommes. " Une créature féminine " qui se reconnaissait elle-même en réalité, en être : " moins ouverte "; " moins complaisante " et " farouche " certes; mais en tout cas : laquelle " créature féminine " se reconnaissait à l'intérieur d'elle-même en réalité, être également : " pas moins nymphomane-torride " ! Contradiction, non ! """

"" Je parlais seulement : "de cette mocheté nommée : Maryvonne KEVILER-là ainsi tourmentée", laquelle aime bien souvent se faire transporter par " son zigoto ", dans ce monde de l'épectase sublime ! """

"" Et alors, quand " ce réclamé " [" cette réclamée "] " appelé(e) : Mademoiselle Maryvonne KEVILER-là en question, arrive réellement à " ce point orgasmique-là " ! """

"" Elle attrape illico fort; très fort; très, très fort, " son gazier " (; c'est-à-dire : lui Julio FERNANDEZ; lequel s'avoue être vaincu [en s'enfuyant comme étant : un vrai lâche]; """

"" il s'avoue être vaincu dans une bataille; laquelle et pourtant, personne n'est sensé [e] être vaincu [e]) ! """

"" Et cette Mademoiselle Maryvonne KEVILER-là en question, elle attrape illico fort; très fort; très, très fort, " son bimane " [; c'est-à-dire : lui Julio FERNANDEZ]; """

"" elle l'attrape illico fort; très fort; très, très fort, surtout si par exemple : l'on était " en position emboîtée, assise face à face " ! ; """

"" ou même : si l'on était " en position dite : des missionnaires "; """

"" et là, c'est le bouquet ! """

"" Dans ce cas-là, laquelle Mademoiselle Maryvonne KEVILER en question, serre plus fort, " son zèbre " [; c'est-à-dire : lui Julio FERNANDEZ] comme qui dirait, elle voudrait même carrément l'étouffer. """

"" Toujours " en matière des parties de pinceaux en l'air ", et quand cette Mademoiselle Maryvonne KEVILER-là en question justement, atteint " son extase sublime ", """

"" qui plus est, elle lui mordille " le poitrail ", à maintes reprises, à la hauteur des mamelons masculins de " son bonhomme " [; c'est-à-dire : " de lui Julio FERNANDEZ] bien évidemment ! ". """

"" Elle lui mordille la poitrine, en poussant des gémissements; comme qui dirait : C'est sûrement Dracula qui attraperait ainsi sa victime; """

"" et qu'il lui " vampiriserait " tout son sang. """

˝« C'est vrai, qu'une fois parvenue à ce stade-là de la satisfaction voluptueuse, cette Mademoiselle Maryvonne KEVILER-là en question, ne faisait que mordiller JULIO certes; »˝

˝« et surtout, elle ne le mordait pas du tout, du tout. »˝

˝« Mais seulement voilà, n'empêche point pour autant, que ses très, très jolies incisives lui laissaient à chaque occasion que cette Mademoiselle Maryvonne KEVILER-là en question " atteignait son pied ", des morsures; »˝

˝« des morsures [pas méchantes certes], mais cependant, assez visibles quand-même, sur " ses pectoraux ". »˝

˝« Et c'est ça justement, le point que cette Mademoiselle Maryvonne KEVILER-là en question, [" que sh'ui "], appelle : " Atteindre les 100 % de sa plénitude de la satisfaction voluptueuse ". »˝

˝« Et avec ça, " cette Mademoiselle Maryvonne KEVILER-là en question, se ressource " ! »˝

˝« Et avec ça, " cette Mademoiselle Maryvonne KEVILER-là en question, n'esquinte pas moins, son partenaire ". »˝

˝« Or, c'est qui est hélas !, assez malheureux dans l'histoire, c'est que, cette Mademoiselle Maryvonne KEVILER-là en question, a tellement esquinté son Julio FERNANDEZ, à tel point que ce dernier, ne parvient plus; »˝

˝« alors vraiment : il ne parvient plus du tout, du tout, " à faire atteindre " justement cette Mademoiselle Maryvonne KEVILER-là en question, jusqu'à " ce point-là, du 14-juillet "; »˝

˝« alors vraiment : ça ah !, effectivement, lui Julio FERNANDEZ, n'était plus du tout, du tout, en mesure, d'offrir; et cela, depuis belle lurette déjà d'ailleurs hein !, à cette Mademoiselle Maryvonne KEVILER-là en question : " ce feu d'artifice " ! »˝

˝« Et selon cette Mademoiselle Maryvonne KEVILER-là en question justement : " Sur les 100 %, JULIO ne lui offrirait dorénavant, qu'à peine, un modique 1 % ! ". »˝

˝« En vérité, il faudrait quand-même reconnaître en effet, que JULIO n'était vraiment devenu en quelque sorte, que comme étant : " une épave " dont cette Mademoiselle Maryvonne KEVILER-là en question, n'avait plus, qu'à se souvenir, des très, très bons souvenirs d'autrefois. »˝

"" " " Et oui ih !, l'harmonie ou plutôt : l'harmonisation et " la synchronie " ou plutôt : la synchronisation s'avéraient très honnêtement, être infaisables ou irréalisables, entre : ""

"" d'une part : moi Maryvonne KEVILER : ""

"" qui me revigore admirablement; ""

"" qui me requinque étonnamment; ""

"" qui me ressource remarquablement et énergiquement même; ""

"" dans " nos diverses basses justices "; ""

"" et de l'autre part : [mon] Julio FERNANDEZ qui, paradoxalement quant-à lui : ""

"" il s'épuisait désespérément; ""

"" il [se] crevait inconséquemment; ""

"" il se tuait tristement et inconsidérément même, à petit feu. " " ""

" " Bref, je parlais seulement : "de cette Mademoiselle Maryvonne KEVILER-là ainsi tourmentée", laquelle aime bien souvent se faire transporter par " son gaillard Julio FERNANDEZ ", dans ce monde " des grandes orgues " ! ""

" " Dans ce monde " de grand frisson " que ce dernier sait d'ailleurs très, très bien faire ! ""

" " Je parlais seulement (comme me le révélait une certaine Ghislaine FERNANDEZ; c'est-à-dire : une des petites sœurs de Julio FERNANDEZ) : "de cette laitue folle et hystérique de la pire espèce qui puisse exister" (; et j'ajouterais, moi-même MARYVONNE : "Hystérique et caractérielle"; oui ih !, [que " sh'ui "]) vraiment ; " une loute " atteinte des troubles du caractère ! Voilà ce que [" sh'ui "] moi MARYVONNE !]. ""

" " Je parlais seulement de "cette poule hystérique et caractérielle"; laquelle possède en elle, "un sang vampirique"; "un sang vampirique" qui coule dans ses veines ! ""

" " Je parlais seulement : c'est comme je disais jadis à lui-même Julio FERNANDEZ; " jadis "; c'est-à-dire, il y a en fait plusieurs années de cela déjà, et cela justement, dans un des amphithéâtres de l'Université de la Sorbonne; alors que l'on venait à peine de se faire pour la toute première fois, connaissance; au sujet certes d'un certain CLÉOPÂTRE; un certain

Monsieur Cléopâtre MOULLER; mais bien évidemment, il s'agissait de moi ! """

"« Je parlais seulement de " cette arrogante métisse " appelée Maryvonne KEVILER qui croyait avoir très, très bien appliqué des conseils de sa tante Henriette Mafuta KEMVILA (" une régulière pour ainsi dire : aux manières certes, vulgaires "); des conseils qui disaient : "…/… " À ce propos justement, je tiens déjà à te mettre en garde ma nièce, que ce sont des insultes à double tranchant; ou plutôt : c'est une arme à double tranchant ! C'est-à-dire : il faudrait absolument que " ton homme de mérite " soit également issu lui aussi des mœurs et coutumes " blondiniennes " ! Sinon lui également, il faudrait au préalable l'initier dans cette mise en scène ! Il faudrait absolument " l'initialiser " dans " cette théâtralité " ! C'est parce que …/… ! C'est parce que s'il n'est guère préparé à recevoir des telles injures monstrueuses en pleine figure ! Alors-là, il va être à bout de souffle ! Et il ne pourrait avoir aucune autre alternative, que celle de se sauver et te laisser te trouver " un autre hère " préparé quant-à lui, à recevoir des telles fâcheuses insultes, en pleine figure ! Ceux-dits, alors ces radicales injures sont : Moi " ta grenouille MARYVONNE ", je mérite dans ma vie du couple, "des basses justices" de qualité, j'allais dire ! Lorsque [" sh'ui "] avec toi " mon luron JULIO ", j'ai parfois envie, de ne même plus avoir "des basses marches" avec toi ! J'ai parfois envie, de ne même plus avoir "des basses danses" avec toi; parce que, moi j'aime mieux ! Or, ça se trouve justement que, je ne retrouve plus ce mieux chez toi; et cela, depuis belle lurette déjà ! Et par conséquent, je préfère et même de très loin, chercher par exemple, à défaut de mieux, une "banane", afin de ne pas penser par exemple à un appareil électrique ou à piles, "genre une espèce de vibro-masseur; mais sauf, que ce n'est pas un vibro-masseur"; c'est un appareil ayant "une queue gonflable et exerçant le rôle "d'un vrai fusiforme pénétrant, quoi"; sauf que, c'est "un fusiforme contondant artificiel", celui-ci; celle-là (c'est-à-dire : banane, quoi) justement qui ferait encore mieux "l'affaire"; car finalement toi " mon coco JULIO ", tu n'es devenu pratiquement pour ainsi dire, "qu'un macchabée debout" ! Hum mm ! Finalement toi JULIO, tu n'es devenu pratiquement "qu'un macchabée debout" ! ". """

" " Je parlais seulement de " cette arrogante métisse " appelée Maryvonne KEVILER qui croyait avoir très, très bien appliqué des conseils de sa tante Henriette Mafuta KEMVILA ! Mais que malheureusement hélas !, elle avait oublié un point très, très important : " le quidam " qu'elle aurait bien plus tard; lequel s'appellerait Julio FERNANDEZ; il n'est pas issu des traditions " blondiniennes " ! Et que dans ce cas-ici, il aurait absolument fallu, l'initier; ou plutôt " l'initialiser " lui aussi, en ces traditions justement ! Mais que " cette arrogante métisse " avait jugé nécessaire, de ne guère lui passer cette info-là; alors-même qu'elle avait essayé d'en évoquer un tout petit peu; et que de surcroît, " ce brave-là " voulait en savoir plus en disant ([et d'ailleurs, voici-même des courtes citations de ce qui avait été à l'époque cette conversation que j'avais eue avec lui] : JULIO, à MARYVONNE : " Et tu ne voudrais pas m'en dire plus ? ".

MARYVONNE, à JULIO : " Non ! ".

JULIO, à MARYVONNE : " D'accord ! N'insistons pas ! ".) Mais que la métisse avait refusé de lui en parler ! ""

" " Je parlais seulement de " cette arrogante métisse " qui avait carrément oublié de très, très bien appliquer les conseils de sa tante Henriette Mafuta KEMVILA; et que par voie de conséquence, " son poulain JULIO " en question ne pourrait avoir aucune autre alternative, que celle de se sauver et de la laisser se trouver un autre " cheval " préparé quant-à lui, à recevoir des fâcheuses insultes, en pleine figure ! ""

" " Et oui ih !, c'était à propos de moi Maryvonne KEVILER "l'arrogante métisse justement"; laquelle venait délibérément, de causer beaucoup de torts : non plus cette fois ' ci, à Monsieur Cléopâtre MOULLER : lequel m'est d'ailleurs perdu de vue, depuis déjà plusieurs années; mais plutôt, je venais délibérément, de causer beaucoup de torts à lui " mon gabarit Julio FERNANDEZ " : dont j'ai plusieurs fois déjà évoqué ici dans cette présente conversation; et que je n'ai malheureusement hélas !, pour moi MARYVONNE, pas encore fini d'évoquer le nom ! Loin de là; bien au contraire ; car, là je ne suis justement, qu'au début ! " ". ".

Liliane QUESNEL, épouse BOUSSARD : " Tu débloques encore une fois de plus, ma très chère collègue ! Tu dérailles même encore pendant longtemps ! Tu pédales même encore dans la choucroute pendant très longtemps ! Tu perds même encore tes pédales pendant très, très longtemps ! ".

Mademoiselle Maryvonne KEVILER : " " " Non, non ! Je parlais seulement de " mon guignol JULIO " qui est de "Descendance Poitevine"; ""

"" lequel, je n'arrêtais point d'insulter : " fils de batteuse "; ""

"" lequel, je n'arrêtais point d'insulter : " fils de dessous "; ""

"" lequel, je n'arrêtais point d'insulter : " fils de hétaire " ! " " ".

LILIANE : " Il est de Descendance Poitevine ? ".

MARYVONNE : " Tout à fait ! Et je n'arrêtais pas de l'insulter : " fils de cateau " ! Juste pour lui faire mal; très mal; très, très mal, quoi ! ".

LILIANE : " C'est curieux ! ".

MARYVONNE : " Pourquoi c'est curieux ? ".

LILANE : " C'est tout simplement, en prenant en considération le lieu de Naissance, c'est comme moi LILIANE quoi ! ".

MARYVONNE : " Enfin soit …/…. Mais ma très chère LILIANE ! ".

LILIANE : " Oui ih !, ih, ih ! ".

MARYVONNE : " Pourquoi cette "comparaison" ? ".

LILIANE : " Non, ce n'est rien ! Je l'ai sortie de ma bouche seulement machinalement comme ça; pour la simple raison que, moi-même je suis née dans la Région de Poitou-Charentes et comme par hasard aussi, dans cette même ville de Poitiers ! Mais rassures-toi ma chère amie, que je n'ai aucune "Arrière-Descendance Espagnole" et même surtout, rassures-toi que je n'ai aucune arrière pensée sur " ton conjoint " "De Descendance Poitevine" hein ! En tout cas, pas du tout, du tout ouh ! ".

MARYVONNE : " Tu es; et c'est sûr et certain d'ailleurs, puisque tu le dis toi-même; et puisque aussi, tu n'as aucun intérêt à avoir, en ne me disant pas la vérité ! Je disais : Tu es "De Descendance Poitevine", comme Julio FERNANDEZ, certes; mais effectivement comme toi-même aussi, tu le soulignes, tu n'es pas "D'Arrière-Descendance Espagnole" hein ! ".

LILIANE : " Sûrement pas certes ! Mais ce n'est pas vraiment-là, le sujet ! Je pourrais néanmoins, me permettre de passer outre, le fait "de n'avoir par exemple, aucun intérêt, en ne te disant pas la vérité" ! Je pourrais néanmoins, me permettre de te répondre par exemple, juste en vue de te faire changer des idées un peu quoi, que : " Qu'est-ce que tu pourrais en savoir au juste, de mes Descendances, comme tu me les dis ? ". Mais afin de ne guère trop traîner sur cette voie-là; j'ai préféré de couper court, en te disant seulement : " Sûrement pas certes ! ". Je suis effectivement née comme par hasard, dans cette même ville de Poitiers comme " ton galant Julio FERNANDEZ " et c'est tout ! ".

MARYVONNE : " Ce n'est en fait, pas un problème "De Descendance" ou "D'Arrière-Descendance" qui nous préoccupe ici. Enfin soit, je m'en vais te chercher ton dossier. Mais en attendant, tu pourrais quand-même toi-même jeter un coup d'œil rapide, sur cette très, très longue lettre en question, si tu le veux ! ".

LILIANE : " Non merci ! Tu vas me la résumer toi-même demain au travail ! Tu vas me la raconter toi-même en bref, demain ! ".

Sur ceux, LILIANE récupérait le dossier du travail qu'elle était venue chercher; et elle repartait chez-elle, en vue d'y travailler un peu dessus, la nuit. Le lendemain, MARYVONNE raconterait bien évidemment à sa collègue Liliane QUESNEL, épouse BOUSSARD, le résumé très succinct de cette très, très longue lettre en question justement; laquelle Julio FERNANDEZ lui avait laissée sur sa table à manger.

M ARYVONNE : " .../... C'est "mon mec" (, afin de reprendre ton expression "mon mec") Julio FERNANDEZ, qui avait amené notre fils chez ma mère à Rueil-Malmaison ; et lequel ensuite, il s'est sauvé pour toujours, selon ses propres termes employés; si j'ai bien compris ! Il est parti là où, je ne pourrais jamais le retrouver; et même, dans les cas impossible ou possible même, où moi MARYVONNE ou des hommes que je pourrais éventuellement envoyer à ses trousses, [nous] pourrions le retrouver; mais qu'il n'a en fait rien à craindre dans ce cas-là; puisque l'on n'est pas marié ! ".

LILIANE : " Ne t'en fais pas ma chère amie ! Il a seulement eu " un coup de tête "; il a seulement eu "un coup de colère", en vue de te faire marcher. Il s'est comporté ainsi, afin de te faire peur ! Mais seulement voilà, je suis sûre et certaine qu'il n'irait guère très loin ! Je suis sûre et certaine, qu'il reviendrait aussi vite, comme il s'était sauvé ! ".

MARYVONNE : " Tu le crois ? ".

LILIANE : " Mais bien sûr ! Ne te fais pas de soucis pour cela ! ".

C'était ainsi, que "le Docteur Ès-Lettres Julio FERNANDEZ", avait définitivement et cela, "ni tambour" et "ni trompette", quitté Mademoiselle Maryvonne KEVILER, tout en ayant soin de laisser cependant, sur la table à manger de celle-ci, une très, très longue lettre, lui expliquant : Le pourquoi de son geste. Lorsque JULIO avait déposé son fils LUCILIAN chez ses grands-parents maternels à Rueil-Malmaison; il faudrait le souligner, que c'était pour celui-ci, sa dernière année de la Maternelle qu'il faisait; et que c'était déjà quasiment la fin de l'année scolaire. Et compte tenu du fait que (et il faudrait le reconnaître quand-même, que Mademoiselle Maryvonne KEVILER s'avérait être dépassée par ces événements ; et que par voie de conséquence, elle n'était même pas en mesure de s'occuper de son fiston LUCILIAN) ; ceci étant, Maryse FOUQUET s'en occuperait. Elle inscrirait pour cela son petit fils, dans une École Maternelle située tout près de chez eux à Rueil-Malmaison; laquelle [s'appelle] : "l'École JOFFRE"; et laquelle [regroupe] à son sein, également "l'École Primaire"; et le tout [s'appelle] : "l'École JOFFRE". Cet Établissement [qui est] publique se [situe] sur la Rue du Maréchal Joseph JOFFRE; c'est-à-dire, tout près de la Gendarmerie (toujours à Rueil-Malmaison). Et comme c'était déjà vers la fin de l'année scolaire, Madame Corinne KIMBERLIN; c'est-à-dire, la Maîtresse de la dernière classe de la Maternelle où se trouvait LUCILIAN, ferait quasi immédiatement passer celui-ci en "Cours Préparatoire" ("C. P." [et la classe de LUCILIAN, c'était "le C. P. B."]). La "Baby-sitter" que Madame Maryse FOUQUET, épouse KEVILER avait embauchée et mise à la disposition de son petit-fils LUCILIAN, s'appelait Mademoiselle Jeanne CABROL.

MARYVONNE piquerait une grande folie nerveuse; une folie d'amour; et par voie de conséquence, elle parlerait par exemple assez souvent; et cela, durant des heures entières, toutes seules, des phrases que " des lèche-vitrines " qui y étaient aussi nombreux tout autour d'elle, en vue de l'écouter, ne comprendraient qu'à peine. Pour " ces pingouins " : " La majorité de tous ceux que MARYVONNE disait, s'avéreraient posséder : ni têtes et ni pieds ! ".

Au début de cette séparation (entre LUCILIAN et sa maman MARYVONNE), par la force des événements [que nous savons], MARYSE (la mère de celle-là) amenait une fois, des temps en autres (pendant certains jours de dimanches et même: pendant certains jours fériés) leur petit-fils à Montrouge, afin que ce dernier ne puisse pas avoir le sentiment de trop, trop se couper de sa maman à cet instant-là. MARYSE croyait bien faire. À cet instant-là justement où MARYVONNE se retrouvait dans un état psychologique, assez catastrophique. C'était tellement un état assez lamentable, à tel point que LUCILIAN (très, très intelligent qu'il était), il ne s'avérerait guère être dupe, afin de ne pas écouter assez méticuleusement, nombre de divagations que sa maman prononçait à l'attention de tous ceux qui voulaient lui tendre leurs oreilles pendant un bon moment.

Ce " pauvre " enfant serait complètement perturbé par des délires que prononçait sa maman; à tel point que des psys (des psychologues ; ou en vue de mieux l'exprimer : des psychothérapeutes d'enfants) d'un certain Centre nommé : " Centre Benoît MARCONI " avaient fini par remarquer cet avilissement (; ils avaient fini par constater cette déchéance morale) de l'enfant ; et par voie de conséquence, ils avaient fini aussi, par : très, très formellement interdire à MARYSE et à son époux MOÏSES, de mettre LICILIAN, en contact pendant tout au moins cette période-là, avec sa maman MARYVONNE.

Pourquoi ?

Selon eux, c'était parce que ce contact ne faisait que rajouter des perturbations à l'état mental de ce gamin; lui qui était déjà ainsi: assez perturbé comme ça; pour qu'on lui en rajoute encore d'autres perturbations. Mais hélas !, c'était donc bel et bien trop, trop tard; puisque le petit en avait déjà pu écouter un tout petit peu de " ces delirium tremens ". Mais seulement voilà, " ce tout petit peu de ces delirium tremens-là justement " resteraient gravés pour assez très, très longtemps dans sa tête. Et ça serait donc pour cela qu'on avait très, très formellement aussi, interdit aux grands parents du petit LUCILIAN, de faire entrer celui-ci en contact avec sa maman MARYVONNE, en cette époque-là.

Et il avait même fallu un travail intense et très, très acharné, fourni par ces psychothérapeutes d'enfants, du " Centre Benoît MARCONI ", afin de faire " un black out " " total ", de " ces tristes aliénations-là justement ", du cerveau de l'enfant.

D'où la question posée " inlassablement " ; " diversement " ; et " interminablement ", aux psys, par ce petit enfant-là en question, est :

" " Est-ce que toutes les femmes du monde aussi divaguent comme ma mère MARYVONNE le fait, en vue de donner " du paprika " au sein de leur ménage ; et afin de ne point voir s'éteindre le feu de son amour, vis-à-vis de son conjoint ? ". ""

(Nous y reviendrons très, très largement beaucoup plus loin).

Effectivement, décidément par exemple, MARYVONNE quand elle ne travaillait pas; quelquefois; et cela, sans pour autant se gêner tant soit peu, elle dessinerait; elle taguerait; elle dessinerait; elle taguerait; elle dessinerait; elle taguerait sur certains immeubles de leur rue, des dessins et tags; lesquels selon elle-même, ils possédaient des interprétations significatives, tout au moins, dans sa culture paternelle; mais hélas !, lesquels dessins et tags en question, les autres personnes ne parviendraient même pas du tout, du tout, à interpréter les sens, tant soit peu justement. Pendant des heures entières, MARYVONNE raconterait par exemple " aux flanelles " de plus en plus nombreuses qui l'écouteraient :

"" " L'on ne s'était jusque-là, pas encore marié certes ! """

"" Mais alors ! """

"" Où se trouve le problème ? """

"" Puisque l'on ne s'était pas encore marié jusque-là ! """

"" L'on n'avait guère le droit de s'octroyer des sulfureuses blandices, en attendant de se marier ? """

"« En tout cas, l'on n'avait point le droit de brimer la tension sensuelle " d'une rombière " ! Non ohn ? """

"« Quand " une concubine " " chiale d'amour ", " son concubin ", de peur que les voisins du palier ou même d'autres curieux, écoutent " ces cris d'épicurismes sensuels ", venant du plus profond-même de " la pétasse ", l'en empêche ! """

"« Frustrer ainsi, " sa propre poufiasse " qui ne fait-là, qu'exprimer " son intense euphorie sensuelle " ! Alors-là ! """

"« Alors-là, c'est vraiment ne guère connaître " une telle radasse " ; laquelle vit avec [soi] ! """

"« Alors-là, " cette grognasse " est hors d'elle ! """

"« Elle se fâche très, très fort contre cette personne qui étouffe ainsi sa volupté; et en occurrence " son bougre JULIO " ! """

"" Mais oh !, oh ! Oh ! """

"" On étouffe jamais, jamais, jamais et jamais, ce genre de joie ! """

"« Ou sinon : " des très, très fortes crises d'angoisse ", que " son drôle en question " avait réussi assez péniblement à lui faire étouffer ne fût-ce que, pour un moment, allant des quelques minutes, à plusieurs heures, reviennent par voie de conséquence, immédiatement ; et de facto : le reste de la journée est fichu à tout jamais aussi, pour " une telle lamedé ", ainsi brimée ! """

"« Et alors !, puisque, des voisins du palier qui ont la mauvaise habitude, de nous écouter pendant les nuits (surtout que des murs de nos appartements ne sont même pas insonorisés); les journées, quand ils nous croisent dans l'ascenseur ou même ailleurs d'ailleurs hein ! Et comme pour nous saluer, ils reproduisent à notre attention, " des cris du bien-être sensuel ", venant du plus profond-même, de " moi la bringue MARYVONNE, concernée " dans cette histoire; puisque, c'est bel et bien moi toute seule en réalité, " qui pousse des cris " ! """

"" Et que ce fait, " fait justement mourir de honte " " mon partenaire JULIO " ! Et que ce dernier voudrait m'empêcher de continuer de crier, lorsque moi MARYVONNE, j'arrive au stade de " cette plénitude satisfaction voluptueuse-là " ! ! """

"" Mais oh !, oh ! Oh ! """

"" Mademoiselle Maryvonne KEVILER n'accepterait jamais, jamais, jamais et jamais qu'on lui interdise de gémir, quand elle atteint " ce point orgasmique-là " ! Il en va donc de ses incessantes et récurrentes très, très fortes crises incurables, d'angoisse ; dont elle souffre sévèrement ; lesquelles dans ce cas d'une telle interdiction, lui reviendraient encore beaucoup plus sévèrement ! """

"" Lui JULIO, il n'avait qu'à faire comme moi MARYVONNE : """

"" C'est-à-dire : s'en foutre éperdument, quand des voisins du palier qui ont la mauvaise habitude, de nous écouter pendant les nuits; et que les journées, lorsqu'ils nous croisent dans l'ascenseur ou même ailleurs; et comme pour nous saluer, ils reproduisent à notre attention, " ces cris de hédonismes sensuels, venant du plus profond-même de moi " le cageot Maryvonne KEVILER ", " la première à être concernée dans cette histoire "; au lieu de " se morfondre ainsi bêtement, d'humiliation ! """

"" L'on n'avait point le droit de le faire ? """

"" Mais oh !, oh ! Oh ! """

"" Moi Maryvonne KEVILER, je n'avais point le droit de " chialer d'amour " ? """

"" Mais oh !, oh ! Oh ! """

"" Et " mon hominien JULIO ", m'en empêchait à chaque fois décidément ! """

"" Mais oh !, oh ! Oh ! """

"" Mais avait-il le droit de le faire ? """

"" Mais avait-il réellement le droit de m'interdire de vagir, quand moi MARYVONNE, j'atteins " le septième ciel " ? Mais très franchement ! Mais il en va donc de mes incessantes et récurrentes très, très fortes crises incurables, d'angoisse ! Lesquelles, je souffre sévèrement ! Lesquelles dans ce cas d'une telle interdiction, me reviendraient encore beaucoup plus sévèrement ! ""

"" Où es-tu JULIO ? ""

"" Tu t'es sauvé ! ""

"" Et oui ! Et il s'est sauvé ! ""

"" Là encore : " se sauver " ! Mais c'est quoi comme comportement ça ah ! ""

"" Là encore réellement : Mais c'est quoi comme comportement ça ah ! ""

"" Là encore : Mais avait-il le droit de le faire ! Le droit de se sauver ! ""

"" Là encore : Mais avait-il réellement le droit de se sauver ! ""

"" Humm mm ! " Mon bimane Julio FERNANDEZ " s'est sauvé ! ""

"" Et oui ih !, il a pris ses jambes à son cou ! ""

"" Et oui ih !, il a filé à l'anglaise ! ""

"" Oui ih !, JULIO a pris la poudre d'escampette ! ""

"" JULIO a pris la poudre d'escampette, sans même pour autant, laisser l'adresse de-là où il est parti ! ""

"" S'octroyer du plaisir avec " son propre gazier ", en attendant de se marier avec lui justement ! ""

"" Ce n'est quand-même pas : moins fantasmagorique pour " moi la prostituée MARYVONNE ", que je sache-moi ? Non ? ""

"" Il s'est tiré, ni vu, ni connu; car l'on dirait, qu'il voudrait se dénicher " une autre langoustine ", sur qui, il pourrait aisément prendre de la hauteur ! ""

"" Mais, compte tenu du fait, qu'avec moi MARYVONNE, il ne parvenait point à le réaliser ! Compte tenu du fait, qu'il ne parvenait point à prendre de la hauteur sur moi Maryvonne KEVILER, " De Descendance Parisienne " et " D'Arrière-Descendance Kinoise " ! Alors, il a jugé bon de pouvoir tout simplement, se sauver ! ""

"" Mais ! Mais c'est bête ! C'est vraiment bête de se comporter de la sorte ! Mais moi MARYVONNE également, je ne parvenais point à prendre de la hauteur sur lui Julio FERNANDEZ, " De Descendance Poitevine " et " D'Arrière-Descendance Espagnole " justement ! Je ne parvenais point moi aussi à prendre de la hauteur sur lui Julio FERNANDEZ; puisque, le jeu de l'équilibre " hyménéal " ne voudrait que personne " " d'Adam " et " d'Ève " " ne pourrait réellement prendre de l'ascension sur l'autre ! C'est un jeu de matchs nuls, à tous les coups ! C'est vrai, qu'il ne le sait pas ! Et puisque, il ne le sait pas --- ! ""

"" Alors, il s'est sauvé tout simplement pour lui ! ""

"" Pendant des nombreuses années, j'avoue que je lui en faisais voir de toutes les couleurs ! ""

"" Je lui en faisais voir de toutes les couleurs; c'est parce que, je le dominais, l'on dirait apparemment ! Mais ce n'était en réalité, qu'une simple apparence et non la réalité ! ""

"" Je prenais apparemment de la hauteur sur lui ! ""

"" Je lui en faisais voir de toutes les couleurs; et même notre fils LUCILIAN, alors encore tout petit, petit, il était toujours triste d'assister à des telles scènes ! ""

"" Pendant des nombreuses années, je lui en faisais voir de toutes les couleurs; mais il ne se sauvait pas pour autant hein !; même si toutefois, il me laissait entendre qu'il allait le faire ! ""

"" Mais de là, à passer concrètement à l'action ! Mais il ne le faisait pas jadis ! ""

"" Certes, à maintes reprises, il me laissait entendre qu'il allait filer à l'anglaise; mais il ne le faisait même pas pour autant ! ""

"" Mais pourquoi l'a-t-il fait à présent ? ""

"" Est-ce que, c'est parce que Julio FERNANDEZ s'imaginait peut-être bien que, notre mariage s'effectuerait selon des rites ancestraux de mon paternel ? Et que l'on aurait par exemple, à exécuter des chorégraphies de séduction ? Et que, de ce fait, d'autres hommes succomberaient à mon charme ? Mais quelle arrière-pensée de sa part ! ""

"" Et qu'ensuite, des danses et des réjouissances allaient débuter ? ""

"" Des danses folkloriques, sur le fond de la musique " romancero "; avec des endiablés mouvements traditionnels ! ""

"" Le tout, nous poussant toujours imperturbablement, à vouloir remonter inlassablement, à la source de nos émotions paternelles ! ""

"" Des danses folkloriques, lesquelles des jolies corps féminins, avec bien évidemment, des jolis visages; avec bien entendu, des rondeurs bien cambrées; avec bien sûr, des formes bien arrondies, aimeraient assez considérablement ! ""

"" Lesquelles danses folkloriques exprimeraient des poèmes et poésies, hauts en couleurs ! ""

"" Lesquelles danses folkloriques, n'auraient aucun complexe des danses dites : modernes ! ""

"" Lesquelles danses folkloriques, seraient même : imperturbables, à des danses d'autres cultures ! ""

"" Lesquelles danses folkloriques, présenteraient les femmes, sous leurs meilleurs aspects ! ""

"" Lesquelles danses folkloriques, où se mêleraient : décors des jupes en raphias pour les deux sexes; et somptuosité ! ""

"" Lesquelles danses folkloriques, seraient indifférentes de la poussière dégagée du terrain où elles se dérouleraient ! ""

"" Lesquelles danses folkloriques, mettraient les petites chorégraphies, dans les grandes ! ""

"" Lesquelles danses folkloriques, mettraient de ce fait : les grandes chorégraphies, dans les petites ! ""

"" Lesquelles danses folkloriques, feraient passer l'avis, jusqu'aux amateurs des villages très, très éloignés de Guigo et de Guillodo ? Jusque chez tous ces peuples de la " Blondinie " ? Jusque chez tous ces peuples habitant dans des territoires circonvoisins de la " Blondinie " ? Et même chez ces peuples habitant jusqu'au-delà des montagnes les plus lointaines ? Afin d'aller [ou de venir; car, c'est selon ---], y participer; ou sinon : y assister ? ""

"" Lesquelles danses folkloriques, où se mêleraient : épopées traditionnelles et aventures amoureuses ! ""

"" Lesquelles danses folkloriques, mettraient en exergue, les scènes de la vie quotidiennes ! ""

"« Lesquelles danses folkloriques, toucheraient par-là : la légende-même " des Blondiniens " ! ""

"« Lesquelles danses folkloriques, toucheraient par-là : l'âme-même " des Blondiniens " ! ""

"« Lesquelles danses folkloriques, toucheraient par-là : le mythe-même " des Blondiniens " ! ""

"« Lesquelles danses folkloriques, toucheraient par-là : " le romancero "-même " des Blondiniens " ! """

"« Lesquelles danses folkloriques, toucheraient par-là : la saga-même " des Blondiniens " ! """

"« Lesquelles danses folkloriques, toucheraient par-là : les mœurs-mêmes " des Blondiniens " ! """

"« Lesquelles danses folkloriques, toucheraient par-là : les coutumes-mêmes " des Blondiniens " ! """

"« Lesquelles danses folkloriques, toucheraient par-là : les traditions-mêmes " des Blondiniens " ! """

"" Lesquelles danses folkloriques, seraient impassibles au phénomène du changement, du tout, pour le tout ! ""

"" Lesquelles danses folkloriques, défieraient la logique des donneurs de leçons de la morale ! ""

"" Lesquelles danses folkloriques, seraient un terrain de jeu idéal, pour se défouler ! ""

"" Lesquelles danses folkloriques, seraient un terrain de jeu idéal, pour les unions matrimoniales futures ! Ou en vue de mieux l'exprimer : pour des futurs mariages ! ""

"" Lesquelles danses folkloriques, seraient un terrain de jeu idéal, pour des futures dislocations de couples aussi ! ""

"" Lesquelles danses folkloriques, défieraient la logique des moralisateurs et de tous les prédicateurs, pour ainsi dire ! ""

"" Lesquelles danses folkloriques, regorgeraient des diversités chorégraphiques, étonnantes, des scènes de la vie poursuivant imperturbablement son cours ! ""

"" Lesquelles danses folkloriques, seraient tout bonnement mystiques ! ""

"" Lesquelles danses folkloriques, seraient tout bonnement envoûtantes ! ""

"" Lesquelles danses folkloriques, seraient tout bonnement sensuelles ! ""

"" Lesquelles danses folkloriques, seraient tout bonnement extraordinaires ! ""

"" Lesquelles danses folkloriques, feraient plaisir aux sens érogènes ! ""

"" Lesquelles danses folkloriques, seraient également les délices pour des yeux ! ""

"« Lesquelles danses folkloriques, engendreraient certes, de plus en plus, des nouvelles unions " hyménéales " ! »"

"" Lesquelles danses folkloriques, également, entraîneraient de plus, en plus, des ruptures ou des divorces ! ""

"« Lesquelles danses folkloriques, dont des maris jaloux, devraient en principe, s'abstenir d'aller assister; de peur qu'ils puissent être fortement intrigués, par la manière " pornocratique "; ou en vue de mieux l'exprimer : de peur qu'ils puissent être fortement intrigués, par la manière érotique dont leurs épouses dansent avec les autres hommes ! »"

"" Lesquelles danses folkloriques, n'en feraient pas moins, sa différence, par rapport à toutes les autres danses, en prenant en compte tous ceux décrits, assez magistralement, ci-hauts ! ""

"« -Et la cuisine "blondinienne" dans tout ça et tout ça et tout ça et tout ça ? »"

"« -Bref, ça vous fait transpirer abondamment ; mais vous adorez ça. Pour preuve : Quand vous êtes par exemple à table, vous n'arrêtez pas de transpirer ; tellement que c'est "chilli hot". Et vite fait, vous allez prendre (; ou demander, quand vous n'habitez pas dans cette maison ; c'est donc selon ---) un gant ou une serviette pour vous essuyer cette abondante sueur ; laquelle risque de tomber dans votre assiette et surtout, laquelle risque de vous pénétrer dans les yeux, la bouche, au nez, aux oreilles et même dégouliner partout sur votre corps. Et vous revenez rapidement à table pour continuer d'ingurgiter votre repas et de le terminer coûte que coûte ; tellement que c'est archi – délicieux. Mais seulement voilà, plusieurs fois aussi, vous allez repartir dans la salle de bain, pour vous débarrasser de cette abondante sueur justement. Et plusieurs fois également, vous allez revenir à table. Et oui ! La cuisine "blondinienne", "ça décoiffe" ! Et même ceux qui, dans leurs habitudes, ne mangeraient par exemple pas de piments ; mais seulement attention : ils ne résisteraient pas devant "des délices blondiniens".»"

"" Bref, c'est vraiment irrésistible. ""

"" En bref : La sueur ; la sueur chaude et non froide, coule donc à flot ; ça coule à flot même au dos (longeant par exemple du haut en bas, le creux de la colonne vertébrale) ; la sueur chaude coule même copieusement aux endroits [**N. B.** : aux endroits, au pluriel] où l'on pense [; aux endroits érogènes ou non, peu importe ; et dont bien évidemment, par la pudeur, nous ne les détaillerons pas ; en tout cas, en aucun cas, nous les citerons ; mais ça y coule bigrement quand-même] ; bref, avec le piment très, très fort, appliqué bougrement dans la cuisine "blondinienne", la sueur chaude [vous] coule abondamment, partout, partout, partout, et partout, quoi ! ""

"" Et la mouchure dans tout ça ? Et pas n'importe quelle mucosité hein ! Il s'agit donc d'une sécrétion nasale abondante et interminable, pour ainsi dire ! Disons seulement en bref, tant que vous êtes à table : vous essuyez ce mucus-là ; ça revient ; vous l'essuyez encore ; ça revient encore ; vous l'essuyez encore et encore ; ça revient aussi, encore et encore ; et ainsi de suite. ""

"" Julio FERNANDEZ s'est sauvé ! Est-ce que, c'est parce qu'il s'imaginait peut-être bien qu'ensuite, il aurait fallu s'occuper des divers autres rites ancestraux originaires de mon paternel ? ""

"" Des rites de l'attribution des noms et prénoms par exemple, pour nos autres éventuels futurs enfants que l'on pouvait avoir par la suite ? ""

"" Des rites de circoncisions pour les bébés masculins ? ""

"" Des circoncisions à faire, quand les garçons atteignent l'âge de dix, à douze ans par exemple ? ""

"" Une tranche d'âges où la circoncision justement, sonnerait la fin de l'enfance; et qu'elle marquerait par conséquent, le début de l'adolescence; et le commencement de l'âge adulte ? ""

"" Des rites traditionnels de mon père ? ""

"" Des rites de mariages pour les enfants ? ""

"" Des rites de la mort ? ""

"" Des divers rites en vue de s'échapper par exemple, des conditions sociales assez difficiles ? ""

"" Et que ces rites peuvent par exemple, avoir [ou sinon, être] : des conséquences imprévisibles, pour lui Julio FERNANDEZ et moi Maryvonne KEVILER ? ""

"" Et que ces rites peuvent par exemple avoir [ou sinon, être] : des conséquences incontrôlables; même si toutefois, ils ne sont guère meurtriers ? (Je pense aux circoncisions exécutées, selon les mœurs et coutumes de mon paternel) ? ""

"" Lui Julio FERNANDEZ voudrait peut-être que ces rites ancestraux paternels soient tout simplement oubliés ? ""

"" Que ces rites ancestraux paternels soient tout simplement oubliés, parmi tous les oubliés ? ""

Avant de " devenir gâteuse ", MARYVONNE " devenait gâteuse ".

Après " avoir été gâteuse ", MARYVONNE " devenait gâteuse ".

Entre " les états gâteux ", MARYVONNE " devenait gâteuse ".

Autrement articulé :

Avant " l'hallucination ", MARYVONNE " hallucinait ".

Après " l'hallucination ", MARYVONNE " hallucinait encore ".

Entre " les états d'hallucination ", MARYVONNE " hallucinait encore davantage ".

Maryvonne KEVILER continuerait de " gambergeailler " bigrement. Et ainsi, elle laisserait par exemple entendre à toutes celles et à tous ceux qui voudraient bel et bien " fraterniser " avec elle :

"" Quel sort ? ""

"" L'on m'a lancé un sort ? ""

"" Qui m'a lancé ce sort ? ""

"" Mais je le connais, celui qui me l'a lancé ! ""

"" Mais oui ih ! Je le connais, celui qui m'a lancé ce sort ! Je le connais, celui qui m'a lancé " cette mélasse " ! C'est un ouvrier-boucher ! Et il s'appelle Monsieur Cléopâtre MOULLER ! Comment pouvoir expliquer le fait : qu'un bon certain jour, je croyais me rencontrer en cours de route, avec lui ce fameux Monsieur Cléopâtre MOULLER ! Je souriais déjà gentiment, en vue de lui dire : " Bonjour ! ". Puis, une fois, qu'il s'était retrouvé en face de moi ! Il s'était transformé en une autre personne que je ne connais pas ! Est-ce que cela est possible ! Allons-nous-donc comprendre quelque chose dans ça ah ! Très franchement, il me pourrit vraiment la vie hein !, ce Monsieur Cléopâtre MOULLER-là ! """

"" Cléopâtre MOULLER : l'un des ex-ouvriers de MOÏSES. ""

"« En résumé : Ce dernier ouvrier souhaiterait même je crois : que je puisse par exemple, rencontrer des gens en cours de route; lesquels, apparemment, je les connais ! Mais que, quand, je m'apprêterais à leur dire : " Bonjour ! "; ou : " Bonsoir ! ", que je découvre enfin juste en toute dernière minute en réalité, que ce sont des gens que je ne connais : ni, d'Ève, et ni d'Adam ! Mais oh !, oh !, oh ! C'est quoi ça au juste ! Mais Monsieur Cléopâtre MOULLER ! C'est quoi ça ! Ce sont des problèmes ! """

"" Quels problèmes ? ""

"" Oui ih !, des problèmes ? ""

"" Est-ce que tout un chacun possède des problèmes ? ""

"" Des problèmes douloureux ? ""

"" Des douleurs corporelles ? ""

"" Des douleurs mentales ? ""

"" Des cauchemars ? ""

"" Des mauvais sorts ? ""

"" L'on se lance ainsi, des sorts, les uns et les autres ? ""

"" Comment Julio FERNANDEZ reviendrait-il vers moi Maryvonne KEVILER ? ""

"" Est-ce qu'en délirant ainsi, j'avance dans la recherche, aux moyens de le faire revenir ? ""

"" Est-ce que j'avance ? ""

"" Est-ce que je recule ? ""

"" En tout cas, la fièvre monte ! ""

"" Elle monte d'heure, en heure ! ""

"" Elle monte même des minutes, en minutes ! ""

"" Elle monte même des secondes, en secondes ! ""

"" Et ce n'est vraiment point pour moi MARYVONNE, de tout repos ! ""

"" En tout cas, c'est curieux ! ""

"" C'est curieux; parce que, ne fût-ce qu'apparemment, la puissance, c'était moi MARYVONNE qui l'incarnais jusque-là, au sein de notre couple (la puissance morale en tout cas); et par conséquent, la douceur au sein de notre ménage (la douceur morale surtout); c'était lui Julio FERNANDEZ qui l'incarnait jusque-là ! ""

¾Lui, " le pauvre " Julio Fernandez ?

¾Lui, marqué " stigmatiquement " parlant [je voulais dire par ici : " marqué indélébilement par des stigmates " " d'Atlantis [(122)] "] ?

¾Des stigmates par exemple, des pets ?

¾Des pets en multiples rafales par exemple ?

¾Des multiples rafales d'une mitrailleuse par exemple ?

"" Humm mm ! ""

"" La puissance, c'est le féminin ! ""

"" Et la douceur, c'est le masculin ! ""

"" Et c'était là, jusque-là, ma façon à moi MARYVONNE, de voir les choses au sein d'un foyer ; au sein de notre foyer, en tout cas ! ""

"" Enfin, c'était permanemment : une lutte opposant la puissance, contre la douceur quoi ! ""

"" Avec cette façon de voir les choses, pour un peu, le dimorphisme sensuel pour ainsi dire, aurait même été très peu marqué entre lui JULIO et moi MARYVONNE quoi ! ""

"" C'est un peu comme chez les hyènes quoi : où, apparemment, l'on constate que les deux sexes possèdent " les arbalètes " " pénétrantes " ! ""

"" C'est un peu comme chez ces pingouins du pôle nord quoi ! Ou chez plusieurs espèces d'oiseaux par exemple : où il s'avère très, très difficile de distinguer apparemment, les femelles, de leurs mâles ! ""

"" Observez un peu leur mode de se nourrir : se nourrir justement dessous ! ""

"" Observez un peu leur mode de se reproduire : se reproduire justement dessus ! ""

"" Enfin soit ! ""

"" Qu'est-ce que je vais faire, afin de retrouver JULIO; et le faire revenir au bercail ! ""

"« Aller consulter un " nganga nkisi " (un féticheur, utilisant des gris-gris, dans ses modes opératoires) ! »"

"« Aller consulter un " nganga Nzambe " (un féticheur de Dieu [ou plutôt : un prêtre ou un pasteur ou un imam ou un rabbin, pour ne citer que ceux-ci par exemple], utilisant des écritures saintes, dans leurs modes opératoires) ! »"

"" Mais qu'est-ce que je vais faire au juste ! ""

"« Maintenant je me pose; et je me repose encore et encore, cette même question : " Mais qu'est-ce que je vais faire au juste ! "; et je ne trouve même pas de réponse ! »"

"" Humm mm ! Dire que moi Maryvonne KEVILER, je suis même carrément devenue une femme angoissée; laquelle porte allègrement, plus des interrogations; plutôt que d'apporter des réponses ! Mais qu'est-ce que je vais donc faire au juste ! ""

"« Aller consulter un " nganga nkisi " ! »"

"« Aller consulter un " nganga Nzambe " ! »"

"" Mais qu'est-ce que je vais faire au juste ! ""

"« J'aurais et pourtant mieux fait de suivre par exemple, des ultimes conseils de ma maman MARYSE ; lorsqu'il ne semblait pas encore être vraiment trop tard, pour le faire ! Et ainsi, je n'aurais même pas eu à me poser et à me reposer encore et encore, cette même question : " Mais qu'est-ce que je vais faire au juste ! ". »"

"« Maintenant que je me pose et me repose encore et encore objectivement, cette même question : " Mais qu'est-ce que je vais faire au juste ! ". Est-ce que je vais faire recours à ma maman MARYSE justement et à " son gonze MONZE ", afin de s'affairer à : " Une Ultime Thérapie Pour Sauver Leur Enfant " ? Pour sauver leur enfant Maryvonne KEVILER, que je suis ? " Mais qu'est-ce que je vais faire au juste ! ". »"

"« Et oui ! Dire, qu'en effet, quelques jours seulement, avant que " mon moineau JULIO " " déploie ses ailles " et " se sauve en volant dans les airs ", ma mère MARYSE me tirait des oreilles; afin que je ne le fasse pas fuir; mais que quant-à moi MARYVONNE, " véritable conne " que ([" sh'ui "] [que je suis]); et en vue de l'envoyer chier; tous ceux que je trouvais à lui répondre; c'étaient des paroles sans têtes et sans queues ! La confusion mentale, quoi ! »"

"« Dire que quand elle me laissait entendre que : " Comme une double précaution en matière de la préservation de la bonne entente conjugale, vaut mieux qu'une simple …/… "; et que moi, " véritable tête de mule que [" sh'ui "] "; je lui répondais en vue de l'envoyer carrément paître : " Les risques qu'il puisse se sauver sont importants bien entendu ! Mais dans l'entre-temps, la réjouissance est colossale ! Le dérangement mental, quoi ! »"

"« Dire que quand elle me laissait entendre que : " Dans la vie, l'on ne pourrait guère du tout, du tout, tout posséder ! "; mais que moi MARYVONNE, têtue que [" sh'ui "], je lui répondais; afin de l'envoyer systématiquement se promener : " Il ne s'agit point du tout de la chair qui sait s'introduire; et qui sait se faire en même temps, pénétrer ! Le dérangement cérébral, quoi ! »"

"« Dire que quand elle me laissait entendre : " Qu'avec moi MARYVONNE, JULIO était à tout moment, à avoir à supporter; ou sinon, à faire face, à mes arrières pensées voluptueuses, si pas dessous; alors : derrière; et si pas derrière; alors : dessus ! "; et que moi MARYVONNE, tête de lard que [" sh'ui "], en vue de l'envoyer balader, je lui disais : " Que pour ce moment-là, je ne possédais en moi : aucune confirmation; ou voire : aucune infirmation d'ailleurs, à lui faire, au sujet des tels propos ! La paranoïa, quoi ! »"

"« Dire que quand elle me laissait entendre que : " Dans cet environnement difficile et vulnérable, qui est le foyer nuptial, les risques " de cyclones " et par voie de conséquence : les risques de " naufrages ", s'avèrent être énormes; et que " la flamme d'amour " ne pourrait guère continuer, de demeurer flamboyante; voire rougeoyante; étant donné que moi MARYVONNE, je me comportais comme je me comportais à son égard (à l'égard de JULIO) ! "; et que moi MARYVONNE, en vue d'envoyer tout simplement chier ma mère MARYSE; je lui répondais : " À présent, en plantant le décor, l'intensité de rencontre avec lui JULIO reste mémorable ! Des paroles insensées quoi ! La schizophrénie, quoi ! """

"" Dire que quand elle ma mère MARYSE, elle me laissait entendre que : " Ma fille, en vue de ne pas laisser " les braises de l'amour s'éteindre subitement un bon certain jour, alors que tu ne t'y attendrais même pas ! ". Il faudrait absolument te prendre autrement, par rapport à tous ceux que tu fais jusqu'à maintenant ! ". Et que moi MARYVONNE, en vue de l'envoyer tout simplement paître; je lui répondais que : " Les cendres de braises d'amour peuvent s'éteindre; et ensuite, elles peuvent se régénérer illico; et par conséquent, elles peuvent faire renouer encore plus forts, " les liens nuptiaux ", entre " fils d'Adam " et " fille d'Ève " ! ". L'obstination, quoi ! """

"" Dire que quand elle me rappelait que : " Souviens-toi ma fille des épopées britannique et mexicaine que tu avais dû vivre et traverser rapidement; avant d'en arriver-là où tu te retrouves actuellement ! Et à présent, tu es encore en train de tout foutre en l'air, comme par hasard ! ". Et que moi MARYVONNE, afin de l'envoyer tout simplement balader; je lui répondais que : " Je vais épouser JULIO; parce qu'il ne m'avait par exemple, pas du tout, été imposé par vous mes parents ! C'est parce que, si tel avait été le cas; la seule consigne que je me serais imposée moi-même MARYVONNE, allait être : Je n'ai plus d'autre alternative, que celle d'opter pour la désobéissance du choix parental justement ! Et oui ih ! " Une moitié-Blondinienne " qui tient des propos pareils ! Étonnant, non ! La névrose, quoi ! """

"" Dire que quand ma maman répliquait que : " CHRISTOPHER, " le gentleman " de Londres, ne t'avait pas été imposé non plus ! "; et que moi MARYVONNE, je lui répondais que : "Les mariages arrangés comme chez des populations habitant les localités : de " Guigo "; de " Guillodo " et des collectivités et localités environnantes de ces deux localités-là en question ; que des mariages chez ces peuples : de la " Blondinie " ; chez ces peuples habitant dans des territoires circonvoisins de la " Blondinie " ; et même chez ces peuples habitant jusqu'au-delà des montagnes les plus lointaines ; et pire encore : les mariages arrangés depuis la très, très jeune enfance; pour ne même pas dire que : les mariages arrangés avec des futures épouses qui ne sont même pas encore nées ; que des tels mariages arrangés ne sont pas ma tas de thé ! ". La démence, quoi ! ""

"" Dire que quand ma maman répliquait encore, en me disant que : " COROLIAN, " le caballero " [" le gentleman "] de Mexico ne t'avait pas été imposé non plus ! ". Et que moi MARYVONNE, je lui répondais, en vue de l'envoyer chier, que : "Des coutumes du genre comme chez des populations habitant les localités : de " Guigo "; de " Guillodo " et des collectivités et localités environnantes de ces deux localités-là en question ; que des coutumes chez ces peuples : de la " Blondinie " ; que des coutumes chez ces peuples habitant dans des territoires circonvoisins de la " Blondinie " ; et même chez ces peuples habitant jusqu'au-delà des montagnes les plus lointaines ; où des noms des enfants faisant recours aux noms des aïeux défunts, soient déjà choisis; et qu'ils soient en outre choisis, avant même la naissance des enfants ! Ce n'est pas mon genre ! ". La fureur, quoi ! ""

"" Dire que quand elle me posait la question suivante : " Ç ' a fini comment avec " l'honnête homme " de Londres ? ". Et que moi MARYVONNE, tout ce que je trouvais à lui répondre afin de l'embêter, c'était : " Soi-disant que, tout en réfléchissant pour l'avenir; tous les noms que l'on choisissait pour des enfants à naître, étaient tout simplement des réminiscences du passé ancestral ! Soi-disant qu'il s'agissait des véritables rituels ! ". Ce n'est pas mon genre ! L'idiotie, quoi ! ""

"" Dire que quand elle me laissait entendre que : " Ç ' a fini comment avec " le caballero " de Mexico ? ". Et que moi MARYVONNE, tout ce que je trouvais à lui répondre, c'était : " Tous les pays du monde devraient absolument s'interdire à jouer au clonage. Que l'on ne devrait surtout pas croire que c'est avantageux, de le faire ! Et ainsi, " le piaf de Mexico " ; lequel pour moi MARYVONNE s'avère être : le clone du " pierrot de Londres", ne devrait par conséquent, pas exister ! ". L'aliénation mentale, quoi ! ""

Pour MARYVONNE, c'était effectivement "la dépression".

Avant de "devenir dépressive", MARYVONNE "devenait fondue".

Après avoir "été frappée pour ainsi dire", MARYVONNE "devenait frapadingue".

Entre "les états de dépression", MARYVONNE "devenait sonnée".

Autrement écrit :

Avant "d'être dingo", MARYVONNE "était dingue".

Après "avoir été toquée", MARYVONNE "avait été toc-toc".

Entre "les états d'hallucination", MARYVONNE "avait été hallucinée".

Maryvonne KEVILER continuerait avec ses intolérables "onomatopées". Et de cette façon, elle laisserait par exemple entendre à toutes celles et à tous ceux qui voudraient bel et bien "s'emboîter" avec elle :

"» " Chez les "blondiniens", chaque moindre confrontation dans le foyer entre " Ève " et " Adam " ; même la confrontation de vraiment, rien, rien du tout, du tout, ouvre l'occasion d'affrontements au sein du couple. Et avec beaucoup d'assurances, " la fille d'Ève " va pulvériser les défenses " du fils d'Adam ". »"

"" Et "les niais" en aurait pour leur plaisir des vues et également des ouïes. Ainsi, " l'homme de mérite " bien, bien sonné et bien, bien désarçonné, ne donnerait "l'on dirait", plus; et cela : pendant cinq minutes; pendant dix minutes; pendant quinze minutes; et cætera et cetera …, signe de vie. »"

"" Ce faisant, le grand silence s'installerait et avec tout le suspense qui va avec. La tension monterait et " la bourgeoise " retiendrait son souffle. Des drapeaux blancs du "juge" de la paix seraient hissés. »"

"" Oh !, rien à avoir avec l'annihilation des règles traditionnelles ; au contraire même, c'est de la conservation de ces règles dont il s'agirait ; laquelle conservation serait bien entretenue. Bref, rien à avoir avec le "nzambi à mpoungou" ["le dieu des fétiches"]; ni même avec de la politique ! »"

"" Ce ne serait que les drapeaux blancs pour les régals d'yeux et d'oreilles. Pour rien au monde, "des pingouins", friands des tels spectacles gratis, ne manqueraient ces scènes de ménages; lesquelles scènes dont eux-mêmes "ces badauds" s'empresseraient d'aller opérer chez eux, si eux également sont des traditions "blondiniennes"; ou sinon, si au moins " la bobonne " est issue de ces traditions en question. ""

"" Manquer des tels spectacles ? Je me renseignerai auprès de la Tante HENRIETTE : S'il y en a "des flâneurs" qui aimeraient louper ça ! ""

"" Ou sinon, ils ne sont même pas de "flanelles" dignes de ce nom. ""

"" Quelle "blondinienne", pourrait réellement observer les autres "s'invectiver" "allègrement", et être émue par la puissance créatrice de " la jument " qui se met ainsi en scène, sans vouloir à son tour, être regardée elle également, en affichant elle aussi, ses idées originales, en vue de cimenter son couple ? ""

"" Aucune "blondinienne" ne le peut ! Si les "blondiniennes" peuvent "s'apparier" avec des "non-blondiniens" et se sentir "équilibrées" au sein de leurs ménages, sans se sentir tant soit peu par exemple "déséquilibrées" pour autant ! ""

"" Alors dans ce cas-là, c'est "bonard" ! Dans le cas contraire, autant n'opérer "les appariements", qu'avec des "blondiniens". ""

"" Et de cette manière, les cent pour cent des gènes transmis à la nouvelle génération, seraient "blondiniens". ""

"" Certes que, les gènes comme tels, ne sont guère changeants chez les "blondiniens", tout comme chez des autres humains (puisque, l'on est tous : des humains) ! ""

"" Mais "les caractères didactiques" dont tels ou tels autres gènes héritent, dépendent considérablement de l'environnement où l'on a grandi. ""

"" Vous "des lèche-vitrines de l'Occident" qui m'observez ! Devinez-vous à quoi je pense actuellement ? ""

"" Ça m'étonnerait considérablement que vous puissiez le deviner ! ""

"" Cela dit, je suis donc dans l'ultime obligation de fournir la réponse moi-même ! ""

"" Je pense tout simplement, que c'est normal que vous me regardiez ! ""

"" Et cela ne me gêne pas du tout, du tout, qu'il en soit ainsi. ""

"" Je suis une "blondinienne" à moitié ! ""

"« Et les "blondiniennes" savent qu'en cas d'une telle curiosité, elles peuvent toujours se sentir fières d'elles; car, depuis des temps immémoriaux ç ' a toujours été ainsi dans leurs bonnes vielles traditions. "»

"« "Des prises de bec" doublées "des violences physiques" "d'apparences très, très violentes", mais en réalité : "pas du tout; alors vraiment : pas du tout, du tout violentes" sont devenues des ciments pour la solidité des couples conjugaux, et en même temps, "un terrain d'expérimentation des idées toujours nouvelles : pour toujours en réalité être en possession de la plénitude " des chevaux " et " juments". "»

"« Ceux-ci dits : "les chicanes"; "les joutes" et "les rixes" " des poulains " et " pouliches " dans leurs ménage, se retrouvent du coup, être des pièces de puzzle à assembler; des pièces en réalité : toujours semblables; mais en vérité : des pièces toujours différentes. "»

"« Aux yeux "des promeneurs" par exemple : " Vous-vous rendez un peu compte de la méchanceté de cette femme-là ? "»

"« Elle se mettrait aussitôt après en plus, à pleurer ! À pleurer d'abord calmement, tout en évoquant bien évidemment par exemple; et cela, afin de donner l'impression "aux gobe-mouches" et même à lui-même "son pauvre bonhomme ", comme quoi, que c'étaient vrais, ceux qu'elle disait ! "»

"" Elle ferait simultanément aussi, agiter tout son corps; et cela : dans tous les sens, et surtout ses bras. "»

"" Mais oh !, oh ! "»

"« Ce faisant, elle toucherait aussi justement avec ses bras, tout en tonitruant, en laissant entendre très, très explicitement à "toutes les flanelles" : "»

"« " Aïe, .../... ? ". "»

"« Pour " les genoux ", elle tiendrait " aussi avec ses deux tenailles ", " ses jointures ", tout en hurlant : "Aïe, " mes articulations " ! Comment je vais dorénavant, réussir à me plier ? Comment je vais dorénavant, opérer mes génuflexions à la mode blondinienne ; et cela, en signe de respect ou de soumission envers les aînés ? "»

"« Mais c'est bel et bien elle en réalité qui a porté la main sur "son pauvre anthropoïde ", non ! Et c'est aussi elle qui crie par exemple : " " ". ".

^{"«»} " Aïe, "ma caboche" ! Comment je vais désormais, être en situation de parvenir à raisonner ? ^{"»"}

["]" Aïe, "mes phares" ! Comment je vais dorénavant, réussir à voir ? ^{"»"}

["]" Aïe, "mes jointures" !

["]" Aïe, "mes cliquettes" ! Comment je vais décidément, arriver à écouter ? ^{"»"}

["]" Aïe, "mon encolure" ! Comment je vais à l'avenir, être en situation de faire tenir droit, ma tête ? ^{"»"}

["]" Aïe, "ma carrure" ! Comment je vais par la suite, porter mes décolletés ? ^{»"}

["]" Aïe, "mes dodoches" ! Comment "mes bébés" "qui vont naître" pourraient-ils téter ? ^{"»"}

["]" Aïe, "ma bouzine" ! Comment je vais à présent, être honnêtement à l'aise ? ^{"»"}

["]" Aïe, "mes lombes" ! Comment je vais véritablement, avoir la possibilité de bien me tenir droite ? ^{"»"}

["]" Aïe, "mes babines" ! Comment je vais dès aujourd'hui, avoir la capacité de mieux m'époumoner ? ^{"»"}

["]" Aïe, "mes acrotères" ! Comment je vais maintenant, posséder la latitude d'être aussi tranquille ? ^{"»"}

["]" " Mais elle mérite de la part de " son paroissien " justement : une sacrée correction corporelle, " cette moitié-là " ! ". ^{"»"}

["]" " Mais quand-même ! ". ^{"»"}

["]" " Elle lui a systématiquement sauté dessus ? ". ^{"»"}

["]" " Et c'est aussi elle qui criaille : ". ^{"»"}

["]" Aïe, " mon os à moelle " ! Comment je vais manifestement, être capable de bien respirer ? ^{"»"}

["]" Aïe, "mes broches" ! Comment je vais présentement être en situation de bien mâcher ? ^{"»"}

["]" Aïe, "ma glabelle" ! Comment je vais adroitement, avoir l'aptitude d'être aussi sereine ? ^{"»"}

["]" Aïe, "mes peignures ! Comment je vais très franchement, pouvoir porter mes mèches ? ". ^{"»"}

˝« Aïe, "mon clapet" ! Comment je vais manifestement être en mesure, de parler ?

Mais comment je vais être à même, de "m'enivrer" ?

Mais comment je vais être apte, à "me bourrer" ? »˝

˝« Aïe, "mes arrière-trains" ! Comment je vais parvenir franchement, à "flouser" ?

Mais comment je vais m'en tirer, afin de "laisser tomber mes perles" ?

Hein JULIO ?

Voire : comment je vais réussir décidément, à "me débourrer" ? »˝

˝« Aïe, "ma pantoufle" ! Comment je vais pouvoir "vidanger" ma vessie ?

Hein ?

Mais comment je vais pouvoir "écluser" "mes pisses" ?

Ou même, comment "elle" va d'ores et déjà, "pantoufler à merveille", avec "ta panoplie" à toi JULIO ?

Hein ?

Peux-tu me le dire très, très sincèrement ? »˝

˝« Aïe! "Mes ailerons" ! À présent comment je vais m'y employer, en vue de travailler ? »˝

˝« " Et cætera et cetera ... ! ". »˝

˝« La bataille s'aggrave ! Et la confusion devient aussi grande. Elle va le tuer ! "Le pauvre noble " ! Mais réagissez ! Mais il va mourir " cet idiot de lascar-là " qui ne réagit point ! Mais défends-toi ! Mais une bonne raclée sur sa figure, oui ! Et elle se retrouverait donc ainsi : tout en sang; puis son compte serait bon ! " " ".

˝» " Mais au fait "dans le sens figuré" (et non : "dans le sens propre") : De quoi se mêlent-ils "ces promeneurs en question" ? »˝

˝« " Mais il n'allait pas mourir, " mon zouave JULIO " ! ". »˝

˝« Personne d'ailleurs n'allait mourir ! ". »˝

˝« Les "blondiniens" veulent juste survivre; même si lui JULIO n'est pas "blondinien". »˝

˝« Les "blondiniens" veulent juste faire survivre leur culture. »˝

˝« " Mais seulement voilà, avec cette mondialisation qui nous tombe sur la tête en toute vitesse : c'est honnêtement, une course contre la montre qui s'engage. Avec l'appui des presses audio-visuelles, c'est un combat déséquilibré qui s'instaure ! ". ""

"« " C'est David contre Goliath ! ". ""

"« " C'est le cheminement pour toute culture minoritaire; et là, l'homme ne pourrait en aucun cas, se mesurer à la démesure : il est d'avance perdant. ". ""

"« À moindre petite discussion de vraiment rien, rien du tout; "des gobe-mouches" pourraient déjà se dire : Ça va sentir le roussi ! ""

"« Une "épée de Damoclès" plane au dessus de "la tête" "du pauvre zigue " ! ""

"« Mais seulement attention : c'est aussi "le ciment le plus fort pour la solidité matrimoniale" ! ""

"« Ça se comprend que "ces curieux" ne possèdent point les mêmes vues et les mêmes ouïes que des "blondiniens"; et cette remarque ne trompe personne. ""

"« Ce n'est qu'une constatation certes; seulement, c'est la meilleure constatation que des "blondiniens" puissent avoir. ""

"« De toutes les manières, chez des "blondiniens", la crainte reste le fait que la mondialisation finira incontestablement, par avoir raison d'eux. ""

"« D'ailleurs à ce sujet justement, avec tous les jeunes "blondiniens" nés dans des centres urbains ou nés à l'étranger : les résultats ne sont plus qu'alarmants; et par voie de conséquence, les incapacités des anciens "blondiniens", ne sont que : criantes. ""

"« Les "blondiniens", avec leur système de pensée non moins didactique, n'auraient très, très bientôt que leurs yeux pour pleurer. C'est d'ailleurs un miracle venu du Ciel que leurs mœurs et coutumes ne sont pas encore éteintes. Mais combien de temps encore leur reste, pour qu'elles s'éteignent ? " « " . "

"" Dire que ma mère me tirait des oreilles déjà bien avant, en me disant par exemple [je cite] : ""

˶« Tu es constamment en train de faire des scènes de ménage à " ton gonze JULIO " ! ˮ»

˶« Pour " un oui ", ça y est; c'est parti ! ˮ»

˶« Pour " un non aussi ", ça y est; c'est parti ! ˮ»

˶« Même pour " un non-oui ", ça y est; c'est parti ! ˮ»

˶« Même pour " un oui-non aussi ", ça y est; c'est parti ! ˮ»

˶« Et même pour " un oui-oui ", ça y est; c'est parti ! ˮ»

˶« Et même pour " un non-non aussi ", ça y est; c'est parti ! ˮ»

˶« C'est-à-dire que, même s'il applique vis-à-vis de toi MARYVONNE : " un mutisme " le plus total, ça y est; et c'est parti quand-même ! ˮ»

«« Et ça ah !, c'est vraiment quelque chose ça ah ! Hein ! ˮˮ

«« Ça ah !, c'est vraiment horrible ça ah ! Hein ! ˮˮ

«« Tu es constamment en colère contre lui; une colère très, très mal exprimée en fait ! ˮˮ

«« Or justement, il n'y a rien de tel, pour exprimer une crise d'hystérie ! ˮˮ

«« Or justement, il n'y a rien de tel, pour exprimer une dépression ! ˮˮ

«« Cela étant, que tu ne t'étonnes vraiment pas, que tu déprimes un bon certain jour ! ˮˮ

«« Et que quant-à moi MARYVONNE, je ne voulais rien savoir ! La psychopathie, quoi ! ˮˮ

˶« Effectivement, j'aurais et pourtant mieux fait de suivre par exemple, des ultimes conseils de ma maman MARYSE ; lorsqu'il ne semblait pas encore être vraiment trop tard, pour le faire ! Et ainsi, je n'aurais même pas eu à me poser et à me reposer encore et encore, cette même question : " Mais qu'est-ce que je vais faire au juste ! ". ˮ»

˶« Maintenant que je me pose et me repose encore et encore objectivement, cette même question : " Mais qu'est-ce que je vais faire au juste ! ". Est-ce que je vais faire recours à ma maman MARYSE justement et à " son gonze MONZE ", afin de s'affairer à : " Une Ultime Thérapie Pour Sauver Leur Enfant " ? Pour sauver leur enfant Maryvonne KEVILER, que je suis ? " Mais qu'est-ce que je vais faire au juste ! ". ˮ»

«« Dire que ma mère me tirait des oreilles déjà bien avant, en me disant par exemple [je cite] : ˮˮ

"" L'on a ici, affaire, à une fille unique dont : écouter des très, très bons conseils de sa mère MARYSE que je suis, n'est pas chose facile; ""

"" ou plutôt : écouter des très, très bons conseils de sa mère MARYSE que je suis, n'est même pas faisable; ""

"" et dont : l'entêtement quant-à lui, est par ailleurs : un mode de comportement très, très prisé pour cette fille unique têtue en question; ""

"" laquelle s'avère être toi MARYVONNE justement ! ""

"" Or, tenir un tel mode de comportement à l'égard de " son honnête homme "; et ne guère du tout vouloir tant soit peu, le changer, en le modifiant, possède un coût; un prix élevé; un coût très élevé; un prix très, très élevé : " cet homme de mérite " justement va incontestablement prendre la poudre d'escampette, un bon certain jour ! ""

"" Et que quant-à moi MARYVONNE, je ne voulais rien entendre ! " La foliesse ", quoi ! ""

"" Dire que quand elle me laissait entendre : " Qu'avec " mon noble JULIO " aussi, si je ne fais pas gaffe; ça ne pourrait que finir de la même façon !, comme ç ' a fini pour CHRISTOPHER; ou comme ça s'est terminé pour COROLIAN. ". Et que moi MARYVONNE, tout ce que je trouvais à lui répondre; c'était que : " Après avoir effectué deux ratages du côté cœur; maintenant, je suis consciente; et par conséquent, je sais : Comment contourner les problèmes conjugaux : je vais me faire construire des garde-fous ! La dépression, quoi ! ""

"" Dire que quand elle me laissait entendre que : " Les meilleurs garde-fous n'étaient : ni plus; et ni moins, que d'être en harmonie, avec " son noble homme " ! " ! Et que moi MARYVONNE, je lui répondais que : " Dans un Univers où l'émancipation de " la nana " commence à prendre de plus en plus de la place; et qu'elle libère encore plus " la poule " ; l'on ne va pas me dire que ma place demeure, dans le fait de naviguer entre : la cuisine, les enfants ; le ménages assez divers, les enfants ; et cætera ..., non ! ". " La foleur ", quoi ! ""

"" Dire que quand ma mère me laissait entendre que : " C'était peut-être pour cela en vérité, que ça ne marchait point avec CHRISTOPHER et COROLIAN ! "; et que moi MARYVONNE, je lui répondais que : " Et ainsi, l'on allait pouvoir mouiller nos tuniques ensemble, nous deux; c'est-à-dire : moi MARYVONNE et lui JULIO ! ". La vésanie, quoi ! """

"" Dire que quand elle me disait que : " De cette manière-là de te conduire dans ton foyer ma fille, finalement, avec n'importe " quel hominien ", le courant ne passerait même pas ! " ! Et que moi MARYVONNE, je lui répondais que : " Et alors ? ". Le grain, quoi ! """

"" Dire que quand elle me disait que : " Mais ce qui te rend beaucoup plus insupportable; ce que, une fois, telle ou telle autre de tes crises d'hystéries soit passée; ce que tu ne te rappelles, l'on dirait même plus, du tout, du tout, de ce qui venait de se passer; et à chaque fois, c'est pareil ! ". """

"" Et quant-à MARYVONNE, je lui répondais que : " Et alors hein ? Et puis quoi encore ? ". L'iatromanie, quoi ! """

"" Oui ih !, en effet : une fois, telle ou telle autre de mes crises d'hystéries justement, soit passée; ce que je ne me rappelle, l'on dirait même plus, du tout, du tout, de ce qui venait de se passer; et à chaque fois, c'est pareil ! L'égarement, quoi !; l'amnésie, quoi ! """

"" Moi MARYVONNE, tous ceux que je trouvais plutôt à dire à ma mère MARYSE, en vue de mieux la narguer, c'étaient : " C'est vraiment magique, ça ah ! Et ce que tu ne sais pas maman; ce que, ainsi, cela procure un tel sentiment sur le mâle ! Et ceci possède par voie de conséquence pour ainsi dire : un pourvoir aphrodisiaque le plus absolu; lequel j'ai découvert finalement par la force des choses; ou plutôt : par expérience, moi MARYVONNE ! Puisqu'à chaque fois, " le bimane " en question qui se trouve en face de moi, s'imaginerait vivre une nouvelle expérience sensationnelle, avec " une telle bourgeoise que moi MARYVONNE, je suis " ; " une telle bourgeoise " ainsi métamorphosée ! Ceci possède un pourvoir aphrodisiaque le plus absolu pour " le gazier " que l'on a en face de soi ! Tu n'as qu'à essayer toi-même maman, avec papa; et tu m'en donnerais des nouvelles; si toutefois, tu es sincère ! Ce qui est étonnant; ce que, toi ma mère, tu n'as jamais réalisé une telle découverte auparavant; et que moi, qui ne suis que ta fille; je l'ai découverte avant toi ! ". Le vertigo, quoi ! """

˝« Et dire aussi qu'avec " ce vertigo justement ", le devoir ultime de mes parents (MOÏSES et MARYSE) ne peut être aussi, qu' : " Une Ultime Thérapie Pour Sauver Leur Enfant " ? ˮ»

˝« " Leur Enfant " ; c'est-à-dire : moi MARYVONNE, quoi ! ˮ»

«« Est-ce que c'est de leur faute, " ce vertigo " ? ˮ»

«« Non ohn ! C'est de ma propre faute à moi-même, oui ! ˮ»

˝« Dire que quand ma maman me disait que : " De cette manière-là ma fille, tu n'ouvrais pas une brèche de mésententes conjugales; mais plutôt : un boulevard; non un boulevard de véhicules; mais plutôt : un boulevard de paroles; des paroles de haines ! "; et que moi MARYVONNE, je lui répondais : " Que j'ouvrais un boulevard de paroles; des paroles filtrées avec en toile de fond, l'amour ! Des paroles filtrées : étroites pour la haine; et larges : pour les blandices et la volupté ! La déraison, quoi ! ". ˮ»

˝« Et dire aussi qu'avec " cette déraison justement ", le devoir ultime de mes parents (MOÏSES et MARYSE) ne peut être aussi, qu' : " Une Ultime Thérapie Pour Sauver Leur Enfant " ? ˮ»

˝« " Leur Enfant " ; c'est-à-dire : moi MARYVONNE, quoi ! ˮ»

«« Est-ce que c'est de leur faute, " cette déraison " ? ˮ»

«« Non ohn ! C'est de ma propre faute à moi-même, oui ! ˮ»

˝« Dire que quand elle me disait : " Par faute de courir derrière le rêve de la volupté, comme des castors, tu n'aurais plus que des miettes, de celle-ci; pour ne point dire : que tu n'aurais plus que des cauchemars ! "; et que moi MARYVONNE, je lui répondais que : "Mais ! Mais Maman ! Tous ceux que tu n'arrêtes pas de me cracher aux oreilles, me laissent pour ainsi dire : superbement indifférente ! Et c'est cette indifférence-ici justement qui marque ma différence à moi MARYVONNE, par rapport à toi MARYSE, ma mère; ou même par rapport à toutes" les autres bobonnes " du monde ! ". La manie, quoi ! ˮ»

"« Et dire aussi qu'avec " cette manie justement ", le devoir ultime de mes parents (MOÏSES et MARYSE) ne peut être aussi, qu' : " Une Ultime Thérapie Pour Sauver Leur Enfant " ? »"

"« " Leur Enfant " ; c'est-à-dire : moi MARYVONNE, quoi ! »"

"" Est-ce que c'est de leur faute, " cette manie " ? ""

"" Non ohn ! C'est de ma propre faute à moi-même, oui ! ""

"« Dire que quand ma mère me disait : " À force de demeurer ainsi superbement indifférente à mes prodigieux conseils; tu vas faire fuir " ton excellencier JULIO ". Et à ce moment-là, tu aurais systématiquement une folie; une folie d'amour ! ". Et que moi MARYVONNE, je lui répondais que : " Les hiboux et les chats eux, ils ont systématiquement une folie; une folie d'amour ! Pourquoi ? C'est tout simplement parce qu'ils ne sont pas du tout sacrés, selon les coutumes ancestrales de " ton gonze Monze " ; ou plutôt : de " ton Adam MOÏSES " ! Pourquoi ? C'est parce qu'ils servent, selon cette coutume, des avions et des chevaux aux esprits de la nuit ! ". La rage, quoi ! »"

"« Et dire aussi qu'avec " cette rage justement ", le devoir ultime de mes parents (MOÏSES et MARYSE) ne peut être aussi, qu' : " Une Ultime Thérapie Pour Sauver Leur Enfant " ? »"

"« " Leur Enfant " ; c'est-à-dire : moi MARYVONNE, quoi ! »"

"" Est-ce que c'est de leur faute, " cette rage " ? ""

"" Non ohn ! C'est de ma propre faute à moi-même, oui ! ""

"" Dire que quand ma maman me disait que : ""

"« " Après mon hystérie; mon hystérie d'amour !; après ma folie; ma folie d'amour; tu raconterais; ou plutôt : tu continuerais de raconter ceux que tu serais jusque-là, en train de raconter désormais depuis; en disant par exemple : " Les espaces peuvent être noirs de oisifs, en vue de venir m'écouter délirer; en leur disant par exemple, tout et rien à la fois; c'est-à-dire : en leur disant par exemple : Qu'un nouvel ordre naturel; l'ordre des folles amoureuses, est en train de se mettre dorénavant en place ! ". ". Et que moi MARYVONNE, bêtasse que je suis, je lui répondais que : " Non, je ne le dirais pas ! ". Or, en vérité, ma mère s'avérait être " une lesbombe-médium "; ou plutôt : " une femme-prophétesse "; et à ce titre, elle avait mille fois raison ! La preuve : Qu'est-ce que je raconte; ou plutôt : Qu'est-ce que je continue de raconter depuis, jusque-là hein ! Qu'est-ce que je suis en train de raconter désormais depuis ! L'avertin, quoi ! """

"" Et dire aussi qu'avec " cet avertin justement ", le devoir ultime de mes parents (MOÏSES et MARYSE) ne peut être aussi, qu' : " Une Ultime Thérapie Pour Sauver Leur Enfant " ? """

"" " Leur Enfant " ; c'est-à-dire : moi MARYVONNE, quoi ! """

"" Est-ce que c'est de leur faute, " cet avertin " ? """

"" Non ohn ! C'est de ma propre faute à moi-même, oui ! """

"" Et quant-à moi MARYVONNE, tous ceux que je trouvais plutôt à dire à ma mère MARYSE, en vue de mieux la narguer, c'étaient : " Que c'est un nouvel ordre naturel qui n'est pas moins certes, plus ou moins sinueux; mais cependant, il amène à la volupté quand-même; et c'est cela l'essentiel pour moi MARYVONNE ! ". " Le passionnément ", quoi ! """

"" Et dire aussi qu'avec " ce passionnément justement ", le devoir ultime de mes parents (MOÏSES et MARYSE) ne peut être aussi, qu' : " Une Ultime Thérapie Pour Sauver Leur Enfant " ? """

"" " Leur Enfant " ; c'est-à-dire : moi MARYVONNE, quoi ! """

"" Est-ce que c'est de leur faute, " ce passionnément " ? """

"" Non ohn ! C'est de ma propre faute à moi-même, oui ! """

"" Que c'est un nouvel ordre des folles amoureuses; lequel fait naviguer les humains féminins, dans les méandres du fantasme; du désir et de l'orgasme ! ". L'amok, quoi ! ". """

"" Et dire aussi qu'avec " cet amok justement ", le devoir ultime de mes parents (MOÏSES et MARYSE) ne peut être aussi, qu' : " Une Ultime Thérapie Pour Sauver Leur Enfant " ? """

"" " Leur Enfant " ; c'est-à-dire : moi MARYVONNE, quoi ! """

"" Est-ce que c'est de leur faute, " cet amok " ? ""

"" Non ohn ! C'est de ma propre faute à moi-même, oui ! ""

"" " Que les poésies masculines et féminines se pénètrent; et s'interpénètrent; ou plutôt : que les magies masculines et féminines se pénètrent; et s'interpénètrent; et elles sont les bienvenues; car, elles sont d'une très grande richesse ! ". La bêtise, quoi ! ""

"" Et dire aussi qu'avec " cette bêtise justement ", le devoir ultime de mes parents (MOÏSES et MARYSE) ne peut être aussi, qu' : " Une Ultime Thérapie Pour Sauver Leur Enfant " ? ""

"" " Leur Enfant " ; c'est-à-dire : moi MARYVONNE, quoi ! ""

"" Est-ce que c'est de leur faute, " cette bêtise " ? ""

"" Non ohn ! C'est de ma propre faute à moi-même, oui ! ""

"" " Que ces magies débutent généralement dès la tombée de la nuit; et qu'elles se poursuivent dans l'ensemble, jusqu'à l'aube ! ". Le dérangement, quoi ! ""

"" Et dire aussi qu'avec " ce dérangement justement ", le devoir ultime de mes parents (MOÏSES et MARYSE) ne peut être aussi, qu' : " Une Ultime Thérapie Pour Sauver Leur Enfant " ? ""

"" " Leur Enfant " ; c'est-à-dire : moi MARYVONNE, quoi ! ""

"" Est-ce que c'est de leur faute, " ce dérangement " ? ""

"" Non ohn ! C'est de ma propre faute à moi-même, oui ! ""

"" " Que les mineurs (surtout les mineurs des localités : de " Guigo "; de " Guillodo " et des collectivités et localités environnantes de ces deux localités-là en question) ; les mineurs de toute la " Blondinie " ; les mineurs des territoires circonvoisins de la " Blondinie " ; et même les mineurs habitant jusqu'au-delà des montagnes les plus lointaines : ne peuvent : non seulement pas, assister à ces manifestations poétiques; ou plutôt : magiques, réservées en principe, aux adultes; mais aussi, et même surtout, que ces mineurs ne peuvent pas encore passer à la pratique, de ces manifestations ! ". Le délire, quoi ! """

"" Et dire aussi qu'avec " ce délire justement ", le devoir ultime de mes parents (MOÏSES et MARYSE) ne peut être aussi, qu' : " Une Ultime Thérapie Pour Sauver Leur Enfant " ? """

"" " Leur Enfant " ; c'est-à-dire : moi MARYVONNE, quoi ! """

"" Est-ce que c'est de leur faute, " ce délire " ? """

"" Non ohn ! C'est de ma propre faute à moi-même, oui ! """

"" " Mais que hélas !, toutes ces mises en garde ici, n'interpellent même pas efficacement à vrai dire, nombre de ces mineurs en question justement ! ". [Le névrosisme, quoi !]. """

"" Et dire aussi qu'avec " ce névrosisme justement ", le devoir ultime de mes parents (MOÏSES et MARYSE) ne peut être aussi, qu' : " Une Ultime Thérapie Pour Sauver Leur Enfant " ? """

"" " Leur Enfant " ; c'est-à-dire : moi MARYVONNE, quoi ! """

"" Est-ce que c'est de leur faute, " ce névrosisme " ? """

"" Non ohn ! C'est de ma propre faute à moi-même, oui ! """

"" " Car l'immoralité-oblige ! ". [La lypémanie, quoi !]. """

"" Et dire aussi qu'avec " cette lypémanie justement ", le devoir ultime de mes parents (MOÏSES et MARYSE) ne peut être aussi, qu' : " Une Ultime Thérapie Pour Sauver Leur Enfant " ? """

"" " Leur Enfant " ; c'est-à-dire : moi MARYVONNE, quoi ! """

"" Est-ce que c'est de leur faute, " cette lypémanie " ? """

"" Non ohn ! C'est de ma propre faute à moi-même, oui ! """

"" " Car la décadence morale-oblige ! [La mélancolie pathologique, quoi !] ". """

"« Et dire aussi qu'avec " cette mélancolie pathologique justement ", le devoir ultime de mes parents (MOÏSES et MARYSE) ne peut être aussi, qu' : " Une Ultime Thérapie Pour Sauver Leur Enfant " ? »"

"« " Leur Enfant " ; c'est-à-dire : moi MARYVONNE, quoi ! »"

"" Est-ce que c'est de leur faute, " cette mélancolie pathologique " ? ""

"" Non ohn ! C'est de ma propre faute à moi-même, oui ! ""

"« " Car la déchéance des mœurs-oblige ! [La mythomanie, quoi !]. ". »"

"« Et dire aussi qu'avec " cette mythomanie justement ", le devoir ultime de mes parents (MOÏSES et MARYSE) ne peut être aussi, qu' : " Une Ultime Thérapie Pour Sauver Leur Enfant " ? »"

"« " Leur Enfant " ; c'est-à-dire : moi MARYVONNE, quoi ! »"

"" Est-ce que c'est de leur faute, " cette mythomanie " ? ""

"" Non ohn ! C'est de ma propre faute à moi-même, oui ! ""

"« " Car les folies d'amour-obligent ! [L'hébéphrénie, quoi !]. ". »"

"« Et dire aussi qu'avec " cette hébéphrénie justement ", le devoir ultime de mes parents (MOÏSES et MARYSE) ne peut être aussi, qu' : " Une Ultime Thérapie Pour Sauver Leur Enfant " ? »"

"« " Leur Enfant " ; c'est-à-dire : moi MARYVONNE, quoi ! »"

"" Est-ce que c'est de leur faute, " cette hébéphrénie " ? ""

"" Non ohn ! C'est de ma propre faute à moi-même, oui ! ""

"" Et bien au contraire, nombre de ces mineurs-là en question justement, comme pour confirmer leurs folies d'amour qu'ils ont décidément eux également; ils n'hésitent point à répondre par exemple aux adultes : ""

"« " Que le café est servi ! ". [L'hallucination, quoi !]. ""

"« Et dire aussi qu'avec " cette hallucination justement ", le devoir ultime de mes parents (MOÏSES et MARYSE) ne peut être aussi, qu' : " Une Ultime Thérapie Pour Sauver Leur Enfant " ? »"

"« " Leur Enfant " ; c'est-à-dire : moi MARYVONNE, quoi ! »"

"" Est-ce que c'est de leur faute, " cette hallucination " ? ""

"" Non ohn ! C'est de ma propre faute à moi-même, oui ! ""

" " Que les beignets au gingembre sont également servis ! ". [L'obsession, quoi !]. ""

" Et dire aussi qu'avec " cette obsession justement ", le devoir ultime de mes parents (MOÏSES et MARYSE) ne peut être aussi, qu' : " Une Ultime Thérapie Pour Sauver Leur Enfant " ? ""

" " Leur Enfant " ; c'est-à-dire : moi MARYVONNE, quoi ! ""

"" Est-ce que c'est de leur faute, " cette obsession " ? ""

"" Non ohn ! C'est de ma propre faute à moi-même, oui ! ""

" Que les beignets au gingembre justement (surtout les mineurs des localités : de " Guigo "; de " Guillodo " et des collectivités et localités environnantes de ces deux localités-là en question) sont devenus une de leurs spécialités culinaires (Et pour cause ! L'effet " aphro " [aphrodisiaque]-oblige !) ". [Le ramollissement cérébral, quoi !]. ""

" Et dire aussi qu'avec " ce ramollissement cérébral justement ", le devoir ultime de mes parents (MOÏSES et MARYSE) ne peut être aussi, qu' : " Une Ultime Thérapie Pour Sauver Leur Enfant " ? ""

" " Leur Enfant " ; c'est-à-dire : moi MARYVONNE, quoi ! ""

"" Est-ce que c'est de leur faute, " ce ramollissement cérébral " ? ""

"" Non ohn ! C'est de ma propre faute à moi-même, oui ! ""

" " Qu'ainsi ces beignets au gingembre en question, consommés par le mâle surtout, l'effet-réplique; ou plutôt : l'effet-reprise, est immédiat; et qu'ainsi, l'humain féminin ne pouvait qu'en tirer partie, jusqu'à son épuisement; c'est-à-dire qu'avec ces beignets au gingembre justement, parfois, ce n'est même pas l'humain masculin qui s'épuise le premier ! [La névropathie, quoi !]. ". ""

˶« Et dire aussi qu'avec " cette névropathie justement ", le devoir ultime de mes parents (MOÏSES et MARYSE) ne peut être aussi, qu' : " Une Ultime Thérapie Pour Sauver Leur Enfant " ? ˮ»

˶« " Leur Enfant " ; c'est-à-dire : moi MARYVONNE, quoi ! ˮ»

˶˶ Est-ce que c'est de leur faute, " cette névropathie " ? ˮ»

˶˶ Non ohn ! C'est de ma propre faute à moi-même, oui ! ˮ»

˶« « Qu'ainsi, le mâle, même diminué, ne pourrait par conséquent que porter [en vue de nous exprimer de la sorte] la même " dévotion " que la femelle, en la matière ! ". [La nosophobie, quoi !]. ". ˮ»

˶« Et dire aussi qu'avec " cette nosophobie justement ", le devoir ultime de mes parents (MOÏSES et MARYSE) ne peut être aussi, qu' : " Une Ultime Thérapie Pour Sauver Leur Enfant " ? ˮ»

˶« " Leur Enfant " ; c'est-à-dire : moi MARYVONNE, quoi ! ˮ»

˶˶ Est-ce que c'est de leur faute, " cette nosophobie " ? ˮ»

˶˶ Non ohn ! C'est de ma propre faute à moi-même, oui ! ˮ»

˶« " Que le résultat des beignets au gingembre s'avérait être incontestablement étonnant de minutie; afin de ne guère dire : d'application !, non ohn ! [L'acrophobie, quoi !]. ". ˮ»

˶« Et dire aussi qu'avec " cette acrophobie justement ", le devoir ultime de mes parents (MOÏSES et MARYSE) ne peut être aussi, qu' : " Une Ultime Thérapie Pour Sauver Leur Enfant " ? ˮ»

˶« " Leur Enfant " ; c'est-à-dire : moi MARYVONNE, quoi ! ˮ»

˶˶ Est-ce que c'est de leur faute, " cette acrophobie " ? ˮ»

˶˶ Non ohn ! C'est de ma propre faute à moi-même, oui ! ˮ»

˶« " Bref, que toutes ces phrases ici, portent bel et bien, la signature " d'une hystérique amoureuse, appelée : Maryvonne KEVILER " ! ". [" L'anémophobie ", quoi !]. ˮ»

˝« Et dire aussi qu'avec " cette anémophobie justement ", le devoir ultime de mes parents (MOÏSES et MARYSE) ne peut être aussi, qu' : " Une Ultime Thérapie Pour Sauver Leur Enfant " ? ˝»

˝« " Leur Enfant " ; c'est-à-dire : moi MARYVONNE, quoi ! ˝»

˝" Est-ce que c'est de leur faute, " cette anémophobie " ? ˝"

˝" Non ohn ! C'est de ma propre faute à moi-même, oui ! ˝"

˝« Dire que quand ma mère MARYSE me laissait entendre que : "Lorsque tu serais devenue hystérique MARYVONNE; hystérique amoureuse; tu solliciterais par exemple, afin de te refugier et en vue d'essayer de t'échapper de cette hystérie; le concours des religions; alors qu'aujourd'hui (toi, comme moi-même MARYSE, ta mère d'ailleurs hein !), l'on boude éperdument les religions justement ! ". Et que moi MARYVONNE, je lui répondais que : " Et pourquoi pas ! Et surtout qu'à l'heure actuelle, dans certaines religions, des populations fragiles mentalement, telle que moi MARYVONNE [et je l'avoue finalement très solennellement]; des populations confrontées à des conditions matrimoniales morales, très difficiles, y sont par voie de conséquence, acceptées et surtout, entendues, jusqu'à la nuit tombée ! ". ». La catastrophe, quoi ! ˝»

˝« Et dire aussi qu'avec " cette catastrophe justement ", le devoir ultime de mes parents (MOÏSES et MARYSE) ne peut être aussi, qu' : " Une Ultime Thérapie Pour Sauver Leur Enfant " ? ˝»

˝« " Leur Enfant " ; c'est-à-dire : moi MARYVONNE, quoi ! ˝»

˝" Est-ce que c'est de leur faute, " cette catastrophe " ? ˝"

˝" Non ohn ! C'est de ma propre faute à moi-même, oui ! ˝"

˝« Dire que quand elle me laissait entendre que : " Pire encore, tu te mettrais carrément, à taguer dans des murs des immeubles, des dessins (Et avec quels matériaux ! Pas forcément en utilisant la technique de bombage hein ! Mais que, ça se pourrait que, ça seraient avec des matériaux justement qui n'auraient même point enfourché par exemple, le cheval du progrès; mais qu'avec toi, ça ne ferait rien ! Ça ne ferait rien; puisque, ça marcherait quand-même ! Mais seulement voilà, tu te mettrais à dessiner des tags; auxquels, tu donnerais toi-même, toutes les interprétations que tu voudrais genres : " ! """

"« Le bien fait du manioc, cet arbuste de référence pour ainsi dire, dans nombre de contrées du monde et notamment : dans les localités : de " Guigo "; de " Guillodo " et des collectivités et localités environnantes de ces deux localités-là en question ; c'est-à-dire : là où tes grands-parents paternels sont nés quoi ! Et en bref, notamment : chez des peuples : de toute la " Blondinie " ; chez des peuples habitant dans des territoires circonvoisins de la " Blondinie " ; et même chez des peuples habitant jusqu'au-delà des montagnes les plus lointaines ! """

"" Les interprétations, genre : """

"" Des manifestations de nombreux rites toujours dans nombre de ces localités africaines-là ! """

"" Les mômes participant à toutes ces activités rituelles, tout en les observant attentivement ! """

"" Et de cette manière, eux également, ils apportent leur petite contribution, à la perpétuité de leurs mœurs et coutumes ! """

"" Et surtout, de cette façon-là, la relève est garantie ! """

"" Mais seulement voilà, d'autres personnes, à part toi-même MARYVONNE, ne comprendraient point du tout, du tout, les messages diffusés par tous ces dessins, certes, pleins de significations ! """

"" Les observateurs, observeraient ces graffitis; ces tags et ces dessins, sous toutes leurs coutures : sous tous leurs angles et sous tous leurs aspects possibles; et ils se poseraient même tant de questions; genres : """

"" Est-ce que, ces graffitis; ces tags; ces --- ? """

Avant de " déparler ", MARYVONNE " déparlait ".

Après avoir " déparlé ", MARYVONNE " déparlait ".
Entre " les déparlés ", MARYVONNE " déparlait ".
Autrement explicité :

Avant " de devenir angoissée ", MARYVONNE " devenait angoissée ".

Après " avoir été angoissée ", MARYVONNE " devenait encore angoissée ".

Entre " les états d'angoisse ", MARYVONNE " devenait encore davantage angoissée ".

CHAPITRE : III

Maryvonne KEVILER continuerait de " gamberger " bougrement. Et dès lors, elle laisserait par exemple entendre à toutes celles et à tous ceux qui voudraient bel et bien " la déchiffrer " :

"" Est-ce que, ces graffitis; ces tags; ces dessins signifient les humains et leurs scènes quotidiennes ? ""

"" Est-ce que, ces graffitis; ces tags; ces dessins signifient les animaux et leurs scènes quotidiennes ? ""

"" Est-ce que, ces graffitis; ces tags; ces dessins signifient que MARYVONNE a réellement laissé filer JULIO ? ""

"" Est-ce que, ces graffitis; ces tags; ces dessins signifient JULIO est effectivement, bel et bien parti ? ""

"" Est-ce que, ces graffitis; ces tags; ces dessins signifient JULIO reviendra ? ""

"" Est-ce que, ces graffitis; ces tags; ces dessins signifient JULIO revient toujours ? ""

"" Est-ce que, ces graffitis; ces tags; ces dessins signifient MARYVONNE attendra ? ""

"" Est-ce que, ces graffitis; ces tags; ces dessins signifient MARYVONNE attend toujours ? ""

"" Est-ce que, ces graffitis; ces tags; ces dessins signifient JULIO ira chercher " d'autres muses " ? ""

"" Est-ce que, ces graffitis; ces tags; ces dessins signifient " des beautés " qui possèdent beaucoup de formes, lesquelles JULIO ira chercher ? ""

"« Est-ce que, ces graffitis; ces tags; ces dessins signifient qu'en matières " de conjointes ", JULIO va me faire des surprises ? »"

"« Est-ce que, ces graffitis; ces tags; ces dessins signifient qu'en matières de mégères, JULIO va aller avec MARYVONNE, des surprises, en surprises ? »"

"« Est-ce que, ces graffitis; ces tags; ces dessins signifient qu'en matières de " la vie hyménéale ", chacune et chacun des MARYVONNE et JULIO est en train de raconter tout simplement ses peines ? Ses peines d'amour ? Des peines d'amour qui ont même la dure description ? »"

"« Est-ce que, ces graffitis; ces tags; ces dessins signifient qu'en matières d'amour, dans les localités : de " Guigo "; de " Guillodo " et des collectivités et localités environnantes de ces deux localités-là, et même jusqu'au-delà des montagnes les plus lointaines, l'on se met à rigoler là, où en vérité, ça fait pleurer ? »"

"« Est-ce que, ces graffitis; ces tags; ces dessins signifient qu'en matières d'amour, dans les localités : de " Guigo "; de " Guillodo " et des collectivités et localités environnantes de ces deux localités-là, et même jusqu'au-delà des montagnes les plus lointaines, l'on se met à chialer là, où en vérité, ça fait rigoler ? »"

"« Est-ce que, ces graffitis; ces tags; ces dessins signifient qu'en matières d'amour, dans les localités : de " Guigo "; de " Guillodo " et des collectivités et localités environnantes de ces deux localités-là, et même jusqu'au-delà des montagnes les plus lointaines, l'on rigole, en vue de camoufler le chagrin qui est en train de se dérouler devant soi ? " Le chagrin d'amour ", à titre d'illustration ? »"

"" Est-ce que, ces graffitis; ces tags; ces dessins signifient que c'est une histoire de sensualité ? ""

"" Est-ce que, ces graffitis; ces tags; ces dessins signifient que c'est une histoire de mœurs et coutumes ? ""

"" Est-ce que, ces graffitis; ces tags; ces dessins signifient que c'est une histoire de la morale ? ""

"" Est-ce que, ces graffitis; ces tags; ces dessins signifient que c'est une histoire de la négritude ? ""

"" Est-ce que, ces graffitis; ces tags; ces dessins signifient que c'est une histoire du métissage des cultures ? ""

"" Est-ce que, ces graffitis; ces tags; ces dessins signifient que c'est une histoire de la complémentarité des valeurs ? ""

"" Ou : Est-ce que, ces graffitis; ces tags; ces dessins signifient que c'est une histoire du choc des valeurs ? ""

"« Est-ce que, ces graffitis; ces tags; ces dessins signifient que c'est une histoire " d'une marquise " qui voulait toujours dominer " son gentleman " ? "»

"« Est-ce que, ces graffitis; ces tags; ces dessins signifient que c'est une histoire " d'un paroissien " qui ne voulait pas être dominé par " sa paroissienne " ? "»

"" Est-ce que, ces graffitis; ces tags; ces dessins signifient que c'est une histoire de :

"" Mœurs et coutumes ? ""

"" Ajoutée : à une histoire de sensualité ? ""

"" Ajoutée : à une histoire de chagrin d'amour ? ""

"« Ajoutée : à une histoire " d'une floume " qui voulait toujours dominer " son zigue " ? "»

"« Ajoutée : à une histoire " d'un brave " qui n'acceptait guère de se laisser dominer par " sa frangine " ? "»

"" Ajoutée : à une histoire de la négritude ? ""

"" Ajoutée : à une histoire du métissage des cultures ? ""

"" Ajoutée : à une histoire de la complémentarité des valeurs ? ""

"" Ajoutée : à une histoire du choc des valeurs ? ""

"" Ajoutée : à une histoire d'effondrement nerveux ? ""

"" Et que l'on obtient au finish, une saga amoureuse, assez originale ? ""

"" Assez palpitante ? ""

"" Et assez croustillante ? ""

"" Laquelle demeurerait dans les mémoires des humains du monde entier, jusqu'à la fin de temps ? ""

"« Mais oui ih!, ma fille MARYVONNE, avec tout ça; et tout ça; et tout ça, tu deviendrais par voie de conséquence, " une vraie vedette internationale " ! Mais oui ih!, ces graffitis; ces tags; ces dessins ne peuvent donc que, signifier ça ah ! "»

˝« Ceux-ci dits, ma mère MARYSE ajouterait à mon attention : " Soyons sérieuses à présent ! D'où : --- ! ". ˝"

"" Les observateurs, observeraient ces graffitis; ces tags et ces dessins, sous tous leurs angles et sous tous leurs aspects possibles; et ils se poseraient même tant de questions; genres : ""

"" Est-ce que, ces graffitis; ces tags; ces dessins signifient de l'eau ? ""

"" Est-ce que, ces graffitis; ces tags; ces dessins signifient du feu ? ""

"" Est-ce que, ces graffitis; ces tags; ces dessins signifient la forêt ? ""

"" Est-ce que, ces graffitis; ces tags; ces dessins signifient la pluie ? ""

"" Est-ce que, ces graffitis; ces tags; ces dessins signifient des localités " de la Blondinie " ? ""

"" Est-ce que, ces graffitis; ces tags; ces dessins signifient des collectivités " de la Blondinie " ? ""

"" Est-ce que, ces graffitis; ces tags; ces dessins signifient des localités les plus reculées " de la Blondinie " ? ""

"" Est-ce que, ces graffitis; ces tags; ces dessins signifient des collectivités les plus éloignées " de la Blondinie " ? ""

"" Est-ce que, ces graffitis; ces tags; ces dessins signifient : et cætera … ? ""

"" Mais seulement voilà, toutes ces questions resteraient sans réponse ! ""

"" Toutes ces questions resteraient sans réponse; car à par toi-même MARYVONNE leur auteur, toutes les autres personnes ne pigeraient rien à rien ! ""

˝« Et à ce moment-là, toutes ces autres personnes en question, ne pourraient par conséquent, que conclure tout simplement : "Que tu serais devenue effectivement maboule; et que de ce fait, ta place s'avérerait inexorablement être dorénavant, " dans un asile psychiatrique " ! ". Et que moi MARYVONNE, je lui répondais que : " Et alors ! Dans un asile psychiatrique, ce sont des humains comme moi MARYVONNE que l'on y enferme; en vue de les traiter hein ! Et ce ne sont donc pas d'animaux, que je sache moi ah ! [La monomanie, quoi !]. »"

˝« Et dire aussi qu'avec " cette monomanie justement ", le devoir ultime de mes parents (MOÏSES et MARYSE) ne peut être aussi, qu' : " Une Ultime Thérapie Pour Sauver Leur Enfant " ? ˝»

˝« " Leur Enfant " ; c'est-à-dire : moi MARYVONNE, quoi ! ˝»

"" Est-ce que c'est de leur faute, " cette monomanie " ? ""

"" Non ohn ! C'est de ma propre faute à moi-même, oui ! ""

"" Et maintenant, où j'en suis dans toute cette histoire en question ? ""

"" Aux portes d'un asile psychiatrique justement ! ""

"" Quelle histoire !""

"" Dire qu'un bon certain jour, alors que, la petite sœur de lui JULIO était venue à l'improviste, en vue de nous rendre une visite courtoise ! Mais que, moi MARYVONNE, je l'avais injustement et surtout, impitoyablement virée de chez nous ! Et que, quand son grand-frère intercédait en sa faveur, moi je me mettais à l'insulter par exemple : ""

˝« "Fils de chausson !" ˝»

˝« "Fils de langouste" !" ˝»

"" Et l'on en passe et des meilleurs ? ""

"" Alors qu'il n'avait et pourtant rien fait de mal qui puisse justifier des telles insultes !""

"" Quelle histoire ! La maladie mentale, quoi ! ""

˝« Et dire aussi qu'avec " cette maladie mentale justement ", le devoir ultime de mes parents (MOÏSES et MARYSE) ne peut être aussi, qu' : " Une Ultime Thérapie Pour Sauver Leur Enfant " ? ˝»

˝« " Leur Enfant " ; c'est-à-dire : moi MARYVONNE, quoi ! ˝»

"" Est-ce que c'est de leur faute, " cette maladie mentale " ? ""

"" Non ohn ! C'est de ma propre faute à moi-même, oui ! ""

"" Dire qu'à chaque fois ma maman me faisait des remontrances au sujet de mes très, très mauvaises habitudes; moi MARYVONNE de mon côté, je sentais aussi à chaque fois des indescriptibles courroux monter en moi, contre elle ! et que : ""

"" Et que je lui répondais : ""

"" Tu ne voudrais vraiment pas me comprendre hein !, maman ! ""

"« « " Tu ne voudrais vraiment pas comprendre ta propre fille hein !, maman ! ". Lui disais-je un bon certain jour, moi ". ! Le déséquilibre, quoi ! ""

"« Et dire aussi qu'avec " ce déséquilibre justement ", le devoir ultime de mes parents (MOÏSES et MARYSE) ne peut être aussi, qu' : " Une Ultime Thérapie Pour Sauver Leur Enfant " ? ""

"« " Leur Enfant " ; c'est-à-dire : moi MARYVONNE, quoi ! ""

"" Est-ce que c'est de leur faute, " ce déséquilibre " ? ""

"" Non ohn ! C'est de ma propre faute à moi-même, oui ! ""

"" Ceci dit, maman m'avait accompagnée de son regard; elle m'avait dévisagée, tout en étant complètement déboussolée ! ""

"" Je me rappelle que très franchement, si ma mémoire ne me joue pas un mauvais tour, jamais auparavant, je ne l'avais observée être complètement abasourdie de cette manière-là ! [L'extravagance affichée par moi MARYVONNE, quoi]. ! ""

"« Et dire aussi qu'avec " cette extravagance affichée par moi MARYVONNE justement ", le devoir ultime de mes parents (MOÏSES et MARYSE) ne peut être aussi, qu' : " Une Ultime Thérapie Pour Sauver Leur Enfant " ? ""

"« " Leur Enfant " ; c'est-à-dire : moi MARYVONNE, quoi ! ""

"" Est-ce que c'est de leur faute, " cette extravagance affichée par moi MARYVONNE " ? ""

"" Non ohn ! C'est de ma propre faute à moi-même, oui ! ""

"" Et pourtant, elle ne faisait que me prodiguer des très importants conseils; lesquels, une maman est sensée par exemple, de prodiguer à sa fille, pour le bonheur de celle-ci justement ! [La psychose de ma part, quoi !]. ""

"« Et dire aussi qu'avec " cette psychose de ma part justement ", le devoir ultime de mes parents (MOÏSES et MARYSE) ne peut être aussi, qu' : " Une Ultime Thérapie Pour Sauver Leur Enfant " ? ""

˝« " Leur Enfant " ; c'est-à-dire : moi MARYVONNE, quoi ! »˝

˝˝ Est-ce que c'est de leur faute, " cette psychose de ma part " ? »˝

˝˝ Non ohn ! C'est de ma propre faute à moi-même, oui ! »˝

˝« Pour cela, elle avait compris indubitablement; fermement et définitivement : Qu'est-ce qui se déroulait au juste décidément, dans mon cerveau : " la folie "; " la folie d'amour " ! »˝

˝« Et dire aussi qu'avec " cette folie d'amour justement ", le devoir ultime de mes parents (MOÏSES et MARYSE) ne peut être aussi, qu' : " Une Ultime Thérapie Pour Sauver Leur Enfant " ? »˝

˝« " Leur Enfant " ; c'est-à-dire : moi MARYVONNE, quoi ! »˝

˝˝ Est-ce que c'est de leur faute, " cette folie d'amour " ? »˝

˝˝ Non ohn ! C'est de ma propre faute à moi-même, oui ! »˝

˝« Ma maman MARYSE avait par ailleurs, gardé son calme, en vue de continuer de s'adresser aussi sûrement; aussi efficacement et de façon aussi déterminée, à sa " pauvre " fille, fragile, psychologiquement parlant ! »˝

˝« Maman avait compris que cela faisait déjà une belle lurette que j'étais devenue en fait : " une fatma insupportable " ; laquelle " fatma insupportable justement ", ne voulait plus rien, rien, rien et rien supporter du tout, du tout; laquelle " fatma insupportable justement ", ne voulait plus supporter : ni son propre fils LUCILIAN; ni " son pistolet JULIO " (sauf en matière " des rapports vénériens ", bien entendu); ni la famille et les amis de celui-ci; et ni elle-même (c'est-à-dire : moi-même MARYVONNE; d'où : ni elle-même) et également son entourage (l'entourage d'elle-même) ! »˝

˝˝ Maman avait compris que cela faisait déjà une belle lurette que je me mettais à pourrir la vie des autres (et notamment : la vie de ceux-là-mêmes qui me sont proches; et que j'aime et pourtant considérablement) ! »˝

˝« Même " le pauvre " môme LUCILIAN, en faisait énormément les frais ! »˝

"" Démonstration : Un bon certain jour; un bon certain dimanche matin, alors qu'il ne faisait que me rappeler avec un très, très grand plaisir, de ne pas oublier comme quoi, que l'on irait à Rueil-Malmaison, rendre visite à ses grands-parents, comme je le lui avais moi-même sa maman, promis ! ""

"" Alors-là, j'avais piqué une de ces crises-là ! ""

"" Et je lui avais sèchement répliqué d'un ton, non moins cassant ! ""

"" Tu vas à présent me ficher un peu la paix ! ""

"" Tu n'as qu'à dire à ton flegmatique papa de t'y amener ! ""

"" Mais quant-à moi ta mère, même si je te l'avais et pourtant promis moi-même; mais néanmoins à présent, je ne veux plus le faire ! ""

"" Ce faisant, LUCILIAN m'accompagnait de son regard ! Il me dévisageait d'une manière, l'on dirait qu'il était tout d'un seul coup, devenu tout désemparé ! ""

"" Pendant un bon moment, LUCILIAN n'arrêtait plus de me regarder ! Et même, lorsqu'il avait apparemment arrêté de le faire ! Mais, en vérité, il n'arrêterait plus de m'épier, avant longtemps ! ""

"" LUCILIAN m'épierait de telle manière, que l'on pourrait imaginer qu'il ne me reconnaissait même plus ! ""

"" L'on pouvait seulement conclure, en l'observant : qu'à l'intérieur de lui-même, il avait désormais la trouille de mes agissements ! ""

"" Et que par voie de conséquence, il en avait été très, très triste ! ""

"" Il en avait été très, très triste; à tel point qu'il avait décidément la frousse de pouvoir m'adresser encore la parole, pendant longtemps ! ""

"" Et pour cela, quand il n'était pas en dehors de notre appartement; il passait dorénavant son temps, bien cloîtré dans sa chambre ! ""

"" LUCILIAN avait très bien compris que sa maman était tout simplement devenue invivable ! ""

"« Quant-à son papa JULIO, il faudrait le reconnaître, que " le pauvre " n'avait vraiment guère du tout, du tout, eu de la chance avec moi MARYVONNE ! »"

"" J'étais pour ainsi dire, quasiment tout le temps, sur les nerfs, à chaque fois, que je me retrouvais dans notre appart, avec lui ! ""

˝« Et je croyais que le remède en vue de pouvoir quitter un tel état d'esprit, se manifestant sous forme, des très, très fortes crises d'angoisse : c'était inéluctablement, de s'adonner ; ou plutôt : de s'offrir " l'un de ces besoins biologiques naturels lubriques-là ", dans le cas où " mon anthropoïde JULIO " se retrouverait avec moi dans la demeure ! Ou sinon : dur, dur, dur pour moi MARYVONNE ! »˝

˝« Au début, ça marchait ! Et par voie de conséquence, mes incessantes et récurrentes très, très fortes crises incurables, d'angoisse ; dont je souffrirais sévèrement, s'estompaient aussi nettes, pendant le temps d'une trêve, de durée assez variable, d'ailleurs ! D'où, je pourrais dire que ça marchait ! »˝

"" Ça marchait même pendant assez longtemps, impeccablement ! ""

˝« Puis, mes incessantes et récurrentes très, très fortes crises incurables, d'angoisse ne s'estompaient quasiment plus ! Et de surcroît, moi MARYVONNE, je devenais de plus en plus " assoiffée " " de la chose " ; " de la chose psychanalytique " pour moi MARYVONNE, en tout cas ! »˝

˝« Je devenais de plus en plus " assoiffée " " de la chose "; à tel point, que, comme chez les animaux, je ne respectais même pas des gens qui venaient nous rendre et pourtant gentiment, visite, dans notre demeure ! »˝

"" Je n'arrivais plus à me maîtriser ! ""

"" Ce faisant, quand j'avais envie d'aller avec JULIO; alors, même si nous avions des visiteurs chez nous; je m'en fichais éperdument; et par voie de conséquence, j'y fonçais ! ""

"" Et j'y fonçais tellement; à tel point que JULIO n'arrêtait plus du tout, du tout, de ressentir une honte et une haine en même temps : jaillir en lui, quoi ! ""

"" Une honte à l'égard de ces visiteurs qui venaient chez nous; et lesquels nous observaient finalement avec médisance ! ""

"" Et une haine en même temps contre moi MARYVONNE qui provoquais; et qui n'arrêtais pas de provoquer justement cette honte ! ""

"" Ce faisant, JULIO avait fini par craquer ! ""

˝« C'est vrai que ce n'était en aucun cas de sa faute à " lui mon gentilhomme JULIO " ! Et par conséquent, il faudrait, à vrai dire le comprendre ! Mais quand-même, je n'y suis à vrai dire (aussi) pour rien hein !, " moi sa vachasse

MARYVONNE " ! C'est à cause de mes incessantes et récurrentes très, très fortes crises incurables, d'angoisse ; dont je souffre sévèrement depuis l'enfance hein ! """

"" Lorsque j'y pense; et j'y repense encore; j'éprouve par voie de conséquence en moi : une sacrée flétrissure ! ""

"" J'éprouve par voie de conséquence en moi : une sacrée honte, mais aussi, une sacrée tristesse ! ""

"" Or, si j'avais écouté les derniers conseils de ma mère, tous ceux-ci, ne seraient guère arrivés ! ""

"" Mais seulement voilà, moi MARYVONNE, je ne voulais écouter des conseils de personne; et je n'en faisais qu'à ma tête ! ""

"" Ma maman avait vraiment essayé comme elle le pouvait, de m'aider ! ""

"" Mais seulement voilà, une personne stupide et entêtée que je suis moi MARYVONNE; et je le reconnais ! ""

"" Je ne l'écoutais point; et elle ne pouvait plus rien faire d'autre, que : de me laisser finalement me dépatouiller toute seule dans mes problèmes ! ""

"" En tout cas, quand j'y pense; et j'y repense encore à ça ah ! J'éprouve par voie de conséquence en moi : une sacrée turpitude ! ""

"" Ma maman ne se gênerait par exemple même pas du tout, du tout, à m'avouer, qu'elle se demandait même; et cela, à maintes reprises : ""

"« Comment " ce pauvre JULIO " t'a-t-il supportée tant d'années comme ça, avec moi MARYVONNE ? »"

"" C'est vrai que finalement, même moi-MARYVONNE, je me le demande encore et encore aussi ! ""

"" Ma maman ne se gênerait par exemple même pas du tout, du tout, à m'avouer, qu'elle se demandait même; et cela, à maintes reprises : ""

"« Comment " ce miséreux JULIO " ne pouvait-il pas fuir bien avant, " une congaye " se trouvant en permanence, sur des nerfs ! »"

"« Comment " ce misérable JULIO " ne pouvait-il pas fuir bien avant, " un tas nommé MARYVONNE " se trouvant constamment hors d'elle ! »"

"« Comment " ce pauvret JULIO " ne pouvait-il pas fuir bien avant, " un saucisson nommé MARYVONNE " qui aurait perdu le contrôle de sa vie de cette façon-là ! »"

˝« Comment " ce pouilleux JULIO " ne pouvait-il pas fuir bien avant, " un veau nommé MARYVONNE " qui lui accablait ainsi constamment et injustement, des maints et interminables reproches ! »˝

˝« Comment " ce prolétaire JULIO " ne pouvait-il pas fuir bien avant, " un ticket nommé MARYVONNE " qui à vrai dire, refusait de le sentir, mis à part, aux moments de vouloir satisfaire ses envies -libidinales effrénées ! »˝

˝« Comment " ce purotin JULIO " ne pouvait-il pas fuir bien avant, " une bringue " qui n'arrive même pas à trouver le temps de s'occuper de son fils LUCILIAN ! »˝

˝« Comment " ce dépourvu JULIO " ne pouvait-il pas fuir bien avant, " une cavette " dont la moindre petite contrariété par exemple, la faisait pour ainsi dire " criser ", au quart de tour ! »˝

˝« Comment " ce loqueteux JULIO " ne pouvait-il pas fuir bien avant, " un brancard nommé MARYVONNE " qui n'arrête pas de lui faire injustement, des scènes de ménage ! »˝

˝« Comment " cet impécunieux JULIO " ne pouvait-il pas fuir bien avant, " une damoche " qui, de ce fait, ne supporte guère qu'on lui fasse la morale ! »˝

˝« Comment " ce besogneux JULIO " ne pouvait-il pas fuir bien avant, " une poule " qui ne supporte point qu'on lui fasse des réflexions, au sujet de ses très, très mauvais caractères ! »˝

˝« Comment " ce cas social JULIO " ne pouvait-il pas fuir bien avant, " une souris " qui n'a aucune volonté de vouloir bonifier ses habitudes ! »˝

˝« Comment " ce fauché JULIO " ne pouvait-il pas fuir bien avant, " une nana " qui n'arrive même pas à se donner la ferme volonté, de s'en sortir, mentalement parlant ! »˝

˝« Comment " ce gueux JULIO " ne pouvait-il pas fuir bien avant, " une égérie " qui n'arrive même pas à se sortir de cette spirale infernale ! »˝

˝« Comment " cet indigent JULIO " ne pouvait-il pas fuir bien avant, " une frangine " qui n'arrive même pas à se sortir de cette spirale infernale; dont elle s'est enfermée et pourtant elle-même ! »˝

˝« Comment " ce marmiteux JULIO " ne pouvait-il pas fuir bien avant, " une muse " dont, une fois que ses crises d'hystéries amoureuses soient passées; qu'on lui demande : Le pourquoi du fait, elle s'était ainsi comportée

? Elle ne sait quasiment même plus quoi pouvoir répondre, en attendant la survenue de la prochaine crise; laquelle ne tarde même pas, à venir en principe; ou plutôt : à revenir en principe ! """

"" Comment " ce nécessiteux JULIO " ne pouvait-il pas fuir bien avant, " une Ève " qui ne parvenait même point à lire l'expression-même du visage de sa mère MARYSE; laquelle en fait, ne faisait que faire, n'importe quoi, en vue de parvenir enfin, à aider comme il le fallait vraiment, " son prix de Diane " dépressif [son prix] et caractériel [son prix] ! """

"" Comment " ce râpé JULIO " ne pouvait-il pas fuir bien avant, " une mousmé " qui n'arrête guère d'hurler après " son bougre ", sans des motifs véritables ! """

"" Comment " ce panné JULIO " ne pouvait-il pas fuir bien avant, " une moukère " qui ne savait même pas lire sur le visage de " son luron en question ", toute la lassitude qu'il éprouvait, par suite de ses très, très mauvais caractères ! """

"" Comment " ce gêné JULIO " ne pouvait-il pas fuir bien avant, " une laitue " qui ne savait même pas lire sur le visage de " son mec en question ", toute la lassitude qu'il éprouvait, par suite de ses crises hystériques à répétition ! """

"" Comment " ce démuni JULIO " ne pouvait-il pas fuir bien avant, " une loute " qui, quasi-permanemment, n'a même pas ou plus sa tête, avec elle ! """

"" Comment " ce malheureux JULIO " ne pouvait-il pas fuir bien avant, " une pépée " qui ne pouvait même pas piger tant soit peu, que lui " son moineau ", se trouvait-là, vraiment être, à bout du supportable ! """

"" Comment " ce minable JULIO " ne pouvait-il pas fuir bien avant, " une poupée " qui voulait (avec cette allure qu'elle menait dans leur vie hyménéale), lui rendre, lui " son oiseau en question ", également : fou ! """

"" Comment " cet humble JULIO " ne pouvait-il pas fuir bien avant, " une ministre " qui ne comprenait même pas, que " son gars en question ", n'éprouvait même plus finalement de la force, afin d'aller avec elle, jusqu'à la mairie, en vue de se marier ! """

"" Comment " ce sans-le-sou JULIO " ne pouvait-il pas fuir bien avant, " une moitié " qui ne pigeait guère, que " son gentleman " n'en pouvait vraiment plus; mais que, quant-à elle, fidèle à elle-même, elle ne faisait que continuer de lui faire voir, de toutes les couleurs ! ""

"« Comment " ce traîne-misère JULIO " ne pouvait-il pas fuir bien avant, " une légitime " qui ne saisissait même pas, que vu, que " son paradigme JULIO " justement, s'était résolu finalement, à ne plus du tout, du tout, ou presque, à lui dire quoi que ce soit; que c'était donc-là : un des signes avant-coureurs, de sa fuite ! ""

"« Comment " ce traîne-savates JULIO " ne pouvait-il pas fuir bien avant, " une régulière " qui ne saisissait même pas, que vu, que " son miroir JULIO " justement, s'était résolu finalement : que, quand il n'avait même pas de démarches quelconques à faire dehors; mais qu'il sortait quand-même; et que, lorsqu'il ne bossait pas la nuit dans son travail de gardiennage; qu'il préférait quand-même malgré lui, traîner longtemps dehors; et par conséquent, rentrer très, très tard chez eux; afin d'éviter d'avoir, à endurer des scènes qu'il aurait eu droit, à endurer; si toutefois, il rentrait avant; que c'était-là : un autre des signes avant-coureurs, de sa poudre d'escampette; et : un autre des signes avant-coureurs, de séparation (et cela va sans dire !). ""

"« Comment " ce traîne-semelles JULIO " ne pouvait-il pas fuir bien avant, " une compagne " …/…; et cætera … ! ""

"« Comment " ce va-nu-pieds JULIO " ne pouvait-il pas fuir bien avant, " une bobonne " …/…; et cætera … ! ""

"« Comment " ce sans-un sous JULIO " ne pouvait-il pas fuir bien avant, " une lesbombe " …/…; et cætera … ! ""

"« En tout cas, lorsque je pense; et que je repense encore à tous ceux-ci; je me dis vraiment, que : j'avais franchement perdue " ma boussole "! ""

"" J'avais franchement perdue ma tête! Si toutefois, je l'ai déjà retrouvée ! Ce qui m'étonnerait énormément ! ""

"" En tout cas, quand je pense; et que je repense encore à tous ceux-ci; je me dis vraiment : j'étais véritablement devenue folle ! ""

"" J'étais véritablement devenue folle ! Si toutefois, je me suis déjà guérie ! Ce qui m'étonnerait considérablement ! ""

"" En tout cas, quand je pense; et que je repense encore à tous ceux-ci; je m'en veux ! ""

"" D'ailleurs, je continuerais encore et encore pendant assez longtemps, de m'en vouloir ! ""

"" Combien de temps mettrais-je encore, à continuer de m'en vouloir ainsi ? ""

"" Une semaine ? ""

"" Plusieurs semaines ? ""

"" Un mois ? ""

"" Plusieurs mois ? ""

"" Une année ? ""

"" Plusieurs années ? ""

"" Combien de temps au juste ? ""

"" Peut-être bien qu'effectivement, je mettrais plusieurs années à continuer de m'en vouloir ainsi ? ""

"" Il est vraiment parti pour lui ! ""

"" Comme ça ah ! ""

"" JULIO est vraiment parti pour lui ! ""

" Dire que ma maman Maryse me disait : " A ce moment – là ma fille Maryvonne, tu seras troublée ! Et conséquemment, sans pour autant te gêner tant soit peu; tu vas par exemple effectuer des dessins; des tags ; autres signatures et surtout, tu vas réciter: " des récits – poétiques – fleuves " ou " des épopées – fleuves " ; avec des bombages ou avec d'autres produits de peintures, sur des surfaces extérieures ou non, des murs d'immeubles ! ""

" Tous ces graffitis ; tous ces tags et autres signatures ; tous ces " des récits – poétiques – fleuves " ou " des épopées – fleuves " ; bref : toute ta folie se transformera tout simplement en merveille ou en virtuose d'écoutes pour des multiples badauds ou mieux encore : toute ta schizophrénie se transformera tout naturellement en prodige ou en chef – d'œuvre littéraire pour des multitudes lecteurs dans le monde. Et ainsi ma fille Maryvonne, tu seras incontestablement, mondialement connue et par la même occasion : les villages de Guigo et de Guillodo et même toute la contrée de " la Blondinie " avec, quoi ! """

"" En bref, et surtout, avec tous " ces delirium tremens ", sortis donc déraisonnement de ta bouche ma fille Maryvonne, tu vas devenir la schizophrène la plus impressionnante et la plus fameuse du monde ; tu vas donc devenir " une folle célèbre ", mondialement connue. Et, et, et, et, et sans oublier " ton héros Julio Fernandez " avec. " Avec " bien entendu aussi, tout ça, et tout ça, et tout ça, et tout ça, et tout ça dont il y contribue considérablement. """

"""" Mais je ne l'écoutais même pas ! """"

"" Et oui ! Quand tout " s'affolit " ; tout s'affole, quoi !
Quand tout " ne s'affolit pas " ; tout ne s'affole pas, quoi ! """

"" [" Sh ' ui "] devenue une frapadingue qui bouleverse les conventions mentales, quoi ; et justement ça ah !, ça merveille la schizophrénie ! La schizophrénie gargantuesque, comme celle de la mienne, quoi ! """

"" Seulement voilà, JULIO a fait la belle ! Et ça ah !, c'est vraiment une nette situation désespérée pour moi MARYVONNE ! Or, à " une nette situation désespérée " ; " la santé mentale, désespérée " ! """

"" Puisqu'il faudrait absolument en ce moment-ici à mes parents à moi MARYVONNE, de trouver " Une Ultime Thérapie Pour Sauver Me Enfant ", de toutes ses déprimes justement ! """

"" Si c'était à recommencer : Le mieux aurait été dans " la perspective de la veine " ; ou plutôt : " dans la veine de la perspective " : que lui JULIO ne puisse par exemple, même pas soulever " cette question de " " la poudre d'escampette ". Et ainsi, " le statu quo " " aurait été total ". Mais là franchement ce qu'il vient de faire ; cela témoigne manifestement l'amertume qu'il ressentait envers moi MARYVONNE ! Je déteste cette amertume en question. J'ai un goût amer de cette amertume ! """

"""" JULIO est vraiment parti pour lui ! """"

"« Dire que ma tante Henriette Mafuta KEMVILA me laissait entendre que : " Et là, c'est radical ! C'est radical dans deux sens : À savoir, si " ce fils d'Adam en question " connaît les mœurs " blondiniennes " ! Là, tu lui fais radicalement accéder illico, à ta demande ! À savoir par contre que, s'il ne connaît guère ces mœurs, là tu le fais aussi radicalement fuir quasi-illico ! " ». Et moi MARYVONNE, " l'on dirait franchement ", que je ne comprenais même pas ce que cela signifiait ! La preuve : j'ai fait aussi radicalement fuir quasi-illico " mon noble JULIO " ! [" L'enragerie ", quoi !]. Oui ih !, " mon noble homme JULIO " s'est bel et bien enfui ! Mais qu'est-ce que je vais faire ! Où je vais commencer à le chercher ""

"" Mais il est vraiment parti pour lui ! ""

"" Comme ça ah ! ""

"" Mais JULIO est vraiment parti pour lui ! ""

"" JULIO est parti ! ""

"" Quelle histoire ! ""

"" Quel amour brisé ! ""

"" Quel gâchis ! ""

"" Quel immense gâchis ! ""

"" Quoi faire ? ""

"" Me laisser mourir ? ""

"" Avec un tel acte posé délibérément, là : nombre de connaisseurs (même : sans foi religieuse quelconque) savent que l'on ne progresserait guère du tout, du tout, de cette façon-là, sur le chemin très, très sinueux de la transmigration des âmes, d'un corps, dans un autre ! ""

"" J'aurais pu construire une grande famille avec lui ! ""

"" Maintenant, c'est fichu ! ""

"" Et rien qu'en y pensant et en y repensant, j'ai envie pour ainsi dire : de me dégueuler moi-même ! ""

"" Et rien qu'en y pensant et en y repensant, j'ai véritablement envie : de me gerber moi-même ! ""

"" J'ai vraiment mal moralement ! ""

"" J'ai vraiment mal mentalement ! ""

"" Qu'est-ce que je vais réellement faire à présent ? ""

"" Me laisser réellement mourir ? ""

"" Avec un tel acte posé délibérément, là-encore : nombre de moralistes (même : sans croyance religieuse quelconque) savent que l'on ne progresserait point du tout, du tout, de cette manière-là, sur le chemin très, très tortueux de la transmigration ou de la réincarnation ! ""

"« Franchement, comment pouvoir mettre le holà, à cette très, très triste situation qui arrive dans ma vie, sans la présence à mes côtés, de " mon honnête homme JULIO " ? "»

"« Mais franchement, comment parvenir effectivement à rétablir de l'ordre dans ma vie, sans la présence à mes côtés, de " mon gentilhomme Julio FERNANDEZ " ? "»

"" Qu'est-ce que je vais réellement faire à présent ? ""

"" Mais qu'est-ce que je vais réellement faire maintenant ? ""

"" Si et seulement si, j'avais écouté les ultimes conseils de ma mère ! ""

"" En tout cas, que mes parents (MOÏSES et MARYSE) me le retrouvent ! ""

"« J'aurais et pourtant mieux fait de suivre par exemple, des ultimes conseils de ma maman MARYSE ; lorsqu'il ne semblait pas encore être vraiment trop tard, pour le faire ! Et ainsi, je n'aurais même pas eu à me dire à moi-même : " En tout cas, que mes parents (MOÏSES et MARYSE) me le retrouvent ! ". "»

! ". "»

"« Mais qu'est-ce que je vais faire au juste avec un tel chagrin d'amour que j'éprouve actuellement ? Est-ce que je vais réellement faire recours à ma maman MARYSE justement et à " son gonze MONZE ", afin de s'affairer à : " Une Ultime Thérapie Pour Sauver Leur Enfant " ? Pour sauver leur enfant Maryvonne KEVILER, que je suis ? " Mais qu'est-ce que je vais faire au juste ! ". "»

"« En tout cas, qu'on retrouve, " mon concubin JULIO " ; et puis, c'est bon ! "»

"« " Et puis, c'est bon " ! Car, j'appliquerais décidément les ultimes conseils de ma mère ! "»

"" Humm mm ! À présent que c'est bel et bien trop tard, hein ! Et voire : que c'est trop, trop tard; et moi MARYVONNE, je suis prête à suivre des ultimes conseils de ma mère ! ""

"" Enfin ! ""

"" Qu'on me le retrouve quand-même; et ensuite, l'on verra bien, ce que ça donnera ! ""

"« Qu'on me retrouve " mon gentleman Julio FERNANDEZ " ! "»

"" Si on ne me le retrouve plus ! Alors dans ce cas-là, je préférerais encore, me laisser carrément mourir; et tant pis pour la question du chemin très, très sinueux de la métempsycose ! " " ". ".

Et cette même nuit-là où JULIO s'était sauvé, et avant de pouvoir s'endormir, Maryvonne KEVILER se demandait et se redemandait encore et encore toute seule ; et même : elle se dirait ; et elle se redirait assez souvent d'ailleurs ; et ceux-ci, pendant plusieurs jours ; pendant plusieurs semaines ; et même : pendant plusieurs mois :

"» " " Mon homme d'honneur JULIO " s'est réellement sauvé ! " " " ".

"» " À savoir qu'avec moi " le café au lait " MARYVONNE, chaque " charmant " est " superlatif " ; et chaque " superlatif " est " charmant ". "»

"« Et ainsi, l'on procède avec moi " la Descendante Parisienne " MARYVONNE : " des charmants ", en " superlatifs " ; et " des superlatifs ", en " charmants ". "»

"« Et ainsi, " des charmants " et " leurs superlatifs ", ont depuis des lustres été " un mystère " pour moi " la métisse " MARYVONNE. "»

"« Moi " l'Arrière-Descendante Kinoise " MARYVONNE, j'avais décidé de choisir " ce mystère-ici " (; lequel pour moi justement, s'avérerait être-là, beaucoup plus efficace, que n'importe quelle autre mode thérapeutique existante), en vue de pouvoir apaiser mes très, très fortes crises récurrentes et incurables d'angoisse ; même si à vrai dire "" l'auto-psychanalyse pensée : être allurale ", (comme étant : " démarche psychothérapique : pesée être allurée " ; ou plutôt : comme étant : " une technique psychanalytique : soupesée être exquise et surtout incomparable " ", utilisée par moi " l'hybride " MARYVONNE ; [n'est] " qu'illusion cosmique " ; ou plutôt : [n'est] " qu'illusion mystique " ; puisque, n'importe comment, mes crises en question ne peuvent absolument pas : ne point être récurrentes et surtout incurables. Elles reviennent toujours et encore toujours, au galop. ""

"" Selon moi " la Trilingue " MARYVONNE, " ce mystère-là ", c'est tout simplement " une illusion mystique parfaite ". ""

"" Selon moi " la mulâtresse " MARYVONNE, ce mystère-là, se retrouve être tout simplement à la frontière de " l'irréel " et du " réel ". ""

"" De " l'irréel " ; c'est parce que quand " cette illusion mystique parfaite-là " manque, moi " la nymphomane " MARYVONNE, j'ai l'impression que cela me procure impérativement, toutes les peines du monde ; et par voie de conséquence, je me sens très, très mal dans ma peau. ""

"" Du " réel " ; c'est parce que, paradoxalement quand " cette illusion mystique parfaite-là " est belle et bien présente ; cela me procure à moi " la nymphomane torride " MARYVONNE, systématiquement, toutes les joies du monde également ; et par voie de conséquence, je me sens très, très bien aussi, dans ma peau. ""

"" Selon moi " la névrosée " MARYVONNE, effectivement, plus que toute autre mode thérapeutique existante, " ce mystère-là en question " ; ou plutôt : " cette illusion mystique parfaite-là " possède incontestablement, le pouvoir de freiner tout au moins en tout cas, pendant une durée, allant des : quelques bonnes secondes ; quelques bonnes minutes ; à quelques bonnes heures : mes très, très fortes crises d'angoisse, récurrentes et incurables. ""

"" Selon moi " la névrosée compulsionnelle " MARYVONNE, " ce mystère-là en question ", c'est tout simplement très bon. ""

"" Selon moi MARYVONNE, " la Sulamite hystérique de la pire espèce qui puisse donc exister " : " ce mystère-là en question ", c'est tout simplement très beau. ""

"" Selon moi " la Célimène " MARYVONNE : " ce mystère-là en question ", c'est tout simplement mon rayon de soleil. ""

"" Mais concrètement pour moi MARYVONNE, " la Dalila ", cela rime à quoi au juste ? ""

"" Concrètement pour moi " la Jeanne d'Arc " MARYVONNE, cela rime à " une obéissance aveugle, de mon instinct primitif ". Et essayer de m'interdire tant soit peu " une telle obéissance aveugle " me rendrait par voie de conséquence, " particulièrement beaucoup plus schizophrène " ; pour ne guère dire : " beaucoup plus dangereuse " qu'autre chose. """

" " Et les questions à propos de moi " la Salomé " MARYVONNE fusent. Je me demandais déjà intérieurement assez souvent d'ailleurs : Avec une telle concupiscence exacerbée dont je n'arrête guère de m'y employer ? """

" " Si jamais qu'un bon certain jour " mon gazier JULIO " " filait à l'anglaise " ? """

" " Et que par conséquent, je ne puisse point retrouver " un autre bimane " pour moi " l'Agnès " MARYVONNE ? """

" " " Un autre bimane " avec qui, je pourrais opérer et garantir " " mes auto-psychanalyses pensées : être allurales ", (comme étant : " démarche psychothérapique : pesée être allurée " ? """

" " Ou plutôt : comme étant : " une technique psychanalytique : soupesée être exquise et surtout incomparable ") " ? """

" " Et qu'est-ce que je vais pouvoir faire en ce moment-là ? """

" " Mais qu'est-ce que je vais pouvoir faire en ce moment-là ? """

" " Seulement voilà, moi " l'Antigone " MARYVONNE justement, je ne pourrais même pas encore, en aucun cas, me laisser envahir dans des telles pensées aussi défaitistes qu'autre chose. """

" " En vue de pouvoir se sentir mieux dans sa peau, parfois il ne suffirait pas de " grand ¾ chose " hein ! Quelquefois, il ne suffirait en effet, que " d'un tout petit peu d'illusion mystique parfaite-là " ; puis, l'on a son compte hein ! Et l'on est ravi (e). Et lorsque " ce tout petit peu d'illusion mystique parfaite-là en question " est fini. Là, " la désillusion " prend ou reprend illico, le dessus. Et là aussi immédiatement, l'on est mal dans sa peau hein ! """

" " Autrement énoncé : Et quand soudain, l'on découvre que l'on avait-là hélas !, affaire en réalité, qu'avec : " un tout petit peu d'illusion mystique parfaite " ; lequel vient par conséquent de se terminer ! """

" " Alors là, c'est de " la désillusion " qui vient [ou qui revient] et qui prend [ou qui reprend] le dessus. """

" " Alors là, l'on est mal ; très mal ; très, très mal. """

" " Et là, l'on a le choix : """

" " Ou de continuer de se sentir très, très mal en soi. """

"« Ou de se mentir à soi-même ; et par voie de conséquence : remettre encore " l'auto-psychanalyse " et " son illusion mystique parfaite ", " comme étant " : " un moyen imparable, de pouvoir recouvrer son compte ". »"

"« Puisque, n'importe comment : Tant que " cette illusion mystique parfaite-là " ne serait pas obtenue, " ma tête à moi la Junon MARYVONNE " tournerait. »"

"« Oh !, oui ih ! " Le pudenda " ; ou plutôt : " l'entrecuisse " ! »"

"« Voilà, ce qui fait quasiment tout le temps, tourner la tête à moi, " la fatma MARYVONNE " ! »"

"« Et c'est plus fort que moi ; et je n'y peux rien ! »"

"« Avec " le pudenda " ; ou plutôt : " l'entrecuisse ", je me sens mieux ! »"

"« Je me sens beaucoup mieux ! »"

"« Je me sens beaucoup mieux, certes ; mais seulement attention : c'est juste pour le temps " d'une trêve " ; " laquelle trêve " en tout, et pour tout, elle ne pourrait durer en fait, que : " des quelques petites secondes " ; " des quelques petites minutes " ; " des quelques petites heures " ; à " plusieurs heures " (selon : des moments ; et selon : l'ampleur ou l'intensité des mes très, très fortes crises incurables, à répétition en question). Et cette accalmie ne durerait surtout : " pas plus que ce temps de trêve dont il s'agit-ici ". »"

"« Puis, ce sont encore, " ces très, très fortes crises récurrentes et incurables d'angoisse, en question ", qui reviennent au galop ; et qui reviennent même, avec force ; et avec elles justement : " tous leurs lots, des travers libidineux ". »"

"« Puis, toutes " ces très, très fortes crises récurrentes et incurables d'angoisse, en question ", disparaissent ; et par voie de conséquence, je deviens normale ; ou plutôt : je redeviens normale ; et qui plus est : je deviens très, très heureuse ; ou plutôt : je redeviens très, très heureuse. »"

"« " Très, très heureuses, certes "; mais seulement voilà : là encore, juste pour " le temps d'une trêve " ; puis " le cycle recommence encore et encore " : et avec lui : " tous ses lots, des travers lubriques " ; " des travers lubriques " au superlatif ; et encore : au superlatif ; et encore, et encore : au superlatif ; et encore, et encore toujours : au superlatif. »"

"« Bref, c'est : " l'éternel recommencement ", quoi » " ". « ".

(Se dirait et se redirait donc assez souvent, cette " Ariane " nommée MARYVONNE).

"JULIO s'est réellement sauvé !

Vais-je le retrouver encore !

Ne m'a-t-il pas par hasard, fait une farce !

Une farce de mauvais goût !

De très mauvais goût !

De très, très mauvais goût !

Et que par la suite, il va revenir !

Va-t-il revenir !

Va-t-il véritablement revenir !

Et s'il ne revient pas !

Vais-je me retrouver à nouveau avec l'Anglais WINDSOR !

Vais-je me retrouver à nouveau avec le Mexicain COROLIAN !

Mais ces deux-ici, ça fait bel et bien assez longtemps, que je n'en veux plus; et qui plus est, l'on ne se rencontre même plus, depuis une belle lurette déjà !

Je ne veux que lui JULIO !

Qu'est-ce que je vais faire !

Mais qu'est-ce que je vais faire en vue de retrouver JULIO !

Ce n'est peut-être-ici, qu'une simple vision cauchemardesque que je suis en train d'apercevoir avant de pouvoir m'endormir. S'il en est réellement ainsi, alors, ce n'est rien ! ".

(Seulement voilà, MARYVONNE était rapidement ramenée à la réalité, quand elle s'était réveillée. D'où, elle se disait : " Mais ce n'est point du tout, du tout, une vision cauchemardeuse ! Si ce n'est point du tout, du tout, un cauchemar que j'ai fait cette nuit ! Alors, je voudrais bel et bien comprendre si c'est quoi ! C'est la réalité ! Il est bel et bien parti ! JULIO a pris la poudre d'escampette ! En tout cas moi MARYVONNE aussi, c'est de ma propre faute ! C'est de ma propre faute, car : être " une Junon insatiable " recherchant auprès de " son époux ", toujours plus " de montes " et les exprimer de la manière dont moi je les exige; c'est une chose, quand par exemple, celui-ci est issu des traditions " blondiniennes " ! C'est de ma faute, puisque : être " une tarderie " qui recherche toujours " des torrides remontes " auprès de " son mari " et les exprimer de la façon dont moi MARYVONNE je les exige; c'est toute une autre chose, quand par contre, celui-là n'est guère issu des mœurs et coutumes " blondiniennes "; et que celle-là omet volontairement de les lui en parler au préalable, assez explicitement ! ".).

"Ma parole,
je te promets que j'essayerai de voir
qu'est-ce que je pourrais
éventuellement faire,
pour t'aider à retrouver ton
Julio FERNANDEZ; même s'il s'agit
de demander le concours
d'un détective privé, ou même, s'il s'agit
d'aller consulter un médium,
je crois que je le ferais pour t'aider. ".

Le fils de MARYVONNE se trouverait donc chez sa grand-mère; laquelle l'avait aussitôt inscrit dans une école maternelle, à Rueil-Malmaison; et elle embaucherait une " baby-sitter "; laquelle s'occuperait de lui, très, très bien. MARYVONNE avait d'abord préféré laisser son fils, profiter un tout petit peu, de tous les soins que sa grand-mère lui faisait entourer, en attendant de pouvoir évidemment " réaliser ", et " digérer " ce qui venait de lui arriver. Ensuite, à part son amie LILIANE, MARYVONNE se confierait à un certain Monsieur Alejandro DE VERDUN, (un maître-assistant en Histoire Moderne et Contemporaine, de l'Université de Paris-Sorbonne), qu'elle avait connu au cours d'une excursion en Auvergne, pour qu'il l'aide, à aller chercher son " Julio FERNANDEZ De Descendance Poitevine Et D'Arrière-Descendance Espagnole "; le persuader; et le faire retourner à la maison. Est-ce que cette tâche serait-elle facile ? ALEJANDRO la réussirait-il ? Mais, néanmoins cet homme de Lettres, comme pour faire plaisir, même en utilisant "le langage de la démagogie", afin d'essayer de sauver " une frangine " qui semblait désormais arriver beaucoup plus, qu'au simple bord de la déprime; il disait à celle-ci : " .../... Ma parole ! Je te promets que j'essayerai de voir : Qu'est-ce que, je pourrais éventuellement faire, en vue de t'aider considérablement, à retrouver ton Julio FERNANDEZ; même s'il s'agit par exemple, de demander le concours d'un détective privé; ou même s'il s'agit d'aller consulter par exemple, un médium; je crois que je n'hésiterais pas un seul petit instant, de le faire, afin de t'aider ! ".

Mademoiselle Maryvonne KEVILER était apparemment satisfaite de cette assurance lui provenant de la part d'Alejandro DE VERDUN. Ce dernier s'était renseigné auprès de la Société privée de Gardiennage "la SÉCUDARGAUD"; où travaillait Julio FERNANDEZ. Mais seulement voilà, cette société comme si, elle avait reçu des consignes de la part de celui-ci; elle ne voulait rien dire à ce propos. Cela étant malheureusement hélas !, Maryvonne KEVILER se trouverait; ou plutôt : elle se retrouverait quand-même bien évidemment effectivement, arriver beaucoup plus, qu'au simple bord de la dépression. Vu l'ampleur de plus en plus croissante de cette dépression en question, Maryse FOUQUET, la maman de MARYVONNE, contacterait le juge de "tutelle", afin d'obtenir légalement, l'autorisation de pouvoir s'occuper de son petit-fils LUCILIAN : " C'était pour son intérêt. C'était pour l'intérêt de ce dernier. ". Dirait et le répéterait-elle à maintes reprises, à l'attention de nombre de personnes et entre-autres, à l'attention de sa fille MARYVONNE justement. Madame Maryse FOUQUET entrerait aussi en contact, par courriers dans un premier temps, avec Monsieur Alejandro DE VERDUN et avec Louisette GRIFFON, épouse DE VERDUN; lesquels, elle n'avait et pourtant pas encore eu l'occasion de rencontrer; et dont sa fille MARYVONNE, lui en avait parlés, comme quoi, qu'ils allaient par "tous les moyens", l'aider considérablement, à retrouver "son Julio FERNANDEZ". Et dorénavant au sujet de cette triste affaire du départ de JULIO de son foyer conjugal, MARYVONNE n'écoutait quasi exclusivement que les conseils de son collègue de travail Madame Liliane QUESNEL, épouse BOUSSARD, quand elle se trouvait au travail justement. Et lorsqu'elle ne bossait guère, elle n'écoutait quasi exclusivement, que des conseils des Monsieur et Madame Alejandro DE VERDUN. Maryse FOUQUET, la maman de MARYVONNE allait suppléer ces derniers, afin qu'ils aident leur fille unique, moralement, en vue d'éviter par exemple, le pire qui pouvait éventuellement arriver à celle-ci.

Pourquoi Madame Maryse FOUQUET, épouse Moïses KEVILER les avait choisis eux personnellement et pas les autres personnes ? C'est comme nous venons de l'exprimer tantôt; c'est parce qu'en dehors de son amie de travail LILIANE; MARYVONNE n'écoutait décidément quasi-exclusivement, que leurs conseils, au sujet de ses problèmes de JULIO. Et étant ainsi au bord d'une dépression au stade avancé, sa fille MARYVONNE ne pourrait bien évidemment plus du tout s'occuper comme il le faudrait vraiment (et d'ailleurs avant, ce n'était pour ainsi dire, même pas elle qui s'en occupait; c'était " son bimane JULIO " qui le faisait quasiment tout seul), de son fils LUCILIAN. En dépit de cela, elle; c'est-à-dire MARYVONNE; elle propagerait partout des nouvelles, comme quoi, que sa propre mère lui avait "piqué" son enfant; et qu'ensuite, elle n'avait par conséquent point du tout, du tout, hésité un seul petit instant, afin d'aller voir le juge de tutelle; lequel lui avait momentanément donné raison, en attendant son "éventuelle proche guérison"; c'est-à-dire : la guérison de Mademoiselle Maryvonne KEVILER. Des telles nouvelles; ou plutôt : "des telles fausses nouvelles" propagées partout, ne pouvaient bien évidemment guère du tout, du tout, arranger "les morales"; "les personnalités"; bref, "les dignités" des Monsieur et Madame Moïses KEVILER. Mais malheureusement hélas !, quoi faire devant "une telle situation si critique" ? Et même, "des telles nouvelles" pour le petit Lucilian KEVILER; lui qui cherchait déjà; et lui qui continuerait encore et encore de rechercher désespérément son papa Julio FERNANDEZ; des "telles nouvelles ", ne seraient guère propices, à contribuer à l'amélioration "du moral" de ce petit garçon. Et ça serait même ainsi, que peu de temps seulement après que son papa se soit sauvé; que ce petit Lucilian KEVILER, alors qu'il n'avait encore que l'âge de six ans et demi; et qu'il habitait évidemment chez ses grands-parents maternels; c'est-à-dire : sur la Rue de l'Église; c'est-à-dire : non loin de l'Hôtel de Ville, à Rueil-Malmaison; et ça serait même ainsi, que ce petit garçon se verrait être obligé d'aller suivre des séances de thérapies (thérapie individuelle : et pour lui LUCILIAN [: c'était avec Mademoiselle Léonie COLBERT, comme étant Psychothérapeute]); et thérapie du groupe (et dans ce cas ici pour lui LUCILIAN, c'était avec Monsieur Augustin LAMARTINE, comme étant Psychothérapeute), pendant une période plus ou moins longue; c'est-à-dire : pendant une durée de deux bonnes années.

Comment " cet autre malheur ", viendrait-il encore s'ajouter, aux malheurs d'une famille qui était déjà ainsi trop accablé par le départ de Julio FERNANDEZ et par ses répercussions ?

Comment " cet autre malheur ", viendrait-il encore s'ajouter, aux malheurs d'une famille qui en fait, n'avait point du tout, du tout, besoin d'autres malheurs justement, et surtout point du tout, du tout, à ce moment-là très précisément ?

En effet, le tout commençait par le fait que le petit Lucilian KEVILER qui jusque-là, il avait toujours été très actif à l'école; et qu'à l'école justement, voire dans leur rue à Rueil-Malmaison, lui qui avait fini par avoir beaucoup d'amis quand-même; les amis de son âge avec qui, il se rencontrait dans le Parc public tout proche; les amis avec qui, il jouait; il se mettrait soudainement à la traîne; il se mettrait désormais à l'écart de ses copains et il ne causerait plus pour ainsi dire, avec ces amis en question. Il s'était volontairement, désolidarisé de tous ses petits amis, sans distinction aucune. Un tel état des choses avait tout à fait naturellement intrigué Madame Ménie JOUBERT.

Et qui était-elle cette Madame Ménie JOUBERT ?

C'était la Maîtresse du C. P. B. de "l'École JOFFRE", située sur la Rue du Maréchal Joseph JOFFRE, tout près de la Gendarmerie (toujours à Rueil-Malmaison). Cette Maîtresse de C. P. B. avait convoqué les grands-parents maternels de LUCILIAN; puisqu'il vivait chez eux à ce moment-là. Et elle leur avait recommandé d'amener leur petit-fils, dans le Centre Benoît MARCONI; lequel était situé sur l'Avenue Georges CLÉMENCEAU et notamment au croisement avec la Rue de la Source; c'est-à-dire, à droite, en allant en direction de Paris; un Centre Benoît MARCONI qui regroupait plus de vingt psychologues spécialistes d'enfants, associés; un centre Benoît MARCONI, utilisant entre-autres : la méthode dite : de " la Catharsis "; de " la Catharsis " certes; mais infantile; un centre Benoît MARCONI, spécialisé en Psychologie infantile appliquée; bref, un centre Benoît MARCONI, des enfants et non pour des adultes; un centre Benoît MARCONI, usant une démarche analytique s'appuyant sur " la décharge " " agitationnelle " " en vue de pouvoir nous s'exprimer de la sorte "; ou plutôt : s'appuyant sur " la décharge " " commotionnelle "; ou encore : s'appuyant sur " la décharge " " émotionnelle ", cramponnée " à la représentation manifeste "; ou plutôt

: " à la manifestation objective ", de tous les souvenirs d'aventures ou de mésaventures, choquants ou traumatisants, repoussants, vécus ou subits, tant directement; qu'indirectement, par des patients.

Dans " cette technique psychodramatique "; ou plutôt : dans " cette approche déductionnelle " " pour nous exprimer de la sorte ", des enfants étaient invités, à formuler: sous forme des croquis; ou : verbalement; et cela : sous forme des affirmations ou même : sous forme des questions : " des souvenirs traumatisants " qui leur trottaient dans la tête. Et ainsi, Lucilian KEVILER entre-autres, poserait tant des questions très, très pertinentes.

Un centre Benoît MARCONI qui prenait tous les enfants (qui y étaient envoyés par des Centres des Préventions Maternelles Infantiles [des P. M. I.] et par des écoles); un Centre Benoît MARCONI qui envoyait en vue du coût de financement, les 100 % de ses charges à l'intérêt de ces enfants, à la Caisse Primaire de la Sécurité Sociale; en bref, un Centre Benoît MARCONI qui envoyait les cent pour cent de ses charges, à la Caisse Primaire de l'Assurance Maladie; laquelle finançait tous les coûts. Madame Corine KIMBERLIN; c'est-à-dire : la Maîtresse de la classe de la Maternelle, chez qui, le gosse de MARYVONNE était inscrit; elle n'aurait guère eu, ne fût-ce que le minimum de temps qu'il fallait vraiment, afin de remarquer à proprement dite, cette observation très, très importante au sujet de ce môme appelé LUCILIAN, à l'instar de ce qu'avait pu faire, Madame Ménie JOUBERT; et la signaler par la suite, directement aux grands-parents de celui-là; pour la simple raison, qu'elle n'aurait gardé ce dernier, que pendant un temps très, très expéditif; et c'était déjà : des grandes vacances scolaires et ensuite "la nouvelle rentrée"; et par conséquent, le môme passerait immédiatement en "C. E. I. Et quand bien-même, dans le cas où cela n'aurait été point impossible, Madame Corinne KIMBERLIN aurait par exemple malgré elle, fait cette importante observation, à l'instar de celle qu'avait faite Madame Ménie JOUBERT; mais malheureusement hélas !, elle aurait très certainement cru, qu'un tel phénomène était très probablement dû au fait que cet enfant "LUCILIAN" venait de changer d'Établissement maternel; et que, ce fait arrive; il arrive même souvent.

Or, comme dans un tel cas, l'on remarque aussi que, généralement, le nouveau venu est perturbé. Ainsi, dans l'ensemble, il se tient à l'écart des autres enfants; puisqu'en réalité, il ne s'est pas encore constitué des nouveaux amis. C'était pour cela, que la Maîtresse de la Maternelle n'avait pu rien constater d'anormal; et par voie de conséquence, c'était aussi pour cela, qu'elle n'avait pas pu signaler quelque chose d'anormal également, auprès des grands-parents de ce gosse. Il avait fallu un peu plus de temps, afin qu'elle parvînt à le faire.

Or justement, le temps, c'était ce qui manquait à cette Maîtresse de la dernière année de la classe de la Maternelle; dans laquelle se trouvait le môme de Maryvonne KEVILER. LUCILIAN suivrait en tout deux thérapies. Il y serait à chaque fois, accompagné par Mademoiselle Jeanne CABROL; c'est-à-dire : la "Baby-sitter" qu'avait embauchée sa grand-mère Maryse FOUQUET, épouse KEVILER, à son profit; laquelle pratiquement, elle serait dorénavant pour LUCILIAN, considérée finalement un tout petit peu, comme étant sa mère adoptive; pour ne pas dire : comme étant : sa mère biologique. Jeanne CABROL l'y conduirait : tous les mercredis (; bien entendu, qu'en dehors des vacances scolaires, à 18 Heures 30 Minutes; à savoir, qu'il n'y avait guère d'écoles tous les mercredis, dans la plupart des Établissements maternels et primaires de la Métropole, à cette époque-là surtout), pour une séance du travail de groupe, pendant une durée de Trente Minutes. Et pendant ces Trente Minutes en question, les enfants se réunissaient dans une grande salle; dans un grand local (avec : une vidéo; une grande télévision; des stylos de plusieurs couleurs; des marqueurs de plusieurs couleurs; des feutres de plusieurs couleurs; des crayons à papiers; et des papiers-mêmes; et le tout, de plusieurs couleurs également; des pâtes à modeler; et sans oublier beaucoup d'autres choses dont entre-autres : des divers bouquins d'enfants et des très, très nombreux jeux et jouets divers), sous l'égide de Monsieur le psychologue pour enfants (; ou plutôt : Monsieur le psychothérapeute d'enfants) Augustin LAMARTINE.

Pendant justement, ce temps-là où les enfants se réunissaient ensemble pour leur thérapie du groupe; (un [une]) autre psychologue, et notamment Madame la psychologue pour enfants (; ou plutôt : Madame la psychothérapeute d'enfants) Paloma ORNELLA regroupait tous les parents des enfants qui suivaient la thérapie du groupe ou leurs représentants, dans une autre salle à part [1]; et tous ensemble faisaient le point, en séance plénière, au sujet des évolutions psychiques ou mentales des enfants. Jeanne CABROL l'y conduirait également : un vendredi sur deux, et cela, à 19 Heures 00', pour une séance de travail individuel, d'une soixantaine de minutes (parfois, légèrement plus; et quelquefois, légèrement moins); dont pour les dix à quinze dernières minutes justement, la psychothérapeute qui jusque-là, se trouvait toute seule en séance restreinte avec le môme, dans un local plus ou moins grand; un local comportant aussi, toutes les choses, ou à peu-près toutes, comme pour la grande salle de la thérapie du groupe; la psychothérapeute qui jusque-là, se trouvait toute seule en plein travail et en séance restreinte avec le môme [2]; elle appellerait le parent ou la parente ou même la personne qui représentait ceux deux derniers parents-ici, dans le local où se trouvait ce dernier justement, en vue de faire les points ensemble, sur l'évolution mentale ou psychologique de l'enfant en question. En tout cas, "le Centre Benoît MARCONI" était un Établissement pour l'intérêt des enfants; lequel Centre faisait du très, très bon travail. Et par voie de conséquence, plusieurs gosses ainsi perturbés mentalement ou psychologiquement pour ainsi dire, y partiraient suivre des thérapies, tant de groupes, qu'individuelles. C'était un Centre, qui regroupait en lui tout seul, plus de vingt psychologues, spécialistes d'enfants, associés; tellement que c'était très, très grand. C'était un Centre qui "administrait" deux types de thérapie : une du groupe (et pour le groupe de LUCILIAN, c'était dirigé par le psychologue Augustin LAMARTINE; lequel dirigeait dans le groupe du môme de MARYVONNE, en tout : Huit autres gosses + le nouveau venu, à cette époque-là ; c'est-à-dire : le gosse de MARYVONNE, cela faisait donc en tout : Neuf gosses, de six à sept ans). Il faudrait signaler que dans la thérapie du groupe, même si dans l'ensemble, tous les enfants étaient présents; mais cependant, il y avait souvent, pour des diverses raisons individuelles, une absence; voire deux; et voir-même beaucoup plus que deux à la fois par séance.

Une autre thérapie; c'est-à-dire : la thérapie individuelle justement, à signaler que pour le fiston "de la Métisse D'Arrière-Descendance Kinoise"; qu'elle était dirigée par Madame la psychologue pour enfants (; ou plutôt : Madame la psychothérapeute d'enfants) Léonie COLBERT. Avant de passer aux conclusions obtenues ou constatées pour le cas typique du petit-fils de MOÏSES et de MARYSE, revenons encore un tout petit peu, sur le groupe dans lequel se trouvait ce petit-fils en question et sur l'absentéisme de plusieurs enfants qui y faisaient partie de ce groupe; lequel s'appelait : "Le Groupe N° 21". Au départ de la constitution de ce "Groupe N° 21 en question"; "au départ"; c'est-à-dire : lorsque LUCILIAN se trouvait en Classe Préparatoire [C. P.] ; et qu'il n'avait en fait, pas encore intégré ce groupe en question, il y avait en tout : Six filles et Six garçons. Et avec Lucilian KEVILER, cela ferait en tout Sept garçons ; faisant ainsi, un effectif de Treize enfants. Mais cet effectif ne tiendrait même pas assez longtemps, pour cause d'absentéismes assez divers.

Six filles, à savoir :

Magdalena MATT ;
Régina BLAIN ;
Betty MANNERS ;
Laurie ZUKER ;
Janet SANTINI ;
et Bennett WEAVER ;

et Sept garçons, à savoir :

Jakob BERGER ;
Stephan LORENTZ ;
Delfino STESCHER ;
Jonathan HENKS ;
Dave RABWIN ;
Steeve SHIBAN ;
et sans oublier : Lucilian KEVILER.

(1) : Ils ne resteraient pas assis tranquillement dans la salle d'attente, en train de lire par exemple, des divers magasines.

(2) : Avec le môme ou avec la môme; c'est-à-dire, lorsque l'un des parents ou l'un des grands-parents ou même lorsqu'une toute autre personne qui accompagnait l'enfant, était en train de lire par exemple, tel ou tel autre magasine ou tel ou tel autre livre quelconque, dans la grande salle d'attente.

Mais seulement voilà, dans en tout "l'espace temps" de quatorze mois, il y avait en plus des absentéismes ainsi répétés de plusieurs enfants, en tout, jusqu'à Six départs définitifs pour diverses raisons; dont la plupart de celles-ci étaient des déménagements. Ces Six départs étaient les suivants :
Betty MANNERS ;
Janet SANTINI ;
Régina BLAIN ;
Stephan LORENTZ ;
Laurie ZUKER ;
et Jonathan HENKS ;
c'est-à-dire : un effectif de quasiment 50 % en fonction du groupe initial de Treize quoi.
Ce faisant, jusqu'à la fin de "l'année de Cours Élémentaire [3] " ou "C. E. I." de LUCILIAN, l'on avait réussi quand-même, à additionner au sein de "ce Groupe 21", Deux autres enfants; à savoir : Adeline KAPLAN et Damien HOWE; "constituant ainsi" "le Groupe de Neuf gosses"; ou en vue de l'exprimer beaucoup plus exactement : "reconstituant ainsi", non pas "le Groupe de Treize mômes"; mais plutôt :"le Groupe de Neuf gosses"; à savoir : Huit autres gosses + le gosse de MARYVONNE, cela faisait donc en tout : Neuf gosses, de six à sept ans)

Magdalena MATT ;

Bennett WEAVER ;

Jakob BERGER ;

Delfino STESCHER ;

Dave RABWIN ;

Steeve SHIBAN ;

Adeline KAPLAN ;

Damien HOWE ;

et Lucilian KEVILER.

"" En quoi Magdalena MATT était par exemple différente de Bennett WEAVER ? ""

"" Ou de Jakob BERGER ? ""

"" Ou de Delfino STESCHER ? ""

"" Ou de Dave RABWIN ? ""

"" Ou de Steeve SHIBAN ? ""

"" Ou d'Adeline KAPLAN ? ""

"" Ou de Damien HOWE ? ""

"" Ou de Lucilian KEVILER ? ""

"" Ou de Cathy PEGGY ? ""

"" Ça ah ! En tout cas, une chose était sûre et certaine : c'étaient tous des enfants souffrant des fortes perturbations mentales, dues à des diverses raisons. ""

Lequel groupe de Neuf enfants irait enfin, jusqu'à "la dislocation normale"; ou plutôt : lequel groupe irait finalement, jusqu'à "la fin voulue ou programmée" par lui-même Monsieur Augustin LAMARTINE; c'est-à-dire pour LUCILIAN : jusqu'à la fin de son "C. E. I.". "Ce groupe 21" garderait enfin, ce nombre de Neuf, en dépit de (tout de même hélas !, malheureusement), de plusieurs absentéismes répétés, de la part de certains gosses quand-même, pour telles ou telles diverses autres raisons quelconques. En fait, de toutes les déductions qui ressortaient; de toutes les conclusions que faisaient les psychologues qui suivaient l'enfant LUCILIAN, il en ressortait que celui-ci justement avait surtout besoin d'avoir son papa

Julio FERNANDEZ, à côté de lui. Cette constatation, on la connaissait à partir des certaines projections que "le Centre Benoît MARCONI"; ou plutôt : à partir des certaines cassettes vidéos que faisait passer Monsieur Augustin LAMARTINE très, très souvent, pendant des nombreuses séances du groupe, à l'attention des patients; en montrant par exemple à l'attention de ceux-ci justement, des mômes de leurs âges; des mômes tels que :

Paula BERC ;
Dorety AMANN ;
Marilyn HANEY ;
Cathy PEGGY ;
Austin STEWART ;
Todd TEXLER ;
Milène VELASKO ;
Jay CAREEN ;
Sebastian MARION ;
Anaïs ARMIN ;
Jacquelyn DORIS ;
Andreas NELLY ;
et cætera et cetera ….

Lesquels enfants s'avéreraient connaître des situations de détresse dans les films " projetés " à l'attention des patients; et que ce faisant, ces gosses justement s'avéreraient également être très, très tristes; et ils se refuseraient par conséquent, de communiquer avec les autres mômes qui étaient et pourtant leurs amis.

Et par voie de conséquence, LUCILIAN les utiliserait en vue de poser " inlassablement " ; " diversement " ; et " interminablement ", aux psychothérapeutes qui s'occupaient d'eux, sa question :

" « Est-ce que toutes les femmes du monde aussi divaguent comme ma mère MARYVONNE le fait, en vue de donner " du paprika " au sein de leur ménage ; et afin de ne point voir s'éteindre le feu de son amour, vis-à-vis de son conjoint ? ". »"

LUCILIAN utiliserait des noms de ces enfants, pour poser " inlassablement " ; " diversement " ; et " interminablement ", aux psys, sa question ; mais pas seulement. Mais pas seulement, c'est parce qu'il utiliserait même également, des noms des autres enfants qui suivaient des mêmes séances comme lui, dans ce Centre Benoît MARCONI. Il utiliserait à ce propos par exemple, des noms, tels que :

Magdalena MATT ;
Régina BLAIN ;
Laurie ZUKER ;
Janet SANTINI ;
Bennet WEAVER ;
Jakob BERGER ;
Stephan LORENTZ ;
Delfino STESHER ;
Dave RABWIN ;
Steeve SHIBAN ;
Adeline KAPLAN ;
Damien HOWE.

Lesquels enfants connaissaient donc également, des situations de détresse.

---

(3) : Cours Élémentaire Première Année : et pour la classe de LUCILIAN, c'était la Première Année B.

D ans ces différents films projetés à l'attention des patients; ceux-ci justement observeraient également que ces enfants dont il était question dans ces films; feraient aussi souvent des tics ou des diverses simagrées bizarroïdes et ils feraient aussi montre, de tant d'autres comportements anormaux. Il en ressortirait "une unanime étonnante conclusion" au sujet de l'enfant Lucilian KEVILER : celui-ci semblait être très, très perturbé, à cause du départ de son papa de leur foyer conjugal. Cela étant, des travaux très assidus et très réguliers à son égard; des travaux psychologiques qui pour lui LUCILIAN, dureraient en tout : deux bonnes années scolaires; ces travaux lui feraient énormément de biens. Et ainsi, Lucilian KEVILER entre-autres, poserait tant des questions très, très pertinentes. LUCILIAN s'avérerait vraiment être très, très perturbé; c'est parce que, quand l'on posait par exemple des questions aux enfants constituant des groupes, afin qu'ils donnent leurs avis sur : " Le pourquoi du fait; ou : Le pourquoi du comment, que ça se faisait que des enfants que l'on voyait dans les films, étaient très, très perturbés ? ".

La réponse de Lucilian KEVILER était immédiatement; ou plutôt : les réponses de Lucilian KEVILER, dans ces cas-là, s'avéreraient immédiatement et à chaque fois qu'on lui poserait cette délicate question ; c'étaient aussi des questions qu'il retournait à l'attention du psychothérapeute. Et ces questions étaient tantôt :

"« « Est-ce que toutes les femmes du monde aussi divaguent comme ma mère MARYVONNE le fait, en vue de donner " du paprika " au sein de leur ménage ; et afin de ne point voir s'éteindre le feu de son amour, vis-à-vis de son conjoint ? ". »"

"« Est-ce que la maman de Magdalena MATT était aussi constamment en train de faire des scènes de ménage à Monsieur MATT " son M'Sieur " ? »"

"« Est-ce qu'avec la maman de Régina BLAIN, pour " un oui " avec Monsieur BLAIN " son piaf " ; ça y est; et l'altercation était aussi partie ? »"

"« Est-ce qu'avec la maman de Laurie ZUKER, pour " un non aussi " avec Monsieur ZUKER " son pierrot " ; ça y est; et la polémique était aussi partie ? »"

"« Est-ce qu'avec la maman de Janet SANTINI, même pour " un non-oui " avec Monsieur SANTINI " son galant " ; ça y est; et la chicane était aussi partie ? »"

˝« Est-ce qu'avec la maman de Bennet WEAVER, même pour " un oui-non aussi " avec Monsieur WEAVER " son homme de mérite " ; ça y est; et le déchirement était aussi parti ? ˝"

˝« Est-ce qu'avec la maman de Jakob BERGER, et même pour " un oui-oui " avec Monsieur BERGER " son noble " ; ça y est; et la chamaillade était aussi partie ? ! ˝"

˝« Est-ce qu'avec la maman de Stephan LORENTZ, et même pour " un non-non aussi " avec Monsieur LORENTZ " son noble homme " ; ça y est; et la chamaillerie était aussi partie ? ˝"

˝« Est-ce qu'avec la maman de Delfino STESHER, même si Monsieur STESHER " son Adam " applique bien, bien vis-à-vis du comportement provocateur d'elle la maman de Delfino justement : " un mutisme " le plus total, ça y est; et l'empoignade était aussi partie quand-même ? ˝"

"" Est-ce que la maman de Dave RABWIN faisait aussi des graffitis; des tags; des dessins ; lesquels signifiaient les humains et leurs scènes quotidiennes ? ""

"" Est-ce que la maman de Steeve SHIBAN faisait aussi des graffitis; des tags; des dessins ; lesquels signifiaient les animaux et leurs scènes quotidiennes ? ""

˝« Est-ce que la maman d'Adeline KAPLAN faisait aussi des graffitis; des tags; des dessins ; lesquels signifiaient qu'elle avait réellement laissé filer Monsieur de KAPLAN " son zouave " ? ˝"

˝« Est-ce que la maman de Damien HOWE faisait aussi des graffitis; des tags; des dessins ; lesquels signifiaient que Monsieur HOWE " son brave " était effectivement, bel et bien parti ? ˝"

˝« Est-ce que la maman de Magdalena MATT faisait aussi des graffitis; des tags; des dessins ; lesquels signifiaient que Monsieur MATT " son mari " reviendrait ? ˝"

Tantôt :

˝" " Est-ce que Paula BERC aussi avait vu son papa s'en aller pour lui ? ". ""

˝« Tantôt c'était : " Est-ce que le papa de Paula BERC aussi s'était sauvé, à cause du fait, que son épouse; c'est-à-dire : la maman de Paula

BERC lui faisait entre-autres, très souvent, de la turpitude, quand bien même des visiteurs étaient venus leur rendre des visites; et cela, de très, très bonne fois, à cause de sa libido effrénée, boostée par des incessantes et récurrentes très, très fortes crises incurables, d'angoisse ; dont elle souffrirait sévèrement ? ". ""

"« Tantôt c'était : " Est-ce que le papa de Dorety AMANN également était aussi parti ? ". ""

"« Tantôt c'était : " Est-ce qu'il s'était sauvé aussi au loin ? ". ""

"« Tantôt c'était : " Est-ce que le papa de Marilyn HANEY aussi avait filé à l'anglaise, en ne laissant que sur leur table à manger, une très, très longue lettre, en expliquant à la mère de celle-ci : Le pourquoi de son geste ? ". ""

"« Tantôt c'était : " Est-ce que le papa de Marilyn HANEY aussi avait au préalable amené celle-ci chez sa maman, avant de filer pour lui, au loin ? ". ""

"« Tantôt c'était : " Est-ce que le papa de Cathy PEGGY; laquelle est toute triste comme ça ah !, .../... ? ". ""

"« Tantôt c'était : " Est-ce que son papa aussi avait pris la belle; et il était parti là où sa maman ne pourrait jamais le retrouver ? ". ""

"« Tantôt c'était : " Et quand bien même, elle pourrait éventuellement le retrouver; ou le faire retrouver .../... ? ". ""

"« Tantôt c'était : " Est-ce que les parents de CATHY aussi, n'étaient même pas mariés légalement; et ainsi, même si dans le cas où l'on pourrait retrouver son papa; mais que celui-ci, n'avait même pas à craindre par exemple, quoi que ce fût ? ". ""

"« Tantôt c'était : " Est-ce que le papa d'Austin STEWART également s'avère être : " De Descendance Poitevine Et D'Arrière-Descendance Espagnole "; et que de ce fait, il est aussi par exemple, susceptible aux insultes obscènes, en provenance de sa conjointe ("De Descendance Parisienne quant-à elle Et D'Arrière-Descendance Kinoise, de par le lieu de naissance, de son papa aussi); et ainsi, le papa d'Austin STEWART, étant aussi susceptible aux insultes obscènes proférées par " sa Salomé " à son encontre, qu'il ait pris la poudre d'escampette, à cause de celles-ci justement ? ""

"« Tantôt c'était : " Est-ce que le papa de Todd TEXLER également, était bourré des diplômes; et qu'en dépit de la possession de ceux-ci entre ses mains; mais que malheureusement hélas !, il n'était qu'un Agent de Sécurité; lequel par son travail même assez précaire pour ainsi dire; on le faisait très, très considérablement baver ? ". »"

"« Tantôt c'était : " Baver, de telle sorte à chercher n'importe quels moyens, en vue de le foutre dehors; puisque, par ses primes d'ancienneté qu'il touchait mensuellement, il commençait de coûter quand-même très cher à son patron ? ". »"

"« Tantôt c'était : " Est-ce que le papa de Milène VELASKO aussi possédait comme étant son plus gros Diplôme universitaire : "Le Doctorat en Ès-Lettres" ? ". »"

"« Tantôt c'était : " Est-ce que le papa de Jay CAREEN également n'avait pas de chances, de pouvoir trouver du travail, en fonction de ses multiples diplômes universitaires ? ". »"

Tantôt :

"« Est-ce que la maman de Paula BERC faisait aussi des graffitis; des tags; des dessins ; lesquels signifiaient que Monsieur BERC " son époux " revenait toujours ? »"

"« Est-ce que la maman de Dorety AMANN faisait aussi des graffitis; des tags; des dessins ; lesquels signifiaient qu'elle attendrait Monsieur AMANN " son mâle " ? »"

"« Est-ce que la maman de Marilyn HANEY faisait aussi des graffitis; des tags; des dessins ; lesquels signifiaient qu'elle attendait toujours Monsieur HANEY " son galant " ? »"

"« Est-ce que la maman de Cathy PEGGY faisait aussi des graffitis; des tags; des dessins ; lesquels signifiaient que Monsieur PEGGY " son hominien " irait chercher " d'autres muses " ? »"

"« Est-ce que la maman d'Austin STEWART faisait aussi des graffitis; des tags; des dessins ; lesquels signifiaient " des beautés " qui possédaient beaucoup de formes, lesquelles Monsieur STEWART " son croquant " irait chercher ? »"

"« Est-ce que la maman de Todd TEXLER faisait aussi des graffitis; des tags; des dessins ; lesquels signifiaient qu'en matières " de beaux sexes ", Monsieur TEXLER " son gazier " ; allait lui faire des surprises ? »"

"« Est-ce que la maman de Milène VELASKO faisait aussi des graffitis; des tags; des dessins ; lesquels signifiaient qu'en matières " de mégères ", Monsieur VELASKO " son gonze " ; irait avec elle, des surprises, en surprises ? »"

"« Est-ce que la maman de Jay CAREEN faisait aussi des graffitis; des tags ; des dessins ; lesquels signifiaient qu'en matières de " la vie hyménéale ", chacune et chacun d'elle justement et de lui Monsieur CAREEN " son hère " : était tout simplement en train de raconter ses peines ? Ses peines d'amour ? Des peines d'amour qui possédaient même la dure description ? »"

"« Est-ce que la maman de Sebastian MARION faisait aussi des graffitis; des tags; des dessins ; lesquels signifiaient qu'en matières d'amour, dans les localités : de " Guigo "; de " Guillodo " et des collectivités et localités environnantes de ces deux localités-là, et même jusqu'au-delà des montagnes les plus lointaines, l'on se mettait par exemple à rigoler là, où en vérité, ça faisait pleurer ? »"

"« Est-ce que la maman d'Anaïs ARMIN faisait aussi des graffitis; des tags; des dessins ; lesquels signifiaient qu'en matières d'amour, dans les localités : de " Guigo "; de " Guillodo " et des collectivités et localités environnantes de ces deux localités-là, et même jusqu'au-delà des montagnes les plus lointaines, l'on se mettait à chialer là, où en vérité, ça faisait rigoler ? »"

"« Est-ce que la maman de Jacquelyn DORIS faisait aussi des graffitis; des tags; des dessins ; lesquels signifiaient qu'en matières d'amour, dans les localités : de " Guigo "; de " Guillodo " et des collectivités et localités environnantes de ces deux localités-là, et même jusqu'au-delà des montagnes les plus lointaines, l'on rigolait, en vue de camoufler le chagrin qui était en train de se dérouler devant soi ? " Le chagrin d'amour ", à titre d'illustration ? »"

"" Est-ce que la maman d'Andreas NELLY faisait aussi des graffitis; des tags; des dessins ; lesquels signifiaient que c'était une histoire de sensualité ? ""

"" Est-ce que la maman de et cætera et cetera …. faisait aussi des graffitis; des tags; des dessins ; lesquels signifiaient que c'était une histoire de mœurs et coutumes ? ""

"« Tantôt c'était : " Est-ce que le papa de Sebastian MARION aussi ne donne point de ses nouvelles, ni à celui-ci; ni à la maman de celui-ci en question; et ni même aux parents de cette dernière ? Hein ? ". »"

"« Tantôt, Lucilian KEVILER posait comme étant des questions : »"

"« Est-ce que la mère de Magdalena MATT aussi, en vue de " cimenter " par exemple " davantage " leur lien conjugal : à peine par exemple, dans une telle; ou une telle autre rixe de ménage; à peine que le père de Magdalena MATT effleurerait sa peau; du coup, celle-là se mettrait aussitôt après, à pleurer ? »"

"" D'abord, à pleurer calmement ? ""

"" Puis, tout en criant ? ""

"" Tout en criaillant ? ""

"" Tout en criaillant fort; très fort; très, très fort; comme si par exemple on lui brûlait la poitrine, avec un mégot de cigarette brûlant à la couleur rouge ardente ? ""

"« Ou comme si par exemple, on lui arrachait la peau; alors qu'en réalité, le père de Magdalena MATT ne faisait-là, qu'à peine effleurer celle-ci, avec " sa douce paume de la main " ? »"

"" Et que cela, crevait nettement des yeux ? ""

"« Est-ce que la mère de Régina BLAIN aussi, en vue de " cimenter " par exemple " davantage " leur lien conjugal : pour elle, il fallait absolument qu'il y ait dans leur foyer, des multiples empoignades ? »"

"" Et que pour elle, ces multiples empoignades, c'étaient : le piment de l'affaire ? ""

"" Et que pour elle, ça pimentait l'amour dans le quotidien ? ""

"" Et que pour elle, c'est quelque chose d'excitant ? ""

"" Et que pour elle, c'est tout simplement du plaisir ? ""

"" Et que pour elle, il ne faut absolument pas du tout, du tout, que ce plaisir manque dans le foyer ? ""

"« Est-ce que la mère de Betty MANNERS aussi, en vue de " cimenter " par exemple " davantage " leur lien conjugal : elle cassait par exemple quelques verres ? »"

"" Elle cassait par exemple quelques assiettes cassables ? ""

"" Elle balançait par exemple par terre, quelques livres ? ""

"" Elle balançait par exemple par terre, quelques boîtes de conserves que l'on avait en provisions ? ""

"" Elle défaisait par exemple le lit conjugal qui est bien arrangé quotidiennement ? ""

"" Et qu'elle balançait par exemple, tous les draps par terre ? ""

"" Et qu'elle faisait par exemple, quelques autres petits désordres dans la demeure ? ""

"« Et que cela, afin de faire bien plaisir " aux divers niais " qui les observaient toujours, lors de leurs rixes ? »"

"« Est-ce que la mère de Laurie ZUKER aussi; et cela, un certain vendredi 13, un jour assez superstitieux pour beaucoup; et en vue de " cimenter " par exemple " davantage " leur lien marital : elle adorait par exemple, que l'on fasse faire dans leur foyer, du vrai voyeurisme ? »"

"" Du vrai voyeurisme; dont les visiteurs présents dans leur demeure, s'en souviendraient très, très longtemps ? ""

"" Est-ce qu'elle adorait par exemple, que l'on fasse faire dans leur foyer, du voyeurisme malsain; dont les visiteurs présents dans leur demeure, s'en souviendraient très, très longtemps ? ""

"" Est-ce que le père de Janet SANTINI aussi, laissait par exemple assez souvent entendre à la mère de Janet SANTINI que : celle-ci avait des très, très mauvais caractères ? ""

Tantôt :

"" Est-ce que la maman de Paula BERC faisait aussi des graffitis; des tags; des dessins ; lesquels signifiaient que c'était une histoire de la morale ? ""

"" Est-ce que la maman de Dorety AMANN faisait aussi des graffitis; des tags; des dessins ; lesquels signifiaient que c'était une histoire de la négritude ? ""

"" Est-ce que la maman de Marilyn HANEY faisait aussi des graffitis; des tags; des dessins ; lesquels signifiaient que c'était une histoire du métissage des cultures ? ""

"" Est-ce que la maman de Cathy PEGGY faisait aussi des graffitis; des tags; des dessins ; lesquels signifiaient que c'était une histoire de la complémentarité des valeurs ? ""

"" Ou : Est-ce que la maman d'Austin STEWART faisait aussi des graffitis; des tags; des dessins ; lesquels signifiaient que c'était une histoire du choc des valeurs ? ""

"« Est-ce que la maman de Todd TEXLER faisait aussi des graffitis; des tags; des dessins ; lesquels signifiaient que c'était une histoire " d'une marquise " qui voulait toujours dominer " son gentleman " ? ""

"« Est-ce que la maman de Milène VELASKO faisait aussi des graffitis; des tags; des dessins ; lesquels signifiaient que c'était une histoire " d'un paroissien " qui ne voulait pas être dominé par " sa paroissienne " ? ""

"" Est-ce que la maman de Jay CAREEN faisait aussi des graffitis; des tags; des dessins ; lesquels signifiaient que c'était une histoire de : Mœurs et coutumes ? ""

"" Est-ce qu'avec une histoire des mœurs et coutumes, la maman de Sebastian MARION obtenait aussi : une histoire de la sensualité ? ""

"" Est-ce qu'avec une histoire de la sensualité, la maman d'Anaïs ARMIN obtenait aussi : une histoire de chagrin d'amour ? ""

"« Est-ce qu'avec une histoire de chagrin d'amour, la maman de Jacquelyn DORIS obtenait aussi : une histoire " d'une floume " qui voulait toujours dominer " son zigue " ? ""

"« " Est-ce qu'avec une histoire d'une floume " qui voulait toujours dominer " son zigue ", la maman d'Andreas NELLY obtenait aussi : une histoire " d'un brave " qui n'acceptait guère de se laisser dominer par " sa frangine " ? ""

"« " Est-ce qu'avec une histoire d'un brave " qui n'acceptait guère de se laisser dominer par " sa frangine ", la maman de Marilyn HANEY obtenait aussi : une histoire de la négritude ? »"

Tantôt :

"" Je demandais tout à l'heure : Est-ce que le père de Janet SANTINI aussi, laissait par exemple assez souvent entendre à la mère de Janet SANTINI que : celle-ci avait des très, très mauvais caractères ? ""

"" Des très, très mauvais caractères penchés surtout abusivement sur le sexe ? ""

"" Est-ce que le père de Janet SANTINI aussi, laissait par exemple assez souvent entendre à la mère de Janet SANTINI que : celle-ci c'était tout simplement, une nymphomane ? ""

"" Une nymphomane sexuellement torride ? ""

"" Est-ce que le père de Bennett WEAVER également, laissait par exemple assez souvent entendre à la mère de Bennett WEAVER, que : vis-à-vis de lui, cette dernière avait un triple défaut ?

Et non le moindre ? ""

"« Comme quoi, qu'elle était : " bornée " ? »"

"« Comme quoi, qu'elle était : " méchante " et " obstinée " ? »"

"« Comme quoi, qu'elle était : une des " femmes " que l'on appelle : des " hystériques ", " en ceux qui concernent leurs relations vénériennes " ? »"

"« Est-ce que la mère de Jakob BERGER aussi, était par exemple également " égoïste " ? »"

"« Et qu'elle n'aimait pas trop; voire, elle n'aimait pas du tout, du tout [; alors : elle n'aimait vraiment pas du tout, du tout] sentir les membres familiaux de " son mec ", c'est-à-dire : du père de Jakob BERGER ? »"

"« Et qu'elle les traitait par exemple, tous : " des ruraux " ? " Des fils de dégrafées " ? »"

"« Est-ce qu'ils étaient effectivement aussi : " des ruraux " ? »"

"« Est-ce qu'ils étaient effectivement aussi : " des fils de dégrafées " " ? »"

"" Est-ce que la mère de Stephan LORENTZ également, n'aimait pas trop aussi, tous les autres visiteurs qui partaient leur rendre visite chez eux ? ""

˝« Est-ce que selon elle aussi : " Tous ces autres visiteurs en question, les dérangeaient dans beaucoup de choses " ? ˝ ˝"

˝« " Dans beaucoup de choses ", et entre-autres, dans leurs envies de faire " des plaisirs de dieux " ? ˝ ˝"

˝˝ Car tempérament hystérique de la mère de Stephan LORENTZ y est pour beaucoup ? ˝ ˝"

˝« Est-ce qu'en guise d'une illustration aussi, la mère de Stephan LORENTZ voulait obtenir par exemple, " une étreinte " avec le père de Stephan LORENTZ; et cela, en présence de la grand-mère maternelle de Stephan LORENTZ qui était partie récupérer pour un moment donné, celui-ci justement, chez eux dans leur appartement, afin de pouvoir l'amener dans leur demeure ? ˝ ˝"

˝˝ Et sans oublier en présence de lui même Stephan LORENTZ également; lequel n'était guère dupe; et qu'il observait ainsi, toute la scène ? ˝ ˝"

Tantôt :

˝˝ Est-ce qu'avec une histoire de la négritude, la maman de Todd TEXLER obtenait aussi : une histoire du métissage des cultures ? ˝ ˝"

˝˝ Est-ce qu'avec une histoire du métissage des cultures, la maman de Paula BERC obtenait aussi : une histoire de la complémentarité des valeurs ? ˝ ˝"

˝˝ Est-ce qu'avec une histoire de la complémentarité des valeurs, la maman de Dorety AMANN obtenait aussi : une histoire du choc des valeurs ? ˝ ˝"

˝˝ Est-ce qu'avec une histoire du choc des valeurs, la maman de Marilyn HANEY obtenait aussi : une histoire d'effondrement nerveux ? ˝ ˝"

˝˝ Est-ce qu'avec une histoire d'effondrement nerveux, la maman de Cathy PEGGY obtenait aussi au finish, une saga amoureuse, assez originale ? ˝ ˝"

˝˝ Est-ce qu'avec une histoire d'une saga amoureuse, assez originale, la maman d'Austin STEWART obtenait aussi au finish, une saga amoureuse, assez palpitante ? ˝ ˝"

"" Est-ce qu'avec une histoire d'une saga amoureuse, assez palpitante, la maman de Todd TEXLER obtenait aussi au finish, une saga amoureuse, assez croustillante ? ""

"" Est-ce qu'avec une histoire d'une saga amoureuse, assez croustillante, la maman de Milène VELASKO obtenait aussi au finish, une saga qui demeurerait dans les mémoires des humains du monde entier, jusqu'à la fin de temps ? ""

"« Est-ce que la maman de Jay CAREEN avec : une histoire d'une saga amoureuse, assez palpitante et avec : une histoire d'une saga amoureuse, assez croustillante et sans oublier avec : une histoire d'une saga qui demeurerait dans les mémoires des humains du monde entier, jusqu'à la fin de temps ! Deviendrait-elle aussi par voie de conséquence, " une vraie vedette internationale " ? ""

"" Est-ce que la maman de Sebastian MARION faisait aussi des graffitis; des tags; des dessins ; lesquels ne pouvaient donc que, signifier qu'elle deviendrait aussi par voie de conséquence, " une vraie vedette internationale " ? ""

"" Est-ce que la maman d'Anaïs ARMIN faisait aussi des graffitis; des tags; des dessins ; lesquels signifiaient de l'eau ? ""

"" Est-ce que la maman de Jacquelyn DORIS faisait aussi des graffitis; des tags; des dessins ; lesquels signifiaient du feu ? ""

"" Est-ce que la maman d'Andreas NELLY faisait aussi des graffitis; des tags; des dessins ; lesquels signifiaient la forêt ? ""

"" Est-ce que la maman de Dorety AMANN faisait aussi des graffitis; des tags; des dessins ; lesquels, personne d'autre qu'elle-même la maman de Dorety AMANN en tout cas, ne parvenait très franchement à décoder et à comprendre ? ""

Tantôt :

"« Est-ce que la mère de Delfino STESHER aussi, en vue de " cimenter " par exemple " davantage " leur lien matrimonial, " un bon certain dimanche, dans l'après-midi "; ""

"" et puisque comme par hasard, elle ne se sentirait pas en elle, posséder ses forces morales; ""

"" et puisque bien au contraire, comme par hasard, elle se sentait plutôt avoir son moral au plus bas fixe; ""

"" et qu'à chaque fois lorsqu'elle se retrouvait devant un tel état mental et physique; ""

"" et qu'à chaque fois quand elle se retrouvait en face des situations pareilles; ""

"" elle connaissait en elle, "un truc", afin d'y faire face aussi ? ""

"" Elle connaissait "une astuce" ? ""

"" Et que très, très souvent, devant des telles circonstances mentales et physiques; ""

"" et que surtout, lorsque par exemple, elle la mère de Delfino STESHER et " son lascar " [le père de Delfino STESHER] se retrouvaient chez eux dans leur appart, et dans des tels cas; ""

"" celle-là connaissait "une parade bien à elle"; elle connaissait aussi, "son astuce bien à elle" ? ""

"" "Une astuce quasiment imparable pour elle" aussi ? ""

"" "Une astuce" aussi qui, malheureusement hélas !, ne plaisait point au père de Delfino STESHER ? ""

"" Alors vraiment elle ne lui plaisait point du tout, du tout ? ""

"" Est-ce que la mère de Jonathan HENKS également, en vue de " cimenter " par exemple " davantage " leur lien conjugal, elle possédait "son truc" ? ""

"" Ou plutôt : son astuce; laquelle faisait en vérité, recours au concours de "deux neurotransmetteurs sécrétés par l'hypophyse" ? ""

"" Laquelle marchait quasiment toujours et encore toujours ? ""

"" "Une astuce quasiment imparable pour elle", en vue de : se relever son moral ? ""

"" Ou plutôt : afin de se pourvoir de nouveau son moral ? ""

"" Ou encore en l'exprimant un peu plus correctement : pour reprendre ses forces morales ? ""

"" Est-ce que la mère de Dave RABWIN aussi, en vue de " cimenter " par exemple " davantage " leur lien nuptial, elle allait faire connaître par voie de conséquence à la grand-mère maternelle de Dave RABWIN, " un bon certain dimanche ", " une humiliation " ? ""

"« Une ignominie, si l'on pouvait s'exprimer de la façon suivante : " à faire dormir debout "; pour ne pas dire : " une infamie à faire tomber par terre " ? »"

"« Est-ce que la mère de Steeve SHIBAN également, en vue de " cimenter " par exemple " davantage " leur lien hyménéal, laissait assez souvent entendre au père de Steeve SHIBAN : »"

"« Si " l'on se transportait " un peu dans cet autre monde de l'épectase sublime; laquelle tu sais d'ailleurs très, très bien faire ? »"

"« Est-ce que la mère d'Adeline KAPLAIN aussi, en vue de " cimenter " par exemple " davantage " leur lien matrimonial, un bon certain dimanche; et cela, en présence de la grand-mère maternelle d'Adeline KAPLAIN et également, en présence de celle-ci elle-même, la maman d'ADELINE commencerait soudainement, à caresser " la chopotte " du papa d'ADELINE ? »"

"« Et même, qu'elle continuerait comme si rien n'était, à caresser et cela, d'une manière ostentatoire, " la pine " du papa d'ADELINE justement ? »"

"« Et cela, en lui glissant ses mains dans son froc, de façon à faire provoquer " une bosse " à l'intérieur de celui-ci; c'est-à-dire : à l'intérieur de son pantalon en question ? »"

"« Est-ce que la mère de Damien HOWE également, en vue de " cimenter " par exemple " davantage " leur lien marital, elle " provoquerait " aussi; et cela, assez souvent, " une telle bosse " à l'intérieur du froc du père de Damien HOWE ? »"

"" Et cela, sous la tension par exemple, rien que de sa main droite exclusivement cette fois-là ? ""

"« Et qu'elle maintiendrait aussi " cette bosse ainsi formée " ? »"

"" Et qu'elle voulait aussi, la sentir vibrer ? ""

"" Et qu'elle voulait aussi, la sentir continuer de s'amplifier ? ""

"" Et qu'elle voulait aussi, la sentir frémir ? ""

"" Bref : Est-ce que le père de Paula BERC aussi par exemple, ne trouvait même pas de boulot en rapport avec ses multiples titres universitaires; et que malheureusement hélas !, il ne pouvait qu'accepter malgré lui, de se contenter de n'être qu'un Agent de sécurité ? ""

"" Bref : Est-ce que le père de Dorety AMANN également par exemple, n'était qu'une victime d'un quiproquo culturel ? ""

"« Bref : Est-ce que la mère de Marilyn HANEY aussi, en vue de " cimenter " par exemple " davantage " leur lien nuptial, elle simulait également, vis-à-vis de " son zigoto " ; c'est-à-dire : vis-à-vis du père de Marilyn HANEY justement, " des incessantes multiples vraies-fausses " scènes de ménages ? »"

Tantôt :

"" Est-ce que la maman de Paula BERC faisait aussi des graffitis; des tags; des dessins ; lesquels signifiaient la pluie ? ""

"" Est-ce que la maman d'Andreas NELLY faisait aussi des graffitis; des tags; des dessins ; lesquels signifiaient des localités " de la Blondinie " ? ""

Tantôt :

"« Bref : Est-ce que la maman de Cathy PEGGY aussi, en vue de " cimenter " par exemple " davantage " " leur lien hyménéal ", elle simulait également, vis-à-vis de " son zèbre " ; c'est-à-dire : vis-à-vis du papa de Cathy PEGGY justement, " des incessantes multiples fausses-vraies " scènes de ménages ? »"

"« Bref : Est-ce que la mère d'Austin STEWART aussi, en vue de " cimenter " par exemple " davantage " " leur lien marital ", elle simulait également, vis-à-vis de " son luron " ; c'est-à-dire : vis-à-vis du père d'Austin STEWART justement, " des diverses scènes de ménages "; mais que malheureusement hélas !, lui-même le père d'Austin STEWART en question, ne sachant en réalité, rien du tout, du tout, de cette culture " exotique pour ainsi dire ", il s'offusquait ? »"

"« Bref : Est-ce que la mère de Todd TEXLER aussi, en vue de " cimenter " par exemple " davantage " " leur lien nuptial ", elle simulait également, vis-à-vis de " son oiseau " ; c'est-à-dire : vis-à-vis du père de Todd TEXLER justement, " des diverses scènes de ménages "; mais que malheureusement hélas !, lui-même le père de Todd TEXLER en question, ne sachant en réalité, rien du tout, du tout, de " toutes ces théâtralités " " à la mode " " blondinienne " par exemple, il ne pouvait que prendre " ces scènes de ménage " au tout premier degré, et par voie de conséquence, il ne pouvait que " faire la pantalonnade ", pour lui ? ""

"" Bref : Est-ce que le père de Milène VELASCO également, avait été la victime du métissage de jugeotes; ou plutôt : de cultures ? ""

"" Bref : Est-ce que le père de Jay CAREEN pareillement, avait été le bouc émissaire du choc de cultures ? ""

"" Bref : Est-ce que le père de Sebastian MARION, autant : avait été le jouet de la collision des entendements ; ou plutôt : des valeurs ? ""

"" Bref : Est-ce que le père d'Anaïs ARMIN de même : avait été le martyr de l'hybridation ; ou plutôt : du mélange, des humanisations ; ou plutôt : des civilisations ? ""

"" Bref : Est-ce que le père de Jacquelyn DORIS encore : avait été la proie de la percussion des savoirs ; ou plutôt : des mœurs ? ""

"" Bref : Est-ce que la mère de tel ou tel autre enfant (de telle ou telle autre enfant) aussi, en vue de " cimenter " par exemple " davantage " " leur lien matrimonial ", fait fuir également le père de tel ou tel autre enfant (de telle ou telle autre enfant) aussi justement ? ""

"" En bref, et surtout, avec tous " ces delirium tremens ", sortis donc déraisonnement des bouches de mamans des patients comme moi ; ces mamans justement vont devenir des schizophrènes les plus impressionnantes et les plus fameuses du monde ; elles vont donc devenir " des folle célèbres ", mondialement connues ? Et, et, et, et, et sans oublier " leurs héros (les papas des patients) " avec. " Avec " bien entendu aussi, tout ça, et tout ça, et tout ça, et tout ça, et tout ça dont ils y contribuent considérablement ? ""

"" Bref : Est-ce que le père de : et cætera et cetera …. également, avait été sinistré du heurt ; ou plutôt : du télescopage de sentiments ; ou plutôt : de discernements ? " " ". ".

"" Bref, bref, bref : Voilà quoi ! ""

Bref, bref, bref, Lucilian KEVILER était tout simplement devenu : ni plus et ni moins, qu'un enfant perturbé; très perturbé; très, très perturbé.

Bref, bref, bref, toutes ces questions posées ci-hautes, étaient tout simplement devenues : ni plus et ni moins, que des fixations dans la tête de Lucilian KEVILER.

L'on comprendrait déductivement, par toutes ces questions très, très pertinemment posées; ou plutôt : très, très savamment posées justement par LUCILIAN, que l'on avait-là : affaire à un gosse très, très intelligent bien sûr et très, très appliqué bien entendu à l'école; afin bien évidemment d'être en mesure de pouvoir formuler des telles questions, en question.

L'on comprendrait intuitivement, par toutes ces questions que ce gamin avait pu très, très méticuleusement, entendre et observé pendant des uns ou des autres de moments et également, dans des telles ou des telles autres circonstances, " des telles scènes "; " des scènes réservées aux adultes "; c'est-à-dire : " des scènes pour : enfants non admis à les observer "; mais que néanmoins, lui l'enfant Lucilian KEVILER, il les observait quand-même hélas !; et que celles-là justement lui étaient gravées indélébilement dans sa tête.

L'on comprendrait instinctivement, par toutes ces questions ainsi posées par ce bambin; qu'il était très, très intelligent et très, très appliqué bien entendu à l'école; mais que, malheureusement hélas !, lequel bambin en question, devenait également très, très perturbé, à cause de la fuite de son papa, du foyer conjugal; fuite due aux divers agissements de sa mère; lesquels ne semblaient guère coller avec les agissements du père.

Bref, une chose était sûre et certaine : ce môme possédait manifestement une faculté aiguë d'introspection;

bref, une chose était sûre et certaine : ce mioche possédait infailliblement un sens d'observation, très, très développé;

bref, une chose était sûre et certaine : cet enfantelet avait pu inexorablement subir " des sacrés préjudices moraux ";

bref, une chose était sûre et certaine : ce garçonnet avait pu indubitablement subir " des atroces traumatismes psychosomatiques "; lesquels s'avéraient être gravés inoubliablement dans son cerveau, comme sur du marbre. Il est à signaler que ces mêmes remarques ou ces mêmes observations de psychologues au sujet de l'enfant de MARYVONNE, étaient vraiment véridiques et incontestables; c'est parce qu'elles étaient également constatées et celles-là, à plusieurs reprises, par Madame Maryse FOUQUET; par le mari de celle-ci et par la "Baby-sitter" qui s'occupait du LUCILIAN.

Bref, ces mêmes questions à peu près, faisant recours à "la fuite d'un père, de son foyer ménager"; étaient posées par "cet enfant Lucilian KEVILER" : un coup, à son grand-père Monsieur Moïses KEVILER; un autre coup, à sa grand-mère Madame Maryse FOUQUET, épouse KEVILER; un autre coup, à Mademoiselle Jeanne CABROL; c'est-à-dire : "la Baby-sitter" qui s'occupait de lui LUCILIAN; un autre coup, à telle ou telle autre personne qui tiendrait compagnie à ce dernier pendant un moment donné, en vue de causer avec lui; et afin d'essayer de lui faire oublier ses soucis; et ainsi de suite. Ces mêmes questions à peu près, étaient posées par "cet enfant Lucilian KEVILER", à tous ces gens ici; lorsqu'ils se trouvaient quelque part, assis ou debout, peu importe; et surtout, quand ils se promenaient par exemple avec lui en cours de route; et que lui LUCILIAN, il se rencontrait avec un enfant ou une enfant qui pleurait; ou ayant tout simplement un air très triste. À chaque fois, devant des tels cas, LUCILIAN posait la question de savoir : " S'il ne s'agissait par-là, pas, d'une situation typique due à la cavale de son papa ? "; ou en vue de l'exprimer beaucoup plus exactement : "ce môme LUCILIAN" posait la question de savoir : " S'il ne s'agissait point par-là, des situations typiques dues " aux voltes-faces " de pères des gosses qu'il rencontrait en cours de routes; ces gosses ayant des airs assez tristes ? ". Et oui ih !, c'étaient devenues : ni plus, et ni moins, que des fixations. Des fixations qui s'opéraient dans la méninge de Lucilian KEVILER. Et ces fixations s'opéreraient malheureusement hélas !, de plus en plus, dans l'esprit du fils de MARYVONNE.

Quoi dire en vue d'éviter que ce crapoussin-ici, ne continue de faire des telles fixations dans sa méninge ?

Quoi faire réellement, afin d'éviter que ce loupiot-ici, ne continue de faire des telles fixations dans son esprit ?

Quoi faire réellement ! Et ben !, c'était simple ! Enfin : presque ! Car, c'était certes, simple dans la théorie; mais cependant, c'était compliqué dans la concrétisation ou la pratique ! Puisque, afin d'éviter que cet enfantelet-ici (; ou plutôt : " là " ne continue de faire des telles fixations dans son esprit. D'où ---).

D'où : afin d'éviter que cet enfançon-là, ne continue de faire des telles fixations dans sa tête justement, il fallait inflexiblement entreprendre; ou plutôt : mener une double opération; ou plutôt : une double action; à savoir : la recherche rigoureuse; et la reconduite irréductible, de son papa Julio FERNANDEZ, auprès de ce gamin en question, par tous les moyens (et alors vraiment : par tous les moyens; en utilisant même : des moyens les plus illégaux; en vue de ne même pas dire : des moyens les plus déplorables), et ces moyens précisément s'imposeraient davantage.

˵« Et oui ! Dire aussi qu'avec " cette méthode à utiliser : afin d'éviter que cet enfançon-là, ne continue de faire des telles fixations dans sa tête justement " : le devoir ultime des grands-parents (MOÏSES et MARYSE) ne peut inexorablement être aussi, qu' : " Une Ultime Thérapie Pour Sauver Leur Enfant " ; c'est-à-dire : MARYVONNE, la mère de l'enfant très, très perturbé. »˶

Enfin, afin de revenir aux différents films qui étaient montrés à l'attention des enfants "du Centre" : ˵"

˵« Tantôt c'était : " Est-ce que le papa d'Anaïs ARMIN également ne téléphone même pas chez eux ? Hein ? ". »˶

˵« Tantôt c'était : " Est-ce que le papa de Jacquelyn DORIS aussi avait eu à subir plusieurs entourloupettes de la part de "sa marraine et pourtant bien aimée par lui et par toutes les siennes" ? ". »˶

"« Tantôt c'était par exemple : " Est-ce que le papa d'Andreas NELLY également avait dû à .../.... Et cætera et cetera ....". " « ».

Il en résultait en résumé, pour les thérapies de l'enfant Lucilian KEVILER; que ce dernier était remarquablement très, très intelligent certes; et d'ailleurs à ce sujet d'intelligence remarquable de LUCILIAN, il est à signaler que très souvent dans des dessins librement consentis; dans des dessins libres que les psychologues leur demandaient de réaliser; celui-ci ne faisait toujours et encore toujours, que des croquis d'un père fuyant son foyer conjugal. Ceci étant, il n'y avait plus l'ombre d'un seul doute que : Lucilian KEVILER était remarquablement très, très intelligent certes; mais par contre et malheureusement hélas !, pour lui; il était aussi incontestablement très, très perturbé, par la suite des répercussions du départ de son papa Julio FERNANDEZ, de leur foyer nuptial. Ensuite, bien entendu avec des multiples efforts déployés par des psychothérapeutes "du Centre Benoît MARCONI", "théoriquement", l'état mental et psychologique du petit Lucilian KEVILER s'améliorerait apparemment définitivement; quoique "pratiquement", cet enfant resterait toujours très, très fragile "psychiquement parlant". D'où, la nécessité du fait, d'éviter par exemple, de lui causer des soucis : et à ce sujet justement, ses grands-parents y veilleraient. Ceci étant, LUCILIAN ne se remettrait plus jamais à la traîne; et il rejoindrait normalement ses copains "du Cours Élémentaires Première Année" ["C. E. I. A."] de "l'École JOFFRE", située sur la Rue du Maréchal Joseph JOFFRE, à Rueil-Malmaison. LUCILIAN réintégrerait aussi ses petits amis de la Rue de l'Église; lesquels se rencontraient souvent avec lui, dans le Parc public situé non loin de chez eux et lesquels amis qu'il avait également désertés. L'état mental et psychique assez déplorable qu'avait eu à connaître l'enfant de MARYVONNE, par suite du départ de son père JULIO; cet état "physiologique" ou "psychosomatique" ne serait plus, qu'une simple parenthèse, grâce aux multiples efforts fournis à son intérêt entre-autres, par des psychologues "du Centre Benoît MARCONI".

Cet état "psychosomatique" ne serait plus qu'un très mauvais souvenir; lequel avait hélas !, malheureusement, duré quand-même deux bonnes années en tout pour lui LUCILIAN. Moïses KEVILER et son épouse Maryse FOUQUET feraient très, très attention à ne guère faire voir; ou à ne point faire remarquer; ou surtout à ne pas faire constater; ou même à ne guère raconter tant soit peu, "cette phase psychosomatique que celui-là justement avait eu à traverser", à l'attention de sa mère MARYVONNE, de peur que les nouvelles de cette situation; laquelle situation était déjà derrière eux; de peur que, ça rende encore plus critique, sa dépression nerveuse qu'elle avait décidément. C'était aussi à cause de "cet épisode de la vie de LUCILIAN"; lequel durerait ainsi tranquillement, jusqu'à en tout deux bonnes années jour pour jour; que les parents de MARYVONNE ne voulaient surtout guère du tout, du tout, que celle-ci dans son état très, très dépressif dans lequel elle se retrouverait déjà dorénavant finalement à cette époque-là très précisément; ses parents ne voulaient point, que celle-là puisse récupérer son fiston; de peur que celui-ci justement, compte tenu de son état mental et psychique très fragile; de peur qu'il rechute à nouveau, de plus belle. Ça serait pour cela, que les parents de MARYVONNE feraient tous ceux qu'ils pouvaient faire, pour en réalité, l'intérêt du bien-être du fils de celle-ci et par voie de conséquence, pour également l'intérêt du bien-être de celle-ci aussi bien évidemment.

Il faudrait toutefois avouer qu'avec : " la technique psychodramatique " ; ou plutôt : qu'avec " l'approche déductionnelle " (; une démarche analytique s'appuyant sur " la décharge " " agitationnelle " ; s'appuyant sur " la décharge " " commotionnelle " ; s'appuyant sur " la décharge " " émotionnelle ", cramponnée " à la représentation manifeste " ; ou plutôt : " à la manifestation objective ", de tous les souvenirs d'aventures ou de mésaventures, choquants ou traumatisants, repoussants, vécus ou subis, tant directement ; qu'indirectement, par des patients) ; " la technique " qu'avaient fourni " des psychothérapeutes d'enfants du Centre Benoît MARCONI " sur des patients tels qu'entre-autres : l'enfant Lucilian KEVILER ; avec cet excellent travail qu'ils avaient inlassablement opéré sur entre-autres : celui-ci, en vue de mettre " le holà ", à des intenses perturbations qui rongeaient ce petit justement, de l'intérieur-même de son mental ; ce petit justement en question avait donc obtenu son salut.

Seulement attention : ce dernier resterait néanmoins cependant, très, très fragile ; d'où : la nécessité absolue à tous ceux qui l'approchaient, de déployer tous efforts possibles, visant à pouvoir l'aménager, tout au moins : mentalement, en tout cas.

Propagerait partout que sa propre mère,

lui avait "piqué" son enfant; et …/….

Dans : " Dépression Nerveuse ou Chagrin d'Amour " et dans : " Tourments de " JULIO, De Descendance Poitevine " ", nous avons vu qu'étant ainsi au bord de la dépression, MARYVONNE ne pourrait évidemment plus s'occuper comme il le faudrait vraiment [d'ailleurs avant, c'était même, son " guignol " Julio FERNANDEZ qui le faisait quasiment tout seul, et non elle], de son fils LUCILIAN. En dépit de cela, elle (c'est-à-dire MARYVONNE), propagerait partout, des nouvelles comme quoi, que sa propre mère, " lui avait piqué " son enfant; et qui plus est, elle n'avait même par conséquent, point du tout du tout, hésité un seul petit instant, pour aller voir le juge de tutelle; lequel lui avait momentanément donné raison, en attendant " son éventuelle proche guérison "; en attendant " l'éventuelle proche guérison " de Mademoiselle Maryvonne KEVILER : " " Une Métisse De Descendance Parisienne " et " d'Arrière-Descendance Kinoise ". ". Le juge de tutelle avait provisoirement donné raison à Madame Maryse FOUQUET, au détriment de " sa Métisse MARYVONNE ".

"…/… Mais MARYVONNE, comment expliquer que ton
appartement est en plein désordre comme ça ?
apparemment tu es affaiblie, voire très, très affaiblie. …/…. ".

Une fois de plus, Madame Maryse FOUQUET, épouse KEVILER écrirait une triste lettre à Monsieur Alejandro DE VERDUN, afin que ce dernier aille encore voir sa fille MARYVONNE; et qu'il puisse la persuader, comme quoi, que c'était pour son propre intérêt [son propre intérêt à elle MARYVONNE], qu'elle s'était par la voie de conséquence, permise, de saisir le juge des enfants; et obtenir de ce fait tout à fait légalement, la tutelle de LUCILIAN.

"Exp. : Maryse FOUQUET, épouse
KEVILER. Rue XXXXXX,
N° XXX; Rueil-Malmaison.

Rueil-Malmaison, le 12 Octobre 1983.

À Monsieur Alejandro DE VERDUN.

…/… Excusez-moi de vous derange(Sic) en ce jour d'aujourdui(Sic) en vous écrivant encore la présente depeche(Sic). Nous ne nous connaissons pas encore, mais moi je vous connais. Je vous connais comment, vous demanderiez vous tout à fait naturellement ?

Ne cherchez pas la réponse ! Je vous connais pour le moment, que par votre nom seulement !

Je vous connais par laide(Sic) !

Par laide(Sic) que vous octroyez à ma fille unique !

À ma fille unique Maryvonne KEVILER !

Nous ne nous connaissons pas encore, mais moi Maryse FOUQUET, épouse KEVILER, je connais très bien toute laide(Sic) moral(Sic) que vous apporter(Sic) à ma fille unique, dont vous n'êtes certainement pas du tout du tout, sans savoir qu'elle est en cur(Sic) antidépressive actuellement. ". "

.../.... " " Je vous connais par le nom (comme je vous l'avais déjà écris(Sic) avant cette deuxième lettre que je vous envoie en ce moment, grâce à elle-même MARYVONNE, la patiente; laquelle n'arrête plus du tout du tout, de nous répéter (à moi MARYSE, sa mer(Sic) et bien évidemment à lui Monsieur Moïses KEVILER, son père) [je cite] : " Est-ce qu'Alejandro DE VERDUN a déjà retrouvé mon Julio FERNANDEZ " De Descendance Poitevine et d'Arrière-Descendance Espagnole " ?

Il faut absolument qu'il le retrouve, puisqu'il m'avait promi(Sic) lui-même, comme quoi, qu'il essayerai(Sic) de voir :

Qu'est-ce qu'il pourai(Sic) fair(Sic) afin de m'aidez(Sic); même s'il s'agit d'aller consulter une méduime(Sic) ". C'est pour cela; c'est pour cette raison, que moi MARYSE, sa maman, je lui avais demander(Sic) votre adresse; et par voie de conséquence, je vous avait(Sic) écri(Sic) une fois déjà, et encore une deuxième fois, écri(Sic) . " .../.... ".

Je vous remerci(Sic) de tous(Sic) mon cœur, de tout le soutient(Sic) morale(Sic) que vous n'arrêter(Sic) plus jamai(Sic) d'apportez(Sic) à ma fille; laquel(Sic) es(Sic), vous n'êtes sûrement pas sans le savoir, mon enfent(Sic) unique; afin qu'elle puisse par conséquent, se rétablir, comme elle était auparavant. " .../.... ". Je vous demanderez(Sic) encore une autre faveure(Sic) :

Je vous demanderez(Sic) de pouvoir intervenir, auprès de K. MARYVONNE; laquel(Sic) n'arrête quasiment plus jamai(Sic) du tout du tout, de propager partout comme quoi, que moi sa propre maman, j'ai " piqué " son fils LUCILIAN. En fait, je n'ai pas du tout, du tout, volé son gausse(Sic). Je ne voudrai(Sic) que leur bonneur(Sic); leur bonneur(Sic); c'est-à-dire pour lui LUCILIAN et bien sûr, pour elle sa maman; laquel(Sic) est ma fille unique.

En écrivant la presante(Sic) dépeche(Sic), je suis même en train de trambler(Sic), et de pleurer des soussis(Sic) en même temps, comme étant par exemple, un tout petit anfent(Sic), excusez-moi, Monsieur Alejandro

DE VERDUN, de l'écriture qui du coût(<u>Sic</u>), devien(<u>Sic</u>) ilisible(<u>Sic</u>); et de toute(<u>Sic</u>) les fotes(<u>Sic</u>) qui puisse(<u>Sic</u>) avoir dans cette presante(<u>Sic</u>) lettre. Alors vraiment, des fotes(<u>Sic</u>), il y en a; car, avec des soussis(<u>Sic</u>) que j'ai en ce moment-ici, je n'ai même pas ma tete(<u>Sic</u>) à faire attantion(<u>Sic</u>) à l'ortografe(<u>Sic</u>) !"

"Aller(<u>Sic</u>) encore une fois de plus très cher Monsieur Alejandro DE VERDUN, voir ma fille unique MARYVONNE, s'il vous plait; et lui dire que tous me(<u>Sic</u>) effort(<u>Sic</u>) à son égar(<u>Sic</u>) et à l'égar(<u>Sic</u>) de son anfent(<u>Sic</u>) LUCILIAN, ne sont que des soutien(<u>Sic</u>) morale(<u>Sic</u>) et matérielles(<u>Sic</u>) qu'une mer(<u>Sic</u>) ou une grand-mer(<u>Sic</u>) puissent(<u>Sic</u>) aportez(<u>Sic</u>) à son anfent(<u>Sic</u>) où(<u>Sic</u>) à son petit anfent(<u>Sic</u>). C'est pour dire que je n'ai pas du tout du tout volé son fis(<u>Sic</u>) LUCILIAN, comme elle n'arrête plus jamais désormais, de le propager partout.

Je l'ai pris momentanément comme me l'avez(<u>Sic</u>) laissée(<u>Sic</u>) entendre le juge de tutelle. En plus, il; c'est-à-dire lui LUCILIAN en question; il ne rate rien; parce qu'il va à l'école à côté de chez nous, en attendant(<u>Sic</u>) que la cur(<u>Sic</u>) d'anti-dépression de sa mer(<u>Sic</u>) puisse se terminer.

Tous ceux-ci, que moi sa mer(<u>Sic</u>) MARYSE et lui son per(<u>Sic</u>) MOÏSES; c'est-à-dire lui mon mari MOÏSES; tous ceux-ci que nous faisons sans pour autant, y être même obliger(<u>Sic</u>); ce n'est pas de l'amour pire(<u>Sic</u>) et simple que nous leur témoignons ça ?

À elle, MARYVONNE et à lui, son fis(<u>Sic</u>) LUCILIAN ?

Comme moi et mon mari, nous-nous occupons des affair(<u>Sic</u>) dont nous somes(<u>Sic</u>) des patrons; et que comme une grande partie de la journée ouvrable, nous XXX(<u>Sic</u>) absents de la maison; et qu'en vue de très bien réussir l'éducation, l'instruction et la surveillance de LUCILIAN, moi-mêmes(<u>Sic</u>) et mon mari MOÏSES, nous avons embauché une femme " babie-siter(<u>Sic</u>) ", afin qu'elle puisse s'occuper très, très bien pendant notre absence, de cette, ou plutôt, de ces taches(<u>Sic</u>) difficiles, ce n'est pas là, témoigner de l'amour pire(<u>Sic</u>) et simple vis-à-vis de sa fille et de son petit anfent(<u>Sic</u>), ça ?"

Sur ceux, Monsieur Alejandro DE VERDUN, je termine pour aujourdui(<u>Sic</u>). Et je vous dis au revoir et à bientot(<u>Sic</u>).

D'après Madame Maryse FOUQUET, épouse
KEVILER, la mama(Sic) de MARYVONNE. ».

Et la réponse d'Alejandro DE VERDUN avait été la suivante :

"Exp. :

Alejandro DE VERDUN. Paris, le 18 Octobre 1983.

À Madame Maryse FOUQUET, épouse KEVILER.

Madame,

Bonjour.

J'ai bel et bien reçu votre deuxième lettre; laquelle vous
avez bien voulu m'envoyer encore, à la date du 12 Octobre
1983. Je vous signale au passage, que j'avais également bel
et bien reçu votre première dépêche; laquelle vous avez bien
voulu m'adresser. Mais seulement voilà, je n'avais en fait pas
encore eu le temps de vous répondre; j'étais justement sur le
point de le faire; et puis voilà venir votre seconde dépêche.

Je comprends qu'il y a un état d'urgence; une urgence
absolue. Et devant un tel état d'urgence absolue, je me vois
moi Alejandro DE VERDUN, dans cette obligation; dans
cette obligation ultime j'ajouterais même, de vous répondre
immédiatement, afin d'éviter par exemple qu'une éventuelle
troisième dépêche provenant de votre part, vienne encore
trouver la deuxième, non encore répondue. Celle-ci, je l'ai
reçue justement aujourd'hui seulement, le 18 Octobre 1983;
et je m'en vais par voie de conséquence, tout de suite, vous
répondre.

"Ce faisant, comme pour toute réponse que je puisse
vous envoyer, quoique, l'on ne s'est pas encore vu : Je vous
répondrais seulement comme quoi, que j'essayerai de faire
tous-ceux que je pourrais faire, afin d'aider votre fille unique
MARYVONNE, à s'en sortir : la preuve, j'ai déjà commencé à

le faire, avant même que vous puissiez m'envoyer votre toute première lettre déjà, en ce sens. " …/…. ". ". " …/… Je termine ainsi, et à très bientôt

Madame Maryse FOUQUET, épouse KEVILER, je vous dis donc : Merci beaucoup.

D'après Alejandro DE VERDUN. ". ».

Quelques jours seulement après, Monsieur DE VERDUN était parti voir MARYVONNE chez elle, en vue d'essayer de l'aider moralement, à s'en sortir, de l'état psychosomatique déplorable, dans lequel, elle se trouvait finalement.

" " Monsieur Alejandro DE VERDUN, s'adressant par voie de conséquence, à Mademoiselle Maryvonne KEVILER : " Bonjour MARYVONNE ! ". Et Mademoiselle Maryvonne KEVILER, répondant par conséquent, à Monsieur Alejandro DE VERDUN : " " Bonjour ALEJANDRO ! ".

Alejandro DE VERDUN : " Ça va MARYVONNE ? As-tu la forme ? ".

Maryvonne KEVILER : " Oui ih !, la méga-forme ! Ça va bien, merci. Et toi-même, ça va ? ".

ALEJANDRO : " Oui, ça va très bien merci. Mais MARYVONNE ! Tu parles de " la méga-forme ", certes ! Mais comment expliquer le fait, que ton appartement s'avère être, en plein désordre comme ça ? Apparemment, tu es affaiblie; voire très affaiblie; très, très affaiblie même ! Si c'est à cause de cet état de faiblesse que tu éprouves; alors moi-même, et bien évidemment, avec ma femme LOISETTE, nous viendrons t'aider; et nous viendrons même souvent, t'aider, à remettre de l'ordre, dans ton appartement ! ".

MARYVONNE : " Depuis que mon Julio FERNANDEZ est parti pour lui, je n'ai plus du tout, du tout, le goût de vivre ! Et surtout, je ne possède plus du tout, du tout, cette envie de pouvoir continuer d'arranger mon appart justement ! J'allais plutôt dire : je ne possède plus du tout, du tout, cette envie de pouvoir continuer d'arranger notre appartement; puisque finalement, celui-ci est bel et bien devenu tout de même, pour nous deux; c'est-à-dire, pour moi MARYVONNE et lui JULIO ! D'où, le fait, que je ne possède plus du tout, du tout, cette envie de pouvoir continuer d'arranger notre appart ; lequel du coup, redevient beaucoup trop grand, pour moi toute seule, comme à l'époque d'antan où, j'habitais toute seule ! J'ai perdu mon Julio FERNANDEZ; en plus, ma propre mère ne s'était aucunement pas gênée un seul petit instant, afin de me " piquer " mon fils LUCILIAN; et pire encore pour moi MARYVONNE, le juge de tutelle lui a donné raison ! Et devant des telles circonstances, mon cher ALEJANDRO, comment veux-tu que je m'occupe seulement d'entretenir de l'ordre à l'intérieur de mon appartement ? ".

ALEJANDRO : " Mais non ohn !, MARYVONNE ! Tes parents n'ont pas " piqué " ton fils LUCILIAN ! Ta mère n'a pas du tout, du tout " piqué " LUCILIAN ! Elle ne l'a pas du tout, du tout " volé " ! Elle te le garde seulement provisoirement ! Et c'est pour son propre intérêt ! C'est pour le propre intérêt de ce dernier que tes parents ont obtenu légalement la garde légitime de ce dernier ! C'est pour son propre intérêt; parce que, toi MARYVONNE sa maman, tu es encore en train de prendre tes comprimés-" antidépresseurs " ! Tu es encore en train de prendre tes pilules " d'anti-dépression ", en vue de pouvoir soigner tes nerfs qui ont craqué et qui, par voie de conséquence, ont lâché ! Bref, tu es encore en train de suivre ta cure et tu n'as pas encore terminé cette dernière en question ! Et pendant que je pense justement !

Est-ce que tu suis réellement ta cure ?

Est-ce que tu prends toujours (comme le toubib te l'avait prescrit), tes comprimés; et cela, trois fois par jours ? C'est-à-dire : matin, midi et soir ? ".

MARYVONNE : " Mais bien sûr ! Je suis réellement ma cure ! Je prends toujours (comme le toubib me l'avait prescrit), mes pilules ! ".

ALEJANDRO : " Mais comment cela se fait en sorte, qu'apparemment, tu ne te portes pas du tout, du tout bien ? Mais comment apparemment, es-tu très, très affaiblie comme ça MARYVONNE ? ".

Maryvonne KEVILER : " Je ne suis pas " apparemment très, très affaiblie " ! Ce sont des effets secondaires des médicaments qui me donnent justement cette apparence ! J'avais été d'ailleurs prévenue au préalable, comme quoi, que cela allait se passer de la sorte ! Le médecin m'avait explicitement laissé entendre lui-même, comme quoi, qu'en guise des effets secondaires de " ces antidépresseurs ", je serais par exemple, entre-autres, affaiblie; très affaiblie; très, très affaiblie même ! Cela étant, c'est tout à fait normal, que je me retrouve par exemple, en ce moment ici très précisément, dans cet état de faiblesse majeure ! ".

"... Qu'est-ce qu'il t'avait
dit, ce médium ? Julio FERNANDEZ
reviendra-t-il, ou ne reviendra-t-il pas ? ".

En réalité, MARYVONNE se laissait détruire elle-même, doucement et sûrement. Pourquoi ? C'est tout simplement puisqu'elle ne prenait plus du tout, du tout, ses médicaments antidépresseurs; et cela, " depuis déjà, un mois et demi ". Et c'était pour cela, qu'elle était devenue très, très affaiblie apparemment. Ce n'était en vérité, pas à cause des effets secondaires de ces pilules. Ce faisant, ALEJANDRO lui dirait par voie de conséquence : " J'aimerais bien te croire MARYVONNE ! Alors, si ce ne sont-là, que des effets secondaires des antidépresseurs, cet état physiologique passerait ! Surtout, il faut toujours et encore toujours, continuer de prendre ces comprimés, comme le toubib te les avait prescrits explicitement, jusqu'à la fin de la période prévue, pour le terme de cette cure antidépressive ! Il faut très, très bien suivre ceux qui avaient été prescrits sur l'ordonnance ! ".

Mademoiselle Maryvonne KEVILER : " Oui ih !, bien sûr ! ".

Monsieur Alejandro DE VERDUN : " C'est bon alors. Je ne m'inquiétais que pour rien quoi ah ! ".

Maryvonne KEVILER : " Oui, tu ne t'inquiétais en fait que pour rien ! Mais en fait, toi ALEJANDRO ! Tu m'avais promis de me ramener mon Julio FERNANDEZ. Tu m'avais promis de demander éventuellement, le concours d'un détective privé; ou même d'aller consulter carrément un médium ! Qu'est-ce qu'il t'avait dit, ce médium ? Julio FERNANDEZ reviendra-t-il, ou ne reviendra-t-il pas ? ".

Alejandro DE VERDUN : " Mais si ih ! Il reviendra ! ".

MARYVONNE : " Mais quand ? ".

ALEJANDRO : " Très bonne question ! En fait, j'avais en quelque sorte, essayé moi-même de faire " le détective privé " ! Comment ? C'est tout simplement, parce que j'étais parti dans le siège de leur société; société dans laquelle lui Julio FERNANDEZ travaille, comme tu me l'avais dit ! Mais seulement voilà …/…. ".

MARYVONNE : " Oui ih ! Mais seulement voilà ? ".

ALEJANDRO : " Mais seulement voilà, je ne sais pas si par suite des consignes reçues, ou par " enchantement "; mais est-il que : " Personne ne donne la moindre petite information au sujet de quelqu'un d'autre; surtout pas du tout, du tout, à une personne qui ne fait guère partie de la société ! " ! Finalement, …/…. ".

MARYVONNE : " Finalement ? ".

ALEJANDRO : " Finalement, je me demandais moi-même dans le fond de mon cœur, si Julio FERNANDEZ en question n'avait-il par exemple point, tout simplement changé de " boîte "; Et que l'on ne voulait en fait pas du tout, me le faire savoir ! En tout cas, ce n'était même pas facile à le savoir ! ".

MARYVONNE : " Mais pourquoi ne voulait-on pas te fournir les moindres petites informations, à son sujet justement ? ".

ALEJANDRO : " Ne cherche même pas trop à le savoir MARYVONNE ! Pourquoi ? C'est tout simplement parce que tu n'auras guère des véritables réponses à ce sujet ! Et à ce sujet justement, tu risques par voie de conséquence, de te faire davantage du mal ! ".

MARYVONNE : " Mais pourquoi n'aurais-je guère des véritables réponses à ce sujet ? ".

ALEJANDRO : " C'est parce que tout simplement, vous n'êtes pas mariés ! Et à ce propos, aux yeux de leur " boîte " : C'est comme si celle-ci justement protégeait son " employé " que l'on voulait menacer; que l'on voulait " faire chanter " par exemple ! C'est pour cela, …/…. ".

MARYVONNE : " C'est pour cela ? ".

ALEJANDRO : " C'est pour cela que si cette " boîte " me répondait; ou qu'elle te répondait par exemple; il y aurait des éventuelles retombées néfastes; lesquelles pourraient d'une façon ou d'une autre, se répercuter dans leur société. Alors …/…. ".

Mademoiselle Maryvonne KEVILER : " Alors ? ".

Monsieur Alejandro DE VERDUN : " Alors, en vue d'éviter des tels éventuels inconvénients, cette entreprise de gardiennage avait systématiquement décidé de ne fournir aucune information, au sujet de Julio FERNANDEZ. ".

Maryvonne KEVILER : " Mais toi ALEJANDRO, tu n'avais guère parlé à mon nom ? ".

Alejandro DE VERDUN : " Mais bien sûr que si ih ! ".

MARYVONNE : " Mais toi aussi ih ! ".

ALEJANDRO : " Quoi moi aussi ? ".

MARYVONNE : " Mais c'était ton erreur ! C'était ton erreur ! Pourquoi ? C'est tout simplement, parce qu'il aurait absolument fallu te faire passer par exemple, comme étant un fidèle ami d'enfance de JULIO ! Il aurait absolument fallu te faire passer comme étant un ami fidèle d'enfance de JULIO; et par voie de conséquence, ne parler qu'exclusivement, pour ton propre compte ! ".

ALEJANDRO : " Ç ' aurait changé à quoi hein ? Moi-même, je vais te le dire MARYVONNE ! Ç ' n'aurait changé à rien du tout du tout ! Au contraire, dans ce cas-là, cette " boîte " de gardiennage serait même forcément encore plus méchante envers moi ! ".

MARYVONNE : " Ça ah !, c'est toi ALEJANDRO qui le dis ! Il aurait fallu essayer quand-même ! ".

ALEJANDRO : " Bon MARYVONNE ! Puisque tu désires vraiment savoir tous les détails, en sachant : Comment j'avais été " ridiculisé " ! En sachant : Comment j'avais eu à connaître; ou plutôt : à supporter l'humiliation, en agissant comme tu avais voulu que je procède absolument ! Alors, ouvre très bien tes oreilles; et écoute-moi très attentivement ! ".

MARYVONNE : " Alors, j'ouvre très bien, mes oreilles; et je t'écoute très attentivement ! ".

Et c'était ainsi, que MARYVONNE avait été mise au courant de la manière dont un de ses amis et en occurrence ALEJANDRO, avait été ridiculisé. Madame Liliane QUESNEL, épouse Roger BOUSSARD; laquelle ne savait pas encore que son collègue de travail Mademoiselle Maryvonne KEVILER s'était déjà renseignée auprès de la " boîte " de gardiennage où travaillait JULIO son " quidam "; elle allait lui dire par voie de conséquence : " Mais si tu réfléchissais très bien MARYVONNE, ce n'est point un problème ça ah ! Pourquoi ? C'est parce que, tu pourrais te renseigner toi-même !

Ce n'est pas un problème; puisque, renseignes-toi, auprès de sa " boîte " de gardiennage; là où il travaille; là où travaille JULIO; et l'on te mettra bien évidemment tout de suite au courant ! L'on te fournira toutes les informations que tu voudras au sujet de ton " zouave " ! ".

Maryvonne KEVILER : " Sa " boîte " justement, ne veut pas du tout du tout, transmettre les infos au sujet de Julio FERNANDEZ ! Pourquoi ? C'est parce que, selon elle, l'on n'est même guère mariés; et par conséquent, moi MARYVONNE, je ne porte même point, son nom ! Enfin LILIANE, un autre jour seulement, je vais te raconter plus ou moins en résumer; afin de ne pas dire : plus ou moins en détails, ce récit ! ".

"… Vous venez nous rendre visite,

sans pour autant prendre un rendez-vous

au préalable; nous sommes très

aimables de vous accorder ici même, un tout petit moment;

et vous, vous voulez en abuser ! …/…. ".

Un autre jour justement, à son travail, Mademoiselle Maryvonne KEVILER, raconterait pendant la pause de midi, à sa collègue Madame Liliane QUESNEL, épouse BOUSSARD : Comment elle-même et son ami Alejandro DE VERDUN; Lequel lui remontait souvent le moral, suite à cette affaire de la prise de la poudre d'escampette par lui Julio FERNANDEZ; elle lui raconterait : Comment ils avaient été ridiculisés justement. Elle le lui raconterait comme elle l'avait prévu, plus ou moins en résumé; afin de ne guère dire : plus ou moins en détail. MARYVONNE laisserait entendre à LILIANE : " Ma chère collègue, écoute seulement toi-même ceux que, ALEJANDRO me racontait; et tu comprendras comme quoi, que ce n'était pas du tout, du tout, drôle ! ".

"" …/…. " " J'étais parti chercher cette adresse du IXème Arrondissement, comme tu me l'avais conseillée. Je suis arrivé là-bas; j'avais sonné devant la porte et l'on m'avait fait entrer. Je m'étais présenté devant " une charmante beauté " ; laquelle était, je m'en doutais : la secrétaire et je lui disais bien évidemment : " Bonjour ! Je m'appelle DE VERDUN; Alejandro DE VERDUN. Je suis Maître-assistant, à l'Université de Paris-Sorbonne. Je voudrais que vous me donniez absolument, l'adresse de l'un de vos gardiens; l'adresse d'un gardien qui travaille chez vous ; c'est-à-dire : dans " l'Entreprise SECUDARGAUD "; et lequel gardien s'appelle FERNANDEZ; Julio FERNANDEZ. C'est un grand ami d'enfance pour moi ! L'on s'était perdu de vue depuis pas mal de temps déjà; et quelqu'un que je connais très bien, m'avait seulement fourni l'adresse de sa société de gardiennage " la SECUDARGAUD "; sans pour autant, me fournir celle de son domicile; pour la simple raison que lui-même ne la connaît guère non plus. " ". ".

La charmante secrétaire me répondait à ce propos : " Je suis désolée Monsieur le Professeur d'Université ! Je suis vraiment désolée Monsieur le Professeur ! Dans notre Société, nous avons des strictes consignes, entre-autres, comme quoi, de ne jamais, jamais, jamais, fournir ces genres d'informations auprès des certaines personnes; " lesquelles " ne sont même pas de la Police ou même pas des familles proches de nos employés par exemple …/…. ". ".

Alejandro DE VERDUN : " Pourriez-vous m'appeler alors, l'un de vos responsables; afin que je lui parle moi-même, s'il vous plait ? ". Et la charmante secrétaire, répondant à Monsieur Alejandro DE VERDUN : " Un instant ! Je vais pouvoir vous appeler Monsieur Claude ROLAND, le Chef du Personnel de cette Entreprise; et ainsi, il va pouvoir par voie de conséquence, vous répondre lui-même en personne ! ". Puis immédiatement, elle prenait son combiné téléphonique; elle composait un certain numéro interne très court et enfin elle s'exprimait de la manière suivante : " Monsieur ROLAND ! C'est moi ! Pourriez-vous venir ici, un tout petit instant en vue de parler vous-même en personne, à un certain Professeur d'Université ? Lequel Professeur s'avère être, selon ses propres dires, un fidèle ami d'enfance de Julio FERNANDEZ; et qui, en ce titre justement, il désire avoir absolument des " infos " au sujet de ce dernier ? ". Le Chef du Personnel Claude ROLAND, répondant à la secrétaire : " J'arrive ! ". Et bien entendu, aussitôt après, il était effectivement là. Et à ce sujet, ma chère collègue LILIANE, écoutons-donc la conversation entre Claude ROLAND et Alejandro DE VERDUN : Claude ROLAND : " Monsieur le Professeur bonjour ! ".

Le Professeur Alejandro DE VERDUN : " Bonjour Monsieur eh !, eh, eh ! …/…. ! ".

Le Chef du Personnel : " ROLAND. Je m'appelle Claude ROLAND et je suis le Chef du Personnel de cette société de gardiennage. Je suis déjà informé par notre secrétaire au téléphone, de votre objet de visite chez nous ! Je crois à ce propos, que notre secrétaire justement vous a déjà parfaitement répondu, comme quoi, que nous dans " l'Entreprise SECUDARGAUD ", nous ne transmettons jamais, jamais et jamais, de ces genres d'informations concernant nos employés, à n'importe qui, qui désire comme vous, absolument les avoir ! En tout cas, nous ne les transmettons jamais, jamais et jamais à n'importe qui ! Vous seriez par exemple de la Police; ou sinon, un des plus proches membres de sa plus proche famille, là oui ! Mais quant-à les transmettre à n'importe qui; fût-il un fidèle ami d'enfance, d'un de nos employés; alors ça, c'est non ! C'est vraiment non ohn ! ".

Alejandro DE VERDUN : " S'il vous plait Monsieur le Chef du Personnel, transmettez-les moi; car c'est très important ! Ce n'est guère du tout du tout, afin de lui faire du mal hein ! C'est surtout pas ça ah ! C'est bien au contraire ! ".

Claude ROLAND : " Je regrette Monsieur le Professeur ! ".

Alejandro DE VERDUN : " Bon je vais tout simplement vous dire tout ! J'aurais du d'ailleurs directement, vous cracher toute la vérité dès le début; ç' aurait très certainement été différente votre réponse ! Je vais tout simplement vous dire tout à présent; et j'espère par voie de conséquence, que vous allez me comprendre et que vous allez m'aider, en me fournissant des informations, au sujet du gardien Julio FERNANDEZ ! ".

Claude ROLAND : " Ça m'étonnerait beaucoup ! Alors hein !, ne perdez pas votre temps; et le mien d'ailleurs ! ".

Alejandro DE VERDUN : " Écoutez-moi quand-même ! ".

Claude ROLAND : " Allez-y Monsieur ! Et soyez très bref ! ".

Alejandro DE VERDUN : " En fait, je ne suis pas un fidèle ami d'enfance de Julio FERNANDEZ ! C'est un beau-frère à moi ! Je voudrais le retrouver ! Pourquoi ? C'est tout simplement parce qu'il a largué " sa compagne " ; laquelle est bien entendu, ma sœur; ma petite sœur; laquelle a déjà eu avec lui, un tout petit garçon; lequel, ils ont ensemble nommé : LUCILIAN ! Ce dernier n'arrête plus jamais, de pleurer son père; afin qu'il retourne chez eux, dans leur appartement. D'où, si je suis venu vous voir aujourd'hui, c'est surtout pour l'intérêt de ce dernier enfant ! Il n'arrête plus de chercher son père et par conséquent, il n'arrête plus non plus, de pleurer ! Croyez-moi, Monsieur le Chef du Personnel, que c'est une bien triste situation ! Et " cette bien triste situation justement ", a rendu ma petite sœur très, très malade : elle est même en ce moment-ici, au bord de la dépression nerveuse ; et elle prend pour cela, des cachets antidépresseurs ! ".

Claude ROLAND : " Mais Monsieur le Professeur ! Par votre très noble métier : Un Enseignant à l'Université, vous êtes quelqu'un de sérieux; voire de très sérieux; voir-même de très, très sérieux ! Par votre très noble métier : Un Enseignant au Niveau Supérieur, vous êtes quelqu'un de crédible; voire de très crédible; voir-même, de très, très crédible ! Mais de grâce par ailleurs, arrêtez de vous faire ridiculiser comme vous êtes en train de le faire vous-même incessamment ! Nous connaissons très, très bien le dossier de Monsieur Julio FERNANDEZ !

Nous le connaissons parfaitement bien, surtout que ce dernier temps, il avait eu à avoir, beaucoup de rapports à son sujet, par suite de cumul de plusieurs fautes professionnelles graves répétées, à son égard !

Nous connaissons parfaitement bien son dossier; et à ce sujet justement, nous le savons aussi parfaitement bien comme quoi, que ce n'est qu'un célibataire ! Et vous Monsieur le Professeur de l'Université, vous venez nous parler de sa femme; laquelle soi-disant, s'avère être comme par hasard, votre petite sœur ! Mais oh, oh ! Un coup, vous nous dites vous-même, que Julio FERNANDEZ est un fidèle ami d'enfance pour vous; et un autre coup, vous nous dites encore vous-même que c'est un beau-frère pour vous ! Maintenant, il ne nous …/…. ".

Alejandro DE VERDUN : " Remarquez Monsieur le Chef du Personnel, que Julio FERNANDEZ pourrait aussi bel et bien à la fois, être mon fidèle ami d'enfance et en même temps, mon beau-frère hein ! Ce n'est pas du tout du tout, impossible hein ! ".

Claude ROLAND : " Et même ! Certes que ce n'est pas du tout, du tout, impossible ! Mais néanmoins, dans votre cas très précisément, c'est douteux ! C'est pour cela, avant que vous puissiez me couper la parole, j'allais justement vous dire au sujet de " doute ", que : Maintenant, il ne nous reste plus, qu'à mettre en doute, votre titre de " Professeur d'Université ", Monsieur ! ".

Alejandro DE VERDUN : " Voici vous-même ici présente justement, ma carte professionnelle ! ".

Claude ROLAND : " C'est inutile de me la montrer Monsieur ! Rangez-là; puisque vous n'arrêtez guère de me faire perdre ainsi, tout mon temps ! J'ai considérablement du travail vous savez hein ! Vous venez nous rendre visite, sans pour autant prendre un rendez vous au préalable; nous sommes très aimables de vous accorder ici même, un tout petit moment; et vous, vous voulez en abuser ! Rangez votre carte de service Monsieur ! Pourquoi ? C'est parce qu'en plus, les faux papiers de toutes les natures ou presque; ça existe hein ! Et nous le savons très bien ! Vous-même également, vous le savez très bien ! Sur ceux Monsieur; et je ne vous dirai plus désormais : Monsieur le Professeur hein ! Et vous-même vous savez dorénavant : le Pourquoi ? D'où, sur ceux vous disais-je tantôt Monsieur : nous avons été très gentils, afin de vous accorder ce petit moment ! Maintenant, retournez chez vous; puisque, nous avons énormément à faire ! ".

Alejandro DE VERDUN : " Merci quand-même ! Au revoir Monsieur le Chef du Personnel ! ".

Alejandro DE VERDUN, faisant quelques jours plus tard, le résumé de cet entretien, à Mademoiselle Maryvonne KEVILER : " .../... As-tu bien pigé MARYVONNE, comment je m'étais fait ridiculiser moi-même, en essayant malgré toute ma très bonne volonté, de trouver une solution à ta cause ? Je m'en vais quand-même te dire une chose : Depuis ce bout de temps; certes pas très, très longtemps, que l'on se connaît nous deux; depuis ce bout de temps que l'on se connaît; tu ne m'avais même point du tout, du tout informé, comme quoi, que toi MARYVONNE et lui JULIO, vous n'étiez même pas encore mariés; et que par conséquent, vous ne faisiez-là que vivre seulement, qu'en simple concubinage ! Si au moins, je savais cette situation de ton état civil au préalable; je suis à peu près sûr et certain, que j'allais pouvoir opérer, avec une stratégie bien différente; laquelle j'allais méticuleusement mettre au point ! Mais c'est trop tard maintenant ! ". ".

MARYVONNE, à ALEJANDRO : " Excuse-moi ALEJANDRO, de cette petite erreur ! ".

ALEJANDRO : " Erreur ? Petite, qui plus est ? ".

MARYVONNE : " Oui ih ! ".

ALEJANDRO : " Faute " flagrante " oui ih ! ".

MARYVONNE : " Alors, excuse-moi ALEJANDRO, de cette faute flagrante; puisque, je croyais; ou en vue de mieux l'exprimer : j'étais sûre et certaine, que je te l'avais déjà expliqué; alors, je ne pensais même plus.

J'étais persuadé que je t'avais déjà expliqué cette situation; alors, je n'y pensais plus du tout, du tout ! ".

ALEJANDRO : " Oublions-donc cette " dégradation " que j'avais ressentie, pour avoir voulu " défendre " ton intérêt ! Je regrette seulement d'avoir voulu commencer d'abord, par me faire passer, comme étant, un grand ami fidèle d'enfance de Julio FERNANDEZ, au lieu de dire directement et tout simplement, comme quoi, que je me trouvais être, " un beau-frère " à lui JULIO en question ! Mais enfin, oublions cela ! ».

MARYVONNE : " Très prochainement, j'irai essayer moi-même ! Cela changerait peut-être à quelque chose ! ".

ALEJANDRO : " Vas-y ! Mais néanmoins, je ne sais même pas, si cela changerait effectivement à quelque chose ! Bon MARYVONNE, il va falloir que je me sauve maintenant pour aujourd'hui ! Je te dis : " Au revoir et à la prochaine ! " ".

MARYVONNE : " Au revoir mon très cher ami ALEJANDRO ! ".

Et toute cette nuit-là, MARYVONNE n'arriverait même pas, à avoir le sommeil ! Elle ne ferait que penser à tous ceux que lui avait dits son cher ami ALEJANDRO. Et par conséquent, elle tenait absolument à se rendre là-bas au siège de " l'Entreprise SECUDARGAUD ", elle-même; et cela, le plus rapidement possible ! Et ce faisant, le lendemain; c'est-à-dire : un seul jour seulement après, elle s'y était effectivement, rendue elle-même, sans pour autant, avoir par exemple au préalable, à exprimer son intention de le faire, ne fût-ce qu'au téléphone, à celui-là justement.

"Calmez-vous Monsieur ! Camez-vous !

J'ai peut-être l'air " d'une bourgeoise

déprimée ", comme cela se remarque apparemment

très facilement; mais je ne suis

pas pour autant par exemple, une " terroriste " !

Je suis " inoffensive " ! Par conséquent, pourquoi

téléphoner à la Police en vue de me faire sortir d'ici, …/…. ".

MARYVONNE s'était rendue, comme elle l'avait dit à son ami ALEJANDRO elle-même, au siège de " la SECUDARGAUD "; où travaillait son " homme de mérite " Julio FERNANDEZ. Elle sonnait à la porte. On la faisait entrer. La secrétaire n'était pas présente en ce moment-là. Et c'était un certain Monsieur qui faisait momentanément, le standard. Et comme par hasard, " ce certain Monsieur ", c'était tout simplement Monsieur Claude ROLAND, le Chef du Personnel, auprès duquel, " le Professeur Alejandro DE VERDUN " s'était fait ridiculiser lui-même, au sujet de cette situation de Julio FERNANDEZ. Ce Monsieur disait à la dame qui entrait dans le bureau : " " …/… " " Qu'est-ce qu'il y a Madame eh !, eh ? ".

MARYVONNE : " KEVILER ! Maryvonne KEVILER ! Et je suis " la fiancée "; ou en vue de mieux l'exprimer : " je suis la concubine " de Monsieur Julio FERNANDEZ, l'un de vos gardiens. Et nous avons déjà eu ensemble, un petit garçon; lequel nous avons nommé du commun accord avec lui le père : KEVILER; Lucilian KEVILER. Je voudrais savoir sa nouvelle adresse; c'est parce qu'il nous a hélas !, malheureusement, " fuis "; il nous a " fuis "; c'est-à-dire : moi-même et notre petit garçon de cinq ans seulement et pourtant ! ".

Claude ROLAND : " Écoutez Madame ! Un coup, c'est " un soi-disant " professeur d'Université qui s'amène ici dans notre Établissement, en vue de nous emmerder à ce même sujet du gardien Julio FERNANDEZ; et en ne se gênant même point du tout, du tout, de nous tromper plusieurs fois en un rien de temps ! Et un autre coup, c'est " une bourgeoise " qui a l'air

" si déprimée ", qui vient le faire ! Mais oh, oh ! Où croyez-vous être hein ? Ah !, non ohn !, ça suffit maintenant hein ! Ça suffit comme ça ! " Ça " suffit comme ça Madame, puisque, nous ne pourrons plus continuer d'accepter des telles situations ! Sortez ! " Sortez " ! " Sortez " Madame, sinon, je téléphone à la Police; laquelle viendra systématiquement vous faire sortir d'ici ! ".

MARYVONNE répondait à ce propos justement : " Calmez-vous Monsieur ! Calmez-vous ! J'ai peut-être l'air d'une " nana déprimée ", comme cela se remarque apparemment très facilement ! Mais je ne suis pas pour autant par exemple, une " terroriste " ! Je suis " inoffensive " ! Par conséquent, pourquoi téléphoner à la Police en vue de me faire sortir, d'ici; alors que je n'ai même aucune force de résistance; et que n'importe qui peut, d'un seul bras, me " balancer " dehors ! ".

Et Monsieur Claude ROLAND avait " piqué " une de ses colères; il vociférait; et il continuait de parler très-fort. Un certain Monsieur Régis HARISSON; lequel était en fait le Président Directeur de " cette boîte de gardiennage ";

et lequel Monsieur était en réalité, présent dans l'Établissement;

et lequel Monsieur suivait quand-même plus ou moins discrètement et plus ou moins, de loin, ceux que disait son Chef du Personnel;

et lequel Monsieur HARISSON en écoutant justement ce dernier en train de " criailler " brusquement; il lui demanderait par voie de conséquence et cela, très fort, à partir de son bureau : " " " Monsieur ROLAND " ! " Monsieur ROLAND " ! Monsieur ROLAND ! Mais pourquoi " criaillez-vous comme ça ? ". ". " .../... ". ".

Liliane BOUSSARD, à Maryvonne KEVILER : " Ma pauvre MARYVONNE ! C'est vrai que ce récit n'est pas drôle du tout, du tout, comme tu me l'avais dit, dès le début ! Ce récit n'est vraiment pas drôle du tout, du tout, à écouter ! ".

Maryvonne KEVILER, à Liliane BOUSSARD : " Je te l'avais dit que ce n'est pas du tout, du tout, drôle ! Tu as vu hein ! Tu l'as constaté toi-même hein ! Tu as compris hein ! Encore que, tu n'as pas encore écouté la suite de ce récit en question ! Ceci dit, j'arrive ou plutôt : je continue ! ".

Liliane BOUSSARD, à Maryvonne KEVILER : " Ma chère collègue ! Ce n'est pas que je refuse d'écouter tes problèmes; parce que, ce ne sont pas les miens ! En tout cas, loin de-là ! Ce n'est pas que je refuse d'écouter ton histoire ! Bien au contraire, ça me plairait bien de l'écouter dans sa totalité ! Mais néanmoins, regardons un peu l'heure à présent ! Et l'on remarquerait par conséquent, que l'on est déjà incontestablement en retard, pour la reprise de cet après-midi, au travail ! Finissons très vite nos casse-croûtes; et demain, l'on va par voie de conséquence, poursuivre notre causerie, par le même endroit où nous-nous sommes arrêtés aujourd'hui ! ".

Et le lendemain, Mademoiselle Maryvonne KEVILER, qui en fait, elle avait perdu "le goût" de la vie; elle qui en fait, elle ne devrait tenir moralement parlant, qu'en prenant régulièrement ses antidépresseurs; mais que, malheureusement hélas !, elle ne les prendrait même plus; puisqu'elle avait finalement paumé l'envie de tout; à savoir par exemple : elle n'avait plus l'envie de guérir de sa maladie de la dépression nerveuse; d'où le fait, qu'elle ne prendrait plus ses pilules guérissant cette maladie. Elle n'avait en fait, plus l'envie de bien s'habiller et de se rendre à son travail de Secrétaire-trilingue de Direction; même si malgré elle, elle le faisait quand-même à contrecœur. Elle n'avait plus du tout, du tout, l'envie ou "l'estime" du travail quel qu'il puisse être en fait. Bref, elle n'avait plus, du tout, du tout, "le goût" de la vie. Elle repartait encore, comme cela était dorénavant devenu de coutume, manger ensemble, à midi, avec sa collègue de travail, Madame Liliane QUESNEL, épouse Roger BOUSSARD. Et comme elles l'avaient prévu, elles avaient effectivement poursuivi leur causerie, par le même endroit, où elles s'étaient arrêtées un jour auparavant.

MARYVONNE, à LILIANE : " Je disais que Monsieur Régis HARISSON, le grand patron de " cette boîte de gardiennage ", demandait à son subalterne : " " …/… " " " Monsieur ROLAND ! ". " Monsieur ROLAND ! ". " Monsieur ROLAND ! ". Mais pourquoi " criaillez-vous " comme ça ? ". Et à ce propos, Claude ROLAND répondrait à Régis HARISSON : " C'est " une gonzesse " qui a l'air " si déprimé "; et laquelle désire absolument, que je lui fournisse des renseignements au sujet d'un de nos agents de sécurité, nommé : Julio FERNANDEZ. Elle se passe un coup, comme étant la fiancée de cet agent de sécurité en question; et un autre coup, comme étant sa " concubine "

! Or, il n'y a pas longtemps (; et même : cela s'était seulement passé, il y a quelques jours seulement, à peine), l'on a eu à subir " des tels genres d'assaut ", de la part d'un certain Monsieur d'apparence très, très sérieuse; lequel Monsieur se faisait passer comme étant " un Professeur d'Université " ! Allons-nous vraiment piger quelque chose dans toute cette affaire ? Qu'est-ce qui se passe au juste hein ? Je me répète encore une fois de plus : Allons-nous comprendre réellement quelque chose dans toute cette histoire ? Cela dit, je ne comprends plus rien ! C'est pour cela, que je dis très poliment à cette dame, de s'en aller pour elle. Mais elle ne l'entend guère dans cette optique-là ! Or justement, comme elle ne veut pas s'en aller ; et moi je suis au bord de la patience. Et quand je suis comme ça au bord de la patience, cela me met d'office hors de moi. Alors, c'est pour cela, que je me mets en colère et je crie fort ! C'est pour cela, que je m'énerve ! Bref, je m'énerve puisque " cette nana " qui a l'air très, très déprimé, ne veut pas du tout, du tout, partir des nos locaux ! ".

Régis HARISSON sortait de son bureau; et il venait ou plutôt : il partait chercher " cette traîne-mouise " " de fébosse ", afin de l'amener dans " son burlingue ", et en vue de lui parler lui-même personnellement.

Ce faisant, RÉGIS parlant à MARYVONNE : " .../.... Écoutez Madame ! Je ne veux pas savoir qui vous êtes vraiment ! Et je ne veux pas savoir pourquoi, vous agissez de la sorte. .../... ".

MARYVONNE écoutant ces derniers termes, lui coupait la parole; et elle lui répondait à ce sujet : " Je suis en fait, celle qui vit; ou du moins : celle qui vivait " maritalement " avec Julio FERNANDEZ; et nous avons déjà eu ensemble, un enfant ! Nous allons nous marier ! ".

RÉGIS, à MARYVONNE : " Je ne veux pas le savoir Madame ! Si vous étiez néanmoins mariés, là, il n'y aurait pas eu de problème ! Mais là quand-même hein !, nous ne pouvons rien faire ! Et je tiens à m'excuser moi-même le Patron de cette Entreprise de gardiennage, pour la manière " non convenable " dont Monsieur Claude ROLAND, que j'avais moi-même nommé comme étant Chef du Personnel, vous avait traitée ! ".

MARYVONNE, à RÉGIS : " De rien ! ".

RÉGIS, à MARYVONNE : " Mais néanmoins, il faudrait comprendre mon subalterne ! Pourquoi ? C'est tout simplement, parce qu'en deux jours seulement [Le patron Régis HARISSON allait normalement dire : " Cela s'était seulement passé, il y a quelques jours seulement, à peine. ".], je préciserai même : en deux jours seulement et cela, consécutivement, en tout deux personnes, entre-autres, vous même Madame ici présente; en deux jours seulement vous disais-je, en tout deux personnes sont venues l'embêter, au sujet de cette même affaire d'ordre privé, à propos du gardien Julio FERNANDEZ; une affaire d'ordre privé; laquelle ne concerne pas le travail; alors vraiment : pas du tout, du tout; et en outre, laquelle affaire se ressemble plus, à un règlement de compte, plutôt, qu'à toute autre chose ! En tout cas ça ah ! ". " .../... ". ".

" .../... ". Et c'était ainsi, que Mademoiselle Maryvonne KEVILER avait été accueillie elle-même, par le grand patron de " cette boîte " de Gardiennage. Elle avait bien compris que ce n'était plus la peine d'insister auprès de la société " SECUDARGAUD ". MARYVONNE était repartie chez elle à Montrouge, en décidant de ne plus jamais du tout, du tout, retourner à ce siège de cette société où travaillait son " bonhomme " Julio FERNANDEZ.

" " " .../... " Un autre jour, ALEJANDRO était encore venu [raconterait MARYVONNE, à son collègue de travail LILIANE] me rendre visite chez moi, à Montrouge. Il était accompagné comme il avait de temps en temps, l'habitude de le faire, de " sa beauté " Madame Louisette GRIFFON, épouse DE VERDUN. Après les salutations usuelles, moi je disais à celui-là : " ALEJANDRO, tu avais vraiment raison au sujet de tous ceux que tu me disais ! Tu avais réellement raison, à propos de tous ceux que tu me disais, comme quoi, que l'on t'avait laissé entendre à la société " SECUDARGAUD " ". ".

ALEJANDRO, à MARYVONNE : " Ah bon ! Tu me disais que très bientôt, tu te rendras là-bas, toi-même en personne effectivement ! Cependant, tu ne m'avais guère précisé très, très exactement quand ! Et c'est déjà fait ! Quelle surprise ! ".

MARYVONNE, à ALEJANDRO : " Oui ih !, et c'est effectivement déjà fait ! C'est déjà fait, c'est parce qu'un seul jour seulement après que tu m'aies informé : que tu avais été au siège de cette société ; après que tu m'aies informé : quasi immédiatement de toute la situation ! Moi de mon côté, toute cette nuit-là qui avait suivie, je ne pensais qu'aller moi-même en personne, faire un tour là-bas ! Ce fait, je ne pensais qu'à cette idée ! Cela étant, je n'arrivais point à fermer les yeux ! J'étais pour ainsi dire, " obsédée " par cette idée, d'aller moi-même en personne, au siège de cette société de gardiennage ! Je n'avais pas le sommeil toute la nuit ! Et par conséquent, je tenais absolument à me rendre là-bas, le plus rapidement possible ! Et c'était pour cette raison qu'un seul jour seulement après, j'étais partie là-bas, moi-même ! ".

Le Professeur Alejandro DE VERDUN : " Et quel avait été l'accueil, une fois arrivée sur place là-bas ? ".

MARYVONNE : " L'on m'avait traitée, comme étant : " une moins que rien " ! L'on m'avait traitée, comme étant : " une poupée très, très déprimée " ! L'on m'avait traitée, comme étant, " une véritable folle " ! L'on m'avait traitée, comme étant : " une vraie détraquée mentale " ! L'on m'avait traitée, comme étant : " une vraie chienne " ! L'on m'avait traitée, comme étant : " une véritable peste " ! ".

ALEJANDRO : " Ah !, tu as vu hein ! ".

MARYVONNE : " Oui ih ! Et comme ça ah, toi ALEJANDRO, tu m'avais laissé entendre comme quoi, que tu retrouveras mon Julio FERNANDEZ, " De Descendance Poitevine et D'Arrière-Descendance Espagnole " ! Et comme cela, toi ALEJANDRO, tu m'avais laissé entendre " allègrement ", que Julio FERNANDEZ reviendra ! Très franchement, je pense quant-à moi MARYVONNE, qu'il ne reviendra plus jamais du tout ! ".

ALEJANDRO : " Mais si ih ! Il reviendra ! ".

MARYVONNE : " Alors, en dépit du fait que la situation au sujet de la recherche de " ce JULIO ", se présente comme elle se présente ! Mais néanmoins, tu me confirmes quand-même quant-à toi ALEJANDRO, comme quoi, que Julio FERNANDEZ reviendra ? ".

ALEJANDRO : " Je le confirme quand-même; c'est parce que j'en suis sûr et certain. ".

MARYVONNE : " Mais alors quand reviendra-t-il ? ".

ALEJANDRO : " Bientôt. ".

MARYVONNE : " Bientôt ? ".

ALEJANDRO : " Tout à fait ! ".

MARYVONNE : " Mais comment peux-tu en être si sûr et si certain comme ça ah ? ".

ALEJANDRO : " Je t'avais bien dit que j'allais consulter [même s'il le fallait par exemple], un médium ! Tu t'en souviens non ? ".

MARYVONNE : " Oui, je m'en souviens. Alors tu l'avais déjà consulté ? ".

ALEJANDRO qui, en réalité, il ne faisait là, que mentir à ce sujet de médium, afin d'essayer de remonter comme il pouvait, le moral de MARYVONNE; il n'hésiterait par voie de conséquence guère, de répondre par l'affirmatif : " Oui, je l'avais déjà consulté. ".

Mademoiselle Maryvonne KEVILER : " Et qu'est-ce qu'il t'avait répondu ce médium en question ? ".

Alejandro DE VERDUN : " C'est comme je te l'ai déjà dit : "Bientôt !". ".

MARYVONNE : " Ce médium t'avait réellement dit : "Bientôt !" ? ".

ALENJANDRO : " Oui "Bientôt !", m'avait-il dit réellement en effet ! Mais il m'avait également laissé entendre qu'il faudrait cette fois ' ci, bien le traiter ! Le traiter convenablement, comme l'on traite " un M'Sieur " ; ou plutôt : un mari à la maison ! C'est-à-dire, surtout ne lui laisser point s'occuper quasiment tout seul, de toutes les tâches domestiques ! En outre, il ne faut plus lui faire la ternissure en présence des gens; lorsqu'ils viennent vous rendre visite ici à Montrouge ! ".

MARYVONNE : " Ma mère t'avait tout et tout raconté quoi ah ! ".

ALEJANDRO : " Tout à fait. Elle avait eu l'occasion de m'avoir une fois au téléphone; l'on avait énormément causé; et par conséquent, elle avait fini entre-autres, par m'en parler également, oui ih ! ".

MARYVONNE : " Non, s'il revient ! Si JULIO revient, je ne me comporterais plus jamais comme étant "une folle hystérique de la pire espèce et ayant dans ses veines, " un sang vampirien "; un sang vampirique qui y coule"; et qui, quand il lui remonte jusqu'aux nerfs et jusqu'à la gorge; il lui fait faire des bêtises; lesquelles entre-autres, font la vilenie [" à son homme d'honneur "]. Je te le promets que si JULIO revient; je ne me comporterais plus jamais du tout, du tout, comme " une telle tétonnière " dont je viens de décrire certains traits psychosomatiques caractéristiques ! ".

IsMaSa
-fait interpeller la plume ;
-fait interviewer l'écriture.

Que tous ceux qui souhaitent continuer leur lecture dans le " Samba Style ", soient priés de ne pas " louper " le prochain petit volume qui sortira et lequel sera intitulé :

"Impacts de " l'Autre Justice ""

FIN

Pour quasiment " toute cette écriture couchée ci-haute " " avec l'ancre noire, sur un fond blanc ou un papier blanc "; à savoir que : ce sont-là entre-autres; ou afin de pouvoir le dire beaucoup plus correctement : c'étaient-là entre-autres : " des récits imaginaires "; lesquels se ressemblent beaucoup plus, à " des histoires vraies ", plutôt qu'à toute autre chose; autrement dit : ce sont-là entre-autres; ou en vue de pouvoir mieux l'exprimer : c'étaient-là entre-autres : " des histoires vraies "; lesquelles se ressemblent beaucoup plus, à " des récits imaginaires ", plutôt qu'à toute autre chose.

"Impacts de " l'Autre Justice ""

"Impacts de " l'Autre Justice ",
chez " MARYVONNE D'Arrière-
Descendance Kinoise " et " JULIO
D'Arrière-Descendance Espagnole " ».

PRÉAMBULE

Bref, pour les parents de Maryvonne KEVILER, ils utiliseraient des méthodes visant et réussissant à transférer la dépression nerveuse de leur fille, à une autre personne, au passage. Laquelle personne ne s'en remettrait guère de cette nouvelle situation et elle en mourrait tout simplement. Mais, pour les parents de la fille unique : " Il n'y a pas à tortiller, car c'était-là, une ultime thérapie en vue de sauver notre enfant, et garantir l'héritage de notre fortune avec toute la quiétude possible ". Est-ce que cela serait aussi accepté par " l'Autre Justice "; ou pour mieux l'exprimer : Cela serait aussi accepté par " la Justice Providentielle " ?

Dans " Une Ultime Thérapie Pour Sauver Leur Enfant ", l'on avait vu que la conversation entre JULIO et MARYVONNE devenait très, très intéressante. L'on avait par exemple vu que pour MARYVONNE, changer de conversation, c'était donc : " faire des retours à l'espèce ". Est-ce que JULIO avait-il cette fois-là encore une fois de plus [car en effet, il acceptait toujours jusque-là, afin de ne plus poursuivre une discussion; laquelle risquerait de se transformer en dispute]; accepté ? Ou s'était-il fâché, cette fois-là ? Pour cela, remontons-donc un tout petit peu plus loin en arrière, en guise de rappel ; et par conséquent, écoutons-le : Comment s'était-il à l'époque adressé à l'attention de MARYVONNE : " Ah !, c'est toujours ça, changer de conversation pour toi ? ", demanderait Julio FERNANDEZ, à " sa fatma " Mademoiselle Maryvonne KEVILER.

Mademoiselle Maryvonne KEVILER : " Et alors. Ce n'est pas la première fois que nous procédons de la sorte que je sache non ! Et alors aujourd'hui; voilà ton étonnement : tu ne voudrais plus (du coup), ce que tu avais toujours accepté jusque-là ! ".

Julio FERNANDEZ : " Tu dis aussi [je cite] : " Et alors ? "La dopa" …/… ".

MARYVONNE : " Oui : Et alors ? Que je verse des larmes ? ".

JULIO : " "La dopamine" et …/…. ".

MARYVONNE : " Que je chiale ? ".

JULIO : " Et "la séro" …/… ".

MARYVONNE : " Que je larmoie ? ".

JULIO : " " La sérotonine"-oblige, j'allais dire effectivement, oui ! ".

MARYVONNE : " Que je sanglote ? ".

JULIO : " Et pourtant, pleurer à chaque fois, pour un oui; ou pour un non, tu ne sais que faire ça, avec moi toi Maryvonne ! Et que de ce fait, des voisins de l'immeuble viennent nous contempler ! Vouloir toujours et encore toujours, m'esquinter considérablement ! ".

MARYVONNE : " Mais non ohn ! Il ne faudrait guère voir les choses de cette façon-là ! ".

JULIO : " Si, si et pourtant ! Si, si ih ! Il faudrait justement commencer par voir les choses de cette façon-là; puisque, il est grand temps maintenant ! ".

MARYVONNE : " C'est-à-dire eh !, eh, eh ! ".

JULIO : " C'est-à-dire eh !, eh, eh ! Moi JULIO je m'en vais te le dire ce " c'est-à-dire eh !, eh, eh !-là " ! C'est-à-dire que c'était exactement de cette manière-là justement, que tu avais fait la honte …/… ! ".

Et ainsi pour lui Julio FERNANDEZ : " " Cette Descendante Parisienne et Arrière-Descendante Kinoise " adorait combiner et pourtant à la fois : l'horreur et la beauté; " une beauté incroyable "; " une beauté incroyable certes "; mais surtout " façonnée " sur " un personnage mitigé "; voire sur : " un personnage terrifiant "; " lequel personnage " s'avère être tout simplement, elle : Mademoiselle Maryvonne KEVILER. ".

Et ainsi pour lui Julio FERNANDEZ : il ne penserait plus, qu'à prendre la poudre d'escampette. Et effectivement il avait fini par prendre celle-ci ; laissant derrière lui : MARYVONNE, dans un état mental, l'on ne pouvait plus lamentable. " L'on ne pouvait tellement : plus lamentable " ; à tel point qu'un certain Professeur Alejandro De VERDUN essaierait de l'aider comme il le pourrait, en vue de retrouver " son gentleman ".

Écoutons-donc justement, cet ALEJANDRO, poursuivre sa conversation, avec la déprimée MARYVONNE ; une conversation commencée au Volume N°4, intitulé : " Une Ultime Thérapie Pour Sauver Leur Enfant ".

Vouloir …/…

"Vouloir promener son esprit;

l'évader dans un univers;

dans un univers de l'imagination;

une imagination dans la rétrospection;

une rétrospection qui s'agrippe infailliblement dans le présent;

un présent qui s'agrippera à son tour, inlassablement dans l'avenir;

dans l'avenir et partout dans le monde;

tel est finalement notre meilleur penchant. ".

Signé : Isaac MAMPUYA Samba.

ROMANS DU MÊME AUTEUR

1. -" Une Véritable Intempestive Prise de Conscience ".
2. -" Dépression Nerveuse ou Chagrin d'Amour ".
3. -"Tourments de " JULIO, De Descendance Poitevine " ».
4. -" Une Ultime Thérapie Pour Sauver Leur Enfant ".

Egalement D'Isaac MAMPUYA Samba :

1 : Survivance Et Répression De La Traite Négrière Du Gabon Au Congo, de 1840 à 1880 (TOME UN).

Séries ou Sous - Séries :

"…/… Leur

Appartenance à la Négritude, en

Afrique et dans le Monde …/… ".

AuthorHouse ^{TM} *UK*

Design & Print: Editions IsMaSa, London – Paris – Los Angeles

(ims.ismasaparis@yahoo.com) with printing

AuthorHouse ^{TM} *UK*

1663 Liberty Drive

Bloomington, IN 47403 USA

www.authorhouse.co.uk

Phone: 0800. 197. 4150

La 4ème Couverture

Cet autre volume à caractère rétrospectif et fictif d'Isaac MAMPUYA Samba (IsMaSa), aurait dû s'intituler par exemple : " Médiocres caractères de MARYVONNE " ; ou plutôt : " Particularités nymphomanes-torrides de MARYVONNE " ; ou : " " Des mœurs et coutumes " de " la Blondinie " ? ". " La Négritude ! ". " Le Métissage des Cultures ! ". " La Complémentarité des Valeurs ! ". Pour ne pas dire : " Le Métissage des races ! ". " L'Enrichissement des cultures ! ". " ; ou : " Désidératas de JULIO, auprès de sa Belle-mère MARYSE " ; ou : " Remontrances de MARYSE, à sa fille MARYVONNE " ; ou : " La poudre d'escampette effective de JULIO " ; ou : " MARYVONNE dialoguant avec LILIANE, sa collègue de travail " ; ou : " Les déprimes de MARYVONNE ".

Mais seulement voilà, devant un tel choix pléthorique d'appellations ; et surtout : puisqu'il fallait absolument aux parents de MARYVONNE, de trouver " Une Ultime Thérapie Pour Sauver Leur Enfant ", de toutes ses déprimes justement ; alors, nous avons par voie de conséquence, préféré pour une simplification, de l'intituler : " Une Ultime Thérapie Pour Sauver Leur Enfant ". Laquelle est la suite logique du roman : " Tourments de " JULIO, De Descendance Poitevine " " (paru aux " IsMaSa-Éditions, Paris " Avec [" **AuthorHouse** ^{TM} **UK**"]).

Son résumé s'abrégerait entre-autres, en quelques étonnements ou questionnements : Une MARYVONNE qui ne serait pas normale dans sa tête et dans son corps ? Et c'est quoi l'élément perturbateur ? C'est son comportement ? Un comportement désapprouvé par tous, bien évidemment ? Une MARYVONNE qui, par le truchement de sa tante paternelle, ne saurait-elle guère par exemple, que : "les magies" ou plutôt : "les parades" de la danse, chez certains peuples, possèdent tous, la réputation " aphrodisiaque " ? Puisque, des ballets orchestiques-lubriques ou des danses "orchestiques"-sexy y sont aussi célébrés ; et y sont surtout : célèbres ? Lesquels ballets par voie de conséquence, font tomber inexorablement toutes les barrières sociables et sociales ou presque : toutes, qu'autre chose ?

"« Dire que ma maman Maryse me disait : " A ce moment – là ma fille Maryvonne, tu seras troublée ! Et conséquemment, sans pour autant te gêner tant soit peu; tu vas par exemple effectuer des dessins; des tags ; autres signatures et surtout, tu vas réciter " des récits – poétiques – fleuves " ou " des épopées – fleuves " ; avec des bombages ou avec d'autres produits de peintures, sur des surfaces extérieures ou non, des murs d'immeubles ! "»

"« Tous ces graffitis ; tous ces tags et autres signatures ; tous " ces récits – poétiques – fleuves " ou " des épopées – fleuves " ; bref : toute ta folie se transformera tout simplement en merveille ou en virtuose d'écoutes pour des multiples badauds ou mieux encore : toute ta schizophrénie (la schizophrénie gargantuesque) se transformera tout naturellement en prodige ou en chef – d'œuvre littéraire pour des multitudes lecteurs dans le monde. Et ainsi ma fille Maryvonne, tu seras incontestablement, mondialement connue et par la même occasion : les villages de Guigo et de Guillodo et même toute la contrée de " la Blondinie " avec, quoi ! "»

"« En bref, et surtout, avec tous " ces delirium tremens ", sortis donc déraisonnement de ta bouche ma fille Maryvonne, tu vas devenir la schizophrène la plus impressionnante et la plus fameuse du monde ; tu vas donc devenir " une folle célèbre ", mondialement connue. Et, et, et, et, et sans oublier " ton héros Julio Fernandez " avec. " Avec " bien entendu aussi, tout ça, et tout ça, et tout ça, et tout ça, et tout ça dont il y contribue considérablement.

"«

"" Mais je ne l'écoutais même pas ! ""

Printed in the United States
By Bookmasters